SCIENCE FICTION

Herausgegeben
von Wolfgang Jeschke

Von Gene Wolfe erschienen in der Reihe
HEYNE SCIENCE FICTION & FANTASY:

Der fünfte Kopf des Zerberus (06/3415)

Das Buch der Neuen Sonne (Zyklus):
Der Schatten des Folterers (06/4063)
Die Klaue des Schlichters (06/4064)
Das Schwert des Liktors (06/4065)
Die Zitadelle des Autarchen (06/4066)

Das Buch der Feiertage (in Vorb.)

Außerdem erschienen seine bekannten Erzählungen

»Das Wunder der Augen-Blicke«
in: Im Grenzland der Sonne, hrsg. von Wolfgang Jeschke (06/3592)
»Der wunderbare messingne Schachautomat«
in: Science Fiction Story Reader 11, hrsg. von Wolfgang Jeschke (06/3627)
»Der Tod des Dr. Island«
in: Der Tod des Dr. Island, hrsg. von Wolfgang Jeschke (06/3674)
»Silhouette«
in: Das Neue Atlantis, hrsg. von Robert Silverberg (06/3755)
»Der Gott und sein Mensch«
in: Isaac Asimov's SF Magazin 8, hrsg. von Birgit Reß-Bohusch (06/3776)
»Fährtensucherlied«
in: Feinde des Systems, hrsg. von Wolfgang Jeschke (06/3805)
»Der Adoptivvater«
in: Isaac Asimov's SF Magazin 13, hrsg. von Birgit Reß-Bohusch (06/3873)
»Krieg unterm Weihnachtsbaum«
in: Science Fiction Story Reader 19, hrsg. von Wolfgang Jeschke (06/3944)
»V.R.T.«
in: Science Fiction Jahresband 1983,
hrsg. von Wolfgang Jeschke (06/3962)
»Der fünfte Kopf des Zerberus«
in: Science Fiction Jahresband 1984,
hrsg. von Wolfgang Jeschke (06/4060)

GENE WOLFE

DAS SCHWERT DES LIKTORS

Das Buch der Neuen Sonne
DRITTER BAND

Fantasy-Roman

Deutsche Erstveröffentlichung

WILHELM HEYNE VERLAG
MÜNCHEN

HEYNE-BUCH Nr. 06/4065
im Wilhelm Heyne Verlag, München

Titel der amerikanischen Originalausgabe
THE SWORD OF THE LICTOR
Deutsche Übersetzung von Reinhard Heinz
Das Umschlagbild schuf Don Maitz
Die Karte zeichnete Erhard Ringer

Redaktion: Wolfgang Jeschke

Printed in Germany 1984
Umschlaggestaltung: Atelier Ingrid Schütz, München
Satz: Schaber, Wels
Druck und Bindung:
Elsnerdruck GmbH, Berlin

ISBN 3-453-31010-1

Inhalt

In der Ferne verschwinden die Wälle aus
Menschenhäuptern.
Ich vergehe – scheide nun unbemerkt.
Aber in stimmungsvollen Büchern, in Kinderreimen
Werd' ich von den Toten auferstehn und sagen:
die Sonne!

Osip Mandelstam

Thrax
Hauptstraße
Blutacker
Justizpalast
Pelerinenkathe
Botanischer Gar
Argosy-Str.
Statue d. Nacht
Gyoll

NESSUS

Brücke
Zitadelle
Bärenturm
Großer Turm
Glockenturm
Hexenturm
Matachin-Turm
Nekropolis
str.
Algedonisches
Viertel
urnes Haus
ER

I
Meister im Haus der Ketten

Es war in meinem Haar, Severian«, sagte Dorcas. »Also stellte ich mich unter den Wasserfall im heißen Raum aus Stein. Und jedesmal, wenn ich wieder heraustrat, konnte ich hören, daß man über mich redete. Und dich nannte man den schwarzen Schlachter und andere Dinge, die ich nicht wiederholen möchte.«

»Das ist ganz normal«, entgegnete ich. »Du bist bestimmt seit Monaten die erste Fremde, die diesen Ort betreten hat, also ist es nur zu erwarten, daß man über dich redet und daß die wenigen Frauen, die dich kennen, stolz ihre Geschichten erzählen. Was mich angeht, so bin ich daran gewöhnt, und du wirst auf dem Weg hierher gar oft solche Namen gehört haben; ich hab' sie zu Ohren bekommen.«

»Ja«, räumte sie ein und setzte sich auf das Fensterbrett der Laibung. In der Stadt darunter erfüllten die Lichter der dicht gedrängten Läden das Tal des Acis allmählich mit einem narzissengelben Schein, aber Dorcas schien nicht darauf zu achten.

»Nun leuchtet dir ein, warum die Regeln der Zunft mir versagen, ein Weib zu nehmen – auch wenn ich sie deinetwegen mißachten werde, wie ich dir oft gesagt habe, wann immer du willst.«

»Du meinst, es wäre besser, wenn ich irgendwo anders lebte und du mich ein- oder zweimal wöchentlich besuchtest oder ich wartete, bis du zu mir kämst.«

»So wird's für gewöhnlich gehandhabt. Und schließlich

merken die Frauen, die heut' über uns geredet haben, daß eines Tages sie selbst oder ihre Söhne oder Gatten sich unter meiner Hand wiederfinden mögen.«

»Siehst du denn nicht, daß es darum gar nicht geht? Es ist ...« – Dorcas verstummte, und nach längerem Schweigen erhob sie sich und schritt mit verschränkten Armen im Zimmer auf und ab. Das hatte sie noch nie getan, und es beunruhigte mich.

»Worum geht es dann?« fragte ich.

»Daß es damals nicht gestimmt hat, jetzt aber schon.«

»Ich praktizierte die Kunst, wann immer es Arbeit für mich gab. Verdingte mich an Städte und Landgerichte. Mehrmals sahst du von einem Fenster aus zu, obwohl du nie unter der Menge stehen wolltest – was ich dir kaum verübeln kann.«

»Ich sah nicht zu. Nicht beim eigentlichen Akt. Du warst so eifrig mit deinem Werk beschäftigt, daß du nicht bemerktest, wenn ich hineinging oder mir die Augen bedeckte. Ich habe immer zugeschaut, wie du aufs Schafott gesprungen bist, und dir gewinkt. Du hast so stolz gewirkt und so gerade gestanden wie dein Schwert und ein so schönes Bild abgegeben. Du bist ehrlich gewesen. Ich erinnere mich, wie einmal neben dem Verurteilten und einem Hieromonachus irgendein Beamter mit oben gewesen ist. Dein Gesicht ist das einzige ehrliche gewesen.«

»Das konntest du unmöglich gesehen haben. Gewiß hatte ich die Maske auf.«

»Severian, ich brauchte es nicht zu sehen. Ich weiß, wie du aussiehst.«

»Seh' ich jetzt nicht genauso aus?«

»Ja«, meinte sie schweren Herzens. »Aber ich bin unten gewesen. Ich hab' sie gesehn, die Leute in Ketten in den Stollen. Wenn wir, du und ich, nachts in unserem weichen Bett liegen, schlafen wir direkt über ihnen. Wie viele sind's, hast du gesagt, als du mich runtergeführt hast?«

»Ungefähr sechzehnhundert. Glaubst du denn allen Ernstes, diese sechzehnhundert wären frei, wenn ich als ihr

Wächter nicht mehr da wäre? Wohlgemerkt sind sie schon dagewesen, als wir gekommen sind.«

Dorcas mied meinen Blick. »Wie ein Massengrab«, entgegnete sie. Ich bemerkte, daß ihre Schultern bebten.

»Soll's ja sein«, erklärte ich ihr. »Der Archon könnte sie auf freien Fuß setzen, aber wer könnte jene wiederauferstehen lassen, die sie umgebracht haben? Du hast noch nie jemand verloren, nicht wahr?«

Sie gab keine Antwort.

»Frag die Frauen und Mütter und Schwestern der Männer, die diese Gefangenen im Hochland unter die Erde gebracht haben, ob Abdiesus sie aus dem Kerker entlassen solle.«

»Nur mich selbst«, sagte Dorcas und blies die Kerze aus.

Thrax ist wie ein ins Herz der Berge eindringender Säbel. Es liegt in einem Engpaß des Acis-Tales und reicht hinauf bis zur Burg Acies. Die Arena, das Pantheon und die übrigen öffentlichen Bauten bedecken die ganze Ebene zwischen der Burg und der Mauer (›Capulus‹ genannt), welche das untere Ende des schmalen Tals abgrenzt. Die Privathäuser der Stadt bekleiden die Hänge zu beiden Seiten, und viele sind großzügig in den Fels gehauen, wovon Thrax einen seiner Beinamen ableitet – die Stadt der fensterlosen Zimmer.

Seinen Reichtum verdankt es der Lage am Scheitel des schiffbaren Teils des Flusses. Zu Thrax müssen alle Güter, die auf dem Acis nach Norden transportiert worden sind (wovon viele neun Zehntel des Gyoll befahren haben, bevor sie zur Mündung des kleineren Flusses, der vielleicht wirklichen Quelle des Gyolls, gelangt sind), auf Packtiere verladen werden, soll die Reise weiter gehen. Umgekehrt lassen die Hetmans der Gebirgsstämme und die Grundbesitzer der Gegend ihre Wolle und ihr Korn zu Thrax unterhalb der Wasserfälle, die sich in den überwölbten Abflußkanal von Burg Acies ergießen, verschiffen.

Wie immer, wenn eine Festung in einer turbulenten Region für Recht und Ordnung sorgen muß, so war auch für den Archon von Thrax die Rechtspflege ein Hauptanliegen. Zur Durchsetzung seines Willens außerhalb der Mauern, wo man sich nur ungern einer Obrigkeit beugte, konnte er auf sieben Dimarchi-Schwadronen unter jeweils eigenem Kommando zurückgreifen. Das Gericht tagte monatlich, vom ersten Neumond bis zum Vollmond gerechnet, begann mit der zweiten Morgenwache und endete erst, wenn alle anhängigen Fälle erledigt waren. Als oberster Vollstrecker der Urteile hatte ich diesen Sitzungen beizuwohnen, auf daß der Autarch die Gewißheit habe, die erlassenen Strafen würden durch solche, die sie mir andernfalls hätten übermitteln müssen, weder gemildert noch verstärkt; gleichfalls oblag mir in allen Einzelheiten die Leitung der Vincula, worin die Gefangenen einsaßen. Meine Verantwortung entsprach auf einer geringeren Stufe der des Meister Gurloes in unserer Zitadelle, und in meinen ersten Wochen zu Thrax lastete sie schwer auf mir.

Es war ein Grundsatz von Meister Gurloes, daß kein Gefängnis ideal gelegen sei. Wie die meisten der klugen Lebensregeln zur Erbauung der Jugend, war sie unwiderlegbar und nutzlos. Alle Ausbrüche fallen unter drei Kategorien – das heißt, sie werden entweder heimlich, durch offene Gewalt oder durch Verrat des Wachpersonals bewerkstelligt. Ein abgelegener Ort hilft sehr, heimliche Ausbrüche zu erschweren, und wird deshalb von den meisten, die sich darüber lange Gedanken machen, bevorzugt.

Unglücklicherweise bieten Wüsten, Berggipfel und einsame Inseln ein höchst fruchtbares Betätigungsfeld für gewaltsame Ausbrüche – werden sie von den Freunden der Gefangenen belagert, ist es schwer, das in Erfahrung zu bringen, ehe es zu spät ist, und beinahe unmöglich, die Besatzung zu verstärken; und wenn die Gefangenen sich erheben, ist es gleichfalls höchst unwahrscheinlich, daß man rasch Truppen zusammenziehen kann, bevor die Sache entschieden ist.

Eine Anstalt in einer dichtbesiedelten und wehrhaften Region schaltet diese ungünstigen Umstände aus, bedingt aber noch größere Nachteile. An einem solchen Ort braucht ein Gefangener nicht tausend Freunde, sondern einen oder zwei; und diese müssen keine Krieger sein – es genügt schon eine Putzfrau oder ein Straßenhändler, wenn sie schlau und entschlossen vorgehen. Des weiteren taucht der Gefangene, ist ihm die Flucht erst gelungen, sofort in der anonymen Masse unter, so daß seine Wiederergreifung keine Sache für Jäger und Hunde, sondern für Spitzel und Informanten ist.

In unserem Fall wäre ein abgelegenes Gefängnis in einer unwegsamen Gegend nicht in Frage gekommen. Selbst wenn es zusätzlich zu den Wächtern mit einer genügend starken Truppe ausgestattet gewesen wäre, um sich der umherstreifenden Autochthonen, Zoanthropen und Cultellarii (von den stets unberechenbaren kleinen Beglückten ganz zu schweigen) zu erwehren, wäre die Versorgung ohne ein stehendes Heer als Geleit für die Nachschublieferungen unmöglich gewesen. Die Vincula von Thrax befinden sich deshalb notgedrungen innerhalb der Stadt – genauer gesagt etwa auf halber Höhe der Steilhänge am Westufer und ungefähr eine halbe Meile vom Capulus entfernt.

Es ist ein uraltes Gebäude, das meiner Meinung nach von Anfang an als Gefängnis gedacht gewesen ist, obwohl die Sage geht, es sei einmal eine Grabesstätte gewesen und erst vor ein paar Jahrhunderten erweitert und für seine neue Bestimmung umgestaltet worden. Einem Beobachter auf dem geräumigeren Ostufer erscheint es als ein aus dem Fels ragender, rechteckiger Turm mit vier Stockwerken an der Seite, die er sieht, und einem flachen, zinnenbewehrten Dach, das am Steilhang endet. Dieser sichtbare Teil des Bauwerks – den bestimmt viele Besucher der Stadt für das ganze Gebäude halten – ist in Wirklichkeit der kleinste und unwichtigste Teil. Zu der Zeit, in der ich Liktor war, beherbergte er lediglich unsere Schreibstuben, die Unterkünfte der Wärter und meine eigene Wohnung.

Die Gefangenen waren in einem schrägen, in den Fels getriebenen Stollen untergebracht. Es waren weder Einzelzellen wie in unserer Oubliette daheim noch ein Gemeinschaftsraum eingerichtet, wie ich ihn im Haus Absolut erlebt hatte, als ich mich selbst in Haft befand. Vielmehr waren die Gefangenen entlang der Stollenwände an kräftigen eisernen Halsbändern angekettet, und zwar so, daß in der Mitte genügend Freiraum blieb, damit zwei Wärter Seite an Seite hindurchgehen könnten, ohne befürchten zu müssen, es würden ihnen die Schlüssel entrissen.

Dieser Stollen war an die fünfhundert Schritt lang und bot für über tausend Gefangene Platz. Er wurde durch eine in den Felsgrat gelassene Zisterne mit Wasser versorgt, und die sanitären Abfälle wurden beseitigt, indem man den Stollen ausspülte, sobald die Zisterne überzulaufen drohte. Ein in das untere Stollenende gebohrter Abfluß führte das Abwasser über einen Kanal am Fuße des Hangs durch den Capulus unterhalb der Stadt in den Acis.

Der aus dem Fels ragende viereckige Turm und der eigentliche Stollen bildeten einst wohl die gesamten Vincula. Nach und nach wurde die Anlage durch ein Gewirr aus langen Gängen und parallelen Stollen immer verzweigter, denn bei früheren Befreiungsversuchen wurden von dem einen oder anderen Privathaus im Hang Tunnel in den Fels getrieben und wiederum Gegenminen angelegt, um solche Bemühungen zu vereiteln – wovon allesamt nun als zusätzliche Unterbringungsmöglichkeit in Gebrauch waren.

Diese ungeplanten oder schlecht geplanten Erweiterungen machten meine Aufgabe ungleich schwieriger, und eine meiner ersten Amtshandlungen war die Einleitung der Verschließung unerwünschter und überflüssiger Korridore durch ein Gemisch aus Feldsteinen, Sand, Wasser, gebranntem Kalk und Kies und der Beginn des Ausbaus und Zusammenschlusses offen gebliebener Gänge, um schließlich eine vernünftige Struktur zu erhalten. Diese Arbeit, so notwendig sie auch war, ließ sich nur schleppend voranbringen, denn es konnten nur ein paar hundert Gefangene gleichzeitig dafür abgekettet werden, und ihre Verfassung war meist sehr dürftig.

In den ersten Wochen nach unserer Ankunft in der Stadt ließ mir mein Amt für nichts anderes Zeit. Dorcas erkundete sie für uns beide und war ausdrücklich damit betraut, für mich nach den Pelerinen zu forschen. Auf der langen Reise von Nessus war mir das Wissen, im Besitz der Klaue des Schlichters zu sein, eine schwere Bürde gewesen. Nun, da ich nicht mehr auf Wanderschaft war und keine Möglichkeit hatte, die Pelerinen unterwegs ausfindig zu machen, und mich nicht einmal damit trösten konnte, in eine Richtung zu ziehen, die mich zuletzt vielleicht zu ihnen führte, wurde es zu einer schier unerträglichen Last. Unterwegs hatte ich unter den Sternen geschlafen und das Juwel in meinem Stiefelschaft verwahrt oder in der Kappe meines Schuhs verborgen, falls wir – selten genug – unter einem Dach einkehren konnten. Nun stellte ich fest, daß ich überhaupt nicht schlafen konnte, wenn ich es nicht bei mir hatte, um mich beim nächtlichen Erwachen vergewissern zu können, daß ich noch in seinem Besitz war. Dorcas nähte mir ein rehledernes Säckchen dafür, das ich Tag und Nacht um meinen Hals trug. Ein dutzend Mal träumte ich in diesen ersten Wochen, das Juwel leuchten und wie seine brennende Kathedrale in der Luft schweben zu sehen, und bemerkte, als ich erwachte, daß es durch das dünne Leder schimmerte, so hell strahlte es. Ein- oder zweimal erwachte ich nachts und stellte fest, daß ich auf dem Rücken lag und das Säckchen auf meiner Brust offenbar so schwer geworden war (obschon ich es mühelos mit der Hand heben konnte), daß es mich erdrückte.

Dorcas tat alles in ihrer Macht Stehende, um mich zu trösten und mir zu helfen; dennoch entging mir nicht, daß sie sich des jähen Wandels in unserer Beziehung bewußt war und noch mehr als ich darunter litt. Solche Veränderungen sind meiner Erfahrung nach immer unangenehm – und sei's nur deshalb, weil sie weitere Veränderungen nahelegen. Als wir unterwegs waren (und wir waren mehr oder minder schnell unterwegs seit jenem Moment im Garten des Endlosen Schlafes, als ich, halb ertrunken, von ihr auf den schwabbeligen Riedsteg gezerrt worden war), stellten wir ebenbürtige Gefährten dar; ein jeder ging die zurückgelegten Meilen auf eigenen Füßen oder ritt auf dem eigenen Tier. Hatte ich ihr leiblichen Schutz geboten, so hatte sie mir irgendwo moralische Unterstützung gewährt, denn nur wenige konnten auf Dauer vorgeben, ihre unschuldige Schönheit zu verachten, oder ob meines Amtes Entsetzen empfinden, wenn sie, mich beäugend, unweigerlich auch sie betrachten mußten. Sie war mir in Schwierigkeiten Berater und an hundert einsamen Orten Kamerad gewesen.

Als wir schließlich nach Thrax gelangten und ich dem Archon Meister Palaemons Brief vorlegte, wurde all dem notgedrungen ein Ende gesetzt. In meiner rußschwarzen Tracht hatte ich die Menge nicht mehr zu fürchten, denn nun fürchtete sie mich als den höchsten Vollstrecker des verhaßten Arms des Gesetzes. Dorcas lebte nun – nicht als Ebenbürtige, sondern als Buhlin, wie die Sibylle sie einst genannt hatte, in der Wohnung, die mir in den Vincula bereitgestellt worden war. Ihr Rat wurde überflüssig oder fast überflüssig, denn die Schwierigkeiten, die mir zu schaffen machten, waren rechtlicher oder verwaltungsmäßiger Art, auf die ich jahrelang vorbereitet worden war und wovon sie nichts verstand; außerdem hatte ich selten die Zeit oder Kraft, sie ihr zu erläutern, auf daß wir sie besprechen könnten.

Während ich also Wache um Wache im Gericht des Archons stand, machte sie es sich zur Gewohnheit, durch die Stadt zu streifen, und wir, die wir den ganzen letzten Teil des Frühlings zusammen gewesen waren, sahen uns jetzt im Sommer kaum mehr, bis auf das gemeinsame Nachtessen, woraufhin wir erschöpft aufs Bett sanken, wo wir selten mehr taten, als in den Armen des anderen in Schlaf zu fallen.

Schließlich schien der Vollmond vom Himmel. Mit welcher Freude betrachtete ich ihn vom Dach des Turmes aus, grün wie Smaragd unter seinem dichten Waldmantel und rund wie der Rand einer Tasse! Ich war noch nicht frei, denn die einzelnen Folterungen und Verwaltungsarbeiten, die sich seit meinem Dienstantritt angehäuft hatten, harrten der Erledigung; immerhin war ich aber nun frei, mich ihnen mit ganzer Aufmerksamkeit zu widmen, was mir so famos wie die Freiheit selbst vorkam. Ich hatte Dorcas eingeladen, mich am nächsten Tag bei meinem Inspektionsgang durch die unterirdischen Teile der Vincula zu begleiten.

Das war ein Fehler. Ihr wurde inmitten des Elends der Gefangenen übel in der stickigen Luft. An jenem Abend erzählte sie mir, wie berichtet, daß sie ein öffentliches Bad (wie ungewöhnlich für sie, die sich Stück für Stück mit einem Schwamm, den sie in eine tellertiefe Schale tauchte, zu waschen pflegte) aufgesucht habe, um Haar und Haut vom Gestank des Stollens zu befreien, und daß die Badegäste über sie geredet hätten.

II
Auf dem Katarakt

Am nächsten Morgen schnitt sich Dorcas, ehe sie den Turm verließ, das Haar, bis sie fast wie ein Knabe aussah, und steckte eine weiße Pfingstrose durch den Reif, der es zusammenhielt. Ich saß bis zum späten Nachmittag über verschiedenen Schriftstücken, borgte mir dann einen zivilen Burnus vom Sergeanten meiner Wärter und begab mich mit der Hoffnung, ihr zu begegnen, in die Stadt.

Im braunen Buch, das ich bei mir trage, wird gesagt, nichts sei so sonderbar wie die Erkundung einer Stadt, die sich von allen bekannten völlig unterscheidet, denn dabei erkunde man ein zweites, ungeahntes Selbst. Noch sonderbarer dünkt mich die Erkundung einer solchen Stadt, wenn man eine Weile in ihr gelebt hat, ohne etwas von ihr zu sehen.

Ich wußte nicht, wo sich die Badeanstalt, die Dorcas erwähnt hatte, befand, obschon ich anhand von Gesprächen, die ich im Gerichtshof gehört hatte, vermutete, daß es eine solche Einrichtung gab. Ich wußte nicht, wo der Basar lag, in dem sie ihre Kleider und Schönheitsmittel gekauft hatte, oder ob es mehr als einen gab. Ich kannte, kurz gesagt, nur das, was ich von den Zinnen und auf dem kurzen Weg von den Vincula zum Palast des Archons sehen konnte. Ich war vielleicht allzu zuversichtlich, mich in einer so viel kleineren Stadt als Nessus zurechtfinden zu können; dennoch versäumte ich es vorsichtshalber nicht, mich hin und wieder bei meinem Gang durch die krummen Gassen, die sich zwischen den höhlenartig in den Fels getriebenen und schwalbennestartig aufgesetzten Behausungen über den Abhang schlängelten, zu vergewissern, daß ich den vertrauten Turm mit seinem verbarrikadierten Tor und schwarzen Banner noch sehen konnte.

In Nessus wohnen die Reichen im nördlichen Teil, wo das Wasser des Gyolls reiner ist, und die Armen im südlichen, wo es verschmutzt ist. Hier in Thrax war dieser Brauch unnütz, denn der Acis floß so schnell, daß die Exkremente von denjenigen weiter flußaufwärts (die natürlich nur ein Tausendstel der Einwohner an den nördlichen Gyollufern ausmachten) den Strom kaum trüben konnten und das Wasser von oberhalb des Kataraktes zudem über Aquädukte in die öffentlichen Brunnen und Häuser der Wohlhabenden geleitet wurde, so daß man vom Fluß unabhängig war, wenn man nicht – wie in Manufakturen und Wäschereien – auf große Mengen angewiesen war.

In Thrax vollzog sich die Trennung also durch die Höhe der Lage. Die Reichsten wohnten in den flachen Hängen unmittelbar am Fluß in nächster Nähe der Läden und Ämter, wo sie ein kurzer Fußmarsch zu den Anlegestellen brachte, von denen aus sie auf von Sklaven geruderten Kaiks in der Stadt auf und ab fahren konnten. Die weniger Bemittelten lebten etwas höher, und die Häuser der Mittelklasse standen üblicherweise noch höher, bis sich zuletzt unterhalb der Befestigungsanlagen auf den Bergkämmen die Behausungen der Allerärmsten anschlossen, die oft nicht mehr als schilfgedeckte Lehmhütten waren, die man nur über lange Leitern erreichen konnte.

Ich sollte diese elenden Verhältnisse noch kennenlernen, blieb aber zunächst im Geschäftsviertel neben dem Flußufer. In den engen Straßen dort herrschte ein solches Gedränge, daß ich schon glaubte, irgendein Fest sei im Gange oder der Krieg – der mir, solange ich in Nessus war, so fern vorgekommen, aber immer unmittelbarer zu spüren gewesen war, je weiter Dorcas und ich in den Norden vordrangen – sei nun so nahe gerückt, daß sich die Stadt mit seinen Flüchtlingen füllte.

Nessus ist so groß, daß auf jeden lebenden Bewohner, wie ich mir hab' sagen lassen, fünf Gebäude kommen. In Thrax ist dieses Verhältnis gewiß umgekehrt, und ich habe an diesem Tag zuweilen den Eindruck gehabt, jedes Dach müsse fünfzig beherbergen. Auch ist Nessus eine Weltstadt, in der man neben vielen Fremdländern sogar gelegentlich Cacogens, die mit Schiffen von anderen Welten gekommen sind, sieht und spürt, daß sie Fremde sind, fern von ihrer Heimat. Hier erlebte ich in den Straßen ein buntes Menschengemisch, aber die Leute stellten nur Angehörige verschiedener Bergvölker dar; auch wenn ich zum Beispiel einen Mann mit einem Hut aus Vogelgefieder sah, dessen Flügel ihm als Ohrenklappen dienten, oder einen Mann in einem zottigen Kaberu-Mantel oder einen Mann mit einem tätowierten Gesicht, hätte ich hinter der nächsten Ecke hundert anderen solcher Stammesvertreter begegnen können.

Diese Leute waren Eklektiker, die Abkömmlinge der Siedler aus dem Süden, die sich mit den vierschrötigen, dunklen Autochthonen verpaart und gewisse Gebräuche von ihnen übernommen und diese wiederum mit den Sitten der noch nördlicheren Amphitryonen und zum Teil anderer, unbekannterer Völker, Händler und parochialer Rassen vermengt hatten.

Viele dieser Eklektiker verwenden vornehmlich Messer, die gebogen sind – oder krumm, wie manchmal gesagt wird. Sie bestehen aus zwei ziemlich geraden Schenkeln und haben im unteren Teil ein Knie. Diese Form erleichtert es angeblich, das Herz zu durchbohren, wenn man unter dem Brustbein einsticht. Die Klinge ist durch eine Mittelrippe verstärkt und hat zwei Schneiden, die sehr scharf gehalten werden; ein Stichblatt fehlt, und der Griff ist für gewöhnlich ein knöcherner. (Ich habe diese Messer so ausführlich beschrieben, weil sie wie nichts anderes typisch für diese Gegend sind und weil Thrax von ihnen einen anderen seiner Beinamen ableitet: die Stadt der Krummen Messer. Auch gleicht der Aufbau der Stadt der Klinge eines solchen Messers, wobei das Knie im Engpaß dem Knie in der Klinge ähnelt, der Fluß Acis der Mittelrippe, Burg Acies der Spitze und der Capulus dem Ansatzstück, wo der Stahl im Heft verschwindet.)

Einer der Wärter im Bärenturm sagte mir einmal, es gebe kein so gefährliches oder wildes und unbezähmbares Tier wie die Hybride, die entsteht, wenn ein Bluthund eine Wölfin begattet. Wir sind daran gewöhnt, uns die Tiere des Waldes und der Berge als wild vorzustellen und die Menschen, die sozusagen diesem Boden entspringen, für barbarisch zu halten. Aber in Wahrheit sind bestimmte Haustiere (wie wir wüßten, wären wir nicht so mit ihnen vertraut) viel bösartiger, obwohl sie die menschliche Sprache so gut verstehen und manchmal sogar ein paar Brocken sprechen können; gleichfalls steckt in Männern und Frauen, deren Vorfahren seit dem Anbeginn der Menschheit in Städten und Dörfern gelebt haben, eine viel ausgeprägtere Wildheit. Vodalus, in dessen Adern das unverdünnte Blut von tausend Beglückten – Exarchen, Ethnarchen und Starosten – floß, war zu Gewalthandlungen fähig, die den Autochthonen, welche nackt unter ihren Mänteln die Straßen von Thrax beschritten, unvorstellbar erschienen wären.

Wie die Wolfshunde (die ich nie zu Gesicht bekam und die zu bösartig waren, um von irgendeinem Nutzen zu sein) vereinten diese Eklektiker alles Grausame und Unbezähmbare von ihren gemischten Ahnen; als Freunde oder Gefährten waren sie mürrisch, treulos und zänkisch; als Feinde grimmig, listig und rachsüchtig. So hatte ich es wenigstens von meinen Untergebenen in den Vincula gehört, denn die Gefangenen dort setzten sich zur Hälfte aus Eklektikern zusammen.

Immer wenn ich Männern begegnet bin, deren Sprache, Gewand und Brauchtum fremd sind, habe ich mir überlegt, wie die Frauen ihrer Rasse wären. Es besteht immer ein Zusammenhang, denn Mann und Weib sind das Ergebnis einer einzigen Kultur, wie auch die Blätter eines Baumes, die man sieht, und die Früchte, die man nicht sieht, weil sie vom Laub verborgen werden, aus einem einzigen Organismus hervorgehen. Der Betrachter indes, der Form und Geschmack der Frucht anhand einiger belaubter Zweige vorhersagen möchte, die er (wie in meinem Fall) nur aus der Ferne sieht, müßte viel von Blättern und Früchten verstehen, wollte er sich nicht lächerlich machen.

Kriegerische Männer werden vielleicht von schmachtenden Frauen geboren oder mögen Schwestern haben, die vielleicht genauso stark, aber resoluter sind. So machte ich mir auch nun, da ich durch die Menge schritt, die hauptsächlich aus diesen Eklektikern und den Städtern bestand (welche mir nicht viel anders als die Bürger von Nessus vorkamen, außer daß sie nicht so feine Kleider und Manieren hatten), Gedanken über die dunkeläugigen, dunkelhäutigen Frauen; Frauen mit glänzend schwarzen Haaren, so dicht wie die Schweife der scheckigen Reittiere ihrer Brüder; Frauen, deren Gesichter ich mir kräftig, aber dennoch fein vorstellte; Frauen, die erbittertem Widerstand und rascher Kapitulation ergeben waren; Frauen, die zu gewinnen, aber nicht zu kaufen waren – falls es solche Frauen auf dieser Welt gäbe.

Von ihren Armen begab ich mich in Gedanken zu den Orten, an denen sie zu finden wären, den einsamen Hütten, die sich an Gebirgsquellen schmiegten, den versteckten Zelten, die allein auf hohen Weiden standen. Bald war ich so berauscht von der Bergwelt wie damals, als Meister Palaemon mir die korrekte Lage von Thrax erklärt hatte, von der Vorstellung des Meeres. Wie glorios sie sind, diese unerschütterlichen Idole der Urth, die, in unvorstellbar früher Zeit mit unfaßbarem Werkzeug geformt, noch immer über den Rand der Welt die finsteren, mit Mitren, Tiaren und Diademen bekrönten, schneegeschmückten Häupter heben; Häupter, deren Augen groß wie Städte sind; Gestalten, deren Schultern in Wälder gehüllt sind.

Mit dem unscheinbaren Burnus eines Städters verkleidet, bahnte ich mir mit den Ellbogen einen Weg durch das bunte Menschengewühl in den Straßen, die von üblen Ausdünstungen und Küchengerüchen durchdrungen waren, im

Geiste jähe Felsen mit ihrem Geschmeide aus kristallklaren Wildbächen schauend.

Thecla muß, glaube ich, zumindest in das Vorgebirge dieser Massive gebracht worden sein, gewiß um der Hitze eines besonders schwülen Sommers zu entgehen; denn viele der Szenen, die (fast wie von selbst) vor meinem geistigen Auge aufstiegen, waren auffällig kindlich. Ich sah Steingewächse, deren jungfräuliche Blüten ich so unmittelbar gewahrte, wie es ein Erwachsener nur kniend vermöchte; Schluchten, die nicht nur furchterregend, sondern schockierend wirkten, als wäre ihre bloße Existenz eine Beleidigung der Naturgesetze; Berge, die ob ihrer Höhe buchstäblich wie ohne Gipfel schienen, als fiele die ganze Welt unablässig aus irgendeinem unvorstellbaren Himmel, der diese Berge dennoch im Griff behielte.

Schließlich gelangte ich zur Burg Acies, nachdem ich die Stadt fast der ganzen Länge nach durchwandert hatte. Ich gab mich den Wächtern an der Seitentür zu erkennen und durfte eintreten und den Donjon besteigen, wie ich einst unseren Matachin-Turm erklommen hatte, bevor ich von Meister Palaemon Abschied nahm.

Als ich diesen erklommen hatte, um dem einzigen Ort, der mir vertraut war, Lebewohl zu sagen, stand ich auf einem der höchsten Punkte der Zitadelle, welche wiederum von einem der höchsten Hügel in der ganzen Gegend um Nessus aufragte. Die ganze Stadt lag bis zum Rande meines Blickfelds vor mir ausgebreitet, und durch sie bahnte sich wie der grüne Schleim einer Wegschnecke auf einer Landkarte der Fluß Gyoll; sogar die Mauer war an einigen Stellen des Horizonts sichtbar, und kein Schatten einer recht viel höheren Warte fiel auf mich.

Hier war der Eindruck ganz anders. Ich stand über dem Acis, der über eine Treppe von Felsstufen, die jeweils doppelt oder dreifach so hoch wie ein mächtiger Baum lagen, auf mich zu stürzte. Zu weißem Schaum geschlagen, der im Sonnenschein glitzerte, verschwand er unter mir und kam wieder zum Vorschein als silbernes Band, das sich reißend durch die Stadt wälzte, welche sich so fein in das enge Tal schmiegte wie eines jener Spielzeugdörfer in einem Kasten, wie ich (oder vielmehr Thecla) es einmal zum Geburtstag erhalten hatte.

Dennoch stand ich eigentlich auf dem Boden einer Schale. Auf jeder Seite stiegen die Felswände empor, und wenn ich sie betrachtete, glaubte ich zumindest für einen Augenblick, die Schwerkraft sei durch das Malnehmen eines Zauberers mit Phantasiezahlen verdreht worden, bis sie im rechten Winkel zur eigentlichen Richtung stünde, und die Höhe, die ich sah, sei in Wirklichkeit die ebene Oberfläche der Welt.

Eine Wache oder länger bestaunte ich wohl diese Felswände, verfolgte die spinnwebartigen Wasserfälle, die mit Getöse wildromantisch herniederstürzten, um sich mit dem Acis zu vereinen, und beobachtete die eingeschlossenen Wolken, die sich, wie mir schien, sanft gegen den unnachgiebigen Fels drängten wie aufgeschreckte Schafe gegen den gemauerten Pferch.

Schließlich wurde ich die Herrlichkeit der Bergwelt und meine Gebirgsträume müde – das heißt, nicht müde, sondern berauscht davon, bis sich um mich herum alles schwindelerregend schnell drehte und ich diese unbarmherzigen Höhen offenbar selbst mit geschlossenen Augen sah und in meinen Träumen in dieser Nacht und vielen kommenden Nächten fühlte, von ihren Gipfeln zu stürzen oder mich mit blutigen Fingern hoffnungslos an ihre Felsen zu klammern.

Nun kehrte ich mich allen Ernstes der Stadt zu und lenkte meinen Blick, um zur Ruhe zu kommen, auf den Turm der Vincula, einem nun sehr bescheidenen Würfelchen, das an einem Steilhang haftete, der kaum mehr als eine kleine Welle im unermeßlichen Felsenmeer ringsum darstellte. Ich folgte dem Verlauf der Hauptstraßen und versuchte (fast spielerisch, um nach dem langen Ausschauhalten wieder zu Sinnen zu kommen), jene zu bestimmen, die ich auf dem Weg zur Burg durchschritten hatte, und aus dieser neuen Perspektive die Häuser und Marktplätze zu betrachten, die ich dabei passiert hatte. Ich erspähte die Basare, wovon es zwei gab, nämlich auf jeder Flußseite einen, und entdeckte von neuem die markanten Punkte, die mir von der Fensterlaibung der Vincula aus vertraut geworden waren – die Arena, das Pantheon und den Palast des Archons. Als ich alles, was ich von unten aus gesehen hatte, wiedererkannte von meinem neuen Aussichtspunkt und bestätigt fand, was ich anhand des Stadtplans über die Lage der Burg, auf der ich stand, bereits gewußt hatte, begann ich, die kleineren Straßen zu erforschen, indem ich den verschlungenen Steigen folgte, welche die oberen Hänge überzogen, und in schmale Gassen spähte, die oft nicht mehr als ein schwarzer Strich zwischen den Häusern schienen.

Schließlich fiel mein suchender Blick wieder auf die Flußufer, und ich studierte Stück für Stück die dortigen Anlegestellen, die Lagerhäuser und sogar die pyramidenartig aufgeschichteten Fässer, Kisten und Ballen, die auf die Verschiffung warteten. Das Wasser war nicht mehr schäumig, außer wo die Piere seinen Lauf hemmten. Seine Farbe war fast indigoblau, und wie die indigoblauen Schatten, die man abends an einem verschneiten Tag sieht, schien es still, geschmeidig und frostig voranzuhuschen; aber der Zug der dahineilenden Kaiks und schwer beladenen Feluken verriet, was für eine Turbulenz unter der glatten Oberfläche verborgen lag, denn die größeren Schiffe schwangen ihre langen Bugspriete wie Fechter, und allesamt gierten sie immer wieder dwars, während die Ruder in die reißenden Schnellen droschen.

Nachdem ich alles weiter stromabwärts Liegende betrachtet hatte, beugte ich mich über die Brüstung, um den Fluß unmittelbar unter mir und einen keine zweihundert Schritt vom Seitentor entfernten Kai zu sehen. Als ich die Schauerleute beobachtete, die dort einen der schmalen Flußkähne entluden, entdeckte ich nahebei eine regungslose, winzige Gestalt mit hellen Haaren. Zunächst hielt ich sie für ein Kind, denn sie wirkte so klein neben den stämmigen, fast nackten Arbeitern; aber es war Dorcas, die, das Gesicht in den Händen, direkt am Wasser hockte.

III
Vor der Hütte

Als ich Dorcas erreichte, vermochte ich nicht, sie zum Sprechen zu bewegen. Nun war es nicht einfach so, daß sie mir grollte, obgleich ich das damals vermutete. Schweigen war über sie gekommen wie ein Gebrechen, das ihr zwar nicht Zunge und Lippen versehrte, aber ihren Willen lähmte, diese zu gebrauchen, und vielleicht auch ihren Wunsch dazu, gleichsam wie gewisse Seuchen unser Verlangen nach Lust und sogar unser Verstehen für das Vergnügen anderer zerstören. Wenn ich ihr Gesicht nicht zum meinigen hob, blickte sie ins Nichts, starrte vor sich auf den Boden, wohl ohne ihn zu sehen, oder bedeckte das Gesicht mit den Händen, wie sie es darin vergraben hatte, als ich sie entdeckte.

Ich wollte mit ihr sprechen, weil ich – damals – glaubte, ich könnte etwas sagen, obwohl ich nicht wußte, was, das aus ihr wieder die alte machte. Allerdings war es mir dort auf dem Kai unmöglich, wo uns die Schauerleute verwundert beäugten, und zunächst konnte ich keinen Ort finden, wohin ich sie hätte führen können. In einer nahegelegenen Gasse, die sich über den Hang östlich des Flusses wand, bemerkte ich ein Wirtshausschild. In der engen Gaststube speisten Leute, aber für ein paar Aes konnte ich mir im Stockwerk darüber ein Zimmer mieten, eine Kammer, die bis auf ein Bett leer war und kaum Platz für mehr Möbel geboten hätte, und deren schräge Decke so niedrig war, daß ich an einer Seite nicht aufrecht stehen konnte. Die Wirtin dachte, wir wollten das Zimmer für ein flüchtiges Schäferstündchen, was unter den gegebenen Umständen recht selbstverständlich schien, dachte sich aber anhand von Dorcas' verzweifelter Miene zugleich, ich übte irgendeinen Druck auf sie aus oder hätte sie von einem Kuppler gekauft, denn sie warf ihr einen rührenden, mitleidigen Blick zu, den Dorcas wohl nicht im geringsten registrierte, während sie mich voller Vorwürfe ansah.

Ich verschloß und verriegelte die Tür und forderte Dorcas auf, sich ins Bett zu legen; dann setzte ich mich neben sie und wollte sie zum Sprechen ermuntern, indem ich fragte, was mit ihr sei und was ich tun könne, um das, was sie plage, in Ordnung zu bringen und so weiter. Als ich sah, daß es keinen Zweck hatte, begann ich, über mich selbst zu reden, denn ich vermutete, was sie bewegte, ein Gespräch mit mir zu verweigern, sei ihr Entsetzen ob der Zustände in den Vincula.

»Alle verachten uns«, sagte ich. »Es gibt also keinen Grund, warum nicht auch du mich verachten solltest. Das Überraschende ist nicht, daß du mich hassen gelernt hast, sondern daß es so lange gedauert hat, bis du wie alle anderen fühlst. Aber weil ich dich liebe, will ich versuchen, die Sache der Zunft und damit meine eigene vorzutragen, damit es dich nicht mehr quäle, einen Folterer geliebt zu haben, selbst wenn du mich jetzt nicht mehr liebst.

Wir sind nicht grausam. Wir finden kein Gefallen an dem, was wir tun, außer es gut zu tun, was bedeutet, es schnell zu tun und weder mehr noch weniger zu tun, als das Gesetz uns vorschreibt. Wir gehorchen den Richtern, denn sie sind aufgrund der Bestimmung des Volkes im Amt. Manche sagen, wir sollten nichts von dem tun, was wir tun, und daß niemand es tun sollte. Sie sagen, eine kaltblütig verhängte Strafe sei ein größeres Verbrechen, als es unsere Klienten überhaupt begangen haben könnten.

Es mag Gerechtigkeit darin sein, aber es ist eine Gerechtigkeit, die unsere Republik zerstören würde. Keiner könnte sich sicher fühlen und sicher sein, und zuletzt würde sich das Volk erheben – zunächst gegen die Diebe und Mörder, dann gegen jeden, der die volkstümlichen Vorstellungen von Anstand und Schicklichkeit verletzte, und schließlich gegen bloße Fremdlinge und Verstoßene. Bald hätten wir wieder die schrecklichen alten Zustände wie Scheiterhaufen und Steinigung, wobei jeder versuchte, seinen Nachbarn zu übertreffen, aus Furcht, man könnte ihn morgen verdächtigen, mit dem armen Tropf, der heute stirbt, zu sympathisieren.

Wieder andere sagen, bestimmte Klienten verdienten die schlimmste Strafe, während andere zu schonen seien, und daß wir uns weigern sollten, bei letzteren unseres Amtes zu walten. Es wird gewiß so sein, daß manche sich schuldiger als andere gemacht haben, und es mag sogar sein, daß einige von denen, die uns ausgeliefert werden, überhaupt keine Schuld trifft – weder in der vorgeworfenen Sache noch in irgendeiner anderen.

Aber die Leute, die für so etwas eintreten, erheben sich lediglich zum Richter über die Richter, die der Autarch eingesetzt hat, obwohl sie in der Rechtskunde weniger bewandert sind und nicht befugt sind, Zeugen zu bestellen. Sie fordern, daß wir den echten Richtern nicht gehorchen und auf sie hören, obgleich sie nicht zeigen können, daß sie unseren Gehorsam eher verdienen.

Wieder andere verlangen, daß unsere Klienten überhaupt nicht gefoltert oder hingerichtet werden, sondern für die Republik arbeiten sollten, indem sie Kanäle grüben, Wachttürme bauten und so fort. Aber mit den Kosten für ihre Wächter und Ketten ließen sich ehrliche Arbeiter bezahlen, die ansonsten ohne Broterwerb blieben. Warum sollten diese fleißigen Arbeiter hungern, damit Mörder nicht stürben und Diebe keinen Schmerz erlitten? Obendrein würden diese Mörder und Diebe, die dem Gesetz nicht treu ergeben wären und keine Hoffnung auf Entlohnung hätten, nur arbeiten, wenn sie die Peitsche im Rücken fühlten. Und was wäre das anderes als Folterung unter einem neuen Namen?

Wieder andere sagen, daß die Verurteilten in Gewahrsam kommen sollten, ohne Entbehrungen und Schmerz – jahrelang und oft bis zum Ende ihres Lebens. Aber Menschen ohne Entbehrungen und Schmerzen leben lange, und jedes Orikalkum, das zu ihrem Unterhalt dient, müßte von besseren Verwendungen abgezogen werden. Ich weiß wenig über den Krieg, aber ich verstehe genug, um zu wissen, wieviel Geld für Waffen und Sold gebraucht wird. Der Kampf findet in den nördlichen Bergen statt, so daß wir wie hinter hundert Mauern kämpfen. Was aber, wenn er sich bis in die Pampas verlagerte? Könnten wir die Ascier zurückhalten, wenn sie so breiten Raum für ihre Manöver hätten? Und wie wollte man Nessus ernähren, sollten die dortigen Viehherden in ihre Hände fallen?

Wenn die Schuldigen nicht entbehrungslos einzusperren und nicht zu foltern sind, was bleibt dann noch? Würden sie getötet, allesamt getötet, dann gälte das arme Weib, das gestohlen hätte, als genauso schlimm wie die Mutter, die das eigene Kind vergiftete, wie Morwenna von Saltus es getan. Möchtest du das? In Friedenszeiten würden viele verbannt. Aber verbannte man sie jetzt, spielte man den Asciern nur ein Heer von Spitzeln zu, die nach entsprechender Schulung und Ausstattung mit Mitteln zu uns zurückgeschickt würden. Bald könnte man keinem mehr über den Weg trauen, selbst wenn er unsere Sprache spräche. Möchtest du das?«

Dorcas lag so still auf dem Bett, daß ich schon glaubte, sie sei eingeschlafen. Aber ihre Augen, diese großen, makellos blauen Augen, waren offen; und als ich mich über sie beugte, bewegten sie sich und betrachteten mich eine Weile, als verfolgten sie die sich ausbreitenden Wellen in einem Teich.

»Nun gut, wir sind Teufel«, sagte ich, »wenn du unbedingt willst. Aber wir sind notwendig. Sogar die Mächte des Himmels halten es für nötig, Teufel einzusetzen.«

Tränen traten in ihre Augen, obschon ich nicht wußte, ob sie weinte, weil sie mir Unrecht getan hatte oder weil ich noch anwesend war. In der Hoffnung, ihre alte Liebe zurückzugewinnen, begann ich von der Zeit zu erzählen, da wir noch gen Thrax unterwegs gewesen waren, und erinnerte sie daran, wie wir uns nach der Flucht aus den Anlagen des Hauses Absolut auf der Lichtung getroffen hatten, wie wir vor Dr. Talos' Spiel in den großen Gärten geredet hatten, durch den blühenden Obstgarten gegangen waren und auf einer alten Bank an einem verfallenen Brunnen gesessen hatten; ich wiederholte, was sie zu mir und ich zu ihr gesagt hatte.

Und mir war, als nähme ihr das ihren Kummer ein bißchen, bis ich den Brunnen erwähnte, dessen Wasser aus dem zerbrochenen Becken in kleine Rinnsale, von irgendeinem Gärtner zum Tränken der Bäume angelegt, abgeflossen war, um schließlich im Boden zu versickern. Etwas Finsteres, das nirgendwo sonst im Zimmer gegenwärtig war, kam über ihr Gesicht wie eines dieser wunderlichen Dinger, die Jonas und mich durch die Zedern gehetzt hatten. Sodann wollte sie mich nicht mehr ansehen und schlief nach einer Weile wahrhaftig ein.

Ich stand auf, so leise ich konnte, entriegelte die Tür und ging über die Wendeltreppe nach unten. Die Wirtin hantierte noch in der Gaststube, aber die Leute, die sich dort aufgehalten hatten, waren schon fort. Ich erklärte ihr, daß die Dame, die ich mitgebracht hatte, krank sei, bezahlte das Zimmer für einige Tage im voraus und versprach, wiederzukommen und alle übrigen Ausgaben zu begleichen. Sie solle von Zeit zu Zeit nach ihr sehen und ihr zu essen geben, falls sie etwas wolle.

»Ach, welch ein Segen, daß jemand in dem Zimmer schläft«, meinte die Wirtin. »Aber ist denn, wenn dein Liebchen krank ist, das Entennest wirklich der beste Ort, den du ihr bieten kannst? Kannst du sie nicht mit heim nehmen?«

»Ich fürchte, gerade das Wohnen in meinem Haus hat sie krank gemacht. Zumindest will ich nicht riskieren, daß es schlimmer wird, wenn ich sie dorthin bringe.«

»Armes Ding!« Die Wirtin schüttelte den Kopf. »Und wie hübsch sie ist, und fast noch ein Kind. Wie alt ist sie denn?«

Ich sagte ihr, das wisse ich nicht.

»Also gut, ich werd' mal zu ihr gehn und ihr 'ne Suppe

bringen, wenn sie soweit ist.« Sie sah mich an, als wollte sie sagen, daß es bald soweit wäre, wäre ich erst fort. »Aber laß dir sagen, daß ich sie nicht für dich hier festhalte. Sie kann gehen, wann immer sie will.«

Als ich aus dem kleinen Gasthaus trat, wollte ich auf dem schnellsten Weg in die Vincula heimeilen; allerdings unterlief mir der Irrtum zu glauben, da die schmale Gasse, in der das Entennest stand, fast südlich verlief, es ginge schneller, ihr zu folgen und weiter unten den Acis zu überqueren, anstatt wieder die Treppe zu besteigen, die Dorcas und ich heruntergekommen waren, und zum Fuß der Seitenmauer von Burg Acies zurückzukehren.

Die enge Gasse täuschte mich, wie ich mir hätte denken können, wäre ich mit den Wegen von Thrax besser vertraut gewesen. Denn all die krummen Gassen, die sich über die Hänge schlängeln, verlaufen im Grunde – auch wenn sie sich kreuzen – auf und ab; will man von einem in den Fels geduckten Haus zum nächsten gelangen, muß man (falls sie nicht dicht beisammen oder übereinander liegen) hinunter zum Fluß und wieder hinauf gehen. So fand ich mich also bald so hoch im östlichen Steilhang wie die Vincula im westlichen, und die Aussicht heimzufinden war geringer als beim Aufbruch aus dem Gasthaus.

Offengestanden war mir diese Feststellung nicht ganz unliebsam. Daheim wartete Arbeit auf mich, zu der ich keine besondere Lust hatte, denn mich beschäftigte noch die Sorge um Dorcas. Mir war danach zumute, meine Frustration durch Beinarbeit zu verjagen, also entschloß ich mich, der krummen Gasse notfalls bis zum oberen Ende zu folgen, die Aussicht auf die Vincula und Burg Acies zu genießen und dann einem der Wächter an den dortigen Befestigungsanlagen mein Dienstabzeichen zu zeigen, um dort entlang zum Capulus zu gehen und den Fluß am untersten Steg zu überqueren.

Aber nach einer mühsamen halben Wache stellte sich heraus, daß ich weiter nicht käme. Die Gasse endete vor einer drei bis vier Ketten hohen Felswand und hatte vermutlich schon früher geendet, denn die letzten zwanzig Schritt stellten wohl nicht mehr als einen Privatweg zur dürftigen Hütte aus Lehm und Reisiggeflecht dar, vor der ich stand.

Nachdem ich mich vergewissert hatte, daß kein Weg um sie herum und kein Steig in der Nähe weiter hinauf führte, wollte ich mich schon verärgert umdrehen, als ein Kind aus der Hütte schlüpfte, sich halb kühn, halb furchtsam an mich heranmachte, wobei es mich nur aus dem rechten Auge beguckte und mir in der überall anzutreffenden Bettlergeste die kleine, sehr schmutzige Hand entgegenstreckte. Vielleicht hätte ich über das arme kleine Geschöpf, das sich mir so scheu und bedrängend näherte, gelacht, wäre ich besser gelaunt gewesen; jedenfalls ließ ich ein paar Aes in die drekkigen Fingerchen fallen.

Davon ermutigt, begann das Kind: »Meine Schwester ist krank. Sehr krank, Sieur.« Der Stimme nach zu urteilen, war es ein Knabe; und weil er mir beim Sprechen das Gesicht fast ganz zukehrte, konnte ich sehen, daß sein linkes Auge entzündet und zugeschwollen war. Eitrige Tränen waren herausgeflossen und auf der Wange angetrocknet. »Sehr, sehr krank.«

»Ich sehe«, antwortete ich.

»O nein, Sieur. Das könnt Ihr nicht, nicht von hier aus. Aber wenn Ihr wollt, könnt Ihr durch die Tür reinschauen – das wird ihr nichts ausmachen.«

In diesem Augenblick rief ein Mann mit dem abgenutzten Lederschurz eines Maurers: »Was ist denn, Jader? Was will er?« Er stapfte über den Weg in unsere Richtung herauf.

Wie man sich hätte denken können, verstummte der Knabe bei dieser Frage ängstlich. »Ich wollte nur den besten Weg in die Stadt hinunter wissen«, erklärte ich.

Der Maurer gab keine Antwort, sondern blieb etwa vier Doppelschritt vor mir stehen und verschränkte die Arme, die härter wirkten als die Steine, die sie brachen. Er schien aufgebracht und mißtrauisch, obwohl ich's mir nicht erklären konnte. Vielleicht hatte meine Sprache verraten, daß ich aus dem Süden stammte; vielleicht lag es nur an meiner Kleidung, die zwar keineswegs vornehm oder außergewöhnlich war, aber doch zeigte, daß ich zu einer höheren Klasse als der seinen gehörte.

»Darf man hier nicht gehen?« fragte ich. »Ist das privat?«

Er gab keine Antwort. Was immer er über mich dachte, es war offensichtlich, daß seiner Ansicht nach zwischen uns keine Verständigung stattfinden konnte. Wenn ich zu ihm sprach, so konnte das nur so geschehen, wie ein Mensch zu Tieren spricht, und nicht einmal zu intelligenten Tieren, sondern nur so wie ein Treiber Hornvieh anschreit. Und wenn ich sprach, so war das in seiner Sicht nur so, wie wenn ein Tier zu einem Mensch spricht – in Lauten aus der Kehle.

Mir ist aufgefallen, daß in Büchern nie ein solches Patt auftritt; die Verfasser sind so darauf erpicht, ihre Geschichte voranzubringen (und seien sie auch noch so hölzern, gleichsam wie Marktkarren mit ächzenden Rädern, die nie still sind, auch wenn sie nur in staubige Dörfer fahren, wo aller ländliche Reiz tot ist und die Wonnen der Stadt nie erreicht werden), daß für solche Verständigungsschwierigkeiten, für eine solche Nichtbereitschaft zum Gedankenaustausch kein Platz ist. Der Meuchelmörder, der seinem Opfer das Messer an die Kehle drückt, ist darauf versessen, die ganze Angelegenheit abzuhandeln – so wortreich, wie es dem Opfer oder Verfasser gefällt. Das leidenschaftliche Paar in der Liebesumarmung ist schließlich einmütig gewillt, das Erdolchen aufzuschieben – wenn nicht mehr.

Im Leben ist es anders. Ich starrte auf den Maurer und er auf mich. Ich hätte ihn wohl töten können, wäre mir meiner Sache aber nicht sicher gewesen, denn er machte einen ungewöhnlich starken Eindruck, und ich wußte nicht, ob er eine verborgene Waffe trüge oder ob Freunde in den umliegenden Elendsbehausungen ihm zu Hilfe kämen. Ich glaubte, er würde in jedem Moment auf den Weg zwischen uns speien, und hätte er das getan, hätte ich ihm meinen Burnus über den Kopf geschwungen und ihn zu Boden gepreßt.

Aber er tat es nicht, und nachdem wir uns eine Weile angestarrt hatten, sagte der Knabe, der wohl gar nicht verstand, was vor sich ging, wiederum: »Ihr könnt durch die Tür reinschauen, Sieur. Das wird meiner Schwester nichts ausmachen.« Er wagte es sogar, in seinem Eifer, mir zu zeigen, daß er nicht gelogen hatte, an meinem Ärmel zu zupfen, wohl ohne sich bewußt zu sein, daß sein Aussehen ihm das Recht zu jeder Bettelei gab.

»Ich glaub's dir«, sagte ich. Aber sogleich erkannte ich, daß ich ihn beleidigte, wenn ich sagte, ich glaubte ihm, denn damit gab ich ihm zu verstehen, ich hätte nicht so viel Vertrauen, es einfach zu probieren. Also bückte ich mich und schaute, obwohl ich zunächst wenig sah, denn ich blickte ja vom hellen Sonnenlicht in das düstere Innere der Hütte.

Der Sonnenschein fiel direkt von hinten auf mich. Ich spürte, wie er drückend auf meinem Nacken lag, und wurde mir bewußt, daß der Maurer, dem ich nun den Rücken zukehrte, mich ungestraft anfallen könnte.

Die Hütte war zwar klein, aber der enge Raum war nicht mit allerlei Zeug vollgestopft. An der Wand gegenüber der Tür war ein Strohlager aufgehäuft, worauf die Schwester lag. Sie befand sich in jenem Krankheitsstadium, wo man mit dem Erkrankten kein Mitgefühl mehr haben kann, weil er zum Bild des Entsetzens zerfallen ist. Ihr Gesicht war ein Totenkopf, von dünner, durchscheinender Haut wie der einer Trommel überzogen. Ihre Lippen vermochten nicht einmal mehr im Schlaf ihre Zähne zu bedecken, und durch das zehrende Fieber war ihr das Haar bis auf einige Büschel ausgefallen.

Ich stützte mich mit der Hand an der Wand aus Lehm und Reisig und richtete mich auf. Der Knabe sagte: »Ihr seht, sie ist sehr krank, Sieur. Meine Schwester.« Wieder hielt er die Hand auf.

Ich sah sie – sehe sie noch jetzt –, aber sie hinterließ keinen unmittelbaren Eindruck in meinem Verstand. Ich mußte immerzu an die Klaue denken, die mir anscheinend gegen das Brustbein drückte, aber nicht wie ein Gewicht, sondern wie die Knöchel einer unsichtbaren Faust. Mir fiel der Ulan ein, der wie tot gewesen war, bis ich seine Lippen mit der Klaue berührte, was mir aber nun vorkam, als wär's eine Ewigkeit her; auch fiel mir der Menschenaffe mit seinem Armstumpf ein, und wie Jonas' Verbrennungen verschwunden waren, als ich sie mit der Klaue bestrichen hatte. Ich hatte sie nicht mehr gebraucht – oder auch nur daran gedacht, sie zu gebrauchen –, seitdem sie bei Jolenta versagt hatte.

Schon so lange hatte ich dieses Geheimnis gewahrt, daß ich mich nun scheute, es wieder zu probieren. Vielleicht hätte ich sie dem sterbenden Mädchen aufgelegt, wenn sein Bruder nicht zugeschaut hätte; ich hätte damit das kranke Auge des Bruders berührt, hätte der bärbeißige Maurer nicht dabeigestanden. So wie die Dinge lagen, holte ich lediglich tief Luft und schnaufte mühsam ob der Kraft, die mir die Rippen zusammenschnürte, und unternahm nichts. Ohne auf die Richtung zu merken, ging ich davon, den Berg hinab. Ich vernahm, wie hinter mir der Speichel des Maurers aus seinem Mund schoß und auf das ausgetretene Pflaster klatschte; aber was für ein Laut das war, erkannte ich erst, als ich fast schon daheim und wieder mehr oder weniger zu mir gekommen war.

IV
Im Turm der Vincula

Es ist Besuch da, Liktor«, eröffnete mir der Posten, und als ich nur bestätigend nickte, fügte er hinzu: »'s wär' angebracht, sich vorher umzuziehn, Liktor.« Nun brauchte ich nicht mehr zu fragen, wer mein Gast sei, nur der Archon persönlich hätte ihm diesen Ton entlocken können.

Es war mir ein leichtes, in meine Privatgemächer zu gelangen, ohne durch das Arbeitszimmer zu müssen, worin ich die Geschäfte der Vincula und die Bücher führte. Während ich mich des geliehenen Burnusses entledigte und den rußschwarzen Mantel anlegte, stellte ich Vermutungen darüber an, warum der Archon, der mich noch nie aufgesucht hatte und den ich obendrein selten außerhalb seines Hofes gesehen hatte, es für erforderlich hielte, sich in die Vincula zu begeben – und noch dazu ohne Begleitung, soweit ich das mitbekommen hatte.

Diese Überlegungen waren mir willkommen, denn sie hielten gewisse andere Gedanken von mir fern. Es gab in unserem Schlafzimmer einen großen, versilberten Glasspiegel, der viel wirksamer war als die kleinen polierten Metallplatten, die ich gewohnt war; und auf diesen hatte Dorcas, wie ich nun erst bemerkte, als ich vor ihn trat, um mein Äußeres zu begutachten, mit Seife vier Zeilen eines Liedes gekritzelt, das sie mir einmal vorgesungen hatte:

Hörner der Urth, die ihr zum Himmel schallt,
Grün und wonniglich, grün und wonniglich.

Spielet mir auf; in schön'ren Auen wandle ich.
Und hebt, o hebt mich zum gefall'nen Wald!

Im Arbeitszimmer gab es mehrere Sessel, und ich hatte mir vorgestellt, den Archon auf einem dieser vorzufinden (obschon mir ebenso in den Sinn gekommen war, er nütze vielleicht die Gelegenheit und sähe sich die Papiere durch, wozu er jedes Recht hätte). Er stand jedoch in der Fensterlaibung und blickte auf die Stadt hinab, wie auch ich an diesem Nachmittag von den Zinnen der Burg Acies Ausschau gehalten hatte. Die Hände hatte er am Rücken verschränkt, und eine jede davon bewegte sich, während ich ihn betrachtete, als bärge sie eigenes, durch seine Gedanken gezeugtes Leben. Erst nach einer Weile drehte er sich um und erblickte mich.

»Du bist da, Foltermeister. Ich habe dich nicht kommen gehört.«

»Ich bin nur Geselle, Archon.«

Lächelnd setzte er sich, mir zugekehrt, auf den Sims. Seine Züge waren rauh, seine Nase gebogen und seine großen Augen von dunklen fleischigen Wulsten umrahmt, doch wirkte sein Gesicht nicht männlich; es hätte beinahe zu einer häßlichen Frau gehören können. »Von mir mit der Führung dieser Anstalt betraut, bleibst du dennoch bloß Geselle?«

»Ich kann nur durch die Meister meiner Zunft erhoben werden, Archon.«

»Aber du bist der beste ihrer Gesellen in Anbetracht des Briefes, den du mir vorgelegt, und in Anbetracht dessen, daß du für dieses Amt erwählt worden bist, und dessen, was du seit deiner Ankunft geleistet hast. Wie dem auch sei, hier fiele keinem ein Unterschied auf, würdest du dich vornehmer geben. Wie viele Meister gibt es?«

»Mir schon, Archon. Nur zwei, es sei denn, jemand wäre seit meiner Abreise erhoben worden.«

»Ich schreibe ihnen und bitte sie, dich in *absentia* zu erheben.«

»Ich danke Euch, Archon.«

»Nichts zu danken«, erwiderte er, wandte sich um und blickte aus dem Fenster, als wäre ihm das Ganze peinlich. »Du wirst etwa in einem Monat davon hören.«

»Sie werden mich nicht erheben, Archon. Aber es wird Meister Palaemon eine große Freude sein zu hören, daß ich bei Euch hochangesehen bin.«

Er kehrte sich wieder mir zu. »Wir brauchen doch nicht so förmlich zu sein. Ich heiß' Abdiesus, und es spricht nichts dagegen, daß du mich so nennst, wenn wir unter uns sind. Du heißt Severian, stimmt's?«

Ich nickte.

Er wandte sich wieder ab. »Dieses Fenster ist sehr tief. Hab's mir angesehen, bevor du gekommen bist. Die Wand reicht kaum bis zum Knie. Man könnte leicht hinausfallen, fürchte ich.«

»Aber nur wenn man so groß ist wie du, Abdiesus.«

»Wurden früher nicht gelegentlich Leute hingerichtet, indem man sie aus einem hohen Fenster oder von einer Klippe stürzte?«

»Ja, beide Methoden sind angewendet worden.«

»Aber nicht von dir, vermute ich.« Wieder drehte er sich mir zu.

»Soweit ich weiß, macht man's seit Menschengedenken nicht mehr so, Abdiesus. Was ich an Hinrichtungen vollzogen habe, ist lediglich mit dem Block oder Stuhl gewesen.«

»Aber du hättest nichts gegen andere Methoden einzuwenden? Falls du angewiesen würdest, sie zu gebrauchen?«

»Ich bin hier, um die Sprüche des Archons zu vollstrekken.«

»Es gibt Zeiten, Severian, wo öffentliche Hinrichtungen dem Allgemeinwohl zuträglich sind. Es gibt andere, wo sie schaden und das Volk nur zum Aufruhr anstiften würden.«

»Das ist klar, Abdiesus«, pflichtete ich ihm bei. Wie ich zuweilen in den Augen eines Knaben die Sorgen des Mannseins, zu dem er reifen wird, bemerkt hatte, sah ich die künftige Schuld, die bereits (wohl ohne daß er es merkte) in sein Gesicht getreten war.

»Ein paar Gäste sind für heut' abend in den Palast geladen. Ich hoffe, daß du unter ihnen sein wirst, Severian.«

Ich verbeugte mich. »Von den verschiedenen Ämtern wird seit jeher, wie es altes Brauchtum will, eines – nämlich das meine – von der Gesellschaft anderer ausgeschlossen.«

»Und das hältst du für ungerecht, was ganz natürlich ist. Heut' abend wollen wir, wenn das deine Überzeugung ist, eine kleine Wiedergutmachung leisten.«

»Wir von der Zunft haben nie über Ungerechtigkeit geklagt. Vielmehr haben wir uns unserer einzigartigen Isolation gerühmt. Heut' abend jedoch werden manche sich vielleicht veranlaßt sehen, Protest einzulegen.«

Ein Lächeln huschte über seine Miene. »Das soll mich nicht bekümmern. Hier, das wird dir Zutritt verschaffen!« Er streckte die Hand aus, worin er so behutsam, als fürchtete er, sie könnte seinen Fingern entgleiten, eine jener Scheiben aus festem Papier, nicht größer als ein Chrysos und mit einer schmuckreichen Inschrift aus Blattgold, hielt, von denen ich oft Thecla hatte sprechen hören (bei der Berührung damit regte sie sich in meinem Denken), die ich aber noch nie zu Gesicht bekommen hatte.

»Danke, Archon. Heut' abend also? Ich werd' versuchen, mir passende Kleidung zu besorgen.«

»Komm, wie du bist! Es ist ein Maskenball – deine Gildentracht ist dein Kostüm.« Er stand auf und reckte seine Glieder mit dem Gehabe eines Mannes, so dachte ich, der sich dem Ende einer langwierigen, unliebsamen Arbeit nähert. »Vorhin sprachen wir von weniger mühsamen Möglichkeiten, wie sich dein Werk verrichten ließe. Es wäre gut, wenn du alles mitbrächtest, was du heut' abend an Gerät dafür brauchtest.«

Ich hatte verstanden. Ich brauchte nur meine Hände, was ich ihm auch sagte; daraufhin lud ich ihn in dem Gefühl, meine Pflicht als Gastgeber bereits arg vernachlässigt zu haben, zu einer Erfrischung ein, sofern er sich mit dem, was ich anzubieten hätte, begnügen würde.

»Nein«, versetzte er. »Wenn du wüßtest, wieviel ich aus Höflichkeitsgründen essen und trinken muß, wüßtest du, wie sehr ich die Gesellschaft von jemand genieße, dessen freundliches Angebot ich abschlagen kann. Ich nehme doch nicht an, daß deine Bruderschaft je auf den Gedanken gekommen ist, Essen anstelle von Hungern als Folter zu verwenden?«

»O doch. Man nennt das Planteration, Archon.«

»Mußt mir mal davon erzählen. Wie ich sehe, ist eure Zunft meiner Phantasie voraus – mindestens um ein Dutzend Jahrhunderte. Nach der Jagdkunde muß die eure die allerälteste Wissenschaft sein. Nun kann ich jedoch nicht länger bleiben. Wir sehen dich heut' abend?«

»Es ist schon fast abend, Archon.«

»Dann zum Ende der nächsten Wache.«

Er ging hinaus; erst als die Tür sich hinter ihm geschlossen hatte, bemerkte ich den schwachen Moschusduft, den seine Robe verströmt hatte.

Ich betrachtete die kleine Papierscheibe in meiner Hand und drehte sie herum. Auf der Rückseite waren verschiedene Maskenbilder dargestellt, worunter ich eines der Schrecknisse – ein Gesicht, das lediglich aus einem mit Zähnen umsäumten Maul bestand – erkannte, die ich im Garten des Autarchen gesehen hatte, als die Cacogens ihre falschen Fratzen abnahmen, und das Gesicht eines Menschenaffen aus der verlassenen Mine bei Saltus.

Ich war müde, sowohl vom langen Gehen als auch von der Arbeit zuvor (denn ich war zeitig aufgestanden und hatte fast ein ganzes Tagwerk hinter mir); also zog ich mich aus, um mich zu waschen, ehe ich noch einmal aus dem Haus ginge, verzehrte etwas Obst und kalten Braten und trank eine Tasse des würzigen nordischen Tees. Wenn mich ein Problem sehr beschäftigt, bleibt es in meinem Denken, selbst wenn ich es nicht gewahr bin. So erging es mir auch damals; obschon ich mir dessen nicht bewußt war, verbanden mir die Gedanken an Dorcas in dem engen Gastzimmer mit der schrägen Decke und die Erinnerung an das sterbende Mädchen auf dem Strohlager die Augen und verschlossen mir die Ohren. Wohl deswegen hörte ich nicht meinen Sergeanten und merkte nicht bis zu seinem Eintreten, daß ich aus der Kiste neben dem Feuer Kienspäne genommen hatte und die dünnen Scheite nun mit den Händen zerbrach. Er fragte, ob ich noch einmal ausginge, und da er in meiner Abwesenheit für die Vincula verantwortlich war, bejahte ich und erklärte, ich wisse nicht, wann ich wiederkäme. Sodann dankte ich ihm, daß er mir den Burnus geliehen hatte, den ich, wie ich ihm mitteilte, nicht wieder brauchte.

»Gern geschehen – könnt ihn jederzeit haben, Liktor. Aber ich wollte etwas ganz anderes. Möcht' Euch vorschlagen, ein paar unserer Wärter mitzunehmen, wenn Ihr in die Stadt hinuntergeht.«

»Das ist nett«, sagte ich. »Aber es herrscht Ordnung in den Straßen, so daß mir keine Gefahr droht.«

Er räusperte sich. »Es geht um das Ansehen der Vincula, Liktor. Als unser Herr solltet Ihr Euch nicht ohne Eskorte zeigen.«

Ich merkte ihm an, daß er log, aber ich merkte ihm auch an, daß er zu meinem Besten, wie er meinte, log, also erwiderte ich: »Ich werd's mir überlegen, vorausgesetzt, du hast zwei vorzeigbare Männer, die du erübrigen kannst.«

Mit einemmal strahlte er.

»Jedoch«, fuhr ich fort, »wünsche ich nicht, daß sie bewaffnet sind. Ich gehe zum Palast, und es wäre eine Beleidigung für unseren Archon, käme ich unter Waffenschutz an.«

Hierauf fing er zu stottern an, und ich wandte mich ihm zu, als wäre ich erzürnt, wobei ich die Holzsplitter krachend auf den Boden warf. »Raus damit! Du glaubst, ich begebe mich in Gefahr. Was ist's?«

»Nichts Liktor. Nichts, das speziell Euch betrifft. Es ist nur ...«

»Nur was?« In dem Wissen, er sei nun bereit zum Reden, ging ich zur Anrichte und goß uns zwei Becher Rosolio ein.

»In der Stadt hat's mehrere Morde gegeben, Liktor. Drei in der letzten, zwei in der vorletzten Nacht. Danke, Liktor. Auf Euer Wohl.«

»Auf das deine. Aber Morde sind doch nichts Außergewöhnliches. Die Eklektiker erdolchen sich in einem fort.«

»Diese Männer wurden verbrannt, Liktor. Ich weiß nicht recht viel darüber – offenbar weiß keiner viel. Vielleicht wißt Ihr selbst mehr.« Das Gesicht des Sergeanten war ausdruckslos wie eine Büste aus rauhem, braunem Stein; aber ich sah, wie er beim Sprechen kurz zum kalten Kamin blickte, und ich erkannte, daß er das Hantieren mit den Kienspänen (diesen harten, trockenen Scheiten, die ich zerbrochen und erst in meiner Hand gespürt hatte, nachdem er längst eingetreten war, genauso wie sich wohl auch Abdiesus erst darüber bewußt geworden war, daß er über den eigenen Tod nachsinne, nachdem ich ihn schon eine ganze Weile beobachtet hatte) irgendeinem finsteren Geheimnis zuschrieb, das der Archon mir anvertraut habe, während es in Wirklichkeit nur die Erinnerung an Dorcas und das Bettlermädchen, das ich mit ihr verwechselte, war. Er sagte: »Es warten draußen zwei gute Kameraden, Liktor. Sie sind zum Aufbruch bereit und werden so lange warten, bis Ihr zurückkehren wollt.«

Ich begrüßte das, woraufhin er sich sofort abwandte, als sollte ich ihm nicht anmerken, daß er mehr wisse oder zu wissen glaube, als er geäußert habe; aber seine steifen Schultern, sein verzogener Nacken und die schnellen Schritte, womit er sich zur Tür begab, verrieten mehr, als seine starren Augen es je vermocht hätten.

Meine Begleiter waren bullige Männer, die wegen ihrer Leibeskräfte als meine Eskorte ausgewählt worden waren. Ihre schweren Eisenschlüssel schwingend, gingen sie, als ich, *Terminus Est* über die Schulter gehängt, durch die krummen Gassen schritt, links und rechts von mir, wenn der Weg breit genug war, oder vor und hinter mir, wenn es an Platz fehlte. Am Ufer des Acis angekommen, entließ ich sie, wobei ich ihnen, um sie gewillter zu machen, mich allein zu lassen, gestattete, den Rest des Abends nach eigenem Gutdünken zu verbringen, und mietete einen schmalen, kleinen Kaik (mit einem bunt bemalten Baldachin, dessen ich nun am Ende der letzten Tageswache nicht mehr bedurfte), der mich stromaufwärts zum Palast bringen sollte.

Das war meine erste Fahrt auf dem Acis. Als ich im Heck zwischen dem Rudergänger und Besitzer und seinen vier Ruderern Platz nahm und der klare, eisige Fluß so dicht an mir vorbeiströmte, daß ich, wenn ich gewollt hätte, beide Hände ins Wasser hätte hängen lassen können, schien es mir unmöglich, daß diese zerbrechliche hölzerne Schale, die von der Fensterlaibung unseres Turms nur wie ein tänzelndes Insekt wirken mußte, auch nur eine Spanne gegen die Strömung zu gewinnen vermöchte. Sodann gab der Rudergänger sein Kommando, und es ging los; wir blieben der Sicherheit wegen in der Nähe des Ufers, schnellten jedoch anscheinend über den Fluß wie ein geworfener Hüpfstein, so flink und abgestimmt tauchten die acht Ruder ein und so leicht und schmal und glatt war unser Gefährt, das mehr durch die Luft als durchs Wasser glitt. Eine fünfeckige Laterne mit amethystenen Glasscheiben baumelte vom Achtersteven; im selben Augenblick, als ich in meiner Unbedarftheit glaubte, sogleich erfaßte uns die Strömung mittschiffs, brächte uns zum Kentern und spülte uns sinkend zum Capulus, zurrte der Steuermann das Ruder fest und entzündete den Docht.

Er war natürlich im Recht und ich im Unrecht. Als sich das Türchen der Laterne hinter der buttergelben Flamme schloß und violettes Licht entströmte, ergriff uns ein Strudel, wirbelte uns herum und schwemmte uns flugs an die zweihundert Schritt flußaufwärts, während die Ruderer die Riemen einlegten, so daß wir in eine kleine Bucht getragen wurden, die still wie ein Mühlteich und halb mit reich geschmückten Prunkbarken gefüllt war. Ufertreppen – ähnlich jenen des Gyolls, wo ich als Knabe gebadet hatte, jedoch viel sauberer – führten aus dem Wasser zu den strahlenden Fackeln und kunstvollen Toren des Palastgartens empor.

Diesen Palast hatte ich schon oft von den Vincula aus gesehen, wußte also, daß es sich um keine unterirdische, dem Haus Absolut nachgebildete Anlage, die ich ansonsten erwartet hätte, handelte. Ebensowenig glich er unserer düsteren Zitadelle – offenbar wähnten der Archon und seine Vorgänger die Stadt genügend gesichert durch die wehrhafte Burg Acies und den Capulus, die ja durch Mauern und Befestigungen entlang der Bergkämme doppelt miteinander verbunden waren. Hier bildeten Buchsbaumhecken die Wälle, die lediglich neugierige Blicke abschirmen und vielleicht Gelegenheitsdiebe abhalten sollten. Bauten mit vergoldeten Kuppeln standen im verschwiegenen, farbenprächtigen Lustgarten; von der Fensterlaibung des Turmes aus hatten sie ausgesehen wie abgefädelte, auf einem gemusterten Teppich verstreute Chrysolithen.

Die Kunstschmiedetore sicherten Wächter, abgesessene Kavalleristen mit stählernem Harnisch und Helm, flammenden Lanzen und langen Reiterspadas; aber sie erweckten den Anschein von Laien und Statisten; wirkten wie gutmütige, zähe Männer, welche diese Pause von laufenden Gefechten und zugigen Wachgängen genossen. Die beiden, denen ich meine runde, bemalte Karte zeigte, warfen nur einen flüchtigen Blick darauf und winkten mich herein.

V
Cyriaca

Ich war als einer der ersten angekommen. Noch waren die Diener in der Überzahl, welche ihr Werk offenbar gerade erst begonnen hatten, aber entschlossen waren, es sogleich zu vollenden. Sie entzündeten Kandelaber mit kristallenen Linsen und Lampions, die von den Bäumen hingen, trugen Speisen und Getränke auf, stellten sie ab und brachten die leeren Servierbretter wieder in einen der Kuppelbauten. Diese drei Aufgaben wurden von drei Dienern ausgeführt, gelegentlich aber auch nur von einem einzigen (weil die übrigen vermutlich anderswo zu tun hatten).

Eine Zeitlang spazierte ich durch den Garten und bestaunte die Blumen im letzten Zwielicht des sich neigenden Tages. Schließlich erspähte ich zwischen den Säulen eines Pavillons ein paar Maskierte, zu denen ich mich gesellte.

Was ein solches Fest im Haus Absolut bedeutet, habe ich bereits geschildert. Die hier versammelte Gesellschaft indes wirkte recht provinziell – ja gar so, als würden Kinder mit den alten Gewändern ihrer Eltern Verkleiden spielen. Ich sah Männer und Frauen im Kostüm eines Autochthonen, mit braun beschmiertem und weiß betupftem Gesicht, und sogar einen Mann, der ein Autochthone war, in einem Kostüm, das wie das der anderen mehr oder weniger echt war, und ich wollte schon über ihn lachen, als ich erkannte, daß er, auch wenn er und ich das vielleicht als einzige merkten, vielleicht origineller als alle anderen maskierten Bürger von Thrax verkleidet war. Zwischen diesen Autochthonen, ob echten oder eingebildeten, entdeckte ich ein Dutzend anderer Gestalten, die nicht weniger absurd wirkten – Offiziere, als Frauen verkleidet, und Frauen als Soldaten, trügerische Eklektiker, Gymnosophisten, Ablegaten und ihre Akoluthen, Eremiten, Eodola, Zoanthropen, halb Mensch, halb Tier, und Deodanten und Remontados in malerischen Lumpen, die Augen wild bemalt.

Ich ertappte mich dabei, mir vorzustellen, wie seltsam es wäre, würde die Neue Sonne, das Tagesgestirn selbst, hier nun so plötzlich erscheinen, wie sie dereinst erschienen war, als man sie Schlichter genannt hatte – hier erschiene, weil es ein ungeeigneter Ort wäre und sie stets die ungeeignetsten Orte vorzog und diese Leute aus frischeren Augen, als wir es je vermöchten, betrachtete; und verfügte sie durch Theurgie, daß alle davon (von denen ich keinen kannte und keiner mich kannte) hinfort das Leben führten, in das sie heute abend geschlüpft waren. Die Autochthonen kauerten vor rauchenden Feuern in Berghütten aus Stein, der echte Autochthone bliebe für immer ein Städter in einem Maskenball, die Frauen rennten mit dem Schwert in der Hand gegen die Feinde der Republik an, die Offiziere säßen stikkend und nähend an einem Nordfenster und blickten seufzend in die leeren Straßen, die Deodanten schrien klagend ihre unaussprechlichen Gräßlichkeiten in die Wildnis und die Remontados setzten ihr Haus in Brand und kehrten ihren Blick in die Berge; und nur ich bliebe unverändert, wie auch die Lichtgeschwindigkeit durch mathematische Umformungen unverändert bleibt, wie man sagt.

Während ich hinter meiner Maske grinste, war mir, als drücke die Klaue in ihrem weichen Ledersäckchen an mein Brustbein, um mich daran zu gemahnen, daß der Schlichter kein Scherz gewesen sei und daß ich ein Bruchstück seiner Macht bei mir trüge. Als ich in diesem Moment über die befiederten, behelmten und wirrhaarigen Köpfe durch den Raum blickte, entdeckte ich eine Pelerine.

So schnell es ging, bahnte ich mir einen Weg zu ihr, wobei ich alle zur Seite drängte, die nicht zur Seite traten. (Es waren nur wenige, und obschon mich keiner für das hielt, was ich darstellte, verwechselten sie mich ob meiner Größe mit einem Beglückten, wovon es weit und breit keinen echten gab.)

Die Pelerine war weder jung noch alt; unter dem schmalen Domino wirkte ihr Gesicht rund, fein und entrückt wie das Gesicht der Oberpriesterin, die mich aus der Zeltkathedrale hatte gehen lassen, nachdem Agia und ich den Altar zerstört hatten. Spielerisch hielt sie ihr Gläschen Wein, das sie auf den Tisch stellte, als ich mich vor sie hinkniete, damit sie mir die Hand zum Kusse reichen könne.

»Vergebt mir, Domicella«, flehte ich. »Ich habe über Euch und über all Eure Schwestern großes Unheil gebracht.«

»Der Tod bringt uns allen Unheil«, antwortete sie.

»Der bin ich nicht.« Ich blickte zu ihr auf, wobei mir erste Zweifel kamen.

Inmitten des Gemurmels der Leute hörte ich sie zischend aufatmen. »Bist du nicht?«

»Nein, Domicella.« Obwohl ich sie schon anzweifelte, fürchtete ich, sie würde fortlaufen, also ergriff ich das Gürtelende, das von ihrer Hüfte baumelte. »Domicella, vergebt mir, aber gehört Ihr wirklich dem Orden an?«

Stumm schüttelte sie den Kopf ... und stürzte zu Boden.

Es ist nicht ungewöhnlich, daß sich ein Klient in unserer Oubliette ohnmächtig stellt, aber der Schwindel läßt sich leicht aufklären. Der Scheinohnmächtige schließt bewußt die Augen und hält sie geschlossen. Bei einem echten Schwächeanfall, der fast gleich häufig beide Geschlechter trifft, verliert das Opfer zunächst die Herrschaft über seine Augen, so daß sie kurzzeitig nicht mehr in die gleiche Richtung blicken; manchmal rollen sie unter die Oberlider. Die Lider wiederum schließen sich nur selten ganz, denn das Zuschlagen geschieht nicht bewußt, sondern ist auf eine bloße Muskelerschlaffung zurückzuführen. Für gewöhnlich kann man einen schmalen, sichelförmigen Ausschnitt der Sklera zwischen Ober- und Unterlid sehen, wie es auch bei dieser zusammengebrochenen Dame der Fall gewesen ist.

Einige Männer halfen mir, sie in einen Alkoven zu tragen, wo allerlei dummes Zeug über Hitze und Aufregung geredet wurde, wovon nichts zugetroffen hatte. Zuerst war es mir unmöglich, die Schaulustigen zum Weitergehen zu bewegen – dann hatte die Sache den Reiz des Neuen verloren, so daß es mir gleichfalls schier unmöglich gewesen wäre, sie zum Bleiben zu veranlassen, hätte ich das gewollt. Inzwischen begann die Dame in Scharlachrot sich wieder zu regen, und ich erfuhr von einer anderen, etwa gleichaltrigen Dame, die als Kind verkleidet war, daß sie die Gemahlin eines Waffenträgers sei, dessen Villa nicht weit von Thrax entfernt liege, der sich aber gerade zu irgendwelchen Erledigungen in Nessus aufhalte. Nun ging ich zurück zu dem Tischchen, holte ihr Gläschen und benetzte ihre Lippen mit dem roten Trunk darin.

»Nein«, wehrte sie matt ab. »Ich will das nicht ... 's ist Sangaree – hasse ich. Hab's – hab's nur ausgewählt, weil die Farbe zu meinem Kostüm paßt.«

»Warum bist du ohnmächtig geworden? Weil ich dich für eine echte Ordensfrau hielt?«

»Nein, weil es mir dämmerte, wer du bist«, versetzte sie, woraufhin wir, sie halb zurückgelehnt auf dem Diwan, zu dem wir sie getragen hatten, ruhend, ich bei ihren Füßen sitzend, eine Weile schwiegen.

Ich ließ den Augenblick, als ich vor ihr gekniet hatte, in meinem Gedächtnis wiederaufleben; ich vermag es, wie gesagt, jeden Moment meines Lebens zu rekonstruieren. Schließlich wollte ich wissen: »Wie bist du darauf gekommen?«

»Jeder andere in diesen Kleidern hätte, wäre er gefragt worden, ob er der Tod sei, das bestätigt ... da es sein Kostüm wäre. Ich saß vor einer Woche im Gericht des Archons, als mein Gemahl einen unserer Tagelöhner des Diebstahls bezichtigte. An diesem Tag sah ich dich neben der Richterbank stehen, die verschränkten Arme auf die Parierstange des Schwertes, das du nun trägst, gestützt, und als ich dich vorhin sprechen hörte, während du meine Finger küßtest, erkannte ich dich wieder und dachte ... Oh, ich weiß nicht, was ich dachte! Ich dachte wohl, du habest dich niedergekniet, weil du mich zu töten beabsichtigtest. Einfach wie du dagestanden hast, wie du ausgesehen hast, wie einer, der recht galant wäre zu den armen Leuten, deren Kopf er sogleich abschlüge, und insbesondere zu Frauen.«

»Ich habe mich nur niedergekniet, weil ich in Erfahrung bringen will, wo die Pelerinen sich aufhalten, und weil dein Kostüm, genau wie das meinige, nicht wie ein Kostüm gewirkt hat.«

»Es ist auch keins. Das heißt, ich bin nicht berechtigt, es zu tragen, aber es ist nicht nur etwas, das ich mir von meinen Zofen hab' besorgen lassen. Es ist eine echte Ordenstracht.« Sie hielt inne. »Weißt du, das ich nicht einmal deinen Namen kenne?«

»Severian. Du heißt Cyriaca – sagte eine der Damen, als wir uns um dich kümmerten. Darf ich erfahren, wie du in den Besitz dieser Tracht gekommen bist und ob du weißt, wo die Pelerinen jetzt sind?«

»Das fragst du doch nicht in amtlicher Eigenschaft, oder?« Sie sah mir eine Weile in die Augen und schüttelte dann den Kopf. »Was Persönliches. Nun, ich wurde von ihnen erzogen, weißt du. Ich war Novizin bei ihnen, und wir bereisten den ganzen Kontinent. Ich hatte unterwegs herrlichen Botanikunterricht, einfach indem ich mir die Bäume und Pflanzen ansah. Im Nachhinein kommt's mir manchmal so vor, als wären wir binnen einer Woche von Palmen zu Kiefern gelangt, was natürlich nicht sein kann.

Ich wollte die ewigen Gelübde ablegen. Ein Jahr vor der Einkleidung nun wird die Tracht angefertigt, so daß man sie probieren und abändern kann und man sie stets zwischen seinen normalen Kleidern sieht, wenn man auspackt. Es ist, wie wenn ein Mädchen das Brautkleid seiner Mutter sieht, das auch schon die Großmutter getragen hat, und weiß, daß es eines Tages darin heiraten wird, falls es je die Ehe einginge. Nur hab' ich meine Tracht nie getragen, und als ich nach langem Warten, bis daß wir in die Nähe kämen, da ich niemand zum Geleit hätte, heimgekehrt bin, hab' ich sie mitgenommen.

Lange Zeit dachte ich nicht mehr daran. Aber als ich dann die Einladung des Archons erhielt, holte ich sie wieder hervor und beschloß, sie heute zu tragen. Ich bin stolz auf meine Figur – wir mußten sie nur an einigen Stellen auslassen. Sie steht mir, glaube ich, und ich habe das Gesicht für eine Pelerine, auch wenn ich nicht ihre Augen habe. Eigentlich habe ich die Augen nie gehabt, auch wenn ich immer dachte, ich bekäme sie bei den Gelübden oder später. Unsere Novizenmeisterin hatte diesen Blick. Wenn sie über einer Näharbeit saß und man ihre Augen ansah, wollte man glauben, sie schauten bis zum Ende der Urth, wo die Perischii leben, blickten schier durch das alte, zerrissene Hemd und die Zeltwände, sähen durch alles hindurch. Nein, ich weiß nicht, wo die Pelerinen jetzt sind – ich bezweifle, ob sie es selbst wissen, obwohl vielleicht die Mutter den Aufenthalt kennt.«

Ich sagte: »Du wirst bestimmt Freunde unter ihnen gehabt haben. Ist von den anderen Novizinnen keine geblieben?«

Cyriaca zuckte die Achseln. »Keine hat mir je geschrieben. Ich weiß es wirklich nicht.«

»Ist dir nun wieder wohler? Können wir nun zum Ball zurück?« Die ersten Klänge der Musik drangen in unseren Alkoven.

Sie bewegte den Kopf nicht, wandte mir aber die Augen zu, die den Korridoren der Jahre gefolgt waren, während sie von den Pelerinen erzählt hatte, und blickte mich von der Seite an. »Hast du denn Lust dazu?«

»Kaum. Ich fühle mich nicht wohl unter so vielen Leuten, es sei denn, die Leute wären meine Freunde.«

»Also hast du Freunde?« Sie schien wirklich verblüfft.

»Hier nicht – hier hab' ich nur einen Freund. Aber daheim in Nessus hatt' ich die Brüder unserer Zunft.«

»Verstehe.« Sie zögerte. »Wir brauchen gar nicht zu gehen. Dieses Fest dauert die ganze Nacht, und wenn der Archon noch Lust und Laune hat, wird man die Vorhänge schließen, um das Licht auszusperren, und vielleicht sogar das Zeltdach über den Garten spannen. Wir können sitzen bleiben, so lange wir wollen. Sobald ein Diener vorbeikommt, können wir nehmen, was wir essen und trinken wollen. Geht jemand vorbei, der uns zusagt, können wir ihn hereinrufen und ein Pläuschchen halten.«

»Ich fürchte, ich würde dich bald langweilen«, versetzte ich.

»Keinesfalls, denn ich habe nicht vor, dich viel reden zu lassen. Reden werd' ich, und du wirst mir zuhören. Um es gleich zu sagen – weißt du, daß du sehr hübsch bist?«

»Ich weiß, daß ich es nicht bin. Aber da du mich noch nie ohne Maske gesehen hast, kannst du unmöglich wissen, wie ich aussehe.«

»Im Gegenteil.«

Sie beugte sich nach vorne, als wollte sie mein Gesicht durch die Augenlöcher mustern. Ihre eigene Maske aus Stoff in der Farbe ihres Gewandes war lediglich ein konventioneller Notbehelf, so klein waren die beiden mandelförmigen Ringe, die nur ihre Augen bedeckten; dennoch verlieh sie ihrem Aussehen etwas Exotisches, das es sonst entbehrt hätte, und einen mysteriösen, verhüllenden Zug, der sie von der Last der Verantwortung befreite.

»Du bist, wette ich, ein sehr kluger Mann, wenn du auch noch nicht so viel erlebt hast wie ich, denn sonst hättest du die Kunst gelernt, Gesichter einzuschätzen, ohne sie zu sehen. Am schwierigsten ist das natürlich dann, wenn jemand eine hölzerne Fratze trägt, die nicht mit den Zügen des Gesichts darunter übereinstimmt, aber selbst dann läßt sich recht viel sagen. Du hast ein spitzes Kinn, nicht wahr? Mit einem Grübchen darin.«

»Ein spitzes Kinn – ja«, antwortete ich. »Aber kein Grübchen.«

»Du lügst, um mich in die Irre zu führen, oder du hast es noch gar nicht bemerkt. Ich kann das Kinn erraten, indem ich mir die Taille ansehe, insbesondere bei Männern, denn dort liegt für mich der größte Reiz. Eine schmale Taille bedeutet ein spitzes Kinn, und diese Ledermaske gewährt gerade genügend Einblick, um das erkennen zu können. Auch wenn deine Augen tief sitzen, so sind sie doch groß und lebhaft, was wiederum bedeutet, daß das Kinn ein Grübchen hat, insbesondere wenn das Gesicht schmal ist. Du hast hohe Wangenknochen – das kann man an der Maske ein bißchen sehen –, und durch die flachen Wangen wirken sie noch höher. Dein Haar ist schwarz, wie ich auf deinem Handrücken sehe, und durch die Mundöffnung der Maske sind schmale Lippen zu erkennen. Ich kann sie zwar nicht ganz sehen, aber sie sind ein wenig geschürzt, was bei einem Männermund höchst wünschenswert ist.«

Ich wußte nicht, was ich sagen sollte, und offengestanden hätte ich viel darum gegeben, mich auf der Stelle davonmachen zu können; schließlich fragte ich: »Soll ich die Maske abnehmen, damit du die Richtigkeit deiner Feststellung nachprüfen kannst?«

»O nein, nicht nötig. Nicht bevor die Aubade gespielt wird. Außerdem solltest du auf meine Gefühle Rücksicht nehmen. Nähmst du sie ab und wärst du doch kein hübscher Mann, entginge mir eine lustvolle Nacht.« Sie hatte sich aufgesetzt. Nun legte sie sich lächelnd wieder auf dem Diwan zurück, so daß sich ihre Haare wie eine dunkle Aureole ausbreiteten. »Nein, Severian. Nicht dein Gesicht, sondern deinen Geist sollst du mir offenbaren. Das wirst du nachher tun, indem du mir zeigst, was du mir zeigen würdest, dürftest du alles tun, was dein Herz begehrte, und zunächst, indem du mir alles sagst, was ich über dich wissen will. Du kommst aus Nessus – soviel habe ich schon in Erfahrung gebracht. Warum bist du so darauf erpicht, die Pelerinen zu finden?«

VI
Die Bibliothek der Zitadelle

Als ich ihr gerade darauf antworten wollte, spazierte ein Paar an unserem Alkoven vorüber, der Mann in einen Sanbenito gehüllt, die Dame als Midinette verkleidet. Sie warfen uns beim Vorbeigehen nur einen flüchtigen Blick zu, aber irgend etwas – vielleicht die zusammengesteckten Köpfe oder ein Ausdruck in ihren Augen – verriet mir, daß sie wüßten oder zumindest vermuteten, daß meine Aufmachung kein Kostüm sei. Allerdings tat ich so, als wäre nichts, und sagte: »Mir ist zufällig etwas in die Hände gekommen, das den Pelerinen gehört. Das will ich ihnen zurückgeben.«

»Du gedenkst also nicht, ihnen Unheil zuzufügen?« wollte Cyriaca wissen. »Kannst du mir sagen, worum es sich handelt?«

Ich wagte es nicht, ihr die Wahrheit einzugestehen, wußte aber, daß sie mich bäte, ihr zu zeigen, was ich angäbe, also erklärte ich: »Ein Buch – ein altes, wunderschön illustriertes Buch. Ich will zwar nicht behaupten, von Büchern etwas zu verstehen, aber ich wette, es ist von großer religiöser Bedeutung und von hohem Wert.« Währenddessen zog ich aus meiner Gürteltasche das braune Buch aus Meister Ultans Bibliothek, das ich aus Theclas Zelle mitgenommen hatte.

»Alt, ja«, meinte Cyriaca, »und hat mehr als ein paar Wasserflecken abbekommen, wie man sieht. Darf ich's mir anschauen?«

Ich reichte es ihr, und sie durchblätterte es bis zu einer

Stelle mit einem Bild der Sikinnis, das sie so hoch hielt, daß der Schein einer Lampe, die in einer Nische über unserem Diwan brannte, darauf fiel. Die gehörnten Männer tanzten schier im flackernden Licht, die Syphen schienen sich zu winden.

»Auch ich verstehe nichts von Büchern«, erklärte sie, als sie's mir zurückgab. »Aber ich habe einen Onkel, der kennt sich damit aus und würde wohl recht viel dafür zahlen. Ich wünschte, er wäre heut' abend hier, damit er es sehen könnte – obwohl's eigentlich egal ist, denn ich werd' bestimmt versuchen, es dir irgendwie abzuknöpfen. In jeder Pentade reist er so weit, wie ich überhaupt mit den Pelerinen gereist bin, nur um alte Bücher aufzustöbern. Er hat sogar die verschollenen Archive aufgesucht. Hast du davon schon einmal gehört?«

Ich schüttelte den Kopf.

»Ich weiß leider nur, was er mir einmal erzählt hat, als er ein bißchen mehr als üblich von der Cuvée unseres Guts getrunken hat, und es mag sein, daß er mir nicht alles gesagt hat, denn er hat bei dieser Unterhaltung offenbar ein wenig Angst gehabt, ich könnte selbst hingehen. Ich hab's nie getan, was ich manchmal bedauere. Jedenfalls steht in Nessus ein ganzes Stück weit südlich des Stadtkerns, den die meisten besuchen – ja so weit flußabwärts, daß die meisten glauben, dort sei die Stadt schon zu Ende –, eine alte Festung. Alle außer dem Autarchen selbst vielleicht – dessen Geist in tausend Nachfolgern weiterleben möge – haben sie längst vergessen, und angeblich spukt es dort. Sie steht auf einem Hügel über dem Gyoll, wie mein Onkel sagt, überblickt ein altes Gräberfeld und bewacht nichts.«

Sie hielt inne und zeichnete mit den Händen den Hügel mit seiner Feste in die Luft. Ich bekam den Eindruck, daß sie diese Geschichte schon oft erzählt hatte – ihren Kindern vielleicht. Wie mir nun auffiel, war sie tatsächlich alt genug für eigene Kinder; Kinder, die ihrerseits alt genug wären, solchen und vielen anderen Geschichten zu lauschen. Die Jahre waren spurlos an ihrem glatten, empfindsamen Gesicht vorübergegangen; aber die Fackel der Jugend, die noch so strahlend in Dorcas brannte und deren lauteres, unirdisches Licht sogar Jolenta umspielt hatte, die so streng und hell hinter der starken Thecla geschienen und die nebligen Pfade der Nekropolis erleuchtet hatte, als ihre Schwester Thea neben dem Grab Vodalus' Pistole entgegennahm, war in ihr längst erloschen, so daß nicht einmal mehr ein Schimmer ihrer Flamme zurückblieb. Sie dauerte mich.

»Du wirst wissen, daß die frühere Rasse zu den Sternen gelangte und daß sie ihre unbändige Hälfte verschacherten, um sich das zu ermöglichen, so daß sie nichts mehr übrig hatten für den Geschmack des bleichen Windes, für Liebe und Lust, für das Ersinnen neuer Lieder und für das Singen alter, für die anderen Kreaturen, die sie ihrer Meinung nach aus den Regenwäldern am Grunde der Zeit mitgebracht hatten – obwohl diese, wie mein Onkel sagte, eigentlich sie mitgebracht hatten. Und du weißt oder solltest zumindest wissen, daß diese, denen sie das verkauften – welche die Geschöpfe ihrer Hände waren –, sie von Herzen haßten. Und Herzen hatten sie wahrhaftig, wenngleich die Menschen, die sie geschaffen hatten, nie damit rechneten. Jedenfalls waren sie entschlossen, ihre Schöpfer zu vernichten, und taten das, indem sie alles, was ihnen vor langer Zeit überlassen worden war, zurückgaben, während die Menschheit auf tausend Sonnen verstreut war.

Soviel solltest du wenigstens wissen. Mein Onkel erzählte mir einst, was ich dir nun erzähle. Er fand all das und mehr in einem Buch seiner Sammlung – einem Buch, das seit einer Chiliade, wie er glaubte, keiner mehr geöffnet hatte.

Aber wie sie das, was sie machten, taten, das ist weniger gut bekannt. Ich weiß noch, wie ich mir als Kind die bösen Maschinen grabend vorgestellt habe; sie graben bei Nacht, bis sie das Wurzelwerk der alten Bäume entfernt und eine eiserne Truhe freigelegt haben, die sie vergraben haben, als die Erde noch sehr jung gewesen ist; und haben sie erst das Schloß dieser Truhe aufgebrochen, fliegen daraus wie schwärmende goldene Bienen all die Dinge, von denen wir gesprochen, hervor. Das ist zwar albern, aber ich kann mir noch immer nicht erklären, wie diese denkenden Maschinen eigentlich ausgesehen haben sollen.«

Ich dachte an Jonas, der anstelle der Haut an den Lenden ein leichtes, glänzendes Metall gehabt hatte, aber ich konnte mir Jonas nicht als einen solchen vorstellen, der eine Plage über die Menschheit bringen wollte, also schüttelte ich den Kopf.

»Aber im Buch meines Onkels wurde, wie er sagte, offengelegt, was sie taten. Die Dinge, die sie freisetzten, waren keine Insektenschwärme, sondern ein Strom verschiedenster Artefakte, die dazu gedacht waren, all jene Gedanken wiederzubeleben, welche das Volk abgelegt hatte, weil sie sich nicht in Zahlen ausdrücken ließen. Alle Konstruktionsmaßnahmen – vom Bau ganzer Städte bis zum Gestalten eines Schneebesens – lagen in der Hand der Maschinen, und nach tausend Lebensaltern, in denen sie Städte wie große Mechanismen gebaut hatten, bauten sie nunmehr Städte wie Wolkenbänke vor einem Sturm und andere wie Drachenskelette.«

»Wann war das?« erkundigte ich mich.

»Vor sehr langer Zeit – lange vor der Grundsteinlegung von Nessus.«

Ich hatte meinen Arm um ihre Schulter geschlungen, und sie ließ nun ihre Hand in meinen Schoß gleiten; ich spürte ihre Wärme und ihr tastendes Suchen.

»Und in allem, was sie taten, folgten sie dem gleichen Prinzip. Bei der Gestaltung von Möbeln, zum Beispiel, und beim Entwerfen von Kleidern. Und weil die Führer, die vor langer Zeit beschlossen hatten, daß alle Gedanken, welche die Kleider und Möbel symbolisierten, von der Menschheit abgelegt werden sollten, längst tot waren und das Volk ihre Gesichter und Grundsätze vergessen hatte, war man von den neuen Sachen entzückt. So verging das ganze Weltreich, das nur auf Ordnung aufgebaut gewesen war.

Zwar verfiel das Weltreich, aber längst waren alle Welten im Sterben begriffen. Damit die Dinge, welche sie der

Menschheit zurückgaben, nicht auf Ablehnung stießen, ersannen die Maschinen zunächst eitle Truggebilde und Phantasmagorien, deren Erscheinen jene, die sie betrachteten, zu Gedanken an Glück oder Rache oder die unsichtbare Welt beflügelten. Später gaben sie jedem Mann und jeder Frau als Ratgeber einen Gefährten zur Seite, der für alle anderen Augen unsichtbar blieb. Die Kinder hatten solche Gefährten schon längst.

Als die Macht der Maschinen noch schwächer geworden war – wie es die Maschinen selbst wollten –, vermochten sie es nicht länger, diese Phantome inmitten ihrer Besitzer aufrechtzuerhalten, und konnten auch keine Städte mehr bauen, denn die verbleibenden Städte waren schon halb leer.

Sie hatten nun, wie mein Onkel mir erzählte, jenen Punkt erreicht, an dem sich die Menschheit, wie sie hofften, gegen sie wenden und sie zerstören würde, aber nichts dergleichen geschah, denn inzwischen wurden sie, die als Sklaven verachtet oder als Teufel angebetet worden waren, innig geliebt.

Also riefen sie alle, von denen sie am meisten geliebt wurden, zu sich und lehrten sie in vielen Jahren alles, was ihre Rasse abgelegt hatte, und starben schließlich.

Sodann beratschlagten sich alle, die von ihnen geliebt worden waren und die sie geliebt hatten, und überlegten gemeinsam, wie ihre Lehren zu bewahren seien, wußten sie doch sehr wohl, daß ihresgleichen nicht wieder auf die Urth kämen. Aber ein bitterer Streit brach unter ihnen aus. Sie waren nicht gemeinsam gelehrt worden, sondern ein jeder, ob Mann oder Frau, hatte einer jener Maschinen gelauscht, als gäbe es neben den beiden keinen anderen mehr auf der Welt. Und weil es so umfangreiches Wissen und nur wenige Lernbereite gegeben hatte, hatten die Maschinen einem jeden andere Lehren erteilt.

Also zerfielen sie in Parteien, und eine Partei in zwei weitere, und davon wiederum eine jede in zwei, bis schließlich der einzelne allein dastand, von allen anderen mißverstanden und geschmäht und diese schmähend. Dann gingen alle fort aus den Städten, welche die Maschinen geborgen hatten, oder tiefer in sie hinein – bis auf ein paar wenige, die aus Gewohnheit in den Palästen der Maschinen blieben, um bei ihren Leichnamen zu wachen.«

Ein Diener brachte uns zwei Becher Weins, klar wie Wasser und still wie Wasser, bis eine Bewegung des Bechers in ihm Leben erweckte. Er verströmte einen Duft wie jene Blumen, die kein Mensch sehen und nur ein Blinder finden kann; und davon zu trinken war wie ein stärkender Trunk aus dem Herzen eines Stiers. Cyriaca ergriff begierig den ihrigen, leerte ihn bis zum Grund und warf ihn klirrend in eine Ecke.

»Erzähl mir mehr«, sagte ich, »von dieser Geschichte der verschollenen Archive!«

»Als die letzte Maschine kalt und still und ein jeder, der von ihnen die verbotene, von der Menschheit verworfene Kunde gelernt hatte, sich von den übrigen getrennt hatte, erfaßte das Herz eines jeden große Furcht. Denn jeder wußte um seine Sterblichkeit und sein zumeist vorgerücktes Alter. Und ein jeder erkannte, daß das über alles geliebte Wissen untergehen werde. Also machte sich ein jeder von ihnen – in der Annahme, er sei der einzige, der das tue – daran, niederzuschreiben, was er in den langen Jahren gelernt hatte, als er den Ausführungen der Maschinen gelauscht hatte, welche all das verschollene Wissen um allerlei Ungeheuerliches ausplauderten. Viel ging verloren, aber viel mehr überdauerte, zuweilen solchen in die Hände fallend, die es, um ihre Zusätze bereichert oder durch ihre Auslassungen verstümmelt, kopierten ... Küß mich, Severian!«

Ich führte, obgleich durch meine Maske behindert, den Mund an ihre Lippen. Als sie sich von mir löste, wallten in mir die schattenhaften Erinnerungen an Theclas alte, neckische Liebesaffairen auf, die sich in den Boudoirs des Hauses Absolut abgespielt hatten, und ich sagte: »Weißt du denn nicht, daß so etwas die ganze Aufmerksamkeit eines Mannes erfordert?«

Cyriaca lächelte. »Deshalb hab' ich's ja getan – ich wollte sehen, ob du mir zuhörst.

Jedenfalls zirkulierten diese Schriften für eine lange Zeit – wie lange, das weiß wohl keiner genau, und außerdem konnte von einer Sonnenschwäche damals noch längst nicht die Rede sein, und die Jahre waren länger – oder aber lagen modernd in den Zenotaphen, worin die Verfasser sie zum Schutze aufbewahrt hatten. Es handelte sich um fragmentarische, widersprüchliche und eisegetische Aufzeichnungen. Als dann irgendein Autarch (die damals zwar noch nicht Autarchen hießen) die Hoffnung hegte, die vom ersten Weltreich ausgehende Macht wieder an sich zu reißen, wurden sie von seinen Dienern zusammengetragen – weißgewandeten Männern, welche Dachkammern plünderten und Androsphinxe, die zum Gedenken an die Maschinen errichtet worden waren, umstürzten und in die Grabnischen längst verstorbener Frauen eindrangen. Was sie erbeutet hatten, wurde dann zu einem großen Haufen in der Stadt Nessus, die gerade erbaut wurde, aufgeschichtet, um verbrannt zu werden.

Aber in der Nacht vor der Verbrennung fügte es sich, daß der Autarch jener Zeit, der noch nie die wilden Träume des Schlafes, sondern nur die Tagträume von Herrschaft und Macht geträumt hatte, schließlich doch träumte. Und in seinem Traum sah er all die unbezähmbaren Welten von Leben und Tod, Stein und Fluß, Tier und Baum für immer seinen Händen entgleiten.

Als der Morgen nahte, hieß er die Fackeln nicht entzünden, sondern ein großes Gewölbe bauen, um all die Bände und Rollen aufzunehmen, welche die weißgewandeten Männer gesammelt hatten. Denn er dachte, falls ihm das neue Weltreich, das er plante, schließlich mißlänge, wolle er sich in dieses Gewölbe zurückziehen, um in die Welten einzudringen, die er, dem Beispiel der Alten folgend, beiseite schieben wollte.

Sein Weltreich mißlang ihm tatsächlich, wie es ja kommen mußte. Die Vergangenheit ist nicht in der Zukunft zu finden, wo sie nicht ist – nicht bevor die metaphysische Welt, so viel größer und so sehr langsamer als die physikalische Welt, ihre Drehung vollendet und die Neue Sonne kommt. Aber er zog sich nicht wie beabsichtigt in jenes Gewölbe hinter der Ringmauer, die er darum hatte errichten lassen, zurück, denn hat ein Mensch das Unbändige erst hinter sich gebracht, bleibt es ihm unwiederbringlich verwehrt.

Nichtsdestoweniger hatte er, ehe das Angesammelte weggesperrt wurde, einen Wächter dafür bestimmt. Und als die Zeit dieses Wächters auf Urth abgelaufen war, fand er sich einen Nachfolger, wie auch dieser sich wieder einen fand, so daß sie ununterbrochen dem Willen des Autarchen treu dienen, denn es sättigen sie die unbändigen Gedanken, welche dem Wissen, das die Maschinen bewahrt haben, entspringen – und solche Treue ist eines dieser unbändigen Dinge.«

Ich hatte sie, während sie sprach, entkleidet und ihr die Brüste geküßt; nun aber fragte ich: »Sind all diese Gedanken, von denen du gesprochen hast, aus der Welt gegangen, als der Autarch sie weggesperrt hat? Hab' ich noch nie von ihnen gehört?«

»Nein, weil sie lange Zeit von Hand zu Hand gereicht worden und in das Blut der Völker übergegangen sind. Außerdem sendet, sagt man, der Wächter sie zuweilen aus, und sie werden gelesen – ob von einem oder von vielen –, ehe sie in seine dunklen Gewölbe zurücksinken.«

»Eine wunderbare Geschichte«, versetzte ich. »Ich glaube, ich weiß vielleicht mehr als du darüber, aber ich habe sie noch nie gehört.« Wie sich zeigte, waren ihre Beine lang und verjüngten sich harmonisch von den Oberschenkeln, die wie seidene Kissen waren, zu den grazilen Knöcheln; ihr ganzer Leib war fürwahr wonniglich gestaltet.

Ihre Finger nestelten an der Spange, die meinen Mantel um die Schultern zusammenhielt. »Mußt du den ausziehn? Können wir uns nicht damit bedecken?«

»Können wir«, sagte ich.

VII
Attraktionen

Fast wäre ich ertrunken in den Wonnen, die sie mir spendete, denn obgleich ich sie nicht liebte, wie ich einst Thecla geliebt hatte oder jetzt noch Dorcas liebte, und obgleich sie nicht schön war, wie Jolenta einst schön gewesen war, empfand ich für sie eine Zärtlichkeit, die nur zum Teil im unsteten Wein ihre Ursache hatte, war sie doch eine solche Frau, wie ich sie mir als zerlumpter Knabe im Matachin-Turm erträumt hatte, ehe ich Theas herzförmiges Gesicht am Rand des geöffneten Grabes erblickte; und sie verstand mehr von der Kunst der Liebe als jede der drei anderen.

Als wir uns erhoben, begaben wir uns zu einem silbernen Becken mit fließendem Wasser, um uns zu waschen. Dort waren zwei Frauen, die sich wie wir geliebt hatten, und sie beäugten und verlachten uns; aber als sie sahen, daß ich sie nicht verschonen würde, weil sie Frauen seien, flohen sie kreischend.

Sodann reinigten wir uns gegenseitig. Bestimmt dachte Cyriaca, ich verließe sie nun, wie auch ich glaubte, sie ginge nun von mir; jedoch trennten wir uns nicht (was vielleicht besser gewesen wäre), sondern schritten ins stille Gärtchen hinaus, wo wir an einem einsamen Springbrunnen innehielten.

Sie hielt meine Hand und ich die ihre wie zwei Kinder. »Bist du je im Haus Absolut gewesen?« fragte sie mich. Sie betrachtete unser Spiegelbild im mondbeschienenen Wasser, und ihre Stimme war so leise, daß ich sie kaum vernehmen konnte.

Ich bejahte, und bei meinen Worten wurde ihr Griff um meine Hand fester.

»Bist du dort am Orchideenborn gewesen?«

Ich schüttelte den Kopf.

»Auch ich bin schon im Haus Absolut gewesen, hab' aber den Orchideenborn nicht gesehn. Man sagt, wenn der Autarch eine Gemahlin hat – was beim unsrigen nicht der Fall ist –, hält sie dort am schönsten Platz der Welt hof. Selbst jetzt dürfen nur die Allerlieblichsten diesen Ort betreten. Als ich mich dort aufhielt, wohnten mein Gatte und ich in einem gewissen kleinen Zimmer, das unserem waffentragenden Stande angemessen war. Eines Abends, als mein Gemahl ausgegangen war und ich nicht wußte wohin, begab ich mich auf den Korridor; während ich mich dort umsah, kam ein hoher Würdenträger des Hofes vorüber. Ich kannte weder seinen Namen noch sein Amt, aber ich hielt ihn auf und fragte, ob ich zum Orchideenborn gehen dürfe.«

Sie hielt inne. Binnen dreier oder vierer Augenblicke war kein Laut bis auf die Musik aus den Pavillons und das Plätschern des Brunnens zu hören.

»Und er blieb stehen und betrachtete mich etwas erstaunt, wie mir schien. Du kannst dir nicht vorstellen, was für ein Gefühl es ist, eine kleine Waffenträgerin aus dem Norden zu sein, in einem Gewand, das von den eigenen Zofen genäht worden ist, und mit ländlichem Schmuck – und von jemand gemustert zu werden, der all sein Lebtag unter den Beglückten des Hauses Absolut zugebracht hat. Dann lächelte er.«

Sie drückte meine Hand nun sehr fest.

»Und er erklärte mir den Weg. Durch den und den Korridor, abbiegen bei der und der Statue, eine gewisse Treppe hinauf und einem elfenbeinernen Weg folgen. O Severian, mein Geliebter!«

Ihr Antlitz strahlte schier wie der Mond. Ich wußte, der Augenblick, den sie schilderte, war die Krönung ihres Lebens gewesen; ich wußte auch, daß sie die Liebe, die ich ihr gegeben hatte, zum Teil – und zum größten Teil vielleicht – deswegen hochschätzte, weil sie sie an diesen Moment erinnerte, als ihre Schönheit von jemand, dem ihrer Meinung nach darüber zu urteilen gebührte, abgewägt worden und nicht als unbefriedigend befunden worden war. Mein Verstand sagte mir, ich sollte daran Anstoß nehmen, aber ich konnte keinen Unmut darüber in mir finden.

»Er entfernte sich, und ich machte mich auf den Weg, den er mir beschrieben hatte ... Nach gut zwei oder vier Dutzend Schritten begegnete ich meinem Herrn, der mich in unser Zimmerchen zurückkehren hieß.«

»Ich verstehe«, sagte ich und rückte mein Schwert zurecht.

»Wohl schon. Ist es denn verkehrt von mir, ihn so zu betrügen? Was meinst du?«

»Ich bin kein Magistrat.«

»Alle urteilen über mich ... alle meine Freunde ... alle meine Liebhaber, wovon du weder der erste noch der letzte bist; sogar die Damen im Kaldarium vorhin.«

»Uns ist von Kindheit an beigebracht worden, nicht zu urteilen, sondern die Sprüche zu vollstrecken, die uns von den Gerichten der Republik übermittelt werden. Ich werd' mir weder über dich noch über ihn ein Urteil erlauben.«

»Ich urteile«, erwiderte sie und kehrte das Gesicht dem hellen, harten Licht der Sterne zu. Zum ersten Mal, seitdem ich sie im gefüllten Ballsaal erspäht hatte, verstand ich, wie ich sie mit einer Nonne des Ordens, dessen Tracht sie trug, hatte verwechseln können. »Oder zumindest rede ich mir ein zu urteilen. Und ich befinde mich als schuldig, aber kann nicht damit aufhören. Ich glaube, Männer wie dich einfach anzuziehen. Fühltest du dich angezogen? Es waren schönere Damen als ich anwesend, das weiß ich.«

»Ich bin mir nicht sicher«, entgegnete ich. »Als wir hierher nach Thrax unterwegs waren ...«

»Du hast auch etwas zu erzählen, nicht wahr? Erzähl's mir, Severian! Ich habe dir bereits das vielleicht einzig interessante Ereignis meines Lebens geschildert.«

»Auf dem Weg hierher stießen wir – ich werd' dir ein andermal erklären, mit wem ich gereist bin – auf eine Hexe, ihre Gehilfin und ihren Klienten, welche einen gewissen Ort aufgesucht hatten, um den Leichnam eines längst verblichenen Mannes wiederzubeseelen.«

»Wirklich?« Cyriacas Augen funkelten. »Wie herrlich! Ich habe von solchen Dingen gehört, aber so etwas nie erlebt. Erzähl mir alles, aber bitte nur die Wahrheit!«

»Es gibt eigentlich nicht viel zu erzählen. Unser Weg führte uns durch eine verlassene Stadt, und als wir ihr Feuer sahen, gingen wir dorthin, weil wir jemand Krankes bei uns hatten. Als die Hexe den Mann zurückrief, den wiederauferstehen zu lassen sie gekommen war, dachte ich zunächst, sie würde die ganze Stadt wiederherstellen. Erst einige Tage später verstand ich's ...«

Ich fand, ich konnte ihr gar nicht sagen, was ich denn verstanden hatte; daß es alle Worte überstieg und einer Bedeutungsebene angehörte, die wir gern für nicht existent halten, zu der unsere Gedanken aber, wäre da nicht beständig die Disziplin, die auszuüben wir gelernt haben, immer wieder unbewußt emporsteigen würden.

»Erzähl weiter!«

»Natürlich verstand ich's nicht wirklich. Ich denke noch immer darüber nach – und versteh's noch nicht. Aber irgendwie wußte ich, daß sie ihn zurückrief und *er* die steinerne Stadt als Szenerie für sich mitbrachte. Manchmal habe ich mir überlegt, daß sie vielleicht, von ihm abgesehen, nie real gewesen ist und wir, als wir über ihr Pflaster und den Schutt ihrer Mauern geritten sind, in Wirklichkeit zwischen seinen Gebeinen geritten sind.«

»Und ist er gekommen?« fragte sie. »Erzähl!«

»Ja, er kehrte zurück. Und dann war der Klient tot, ebenso die kranke Frau, die wir bei uns gehabt hatten. Und Apu-Punchau – so hieß der Tote – war wieder verschwunden. Die Hexen rannten offenbar davon, obwohl sie vielleicht fortflogen. Aber was ich sagen wollte, war, daß wir am nächsten Morgen zu Fuß weiterzogen und die nächste

Nacht in der Hütte einer armen Familie verbrachten. Und in jener Nacht unterhielt ich mich, während die Dame, die bei mir war, schlief, mit dem Mann, der anscheinend recht viel über die steinerne Stadt wußte, auch wenn er ihren ursprünglichen Namen nicht kannte. Und ich unterhielt mich mit seiner Mutter, die wohl mehr als er wußte, jedoch nicht so viel sagen wollte.«

Ich zögerte, fiel es mir doch schwer, über so etwas mit dieser Dame zu sprechen. »Zunächst vermutete ich, ihre Vorfahren entstammten dieser Stadt, aber sie sagten, sie sei vor dem Auftreten ihrer Rasse längst zerstört gewesen. Dennoch wüßten sie allerlei darüber, denn der Mann habe dort seit seiner Kindheit nach Schätzen gesucht, obwohl er, wie er sagte, nie etwas gefunden habe bis auf zerbrochene Steine und Gefäße und Spuren anderer Sucher, die lange vor ihm dagewesen seien.

›Ganz früher‹, erklärte mir seine Mutter, ›wurde geglaubt, man könnte einen vergrabenen Goldschatz heben, indem man mit diesem oder jenem Zauberspruch ein paar eigene Münzen in die Erde steckte. Gar viele taten das, und manche vergaßen die Stelle oder kamen nicht mehr dazu, ihr Eigentum wieder zu bergen. Das ist's, was mein Sohn findet. Das ist das Brot, das wir essen.‹«

Mir war sie noch gut in Erinnerung, die alte, gebückte Frau, die sich am kleinen Torffeuer die Hände gewärmt hatte. Vielleicht ähnelte sie einer von Theclas alten Ammen, denn irgend etwas an ihr brachte Thecla so dicht an die Oberfläche meines Verstandes, wie schon seit der Haftzeit von Jonas und mir im Haus Absolut nicht mehr, so daß ich, fiel mein Blick gelegentlich auf meine Hände, verblüfft war über die dicken Finger und die braune Hautfarbe und das Fehlen jeglichen Ringschmucks.

»Erzähl weiter, Severian!« bestürmte mich Cyriaca abermals.

»Dann erklärte mir die alte Frau, es sei etwas in der steinernen Stadt, das wirklich seinesgleichen anzöge. ›Dir sind gewiß schon Geschichten über Nekromanten zu Ohren gekommen‹, sagte sie, ›welche die Geister der Toten beschwören. Weißt du, daß es unter den Toten Vivimanten gibt, die jene anzurufen vermögen, welche sie wieder zum Leben erwecken können? Einen solchen gibt es in der steinernen Stadt, und ein- oder zweimal in jedem Saros kommt einer von denen, die er zu sich gerufen hat, um bei uns zu essen.‹ Und dann sagte sie zu ihrem Sohne: ›Du wirst dich an den stillen Mann erinnern, der neben seinem Stab geschlafen hat. Du bist zwar noch ein Kind gewesen, aber du wirst dich noch erinnern. Er war der letzte bis heute.‹ Somit wußte ich, daß auch mich der Vivimant Apu-Punchau angezogen hatte, obgleich ich nichts gespürt hatte.«

Cyriaca sah mich von der Seite an. »Also bin ich tot? Willst du das damit sagen? Du hast von einer Hexe gesprochen, die der Nekromant war, und daß du nur zufällig auf das Feuer stießest. Ich glaube, du selbst warst die besagte Hexe, und gewiß war der kranke Mensch, den du erwähntest, der Klient und die Dame deine Gehilfin.«

»Das glaubst du nur, weil ich versäumt habe, dir alles Bedeutsame der Geschichte zu erzählen«, entgegnete ich. Ich wollte lachen beim Gedanken, für eine Hexe gehalten zu werden; allerdings drückte die Klaue gegen mein Brustbein und sagte mir, daß ich durch ihre gestohlene Macht in allem bis auf Wissen fürwahr eine Hexe war; und ich verstand – im gleichen Sinn, wie ich es bisher ›verstanden‹ hatte –, daß Apu-Punchau, der sie in seinen Besitz gebracht hatte, sie mir dennoch nicht nehmen konnte (oder wollte?). »Nun zum Allerwichtigsten«, fuhr ich fort. »Als der Geist des Verstorbenen verschwand, war ein scharlachroter Domino der Pelerinen, wie auch du ihn nun trägst, auf dem schmutzigen Boden zurückgeblieben. Ich hab' ihn in meiner Gürteltasche. Befassen sich die Pelerinen mit Nekromantie?«

Ich habe nie eine Antwort auf meine Frage erhalten, denn beim Stellen ist die große Gestalt des Archons auf dem schmalen Pfad, der zum Springbrunnen geführt hat, erschienen. Er trug eine Larve und war als Kobold verkleidet, so daß ich ihn bei hellem Licht nicht erkannt hätte; die Düsterkeit im Garten indes machte seine Maske durchschaubar, als hätten Menschenhände ihn ihrer entledigt, so daß ich ihn erkannte, sobald ich seine großwüchsige Gestalt und seinen Gang sah.

»Aha«, sagte er. »Du hast sie gefunden. Das hätte ich mir denken können.«

»Ich hab's geahnt«, versetzte ich, »war mir aber nicht ganz sicher.«

VIII
Auf dem Kliff

Ich verließ das Anwesen durch eines der landseitigen Tore. Es standen dort sechs Reiter auf Posten, die jedoch nichts von der lockeren Art der beiden an der Ufertreppe vor ein paar Wachen an sich hatten. Einer fragte mich höflich, aber entschlossen, mir den Durchgang zu verwehren, ob ich so früh gehen müsse. Ich stellte mich vor und erklärte, das müsse leider sein, denn ich hätte in dieser Nacht noch ein Werk zu verrichten (was nicht gelogen war) und auch am nächsten Morgen alle Hände voll zu tun (was ebenfalls nicht gelogen war).

»Ihr seid ja ein wahrer Held.« Der Soldat war ein bißchen freundlicher geworden. »Habt Ihr keine Eskorte, Liktor?«

»Zwei Wärter, die ich jedoch entließ. Es gibt keinen Grund, warum ich nicht allein in die Vincula heimfinden sollte.«

Ein anderer Kavallerist, der bis jetzt geschwiegen hatte, meinte: »Ihr könnt bis morgen früh dableiben. Man wird Euch ein ruhiges Plätzchen zum Hinlegen finden.«

»Schon, aber mein Werk blieb' ungetan. Ich muß also leider jetzt gehn.«

Der Soldat, der sich mir in den Weg gestellt hatte, trat beiseite. »Würd' Euch gern ein paar Männer mitschicken. Wenn Ihr einen Moment warten wolltet. Ich muß erst den wachhabenden Offizier um Erlaubnis fragen.«

»Das wird nicht nötig sein«, entgegnete ich und ging, ehe sie etwas erwidern konnten. Irgend etwas – vermutlich die

Morde, von denen mein Sergeant gesprochen hatte – war in der Stadt los; ich war mir fast sicher, daß es während meiner Anwesenheit im Palast des Archons wieder einen Toten gegeben hätte. Der Gedanke versetzte mich in wohlige Aufregung – nicht weil ich so töricht war zu glauben, allen Angriffen überlegen zu sein, sondern weil die Vorstellung, in dieser Nacht in den Straßen von Thrax angegriffen zu werden und das Leben zu riskieren, zum Teil die Niedergeschlagenheit verdrängte, die mich anderweitig bedrückt hätte. Dieses ziellose Grauen, diese anonyme Bedrohung der Nacht war von all meinen Kindheitsängsten die früheste; und als solche hatte sie nun, da die Kindheit hinter mir lag, die trauliche Eigenschaft aller Dinge aus der Kindheit, sind wir erst ganz erwachsen.

Ich befand mich bereits auf der gleichen Flußseite wie die Lehmhütte, die ich am Nachmittag besucht hatte, und brauchte nicht erst überzusetzen; aber die Straßen waren mir fremd und wirkten in der Dunkelheit wie ein Labyrinth – dazu geschaffen, mich zu verwirren. Erst nach mehreren Fehlversuchen entdeckte ich die schmale Gasse, die zum Kliff emporführte.

In den Behausungen links und rechts davon, worin es still gewesen war, solange man darauf wartete, daß die mächtige Mauer aus Stein auf der gegenüberliegenden Seite hinaufstiege, um die Sonne zu verdecken, waren nun murmelnde Stimmen vernehmbar, und aus einigen Fenstern leuchtete das Licht von Tranlampen. Während Abdiesus in seinem Palast darunter ein Fest gab, feierte auch das gemeine Volk der Hänge mit einer Ausgelassenheit, die sich hauptsächlich dadurch von der seinen unterschied, daß sie nicht so zügellos war. Ich vernahm Liebeslaute, wie ich sie auch in seinem Garten vernommen hatte, nachdem ich von Cyriaca geschieden war, und die Stimmen von Männern und Frauen in stillem Gespräch und hin und wieder auch neckisches Geschäker – hier wie dort. Den Palastgarten hatten seine Blumen mit Düften erfüllt, und seine Luft hatten die eigenen Springbrunnen und der große Springbrunnen Acis, der kalt daneben vorüberrauschte, geläutert; hier war von diesen Düften nichts mehr zu riechen; aber eine Brise blies über die Hütten und die Höhlen mit ihren zugestöpselten Mündern und trug bald den Gestank von Unflat, bald das Aroma frisch aufgebrühten Tees oder eines schlichten Schmorgerichts und manchmal nur die reine Gebirgsluft heran.

Als ich hoch in die Felswand gestiegen war, wo keiner mehr wohnte, der reich genug wäre, sich mehr Licht als das des Küchenfeuers zu leisten, wandte ich mich um und blickte in die Stadt hinab, wie ich es auch am Nachmittag von den Zinnen der Burg Acies aus getan hatte – obgleich in einer ganz anderen Gemütsverfassung. Man sagt, es gibt im Gebirge so tiefe Spalten, daß man an ihrem Grund die Sterne sehen kann; Spalten, die also durch die ganze Welt reichen. Nun war mir, als wäre ich auf eine solche gestoßen. Ich hatte den Eindruck, in ein Sternbild zu schauen, wie wenn die ganze Urth abgefallen wäre und ich in einen gestirnten Schlund ausschaute.

Wahrscheinlich suchte man bereits nach mir. Ich stellte mir vor, wie die Dimarchi des Archons durch die stillen Straßen galoppierten, vielleicht Fackeln aus dem Garten tragend. Viel schlimmer war der Gedanke, daß die Wärter, die ich bis jetzt kommandiert hatte, von den Vincula ausschwärmen würden. Dennoch sah ich keine ziehenden Lichter und hörte keine heiseren Rufe in der Ferne, und falls in den Vincula Unruhe ausgebrochen wäre, so war von dieser Störung in den düsteren Gassen, welche sich spinnwebartig über den Hang wanden, nichts zu merken. Es hätte auch einen blinkenden Lichtschein geben müssen, wo das große Tor sich öffnete, um die aus den Betten geholten Männer hinauszulassen – sich in einem fort öffnete und wieder schlösse; aber nichts dergleichen war zu erkennen. Schließlich wandte ich mich wieder um und stieg weiter hinauf. Man hatte noch nicht Alarm geschlagen – bald würde er jedoch ertönen.

Es brannte kein Licht in der Lehmhütte, und es war darin nichts zu hören. Ich hatte die Klaue aus dem Säckchen genommen, ehe ich eintrat, denn ich befürchtete, dazu nicht mehr die Nerven zu haben, wäre ich erst drinnen. Bald funkelte sie gleich einem Feuerwerk wie im Gasthaus zu Saltus, bald war sie nicht heller als eine Glasscherbe. In jener Nacht in der Hütte strahlte sie nicht, sondern schimmerte in einem so tiefen Blau, daß das Licht selbst mir wie eine klarere Dunkelheit schien. Von allen Namen des Schlichters ist der am seltensten verwendete und mir stets rätselhafteste der Name ›Schwarze Sonne‹. Seit jener Nacht habe ich fast das Gefühl, ihn zu verstehen. Ich konnte das Juwel nicht mit den Fingern halten, wie ich es schon oft getan hatte und noch oft tun würde; ich legte es flach in meine rechte Hand, damit ich durch meine Berührung kein größeres Sakrileg beginge, als unvermeidlich war. Es so vor mir tragend, bückte ich mich und trat hinein in die Hütte

Das Mädchen lag noch, wo es am Nachmittag gelegen hatte. Falls es atmete, konnte ich's nicht hören, und es bewegte sich nicht. Der Knabe mit dem entzündeten Auge schlief auf der bloßen Erde zu seinen Füßen. Er mußte mit dem Geld, das ich ihm geschenkt hatte, zu essen gekauft haben; Getreidehülsen und Obstschalen lagen auf dem Boden verstreut. Für einen Augenblick wagte ich zu hoffen, daß keiner von ihnen erwachte.

Im dunklen Schein der Klaue zeigte sich, daß das Gesicht des Mädchens noch viel eingefallener und grauenhafter war, als ich es am Tag gesehen hatte, indem er die Ringe unter den Augen und die hohlen Wangen stärker hervortreten ließ. Ich glaubte, etwas sagen, durch einen Spruch den Increatus und seine Mittler anrufen zu müssen, aber mein Mund war trocken und sprachloser als die Zunge eines Tieres. Langsam senkte ich die Hand zu ihr, bis ihr Schatten alles Licht, das auf es gefallen war, aussperrte. Als ich die Hand wieder hob, war keine Veränderung zu erkennen, wobei mir einfiel, daß die Klaue auch bei Jolenta nicht geholfen hatte, so daß ich mich fragte, ob sie bei Frauen nicht wirke oder es erforderlich sei, daß eine Frau sie hielte. Sodann berührte ich mit ihr die Stirn des Mädchen, wobei sie wie ein drittes Auge in dieser Totenfratze schien.

Von allen Einsätzen der Klaue war das der verblüffendste und vielleicht einzige, wo es ausgeschlossen war, daß eine Selbsttäuschung meinerseits oder irgendein – wenn auch noch so weit hergeholter – Zufall für das, was sich ereignete, verantwortlich sein konnten. Vielleicht war die Blutung des Menschenaffen durch seinen eigenen Glauben gestillt worden; vielleicht war der Ulan an der Straße beim Haus Absolut lediglich betäubt gewesen und wäre von selbst wieder aufgestanden; vielleicht war die augenscheinliche Heilung von Jonas' Wunden nicht mehr als eine Sinnestäuschung im ungewissen Licht gewesen.

Aber nun war mir, als hätte eine unvorstellbare Macht in der Zeitspanne zwischen zwei Chrononen gewirkt, um das Universum aus seiner Spur zu werfen. Die echten Augen des Mädchens, dunkel wie ein Teich, taten sich auf. Sein Gesicht war keine Totenmaske mehr, sondern das ermattete Gesicht einer jungen Dame. »Wer bist du in diesen hellen Kleidern?« fragte es. Und dann: »Oh, ich träume.«

Ich sagte ihr, ich sei ein Freund, und daß es sich nicht zu fürchten brauche.

»Ich fürchte mich nicht«, antwortete es. »Ich tät's, wär' ich wach, aber das bin ich jetzt nicht. Du siehst aus, als wärst du vom Himmel gefallen, aber ich weiß, du bist nur die Schwinge eines armen Vogels. Hat Jader dich gefangen? Sing für mich ...«

Es schloß wieder die Augen; nun konnte ich sein schwaches Atmen hören. Sein Gesicht blieb, wie es gewesen war, als es die Augen offen hatte – schmal und ermattet, aber nicht mehr vom Tode gezeichnet.

Ich nahm das Juwel von seiner Stirn und berührte damit das Auge des Knaben, wie ich die Stirn seiner Schwester berührt hatte, aber das war wohl überflüssig. Es erschien mir normal, bevor es den Kuß der Klaue überhaupt spürte, und vielleicht war die Entzündung schon zurückgegangen. Er regte sich im Schlaf und stieß einen Ruf aus, als liefe er im Traum einer Horde jüngerer Knaben voraus und ermunterte sie zum Nachkommen.

Ich steckte die Klaue wieder in ihr Säckchen und setzte mich zwischen den Hülsen und Schalen auf den Erdboden, um ihm zu lauschen. Nach einer Weile wurde er wieder still. Das Sternenlicht zeichnete schwache Muster in der Nähe der Tür; ansonsten war es in der Hütte stockfinster. Ich hörte das gleichmäßige Atmen von Bruder und Schwester.

Sie hatte gesagt, daß ich, der ich seit meiner Erhebung Schwarz und vorher graue Lumpen getragen hatte, mit hellen Gewändern bekleidet sei. Ich wußte, das helle Licht auf ihrer Stirn hatte sie geblendet, so daß ihr alles, jedes Gewand hell vorkommen mußte. Dennoch spürte ich, daß sie in gewisser Weise recht hatte. Daß ich seit jenem Moment meinen Mantel, meine Hosen und Stiefel haßte (wie ich zu schreiben versucht gewesen bin), dem war nicht so; vielmehr bekam ich gewissermaßen den Eindruck, sie seien tatsächlich die Verkleidung, wofür man sie im Palast des Archons gehalten hatte, oder das Kostüm, als das sie gewirkt hatten, als ich in Dr. Talos' Spiel auftrat. Sogar ein Folterer ist nur ein Mensch, und es ist für einen Menschen nicht natürlich, sich stets und ausschließlich in der Farbe zu kleiden, die dunkler als schwarz ist. Ich hatte Verachtung empfunden für meine Heuchelei, als ich den braunen Mantel aus Agilus' Laden getragen hatte; vielleicht war die schwarze Tracht darunter eine genauso große oder größere Heuchelei.

Dann drängte sich mir die Wahrheit auf. Falls ich je ein echter Folterer gewesen war, ein Folterer im Sinne eines Meister Gurloes oder auch eines Meister Palaemon, so war ich keiner mehr. Ich hatte in Thrax eine zweite Chance bekommen. Auch diese zweite Chance hatte ich vertan, und eine dritte gäb's nicht mehr. Ich könnte mir aufgrund meines Könnens und meiner Tracht Arbeit verschaffen, aber mehr nicht; und bestimmt wär's das beste, mich schnellstmöglich ihrer zu entledigen und zu versuchen, bei den Soldaten unterzukommen, die den nordischen Krieg austrugen, sobald es mir gelungen wäre – falls es mir je gelänge –, die Klaue zurückzugeben.

Der Knabe regte sich und rief einen Namen, der wohl derjenige seiner Schwester war. Sie murmelte etwas im Schlaf. Ich erhob mich, betrachtete sie noch eine Zeitlang und ging dann, besorgt, daß der Anblick meines strengen Gesichts und meines langen Schwertes sie ängstigen könnte, davon.

IX
Der Salamander

Draußen wirkten die Sterne strahlender, und zum ersten Mal seit vielen Wochen drückte die Klaue nicht mehr gegen meine Brust. Als ich den schmalen Weg hinabging, brauchte ich mich nicht mehr umzudrehen, um die Stadt zu sehen. Als abertausend funkelnde Lichter lag sie vor mir ausgebreitet, von Burg Acies' Wachfeuer bis zu den sich im Fluß spiegelnden Wachstubenfenstern des Capulus.

Inzwischen waren alle Tore geschlossen. Falls die Dimarchi noch nicht ausgeritten waren, würden sie das tun, ehe ich das ebene Gelände in Ufernähe erreichte; ich war jedoch entschlossen, Dorcas noch einmal zu sehen, bevor ich die Stadt verließe, was mir, daran zweifelte ich nicht, sicher gelänge. Ich überlegte mir gerade einen Plan, wie wir danach die Mauern überwinden könnten, als weit unten ein neues Licht aufloderte.

Es war nicht groß aus dieser Entfernung, lediglich eine Nadelspitze wie alle übrigen; dennoch glich es den anderen überhaupt nicht, und meine Sinne verzeichneten es nur als Licht, weil es sich mit nichts anderem vergleichen ließ. Ich hatte in jener Nacht in der Nekropolis, als Vodalus die Frauenleiche ausgrub, aus nächster Nähe einen Pistolenschuß gesehen – einen gebündelten Energiestrahl, der wie ein Blitz den Nebel zerteilt hatte. Dieses Feuer war nicht so, ähnelte ihm aber mehr als alles andere mir Bekannte. Es flammte kurz auf und erlosch, und einen Herzschlag später spürte ich abstrahlende Hitze in meinem Gesicht.

Irgendwie verfehlte ich im Dunkeln das kleine Gasthaus namens Entennest. Ich habe nie erfahren, ob ich in eine falsche Gasse eingebogen bin oder lediglich die mit Läden verschlossenen Fenster und das darüber hängende Schild übersehen habe. Jedenfalls hatte ich mich bald viel zu weit vom Fluß entfernt und schritt durch eine Straße, die zumindest ein Stück lang parallel zum Steilhang verlief, wobei der Geruch von versengtem Fleisch wie bei einer Brandmarkung in meine Nase stieg. Ich wollte schon wieder weitergehen, als ich im Dunkeln mit einer Frau zusammenstieß. So hart und unerwartet prallten wir zusammen, daß es mich beinahe umgeworfen hätte, und während ich nach hinten taumelte, hörte ich ihren Leib auf dem Steinpflaster aufschlagen.

»Ich hab' dich gar nicht gesehn«, erklärte ich, als ich mich hinabbeugte, um ihr aufzuhelfen.

»Renn! Renn!« keuchte sie. Und dann: »Hilf mir doch auf!« Ihre Stimme kam mir bekannt vor.

»Warum soll ich rennen?« Ich zog sie auf die Beine. Im schwachen Licht sah ich undeutlich ihr Gesicht und sogar etwas von der Angst, die darin saß.

»Es hat Jurmin getötet. Er ist lebendigen Leibes verbrannt. Sein Stock glühte noch, als wir ihn fanden. Er ...« Was sie sagen wollte, verlor sich in Schluchzen.

»Was hat Jurmin verbrannt?« Als sie nicht antwortete, schüttelte ich sie, aber das ließ sie nur noch heftiger weinen. »Kenn' ich dich nicht? Sprich, Frau! Du bist die Wirtin vom Entennest. Führ mich dorthin!«

»Ich kann nicht«, erwiderte sie. »Ich habe Angst. Gebt mir Euren Arm, bitte, Sieur! Wir müssen rein.«

»Gut. Wir gehn zum Entennest. 's kann nicht mehr weit sein – was ist denn das?«

»Viel zu weit!« schluchzte sie. »Viel zu weit.«

Irgend etwas war da noch in der Straße. Vielleicht hatte ich es nicht kommen gehört, oder es war bis jetzt unbemerkt gewesen; nun aber war es mit einemmal da. Ich habe Leute, die sich vor Ratten ekeln, sagen gehört, sie würden sie in dem Moment gewahr, wo sie ins Haus eindrängen, selbst wenn die Tiere nicht zu sehen seien. So war es auch jetzt. Ich spürte Hitze ohne Wärme; und obschon in der Luft nichts zu riechen war, fühlte ich, daß ihre lebenserhaltende Kraft im Schwinden begriffen war.

Die Frau schien noch nichts zu merken. Sie sagte: »Es hat in der letzten Nacht drei in der Nähe der Arena verbrannt und einen heut' abend bei den Vincula, erzählt man. Und nun Jurmin. Es ist auf der Suche nach jemand, wird erzählt.«

Mir kamen die Notulen in den Sinn und die Erscheinung, die entlang der Mauern des Vorzimmers vom Haus Absolut geschlichen war, und ich entgegnete: »Ich glaub', 's hat ihn gefunden.«

Ich ließ sie los und drehte mich immer wieder herum, um festzustellen, wo es sei. Die Hitze wurde stärker, aber es war kein Lichtschein zu entdecken. Ich war versucht, die Klaue hervorzuziehen, um mit ihr die Gassen auszuleuchten; dann fiel mir jedoch ein, wie sie das, was unter der Mine der Menschenaffen schlief, geweckt hatte, und fürchtete, ihr Schein würde diesem Etwas lediglich ermöglichen, meinen Standort zu ermitteln – was immer es auch sein mochte. Ich war mir nicht sicher, ob mein Schwert dagegen wirksamer wäre als gegen die Notulen, als Jonas und ich ihnen durch den Zedernhain entflohen waren; nichtsdestoweniger zückte ich es.

Fast im selben Augenblick ertönten Hufgeklapper und ein Schrei, denn zwei Dimarchi donnerten keine zweihundert Schritt entfernt um eine Ecke. Hätte ich mehr Muße gehabt, hätte ich darüber gelacht, daß sie den Gestalten, die ich mir vorgestellt hatte, so sehr entsprachen. Nun jedoch zeigte sich im funkelnden Schein ihrer Lanzen etwas Dunkles, Buckliges und Gebücktes, das zwischen uns und ihnen stand.

Es wandte sich dem Licht zu und schien sich zu öffnen wie eine Blüte, wenn auch fast so schnell, daß das Auge nicht folgen konnte, wobei es immer dünner wurde, bis es wie ein Gebilde aus glimmendem Flor wirkte, das jedoch etwas Reptilienhaftes an sich hatte gleich jenen vielfarbigen Nattern aus den Urwäldern des Nordens, die Reptilien sind, obgleich sie aussehen wie bunte Emailarbeiten. Die Reittiere der Soldaten stiegen auf die Hinterhand und scheuten schnaubend, aber einer der Männer schleuderte geistesgegenwärtiger als ich seine Lanze in das Herz dieses Ungetüms, das ihm gegenüberstand. Ein Lichtschein flammte auf.

Die Wirtin vom Entennest kippte gegen mich, und um sie nicht zu verlieren, stützte ich sie mit meinem freien Arm. »Ich glaube, es sucht Körperwärme«, erklärte ich ihr. »Es sollte auf die Renner losgehen.«

Während ich noch sprach, kehrte es sich uns zu.

Wie gesagt, sah es von hinten, als es sich zum Dimarchi öffnete, wie eine reptilienhafte Blüte aus. Dieser Eindruck verfestigte sich nun, als wir es in seiner ganzen Gräßlichkeit und Pracht schauten, aber es kamen noch zwei andere hinzu. Der erste war das Gefühl einer intensiven, unirdischen Hitze; noch wirkte es wie ein Reptil, ein Reptil allerdings, das glühte, wie es auf Urth unbekannt war, als wäre irgendeine Wüstenschlange auf ein Schneefeld gefallen. Der zweite Eindruck war der von Fetzen, die in einem Wind flatterten, der nicht aus Luft bestand. Noch wirkte es wie eine Blüte, eine Blüte allerdings, deren weiße, hellgelbe und feuerrote Blumenblätter von einem mächtigen Sturm, der ihrem eigenen Herzen entsprang, zerfranst worden waren.

All diese Eindrücke waren von einer Grauenhaftigkeit, wie ich sie nicht beschreiben kann. Sie raubten mir alle Entschlossenheit und Kraft, so daß ich einen Moment lang weder zu fliehen noch anzugreifen vermochte. Die Kreatur und ich waren scheinbar in einer Zeitmatrix verankert, die mit nichts, was vorher oder seitdem vergangen war, etwas gemein hatte, und die, da sie einzig uns beide starr in sich hielt, durch nichts verändert werden könnte.

Ein Schrei brach den Bann. Eine zweite Dimarchigruppe war in die Straße hinter uns galoppiert und trieb nun angesichts der Kreatur seine Renner zum Angriff an. Binnen eines Atemzugs waren sie herangestürmt, und nur durch die Fürsprache der heiligen Katharina wurden wir nicht niedergetrampelt. Falls ich je den Mut der Soldaten des Autarchen angezweifelt hatte, verwarf ich diesen Zweifel nun, denn beide Gruppen fielen über das Ungetüm her wie Hunde über einen Hirschen.

Es war vergebens. Ein blendender Blitz zuckte auf, und greuliche Hitze ergoß sich. Die halb ohnmächtige Frau haltend, eilte ich über die Straße davon.

Ich wollte dort abbiegen, wo die Dimarchi hergekommen waren, aber in meiner Panik (und es war nicht nur meine, sondern auch die Panik der kreischenden Thecla in meinem Geist) umrundete ich die Ecke zu spät oder zu früh. Anstelle des Steilwegs zur unteren Stadt, den ich erwartet hatte, fand ich mich in einem kleinen Hof ohne Durchgang wieder, der auf einem Steingesims, das aus dem Fels ragte, lag. Als ich meinen Irrtum bemerkte, stand die Kreatur, nun wieder ein verschlungenes, verkrüppeltes Gebilde, wovon aber eine schreckliche, unsichtbare Energie ausströmte, auch schon am Hofeingang.

Im Schein der Sterne hätte es lediglich ein altes, gebeugtes Männlein in einem schwarzen Mantel sein können, jedoch habe ich nie mehr Grauen als bei seinem Anblick empfunden. Es befand sich eine Hütte an der Hofrückseite: ein größerer Bau als der Schuppen, worin das Mädchen und sein Bruder hausten, aber gleichfalls aus Lehm und Reisig errichtet. Ich trat die Tür ein und rannte in ein Gewirr stinkender Zimmer, durcheilte ein erstes, ein zweites und ein drittes, worin ein halbes Dutzend Männer und Frauen schliefen, sodann ein viertes, nur um zu einem Fenster zu gelangen, das über die Stadt zeigte wie meine Laibung in den Vincula. Es war das Ende, das hinterste Zimmer des Hauses, das wie ein Schwalbennest über dem Abhang hing, der bodenlos tief zu sein schien.

Aus dem Zimmer, das wir gerade durchmessen hatten, vernahm ich die ärgerlichen Stimmen der Bewohner, die wir geweckt hatten. Die Tür flog auf, aber wer immer auch gekommen war, um die Eindringlinge hinauszuwerfen, mußte das blitzende *Terminus Est* gesehen haben; er blieb stehen, fluchte und wandte sich wieder ab. Im nächsten Augenblick schrie jemand auf, und ich wußte, daß die Feuerkreatur in der Hütte war.

Ich versuchte, die Frau aufrecht hinzusetzen, aber sie sackte zu meinen Füßen in sich zusammen. Außerhalb des Fensters war nichts – die Mauer aus Lehm und Reisig endete ein paar Ellen darunter. Das vorstehende Strohdach darüber bot meinen Händen nicht mehr Halt als Spinnweben. Während ich versuchte, es zu fassen zu kriegen, strömte grelles Licht herein, das alle Farben verblassen ließ und rußschwarze Schatten warf, die wie Risse im Universum wirkten. Nun wußte ich, daß ich kämpfen und sterben wie die Dimarchi oder springen mußte, also wirbelte ich herum, um mich ihm, der mich zu töten gekommen war, zu stellen.

Es war noch im Zimmer davor, aber durch die Tür sah ich, daß es sich wie auf der Straße wieder entfaltet hatte. Die halb verzehrte Leiche einer Frau lag vor ihm auf dem Boden, und vor meinen Augen beugte es sich über sie, um sie sich, das hätte ich wetten können, neugierig anzusehen. Ihr Fleisch brutzelte und schmorte wie das Fett eines Bratens und fiel dann ab. Im nächsten Moment waren sogar die Knochen nur mehr ein bleiches Aschenhäuflein, das die Kreatur beim Weitergehen zertrat und zerstreute.

Terminus Est ist meiner Meinung nach die beste Klinge gewesen, die je geschmiedet worden ist, aber ich habe gewußt, daß sie gegen die Macht, die so viele Reitersleute ausgerottet hat, nichts ausrichten kann. Ich warf es zur Seite in der vagen Hoffnung, man würde es finden und schließlich Meister Palaemon zurückbringen, und zog die Klaue aus ihrem Säckchen um meinen Hals.

Es war meine letzte, kleine Chance, aber wie sich sofort zeigte, war auch das vergebens. Allerdings gewahrte die Kreatur die Welt um sich herum (und ich hatte aufgrund seiner Bewegungen vermutet, daß sie auf unserer Urth fast blind war), konnte das Juwel eindeutig ausmachen und fürchtete es nicht. Hatte sie sich zunächst langsam genähert, so glitt sie nun rasch und zielstrebig voran. Sie erreichte die Tür – rauchend und berstend hatte sie sich mit einemmal aufgelöst. Von unten drang Licht durch das Loch, das sie in den dünnen Fußboden, der sich an den zutage tretenden Fels anschloß, gebrannt hatte; zuerst war es das farblose Licht der Kreatur, dann der wechselhafte, duftige Glanz von schillerndem Blau, Lila und Rosa. Dann nur noch das schwache, rötliche Flackern züngelnder Flammen.

X
Blei

In einem Moment hatte ich schon geglaubt, ich würde in das gähnende Loch in der Mitte des Zimmers fallen, bevor ich *Terminus Est* wieder an mich nehmen und die Wirtin vom Entennest in Sicherheit schaffen konnte, und im nächsten war ich mir sicher, alles würde fallen – das ganze wacklige Zimmer mitsamt uns allen.

Dennoch entkamen wir schließlich. Als wir in die Straße gelangten, war sie frei von Dimarchi und Menschen, denn die Soldaten hatte es gewiß unten zum Feuer und die verängstigten Menschen in die Häuser gezogen. Ich stützte die Frau mit einem Arm und ließ sie den Weg wählen, obgleich ihr die Angst noch so in den Gliedern steckte, daß sie zu keiner vernünftigen Antwort fähig war; wie vermutet, führte sie uns unbeirrbar zu ihrem Gasthaus.

Dorcas schlief. Ich weckte sie nicht, sondern setzte mich im Finstern auf einen Stuhl neben dem Bett, wo nun auch ein Tischchen stand, das gerade Platz bot für Glas und Flasche, die ich aus der Gaststube mitgebracht hatte. Was für ein Wein es auch gewesen sein mochte, er schmeckte stark im Mund, aber fast wie bloßes Wasser nach dem Hinunterschlucken; als Dorcas erwachte, hatte ich schon die halbe Flasche geleert, spürte aber keine andere Wirkung, als wenn ich die gleiche Menge Sorbetts getrunken hätte.

Sie schreckte auf und ließ sich dann wieder in die Kissen fallen. »Severian! Ich hätte wissen müssen, daß du es bist.«

»Tut mir leid, wenn ich dich erschreckt habe«, sagte ich. »Ich wollte nachsehn, wie's dir geht.«

»Nett von dir, obwohl es mir immer so vorkommt, daß du dich, wenn ich erwache, über mich beugst.« Sie machte kurz die Augen wieder zu. »Du gehst so leise in diesen dick besohlten Stiefeln, weißt du das? Das ist einer der Gründe, warum man dich so fürchtet.«

»Du sagtest einmal, ich erinnerte dich an einen Vampir, weil ich einen Granatapfel aß und meine Lippen rot verschmiert waren. Erinnerst du dich?« (Das war auf einem Feld innerhalb der Stadtmauer von Nessus gewesen, als wir neben Dr. Talos' Theater genächtigt und zum Frühstück die liegengebliebenen Früchte des fliehenden Vorabendpublikums verspeist hatten.)

»Ja«, antwortete Dorcas. »Du willst mich damit wieder zum Lachen bringen, nicht wahr? Aber ich fürchte, ich kann nicht mehr lachen. Nie mehr.«

»Möchtest du etwas Wein? Er hat nichts gekostet und schmeckt gar nicht so schlecht, wie ich gedacht habe.«

»Um mich aufzuheitern? Nein. Trinken soll man, glaub' ich, wenn man schon in heiterer Stimmung ist. Andernfalls gießt man sich nur Kummer in den Becher.«

»Trink wenigstens einen Schluck. Die Wirtin sagt, du bist krank gewesen und hast den ganzen Tag noch nichts gegessen.«

Dorcas drehte ihr goldenes Haupt auf dem Kissen, um mich anzusehen; da sie hellwach schien, war ich so frei, die Kerze anzuzünden.

Sie sagte: »Du trägst deine Tracht. Das muß ihr eine ganz schöne Angst eingejagt haben.«

»Nein, sie hat keine Angst vor mir. Sie füllt ihren Becher mit allem, was sie in der Flasche findet.«

»Sie ist gut zu mir gewesen – nett und freundlich. Laß sie zufrieden, auch wenn sie so spät nachts noch trinken will!«

»Ich hab' ihr ja nichts getan. Aber willst du denn nichts? Es muß noch etwas zu haben sein aus der Küche, und ich deck' dir den Tisch zum Brechen voll.«

Meine Wortwahl entlockte Dorcas ein zaghaftes Lächeln. »Ich hab' den ganzen Tag gebrochen. Das meinte sie, als sie dir sagte, ich sei krank. Das sagte sie dir doch? Gekotzt hab' ich. Ich möcht' meinen, du müßtest es noch riechen können, obwohl die arme Frau ihr Bestes getan hat, nachher alles wieder sauberzumachen.«

Dorcas hielt inne und schnupperte. »Was ist's, das ich rieche? Verbrannten Stoff? Das muß die Kerze sein, aber den Docht wirst du mit dieser mächtigen Klinge nicht stutzen können.«

Ich erklärte: »Es ist mein Mantel, denk' ich. Ich bin einem Feuer zu nahe getreten.«

»Ich würd' dich bitten, das Fenster zu öffnen, aber es ist, wie ich sehe, schon offen. Stört dich wohl? Die Kerze steht im Zug. Wird dir von den flackernden Schatten schwindlig?«

»Nein«, entgegnete ich. »Macht mir nichts aus, solange ich nicht direkt in die Flamme blicken muß.«

»Ich seh' dir an, daß du dich genauso fühlst wie ich in der Nähe von Wasser.«

»Heut' nachmittag, als ich dich gefunden habe, hast du unmittelbar am Ufer gesessen.«

»Ich weiß«, meinte Dorcas und verstummte. Sie blieb so lange stumm, daß ich schon befürchtete, sie wolle nicht mehr mit mir sprechen, das krankhafte Schweigen (und ein solches war es gewiß gewesen), das sie befallen hatte, sei zurückgekehrt.

Schließlich sagte ich: »Ich war erstaunt, dich dort zu sehen – ich erinnere mich, mehrmals hingesehn zu haben, bevor ich mir sicher gewesen bin, daß du's bist, obwohl ich nach dir gesucht hab'.«

»Ich übergab mich, Severian. Das sagte ich dir doch, nicht wahr?«

»Ja, das sagtest du.«

»Weißt du, was ich erbrochen habe?«

Sie sah stieren Blicks zur niedrigen Zimmerdecke, und ich hatte das Gefühl, es sei dort ein anderer Severian gewesen –

der gütige, ja edle Severian, der nur in Dorcas' Vorstellung existierte. Wir alle sprechen wohl, wenn wir mit einem anderen vertraut zu reden glauben, in Wirklichkeit eine Vorstellung an, die wir von demjenigen haben, mit dem wir zu reden glauben. Aber das hier schien mehr zu sein; ich hatte das Gefühl, Dorcas würde sogar dann weitersprechen, wenn ich das Zimmer verließe. »Nein«, antwortete ich. »Vielleicht Wasser?«

»Schleudersteine.«

Ich dachte, das habe sie bildlich gemeint, und versetzte nur: »Wird recht unangenehm gewesen sein.«

Wieder rollte sie den Kopf auf dem Kissen, und nun konnte ich ihre blauen Augen mit den weißen Pupillen sehen. So leer war ihr Blick, sie hätten zwei kleine Gespenster sein können. »Schleudersteine, mein liebster Severian. Schwere kleine Metallgeschosse – ein jedes umgefähr mit dem Durchmesser einer Nuß und knapp daumenlang und mit dem eingeprägten Wort *triff*. Sie kamen klirrend aus meiner Kehle und plumpsten in den Eimer, und ich griff hinein – mit der Hand hinein in die Brühe, die mit hochgekommen war, und fischte sie heraus, um sie mir anzusehn. Die Wirtin brachte den Eimer weg, aber ich hatte sie abgewischt und aufgehoben. Es sind zwei, und sie liegen nun in der Schublade dieses Tisches. Den brachte sie zum Essenabstellen herein. Willst du sie sehen? Mach ihn auf!«

Ich hatte keine Ahnung, was sie da plapperte, und fragte, ob ihres Wissens jemand sie vergiften wolle.

»Nein, ganz und gar nicht. Willst du die Schublade nicht öffnen? Was bist du mutig. Willst du nicht nachsehn?«

»Ich glaube dir. Wenn du sagst, es sind Schleudersteine in der Schublade, dann sind bestimmt welche drin.«

»Aber du glaubst nicht, daß ich sie ausgespuckt habe. Ich kann's dir nicht verübeln. Gibt es nicht eine Geschichte von der Tochter eines Jägers, die von einem Parden verwunschen worden ist, so daß Gagatperlen aus ihrem Mund gekullert sind, wenn sie gesprochen hat? Und dann hat ihre Schwägerin ihr den Zauber gestohlen, so daß beim Sprechen Kröten aus ihrem Mund hüpften? Ich hab' sie schon einmal gehört, sie aber nie geglaubt.«

»Wie soll das gehen – Blei spucken?«

Dorcas lachte, aber es war keine Heiterkeit darin. »Einfach, ganz einfach. Weißt du, was ich heut' gesehn hab'? Weißt du, warum ich nicht hab' sprechen können, als du mich gefunden hast? Und ich konnte wirklich nicht, Severian, das schwöre ich! Ich weiß, du hast geglaubt, ich sei halt wütend und dickköpfig gewesen. Das war ich aber nicht – ich war wie versteinert, sprachlos, denn mir schien alles egal. Und ich bin mir noch nicht im klaren, ob dem nicht so ist. Allerdings tut es mir leid, was ich vorhin gesagt hab' von wegen Mut. Du bist mutig, das weiß ich. Es ist nur, daß es offenbar nicht von Mut zeugt, was du mit den armen Gefangenen hier treibst. Du warst so mutig, als du gegen Agilus kämpftest, und später, als du gegen Baldanders kämpfen wolltest, weil wir dachten, er würde Jolenta umbringen ...« Wieder verstummte sie und seufzte dann. »O Severian, ich bin so müde.«

»Darüber wollte ich mit dir reden«, knüpfte ich an. »Über die Gefangenen. Du sollst mich verstehen, selbst wenn du's mir nicht nachsehen kannst. Es war mein Beruf, das, wofür ich von Kindheit an ausgebildet worden war.« Ich beugte mich vor und nahm ihre Hand; sie wirkte so zart und zerbrechlich wie ein Singvogel.

»Du hast schon einmal davon gesprochen. Ehrlich, ich versteh's.«

»Und ich war gut darin. *Das*, Dorcas, verstehst du nicht. Folter und Hinrichtung sind eine Kunst, und ich habe das Gespür und die Begabung dafür, bin dazu begnadet. Dieses Schwert – alle Werkzeuge, die wir gebrauchen, werden lebendig, liegen sie in meiner Hand. Wäre ich in der Zitadelle geblieben, wäre ich eines Tages vielleicht Meister geworden. Hörst du mir zu, Dorcas? Liegt dir daran überhaupt etwas?«

»Ja«, erwiderte sie. »Ein bißchen. Aber jetzt hab' ich doch Durst. Wenn du fertig getrunken hast, schenk mir bitte ein wenig Wein ein.«

Ich kam ihrem Wunsch nach und füllte das Glas nur zu einem Viertel, damit sie nicht das Bettzeug besudele.

Sie setzte sich zum Trinken auf, was ich ihr angesichts ihrer Mattigkeit gar nicht zugetraut hätte, und als sie den letzten scharlachroten Tropfen geschluckt hatte, schleuderte sie das Glas zum Fenster hinaus. Ich hörte es unten auf der Straße zerschellen.

»Du sollst nicht nach mir trinken«, erklärte sie mir. »Was du andernfalls doch gemacht hättest.«

»Du meinst also, es sei ansteckend, was immer du auch haben magst?«

Wieder lachte sie. »Ja, aber du hast es schon. Du hast es von deiner Mutter bekommen. Den Tod. Severian, du hast mich noch gar nicht gefragt, was ich heute gesehen habe.«

XI
Die Hand der Vergangenheit

Sobald Dorcas gesagt hatte: »Du hast mich noch gar nicht gefragt, was ich heute gesehen habe«, wurde mir klar, daß ich versucht hatte, das Gespräch davon abzulenken. Ich ahnte, die Sache sei für mich recht belanglos, während Dorcas ihr große Bedeutung beimesse, gleichsam wie Irre glauben, das Gewirr der Wurmgänge unter der Borke eines umgefallenen Baumes stelle eine übernatürliche Schrift dar. »Ich hielt es für besser, dich nicht daran zu erinnern, was immer es auch sei«, entgegnete ich.

»Das wär', wenn wir's nur könnten, gewiß das Beste. Es war ein Stuhl.«

»Ein Stuhl?«

»Ein alter Stuhl. Und ein Tisch und dergleichen mehr. Offenbar gibt es in der Drechslerstraße einen Laden, der an die Eklektiker und diejenigen Autochthonen, die genug von unserer Kultur angenommen haben, um so etwas zu wollen, alte Möbel verkauft. Da es hier keine Quellen zur Befriedigung der Nachfrage gibt, ziehen der Inhaber und seine Söhne zwei bis drei Mal jährlich nach Nessus – in die verlassenen Südviertel –, um ihr Schiff vollzuladen. Ich hab' mit ihm gesprochen, siehst du; nun weiß ich Bescheid. Es stehen dort abertausend Häuser leer. Manche sind längst eingestürzt, aber andere sind noch in dem Zustand, wie die Eigentümer sie verlassen haben. Die meisten sind geplündert worden, dennoch findet man hie und da noch Silber und Schmuckstücke. Und obschon die meisten den Großteil ihrer Möbel verloren haben, ist von den ausgezogenen Eigentümern einiges zurückgeblieben.«

Ich hatte das Gefühl, sie würde gleich in Tränen ausbrechen, und beugte mich zu ihr, um ihr die Stirn zu streicheln. Durch einen Blick gab sie mir zu verstehen, daß sie das nicht wolle, und legte sich wieder aufs Bett zurück.

»In manchen dieser Häuser ist noch die gesamte Einrichtung vorhanden. Das sind die besten, wie er sagt. Er meint, einige Familien oder vielleicht nur ein paar allein lebende Leute seien zurückgeblieben, als das Viertel sich entvölkert habe. Waren zu alt zum Umziehen oder zu stur. Ich hab' mir darüber Gedanken gemacht und möchte wetten, es gab dort für sie etwas, das sie keinesfalls aufgeben und verlassen wollten. Ein Grab vielleicht. Sie vernagelten die Fenster vor den Plünderern und legten sich zum Schutz Hunde oder Schlimmres zu. Schließlich gaben sie ihre Wohnung auf oder starben, und ihre Tiere verschlangen ihren Leichnam und flohen in die Freiheit; inzwischen aber war weit und breit keine Menschenseele mehr, nicht einmal mehr die Marodeure oder Landstreicher – bis dieser Mann mit seinen Söhnen kam.«

»Muß massenhaft alte Stühle geben.«

»Nicht solche. Ich hab' alles gekannt – die Form der gedrechselten Beine, sogar das in den Armlehnen eingeschnitzte Muster. Fiel mir alles wieder ein. Und als ich dann diese Bleikugeln – wie schwere, große Samen – erbrach, wußte ich's wieder. Erinnerst du dich, Severian, daran, wie wir aus dem Botanischen Garten gegangen sind? Du, Agia und ich kamen aus diesem gewaltigen gläsernen Vivarium, und du mietetest ein Boot, das uns von der Insel zum Ufer übersetzen sollte. Der Fluß war voller Seerosen mit blauen Blüten und glänzenden grünen Blättern. Ihr Same ist so ähnlich – hart und schwer und dunkel. Man sagt, er sinke zum Boden des Gyolls und bleibe dort ganze Weltzeitalter liegen. Aber gelangt er durch irgendeinen Zufall an die Oberfläche, keimt er, und sei er noch so alt, so daß die Blumen aus der letzten Chiliade wieder erblühn.«

»Das habe ich auch schon gehört«, meinte ich. »Aber das hat für dich und mich nichts zu bedeuten.«

Dorcas lag still, aber ihre Stimme bebte. »Was ist das für eine Macht, die sie zurückruft? Kannst du mir das erklären?«

»Das Sonnenlicht, nehm' ich an – aber nein, ich kann's nicht erklären.«

»Und es gibt keine andere Quelle von Sonnenlicht als die Sonne selbst?«

Nun wußte ich, worauf sie hinaus wollte, auch wenn irgend etwas in mir sich dagegen sträubte.

»Als dieser Mann – Hildegrin, dem wir ein zweites Mal auf dem Grab in den Ruinen der steinernen Stadt begegneten – uns über den Vogelsee stakte, sprach er von Abermillionen Toten, die in jenem Gewässer versenkt worden waren. Und wie wurden sie versenkt, Severian? Eine Leiche geht nicht unter. Wie beschwert man sie? Ich weiß es nicht. Weißt du's?«

Ich wußte es. »Man füllt ihnen Bleischrot in den Hals.«

»Dacht' ich's mir doch.« Ihre Stimme war nun so schwach, daß ich sie kaum mehr hören konnte, obwohl es in dem Zimmerchen sehr still war. »Nein, ich wußte es. Ich wußte es, als ich sie sah.«

»Meinst du, die Klaue habe dich zurückgebracht?«

Dorcas nickte.

»Sie hat, das geb' ich zu, manchmal gewirkt. Aber nur wenn ich sie herausgenommen habe, und selbst dann nicht immer. Als du mich im Garten des Endlosen Schlafes aus dem Wasser gezogen hast, ist sie in meiner Gürteltasche gewesen, und ich hab' nicht einmal gewußt, daß ich sie besitze.«

»Severian, du hast sie mich einmal halten lassen. Könnt' ich sie jetzt wiedersehn?«

Ich nahm sie aus ihrem weichen Futteral und hielt sie hoch. Das blaue Feuer schien zu schlummern. Aber ich konnte die grimmige Kralle in der Mitte des Juwels sehen, die ihm den Namen gegeben hatte. Dorcas streckte mir die

Hand entgegen, aber ich schüttelte den Kopf, als ich daran dachte, was sie mit dem Weinglas gemacht hatte.

»Du glaubst, ich würde irgend etwas damit anrichten, nicht wahr? Das werd' ich nicht. 's wär' ein Sakrilegium.«

»Wenn du glaubst, was du sagst, und das tust du wohl, müßtest du sie hassen, weil sie dich zurückgeholt hat ...«

»Vom Tod.« Wieder betrachtete sie die Decke und lächelte, als verbände sie ein großes, skurriles Geheimnis damit. »Sag's schon! 's wird dich nicht umbringen.«

»Vom Schlaf«, sagte ich. »Denn wenn man daraus zurückgerufen werden kann, ist es nicht der Tod – nicht der Tod, wie wir ihn verstehen, der Tod, wie wir ihn uns vorstellen, wenn wir *Tod* sagen. Obgleich ich, das gesteh' ich offen, kaum glauben kann, daß der Schlichter, nun seit abertausend Jahren tot, mittels dieses Steins andere wiederauferstehen lassen soll.«

Dorcas gab keine Antwort. Ich konnte mir nicht einmal sicher sein, daß sie überhaupt zuhörte.

»Du hast Hildegrin erwähnt«, fuhr ich fort, »und davon gesprochen, wie er uns in seinem Kahn über den See zu den Avernen gerudert hat. Weißt du noch, was er über den Tod gesagt hat? Daß er nämlich ein guter Freund der Vögel sei. Vielleicht hätten wir damals wissen müssen, daß ein solcher Tod nicht der Tod, den wir uns darunter vorstellen, sein könnte.«

»Wenn ich dir sage, daß ich all das glaube, darf ich dann die Klaue in die Hand nehmen?«

Wieder schüttelte ich den Kopf.

Dorcas blickte nicht zu mir, sondern betrachtete wohl meinen tanzenden Schatten; vielleicht sah sie auch nur den Severian ihrer Phantasie an der Decke den Kopf schütteln. »Du hast ja recht – ich würd' sie vernichten, wenn ich's könnt'. Soll ich dir sagen, was ich wirklich glaube? Ich glaube, ich bin tot gewesen – nicht schlafend, sondern tot. Daß mein ganzes Leben sich vor langer, langer Zeit abspielte, als ich mit meinem Mann über einem kleinen Laden wohnte und mich um unser Kind kümmerte. Daß dieser dein

Schlichter, der vor so langer Zeit erschien, ein Abenteurer von einer der alten Rassen, die den Tod des Universums überlebten, war.« Mit der Hand hielt sie krampfhaft das Bettuch fest. »Ich frage dich, Severian, wenn er wiederkommt, wird man ihn dann nicht die Neue Sonne heißen? Klingt das nicht wahrscheinlich? Und ich glaube, daß er bei seinem Kommen etwas mitgebracht hat, das Macht über die Zeit hat, wie auch Vater Inires Spiegel angeblich über Entfernungen gebieten. Es ist dieser Juwel, den du hast.«

Sie verstummte und wandte mir, dreist blickend, das Gesicht zu; da ich nichts sagte, fuhr sie fort: »Severian, als du den Ulanen wieder zum Leben erwecktest, geschah das, indem die Klaue für ihn die Zeit umkehrte bis zum Moment, wo er noch lebte. Als du die Wunden deines Freundes fast geheilt hast, geschah das, indem sie den Augenblick in einen späteren umwandelte, wo seine Wunden fast verheilt wären. Und als du im Garten des Endlosen Schlafes in den Teich fielst, mußte sie mich berührt oder fast berührt haben, so daß für mich die Zeit wiederkehrte, in der ich gelebt hatte, wodurch ich wieder Leben erlangte. Ich war lange Zeit tot gewesen – eine runzlige Leiche, die das braune Wasser konservierte. Und es ist etwas in mir, das noch immer tot ist.«

»Es ist in uns allen etwas, das immer tot bleibt«, entgegnete ich. »Und sei's nur darum, daß wir wissen, eines Tages sterben zu müssen. In allen von uns – die kleinsten Kinder ausgenommen.«

»Ich werd' zurückgehn, Severian. Darüber bin ich mir nun im klaren, und das hab ' ich dir die ganze Zeit sagen wollen. Ich muß zurück und herausfinden, wer ich gewesen bin, wo ich gelebt habe und was mir widerfahren ist. Ich weiß, du kannst nicht mit mir gehn ...«

Ich nickte.

»Und ich werd' dich auch nicht darum bitten. Ich möchte es gar nicht. Ich liebe dich, aber du bist ein anderer Tod, ein Tod, der an meiner Seite ausgeharrt und mich umworben hat wie der alte Tod im See, aber nichtsdestoweniger ein

Tod. Ich will nicht den Tod mitnehmen, wenn ich mich auf die Suche nach meinem Leben mache.«

»Verstehe«, sagte ich.

»Vielleicht lebt mein Kind noch – ist vielleicht schon ein Greis, aber noch am Leben. Ich muß das wissen.«

»Ja«, sagte ich. Aber ich konnte nicht umhin, anzufügen: »Einmal hast du gesagt, ich sei nicht der Tod. Daß ich mir von anderen nicht einreden lassen dürfe, mich als solcher zu sehen. Es war hinter dem Obstgarten in den Anlagen des Hauses Absolut. Erinnerst du dich?«

»Du bist für mich der Tod gewesen«, erwiderte sie. »Ich bin in die Falle gegangen, vor der ich dich gewarnt habe, wenn du so willst. Vielleicht bist du nicht der Tod, aber du wirst bleiben, was du bist, ein Folterer und Scharfrichter, und deine Hände in Blut baden. Da du dich so gut an die Zeit im Haus Absolut erinnerst, weißt du vielleicht auch noch ... Ich kann's nicht sagen. Der Schlichter oder die Klaue oder der Increatus hat mir das angetan. Nicht du.«

»Was ist denn?« fragte ich.

»Dr. Talos hat uns danach beiden Geld gegeben auf der Lichtung. Das Geld, das er von einem Hofbeamten für unsere Aufführung erhalten hat. Unterwegs hab' ich dir alles gegeben. Könnt' ich es wiederhaben? Ich brauch's. Wenn nicht alles, dann wenigstens einen Teil.«

Ich leerte das Geld in meiner Gürteltasche auf den Tisch. Es war so viel, wie ich von ihr erhalten hatte, vielleicht ein bißchen mehr.

»Danke«, sagte sie. »Du brauchst es nicht?«

»Nicht so dringend wie du. Außerdem gehört's dir.«

»Ich werd' morgen aufbrechen, falls ich mich wohl fühle. Spätestens übermorgen, ob ich mich wieder wohl fühle oder nicht. Ich nehme nicht an, daß du weißt, wie oft die Schiffe flußabwärts fahren?«

»Sooft du willst. Einfach reinstoßen, und schon tut der Fluß das übrige.«

»Das paßt nicht recht zu dir, Severian. So etwas würde eher dein Freund Jonas gesagt haben, nach dem zu urteilen, was du von ihm erzählt hast. Dabei fällt mir ein, du bist nicht mein erster Besuch heute. Unser Freund – immerhin dein Freund – Hethor war hier. Das ist weniger lustig für dich, nicht wahr? Tut mir leid, aber ich wollte nur das Thema wechseln.«

»Es gefällt ihm. Gefällt ihm, mir zuzusehn.«

»Tausenden gefällt es, wenn du deines Amtes öffentlich waltest, und dir gefällt's ebenfalls.«

»Sie kommen, um sich zu fürchten, damit sie sich nachher gratulieren können, noch am Leben zu sein. Und weil sie das Schauspiel packt und fesselt und sie mit Spannung erwarten, ob der Verurteilte zusammenbreche oder sich irgendein anderer makabrer Zwischenfall ereigne. Mir gefällt es, mein Können unter Beweis zu stellen, das einzige Können, dessen ich mich rühmen kann – mir gefällt es, alles perfekt über die Bühne zu bringen. Hethor will was andres.«

»Den Schmerz?«

»Ja, den Schmerz und noch mehr.«

Dorcas sagte: »Er verehrt dich, weißt du. Wir haben uns eine Zeitlang unterhalten; ich glaube, er würde für dich durchs Feuer gehn.« Ich zuckte wohl zusammen bei diesem Ausspruch, denn sie fügte hinzu: »Das mit Hethor macht dich wohl krank, nicht wahr? Reden wir von was andrem.«

»Nicht krank, wie du's bist, nein. Aber wenn ich an Hethor denke, fällt mir immer wieder ein, wie ich ihn eines Tages unter dem Schafott hab' stehn sehn – den Mund offen und die Augen ...«

Sie zappelte erregt. »Ja, diese Augen – ich hab's heut' abend gesehn. Tote Augen, obwohl ausgerechnet ich so etwas nicht sagen sollte. Leichenaugen. Man hat den Eindruck, würde man in sie hineinfassen, fühlten sie sich so trocken wie Stein an und zuckten nicht einmal unter dem Finger.«

»Das ist es gar nicht. Als ich bei Saltus auf dem Schafott stand und zu ihm hinabschaute, sah ich, daß seine Augen tanzten. Du sagtest jedoch, seine Augen kämen dir die meiste Zeit wie Leichenaugen vor. Hast du noch nie in den

Spiegel gesehn? Deine Augen sind nicht die Augen einer Toten.«

»Vielleicht nicht«, erwiderte Dorcas. »Du hast immer gesagt, sie seien schön.«

»Bist du nicht froh zu leben? Selbst wenn dein Mann tot, dein Kind tot und das Haus, in dem du gelebt hast, eine Ruine ist – falls all das wahr ist –, freust du dich denn nicht, wieder hier zu sein? Du bist kein Gespenst, kein zurückgekehrter Geist wie diejenigen, die wir in der verfallenen Stadt gesehen haben. Schau in den Spiegel, wie ich dir sagte! Oder schau wenigstens in das Gesicht eines Mannes und sieh, was du bist!«

Dorcas setzte sich noch langsamer und gequälter als beim Trinken des Weins auf, aber nun schwang sie die Beine über den Bettrand, und ich bemerkte, daß sie nackt unter der dünnen Decke war. Vor ihrer Krankheit war Jolentas Haut vollkommen gewesen – glatt und weich wie Zuckerguß. Dorcas' Haut war mit goldenen Sommersprossen übersät, und sie war so schlank, daß ich stets ihre Knochen gespürt hatte, wenn ich sie beschlief; dennoch war sie mit ihren Makeln begehrenswerter als die wonnige Jolenta. Mich ihr aufzuzwingen oder auch nur in sie zu dringen, sich mir hinzugeben, wäre nun, da sie krank war und ich im Begriff stand, sie zu verlassen, zwar sträflich gewesen, dennoch spürte ich Verlangen nach ihr sich in mir regen. Wie sehr – oder wenig – ich eine Frau auch liebe, stets will ich sie dann am meisten, wenn ich sie nicht mehr haben kann. Was ich aber für Dorcas empfand, war stärker als das und komplexer. Sie war mir, wenn auch nur kurz, der engste Freund gewesen, den ich kannte, und unsere gegenseitige Inbesitznahme, von der wilden Leidenschaft in unserer umfunktionierten Rumpelkammer zu Nessus bis zu den ausgedehnten, mußevollen Tändeleien im Schlafgemach der Vincula, war ein bezeichnender Akt sowohl unserer Freundschaft als auch unserer Liebe.

»Du weinst ja«, stellte ich fest. »Soll ich gehn?«

Sie schüttelte den Kopf, woraufhin sie, als könnte sie die

Worte, die gewaltsam hervorzubrechen schienen, nicht länger für sich behalten, flüsterte: »Ach, willst du nicht mitkommen, Severian? Ich hab's nicht so gemeint. Willst du nicht mitgehn? Willst du nicht mit mir gehn?«

»Ich kann nicht.«

Sie sank auf das schmale Bett zurück, kleiner und kindlicher geworden. »Ich weiß. Du stehst im Dienst deiner Zunft. Du kannst sie nicht abermals verraten und dir noch in die Augen sehn, und ich werd' dich nicht darum bitten. Es ist nur, daß ich die Hoffnung nicht ganz aufgegeben hab', du kämst trotz allem mit.«

Wiederum schüttelte ich den Kopf. »Ich muß aus der Stadt fliehn ...«

»Severian!«

»Und zwar gen Norden. Du ziehst südwärts, und wäre ich bei dir, hätten wir bald Kurierschiffe voller Soldaten auf den Fersen.«

»Severian, was ist passiert?« Dorcas' Gesicht war ganz ruhig, aber sie machte große Augen.

»Ich hab' ne Frau befreit. Sollte sie erwürgen und in den Acis werfen. Kein Problem – ich empfand nichts für sie, nicht wirklich, und es hätt' mir nicht schwerfallen sollen. Aber als ich mit ihr allein war, dachte ich an Thecla. Wir waren in einem Sommerhäuschen, von Gebüsch verdeckt, am Flußufer. Ich hatte die Hände um ihren Hals und dachte an Thecla und wie ich sie hatte befreien wollen. Ich sah mich nicht imstande, es zu tun. Hab' ich dir das je erzählt?«

Fast unmerklich schüttelte Dorcas den Kopf.

»Überall wimmelte es von Brüdern. Fünf wären auf dem kürzesten Weg zu passieren gewesen, und alle kannten mich und kannten sie.« (Thecla kreischte nun in irgendeinem Winkel meines Geistes.) »Ich hätte lediglich sagen brauchen, Meister Gurloes habe mir aufgetragen, sie zu ihm zu bringen. Aber dann hätte ich mit ihr gehn müssen, während ich noch nach einer Möglichkeit suchte, die mir gestattet hätte, trotzdem in der Zunft zu bleiben. Ich liebte sie nicht genug.«

»Nun ist's vorbei«, meinte Dorcas. »Und, Severian, der Tod ist weniger schlimm, als du glaubst.« Wir hatten die Rollen vertauscht wie verirrte Kinder, die sich abwechselnd Mut zusprechen.

Ich zuckte die Achseln. Der Geist, den ich bei Vodalus' Bankett verschlungen hatte, war fast wieder still; ich spürte ihre langen, kalten Finger an meinem Gehirn, und obwohl ich nicht in mich hineinsehen konnte, wußte ich, daß ihre tiefen, violetten Augen hinter den meinen lagen. Es bedurfter großer Anstrengung, nicht mit ihrer Stimme zu sprechen. »Jedenfalls war ich mit dieser Dame allein im Sommerhaus. Sie hieß Cyriaca. Ich wußte oder ahnte zumindest, daß sie den Aufenthalt der Pelerinen kannte – sie hatte eine Zeitlang zu ihnen gehört. Es gibt stille Methoden der Folter, die zwar nicht spektakulär, aber recht wirksam sind. Man faßt in den Leib und hantiert direkt an den Nerven des Klienten. Ich wollte den Handgriff, den wir ›Humbabas Stock‹ nennen, anwenden, aber bevor ich Hand an sie legte, hatte sie es gesagt. Die Pelerinen sind in der Nähe des Orythia-Passes, wo sie die Verwundeten pflegen, die man von der Nordfront bringt. Diese Dame habe, sagte sie, erst vor einer Woche einen Brief von einer alten Bekannten im Orden bekommen ...«

XII
Dem Strom entlang

Das Sommerhäuschen hatte ein festes Dach aufzuweisen, aber seine Wände bestanden aus bloßem Gitterwerk, das die großen Waldfarne, die daran emporwuchsen, mehr abdichteten als die schmalen Latten. Der Mondschein drang hindurch; mehr Licht fiel, vom rauschenden Strom davor zurückgeworfen, durch die Tür herein. Ich bemerkte die Angst in Cyriacas Gesicht und die Ahnung, daß ihre einzige Hoffnung nun darin bestehe, daß meine Liebe zu ihr noch nicht ganz erkaltet wäre; und ich wußte somit, daß sie ohne Hoffnung war, denn ich fühlte nichts.

»Im Lager des Autarchen«, wiederholte sie. »Das hat mir Einhildis geschrieben. In Orithyia, nahe den Quellen des Gyolls. Aber du mußt auf der Hut sein, wenn du dorthin gehst, um das Buch zurückzugeben – sie hat auch davon gesprochen, daß irgendwo im Norden Cacogens gelandet seien.«

Ich blickte sie forschend an, um festzustellen, ob sie lüge.

»Das hat Einhildis berichtet. Vermutlich wollten sie die Spiegel im Haus Absolut meiden, um den Augen des Autarchen zu entgehn. Er soll ja ihr Diener sein, aber zuweilen verhält er sich so, als wären sie die seinen.«

Ich schüttelte den Kopf. »Treibst du Scherze mit mir? Der Autarch soll ihnen dienen?«

»Bitte! O bitte ...«

Ich ließ sie los.

»Jeder ... Erebus! Verzeih.« Sie schluchzte, und obwohl

sie im Schatten lag, ahnte ich, daß sie mit dem Saum ihrer scharlachroten Tracht Augen und Nase abwischte. »Jeder weiß es bis auf die Tagelöhner, Hausväter und Frauen. Alle Waffenträger und sogar die meisten Optimaten und selbstverständlich die Beglückten wissen es seit jeher. Ich habe den Autarchen noch nie gesehn, habe aber erfahren, er sei kaum größer als ich. Glaubst du, unsere stolzen Beglückten würden einem solchen die Herrschaft überlassen, stünden nicht tausend Kanonen hinter ihm?«

»Ich habe ihn gesehn«, erklärte ich, »und mich darüber gewundert.« Ich suchte in Theclas Erinnerungen nach einer Bestätigung dessen, was Cyriaca geäußert hatte, stieß aber nur auf Gerüchte.

»Erzähl mir doch von ihm, bitte! Bitte, Severian, bevor ...«

»Nicht jetzt. Aber wieso sollten die Cacogens eine Gefahr für mich sein?«

»Weil der Autarch zweifellos Späher aussenden wird, um ihren Aufenthalt zu ermitteln, was wohl auch der hiesige Archon veranlassen wird. Jeder, der in ihrer Nähe aufgegriffen wird, gerät in den Verdacht, für sie spioniert zu haben oder bestrebt zu sein, sie für irgendein Komplott gegen den Phönixthron gewinnen zu wollen, was noch schlimmer ist.«

»Verstehe.«

»Severian, töte mich nicht. Ich fleh' dich an. Ich bin keine gute Frau – schon seit meinem Austritt aus dem Pelerinenorden nicht mehr, und ich kann dem Tod jetzt nicht ins Auge sehen.«

Ich fragte sie: »Was hast du denn überhaupt verbrochen? Warum will Abdiesus deinen Tod? Weißt du's?« Es ist ein Kinderspiel, jemand zu erwürgen, dessen Nackenmuskeln nicht stark sind, und ich rieb mir schon die Hände, bereit, das Werk anzugehen; dennoch wär's mir lieber gewesen, hätte ich statt dessen *Terminus Est* verwenden dürfen.

»Nur weil ich zu viele andere Männer neben meinem Gemahl geliebt habe.«

Wie vom Gedenken an diese Umarmungen getrieben, erhob sie sich und trat vor mich hin. Wieder fiel Mondschein auf ihr Gesicht; in ihren Augen glänzten unvergossene Tränen.

»Er war grausam, sehr grausam zu mir nach unserer Heirat ... und so nahm ich mir aus Trotz einen Geliebten, und bald noch einen ...«

(Ihre Stimme wurde so leise, daß ich sie kaum mehr verstehen konnte.)

»Und schließlich wird's zur Gewohnheit, sich einen neuen Liebhaber zu suchen – eine Möglichkeit, die Tage zuzubringen und sich zu beweisen, daß das Leben nicht schon zwischen den Fingern zerronnen ist, sich zu beweisen, man sei noch so jung, daß Männer einen mit Geschenken beehren, so jung, daß Männer einem übers Haar streichen wollen. Immerhin hatte ich deswegen die Pelerinen verlassen.« Innehaltend, schien sie neue Kraft zu sammeln. »Weißt du, wie alt ich bin? Hab' ich's dir gesagt?«

»Nein«, entgegnete ich.

»Dann will ich's auch nicht tun. Aber ich könnte fast deine Mutter sein. Falls die Empfängnis im ersten oder zweiten Jahr, wo's mir möglich gewesen wäre, stattgefunden hätte. Wir waren tief im Süden, wo das große Eis, ganz blau und weiß, auf der schwarzen See treibt. Dort stand ein kleiner Hügel, auf den ich mich immer stellte, um den Ausblick zu genießen, und ich träumte, warme Kleider anzulegen und hinauszurudern aufs Eis, mit Nahrung und einem abgerichteten Vogel ausgestattet, den ich nie besessen, mir aber stets gewünscht hatte, um so auf meiner eigenen Eisinsel nach Norden zu treiben zu einer Palmeninsel, wo ich eine Bergruine, erbaut am Morgen der Welt, vorfände. Du bist wohl geboren worden, als ich allein auf dem Eis war. Warum sollte ein Kind der Phantasie nicht auf einer Reise der Phantasie geboren werden? Du wärst, schwimmend und fischend, aufgewachsen in Wasser, wärmer als Milch.«

»Keine Frau wird wegen Untreue getötet, außer von ihrem Ehemann«, wandte ich ein.

Cyriaca seufzte, und der Traum fiel von ihr ab. »Von den

begüterten Waffenträgern der Gegend ist er einer der wenigen, die den Archon unterstützen. Die anderen hoffen, sie könnten, indem sie so ungehorsam sind, wie sie sich nur getrauen, und bei den Eklektikern Unruhe schüren, den Autarchen dazu bewegen, ihn abzusetzen. Ich habe meinen Mann zum öffentlichen Gespött gemacht – und durch ihn auch seine Freunde und den Archon.«

Weil Thecla in mir war, sah ich die ländliche Villa – halb Schloß, halb Festung, voller Zimmer, die sich in zweihundert Jahren kaum verändert hatten. Ich hörte die kichernden Damen und stapfenden Jäger, den Hornstoß vor dem Fenster und das tiefe Gebell der Sauhunde. Das war die Welt, in die Thecla zurückzukehren gehofft hatte; und ich bekam Mitleid mit dieser Frau, die in diese Zuflucht gezwungen worden war, ohne je weitere Sphären kennengelernt zu haben.

Genau wie die Kammer des Inquisitors in Dr. Talos' Spiel mit der hohen Richterbank irgendwo im tiefsten Geschoß des Hauses Absolut gelauert hat, so haben auch wir in den staubigsten Kellern unseres Geistes einen Schalter, an dem wir die Schulden der Vergangenheit mit der minderwertigen Währung der Gegenwart rückvergüten wollen. An diesem Schalter bot ich Cyriacas Leben als Entgelt für Theclas Leben an.

Als ich sie aus dem Sommerhaus führte, vermutete sie bestimmt, am Ufer wolle ich sie töten. In Wirklichkeit deutete ich auf den Fluß hinaus.

»Er fließt rasch gen Süden, mündet in die Fluten des Gyolls, der träger nach Nessus und schließlich ins Südmeer fließt. Kein Flüchtling ist im Gewirr von Nessus auffindbar, wenn er's nicht will, denn Straßen, Plätze und Wohnungen gibt es dort unzählig viele, und alle Gesichter aller Länder sind hundertfach anzutreffen. Wenn du dorthin gehen könntest, angezogen wie du bist, ohne Gefährten oder Geld, würdest du das wollen?«

Sie nickte, mit der bleichen Hand an den Hals fassend.

»Noch ist am Capulus keine Barriere für Schiffe; Abdiesus

weiß, daß er bis zum Hochsommer keine Angriffe gegen den Strom von dort zu erwarten hat. Aber du wirst die Bögen durchfahren müssen und könntest dabei ertrinken. Selbst wenn du bis Nessus kommst, wirst du für dein Brot arbeiten müssen – andrer Leute Wäsche waschen vielleicht oder kochen.«

»Ich kann Haare legen und nähen. Severian, ich habe gehört, daß ihr manchmal als letzte und schlimmste Folter euren Gefangenen einredet, sie würden die Freiheit erhalten. Wenn's das ist, was du nun tust, hör bitte auf! Du bist weit genug gegangen.«

»Ein Mönch tut das oder ein anderer religiöser Amtsträger. Kein Klient würde uns glauben. Ich will lediglich sicherstellen, daß du nicht so töricht bist, in dein Haus zurückzukehren oder den Archon um Vergebung zu ersuchen.«

»Ich bin töricht«, sagte Cyriaca. »Aber nein, so töricht bestimmt nicht, schwöre ich!«

Wir schritten am Ufer entlang bis zur Treppe, wo die Posten standen, um die Gäste des Archons einzulassen, und die bunten Vergnügungsschiffe festgemacht waren. Ich erklärte einem der Soldaten, wir möchten eine kleine Bootsfahrt unternehmen, und fragte, ob es schwer wäre, Ruderer anzuheuern, die uns wieder stromaufwärts fahren könnten. Er sagte, wir könnten das Boot am Capulus zurücklassen, wenn wir wollten, und mit einem Fiaker zurückkehren. Als er sich abwandte, um die Unterhaltung mit seinem Kameraden fortzusetzen, tat ich so, als wollte ich mir die Boote ansehen, wobei ich die Fangleine desjenigen, das am weitesten von den Fackeln der Wachtposten lag, löste.

Dorcas sagte: »Und nun mußt du also in den Norden fliehen, während ich dir alles Geld abgenommen habe.«

»Ich brauche nicht viel und werd' mir wieder welches beschaffen.« Ich stand auf.

»Nimm wenigstens die Hälfte zurück!« Als ich den Kopf schüttelte, versetzte sie: »Dann wenigstens zwei Chrysos. Schlimmstenfalls kann ich huren oder stehlen.«

»Wenn du stiehlst, wird dir die Hand abgehackt. Und es ist besser, wenn ich für ein Mahl Hände abhacke, als daß du deine Hände für ein Mahl hergibst.«

Ich kehrte meine Schritte zur Tür, aber sie sprang aus dem Bett und hielt mich am Mantel fest. »Sei vorsichtig, Severian! Irgend etwas – Hethor nannte es einen Salamander – geht in der Stadt um. Was immer das sein mag, es verbrennt seine Opfer.«

Ich erklärte ihr, ich hätte von den Soldaten des Archons mehr zu befürchten als vom Salamander, und war hinausgegangen, ehe sie noch etwas sagen konnte. Aber als ich die schmale Gasse am Westufer erklomm, die zum Berggrat führte, wie mein Bootsführer mir versichert hatte, fragte ich mich, ob ich nicht noch viel mehr von der Kälte des Gebirges und seinen wilden Tieren zu befürchten hätte. Ich wunderte mich gleichfalls über Hethor, der mir so hoch in den Norden gefolgt war, und überlegte, was ihn dazu veranlaßt hatte. Aber mehr als an all das dachte ich an Dorcas, was sie mir und ich ihr bedeutet hatte. Es sollte viel Zeit vergehen, ehe ich von ihr wieder etwas zu sehen bekäme. Genauso wie damals, als ich aus der Zitadelle aufgebrochen war und meine Kapuze übergezogen hatte, damit die Passanten mein Lächeln nicht sähen, so vermummte ich auch nun das Gesicht, um die Tränen zu verbergen, die über meine Wangen rannen.

Schon zweimal hatte ich das Reservoir, das die Vincula versorgte, bei Tage gesehn, nachts jedoch noch nie. Es war mir klein vorgekommen, das rechteckige Sammelbecken, nicht größer als das Fundament eines Hauses und nicht tiefer als ein Grab. Unter dem abnehmenden Mond wirkte es nun fast wie ein See und so tief wie die Zisterne unterm Glokkenturm.

Es lag keine hundert Schritt von der Mauer entfernt, die den westlichen Stadtrand von Thrax sicherte. Diese Mauer war mit Türmen bewehrt – einer davon stand dicht beim Wasserreservoir –, und gewiß waren die Garnisonen inzwischen angewiesen, mich zu ergreifen, sollte ich aus der Stadt zu fliehen versuchen. In Abständen hatte ich beim Besteigen des Hanges die Posten erspäht, die an der Mauer patrouillierten; ihre Lanzen waren nicht entflammt, aber ihre Helme mit dem kammartigen Aufsatz zeichneten sich vom gestirnten Himmel ab und glänzten zuweilen im Sternenschein.

Nun duckte ich mich und blickte zur Stadt hinab, wobei ich mich darauf verließ, daß mein rußschwarzer Mantel und die genauso dunkle Kapuze ihre Augen täuschten. Die eisernen Portcullii an den Capulusbögen waren herabgelassen worden – ich konnte erkennen, wie sich die Fluten des Acis schäumend an den Gittern brachen. Das nahm mir jeden Zweifel: Cyriaca war aufgehalten oder – was wahrscheinlicher war – einfach gesehen und gemeldet worden. Ob Abdiesus große Anstrengungen zu ihrer Ergreifung unternähme, war ungewiß; vermutlich würde er sie ungehindert verschwinden lassen und somit alles Aufsehen um ihre Person vermeiden. Bestimmt würde er jedoch mich ergreifen, wenn er könnte, um mich als den Verräter, der ich war, hinzurichten.

Vom Wasser wandte ich meinen Blick wieder zum Wasser: von den brausenden Fluten des Acis zum stillen Reservoir. Ich hatte das Wort für das Schleusentor und benutzte es. Wie von sklavischer Zauberhand bewegt, knirschte der altertümliche Mechanismus, und bald brauste auch dieses stille Wasser, brauste und strudelte schneller als der wütende Acis am Capulus. Weit unten würden die Gefangenen sein Getöse hören. Im nächsten Moment wären diejenigen, die ständen, knöcheltief im Wasser, und die Liegenden sprängen flugs auf die Füße; im übernächsten Moment stünden sie hüfttief in der Flut; aber sie wären an ihre Plätze gekettet, und die Stärkeren würden die Schwächeren stützen – keiner, so hoffte ich, würde ertrinken. Die Wärter am Eingang würden ihren Posten verlassen und über den steilen Trampelpfad zum Grat emporeilen, um nachzusehen, wer an ihrem dortigen Reservoir hantiert hätte.

Als das letzte Wasser abfloß, hörte ich die Steine, die ihre Füße losgerissen hatten, über den Hang rollen. Ich schloß das Schleusentor wieder und kroch in den glitschigen, fast senkrechten Kanal, durch den soeben das Wasser geströmt war. Dort wäre ich viel besser vorangekommen, hätte ich nicht *Terminus Est* mitschleppen müssen. Um mich mit dem Rücken gegen diesen krummen, schornsteinartigen Schacht stemmen zu können, mußte ich das Gehenk lösen; dennoch hatte ich keine Hand zum Halten der Waffe frei. Ich legte mir seinen Gurt um den Hals und ließ Klinge und Scheide nach unten baumeln, während ich mich so gut es ging voranarbeitete. Zweimal glitt ich aus, aber jedesmal rettete mich eine Krümmung im enger werdenden Abflußkanal; es war so viel Zeit verstrichen, daß ich sicher sein konnte, die Wärter wären zurückgekehrt, als ich endlich roten Fackelschein sah und die Klaue hervorholte.

Nie wieder sollte ich sie so hell erstrahlen sehen. Ihr Licht blendete mich, und als ich sie hoch erhoben durch den langen Tunnel der Vincula trug, konnte ich mich nur wundern, daß meine Hand nicht zu Asche zerfiel. *Mich* hat, glaube ich, kein Gefangener gesehn. Die Klaue schlug sie in ihren Bann wie eine Laterne bei Nacht das Wild des Waldes; regungslos standen sie da, mit offenem Mund, das gerötete, bärtige Gesicht nach oben gekehrt, scharf umrissene, pechschwarze, wie in Metall geschnittene Schatten hinter sich werfend.

Am Ende des Tunnels, wo das Wasser in die lange, schräge Kloake floß, die es unter den Capulus führte, befanden sich die schwerkranken, gebrechlichsten und siechsten Gefangenen; und es war dort, wo ich am offenkundigsten die Kraft sah, die die Klaue ihnen verlieh. Männer und Frauen, die nicht mehr aufrecht gestanden hatten, solange sich die ältesten Wärter zurückerinnern konnten, wirkten nun groß und stark. Ich winkte ihnen zum Gruß, was aber bestimmt keiner von ihnen bemerkte. Sodann steckte ich die Klaue des Schlichters wieder in ihr Beutelchen, und es senkte sich über uns eine Nacht, neben der die Nacht auf Urth wie der helle Tag erscheinen mußte.

Der Wasserschwall hatte die Kloake reingespült, und diese zu durchsteigen war einfacher als beim Schacht vorhin, denn ihr Gefälle war geringer, so daß ich mit dem Kopf voran hinabkriechen konnte. Ganz unten befand sich ein Fanggitter; wie ich aber bei einem meiner Inspektionsgänge festgestellt hatte, war es fast durchgerostet.

XIII
In die Berge

Der Frühling hatte sich geneigt, und der Sommer zog ins Land, als ich mich in der Morgendämmerung vom Capulus fortschlich, dennoch wurde es nie warm in den Bergen, außer wenn die Sonne am höchsten stand. Trotzdem wagte ich es nicht, die Täler aufzusuchen, in die sich die Dörfer duckten, und schritt den ganzen Tag bergan, den Mantel um eine Schulter gerafft, um ihn möglichst wie ein Eklektikergewand aussehen zu lassen. Außerdem zerlegte ich die Klinge von *Terminus Est* und fügte sie ohne Parierstange wieder zusammen, damit das Schwert in der Scheide aus der Ferne wie ein Stock wirke.

Gegen Mittag war der Boden felsig und so zerklüftet, daß ich genauso viel klettern wie gehen mußte. Zweimal bemerkte ich tief unter mir blitzende Harnische und beobachtete kleine Gruppen von Dimarchi, die über Trampelpfade kanterten (welche die meisten Männer nicht freiwillig zu Fuß beschritten hätten), so daß ihre scharlachroten Militärmäntel nur so flatterten. Ich fand keine eßbaren Pflanzen und sichtete kein anderes Wild als hoch kreisende Raubvögel. Selbst wenn ich welches gesehen hätte, wär's mir kaum gelungen, es mit dem Schwert zu erlegen, und eine andere Waffe besaß ich nicht.

All das klingt schlimm genug, in Wahrheit jedoch war ich fasziniert von der Bergwelt, diesem weiten Panorama des Reichs der Lüfte. Als Kind wissen wir eine Szenerie nicht zu schätzen, weil sich unserer Vorstellung noch keine ähnlichen Szenen mit den dazugehörigen Emotionen und Umständen eingeprägt haben, so daß wir ohne psychische Tiefe wahrnehmen. Als ich nun die wolkenbekrönten Gipfel betrachtete, hatte ich vor mir auch das Bild von Nessus, vom Matachin-Turm aus gesehen, und das Bild von Thrax, von den Zinnen der Burg Acies aus gesehen, und trotz meines Elends jauchzte ich und wäre vor Freude fast in Ohnmacht gefallen.

Die Nacht verbrachte ich zusammengekauert im Schutze des nackten Felsens. Gegessen hatte ich schon seit dem Umkleiden in der Vincula nichts mehr, was mir nun vorkam, als wäre es schon Wochen, wenn nicht Jahre her. In Wirklichkeit lag es erst wenige Monate zurück, daß ich ein altes Küchenmesser in die Zelle der armen Thecla geschmuggelt hatte und ihr Blut als schleichenden scharlachroten Wurm unter der Zellentür hatte hervorrinnen sehen.

Wenigstens hatte ich mir eine gute Felsnische ausgesucht. Sie schützte mich vor dem Wind, und solange ich hinter ihr verweilte, ruhte ich wie in der stillen, kühlen Luft einer Eishöhle. Trat ich aber einen Schritt zur Seite, blies er mir voll in die Kleider, so daß ich in einem einzigen frostklirrenden Moment bis auf die Knochen durchgefroren war.

Ich schlief wohl etwa eine Wache lang ohne einen Traum, der meinen Schlummer überdauert hätte, und erwachte dann mit dem Eindruck – was kein Traum war, sondern eine jener unbegründeten Ahnungen, eine jener Mutmaßungen, die über einen kommen, wenn man erschöpft und verängstigt ist –, Hethor beugte sich über mich. Mir war, als spürte ich seinen Atem stinkend und kalt in meinem Gesicht; seine Augen, nun nicht mehr stumpf, funkelten mich an. Als ich ganz wach war, wurde mir klar, daß die Lichtpunkte, die ich für seine Pupillen gehalten hatte, in Wirklichkeit zwei Sterne waren, groß und hell in der dünnen, reinen Luft.

Ich versuchte wieder zu schlafen und zwang mich, an die wärmsten und behaglichsten Plätze in meinem Leben zu denken: die Gesellenstube, die ich in unserm Turm erhalten hatte und die mir wie ein Palast vorgekommen war nach dem Lehrlingsschlafsaal, war's doch mein erstes eigenes Zimmer mit einer weichen Bettstatt gewesen; das Lager, das ich einst mit Baldanders geteilt hatte und das sein breiter Rücken wie ein Ofen aufgeheizt hatte; Theclas Gemächer im Haus Absolut; das trauliche Zimmer zu Saltus, das ich mit Jonas bewohnt hatte.

Es half nichts, ich fand keinen Schlaf mehr; trotzdem wagte ich es nicht, aufzustehen und weiterzugehen aus Angst, ich könnte im Finstern über einen Hang stürzen. Die restliche Nacht verbrachte ich damit, die Sterne zu betrachten; es war das erste Mal, daß ich wirklich die Pracht und Größe der Gestirne erlebte, worüber uns Meister Malrubius unterrichtet hatte, als ich der jüngste Lehrling war. Wie sonderbar es ist, daß der Himmel, bei Tag das unbewegliche Spielfeld der Wolken, des Nachts zum Bühnenbild der Eigenbewegung der Urth wird, so daß wir ihr Rollen unter uns spüren wie ein Seemann die Strömung der Tide. In jener Nacht empfand ich die gemächliche Drehung so stark, daß mir von ihrem langen, beständigen Schwung schier schwindlig wurde.

Stark war auch der Eindruck, daß der Himmel ein bodenloser Schlund sei, in den das Universum immerfort falle. Ich hatte Leute sagen hören, wenn sie zu lang zu den Sternen blickten, bekämen sie das entsetzliche Gefühl, fortgezogen zu werden. Meine eigene Furcht – und ich empfand Furcht – kreiste nicht um ferne Sonnen, sondern um die gähnende Leere; und zuweilen wurde meine Angst so überwältigend, daß ich mich mit froststarren Fingern an den Fels klammerte, denn mir war, ich müsse von der Urth fallen. Gewiß fühlt das jedermann ein bißchen, denn man sagt, nicht einmal in Gegenden mit mildestem Klima seien die Menschen gewillt, in dachlosen Behausungen zu schlafen.

Wie gesagt, hatte ich beim Erwachen den Eindruck gehabt, Hethor (wohl deswegen, weil mir Hethor seit dem Gespräch mit Dorcas nicht mehr aus dem Sinn gehen wollte) starre in mein Gesicht, aber beim Öffnen der Augen gemerkt, daß von seinem Gesicht bis auf die zwei hellen Sterne nichts mehr übriggeblieben war. Ebenso erging es mir zuerst, als ich versuchte, die Gestirne zu bestimmen, deren Namen ich so oft gelesen hatte, obgleich ich nur bruchstückhaft ahnte, in welchem Himmelsteil sie zu finden wären. Zunächst erschienen mir alle Sterne als eine ununterscheidbare, wenn auch wunderschöne Lichtermasse, wie die Funken, die von einem Feuer aufstiegen. Allmählich fiel mir natürlich auf, daß manche heller waren als andere und daß sie keinesfalls von einheitlicher Farbe waren. Dann stach mir nach langem Hinsehen mit einemmal eine Peryton-Gestalt so deutlich ins Auge, als wäre der ganze Leib des Vogels mit Diamantenstaub gepudert. Im nächsten Moment war die Erscheinung wieder verschwunden, aber bald kehrte sie zurück im Geleit anderer Gebilde, wovon einige den Konstellationen entsprachen, von denen ich gehört hatte, andere aber, fürchte ich, lediglich meiner Phantasie entsprangen. Ein Amphisbaena, eine Schlange mit dem Kopf an beiden Enden, stellte sich besonders unverkennbar dar.

Als diese himmlischen Tiere in Sicht kamen, verschlug es mir den Atem ob ihrer Schönheit. Als sie sich aber so deutlich abzeichneten (was rasch der Fall war), daß ich sie beachten mußte, ob ich wollte oder nicht, erfüllte mich die gleiche Angst, wie ich sie davor hatte, in den mitternächtlichen Schlund zu stürzen, über dem sie sich schlängelten; dennoch war es keine rein physische, instinktive Angst wie die andere, sondern vielmehr ein philosophisches Grauen beim Gedanken an einen Kosmos, in den plumpe Bilder von Tieren und Ungeheuern mit flammenden Sonnen gezeichnet waren.

Nachdem ich den Kopf mit dem Mantel bedeckt hatte, wozu ich gezwungen war, wollte ich nicht um den Verstand kommen, sann ich über die Welten nach, die um jene Sonnen kreisten. Wir wissen alle, daß es sie gibt. Manche sind bloß endlose Steinfelder, andere Eiswüsten oder mit Lavaströmen bedeckte Öden, wie man es von Abaddon annimmt; viele sind jedoch mehr oder weniger schöne Welten, von Geschöpfen bewohnt, die entweder vom Menschengeschlecht abstammen oder sich wenigstens nicht völlig von uns unterscheiden. Zunächst dachte ich an einen grünen Himmel, blaues Gras und alle anderen kindischen Exotika, die uns gern einfallen, stellen wir uns andere Welten vor. Aber bald wurde ich diese Kindereien müde und begann mir statt dessen Gesellschaften und Wege des Denkens auszumalen, die nichts mit den unseren gemein hatten; Welten, in denen alle Leute, die um ihre Abstammung von einem einzigen Kolonistenpaar wüßten, sich wie Brüder und Schwestern behandelten; Welten, worin es keine andere Währung als Ehre gäbe, so daß jeder sich anstrengte, um sich mit diesem oder jenem, der die Gemeinschaft gerettet hätte, zusammentun zu dürfen; Welten, worin der lange Krieg zwischen Mensch und Tier ein Ende gefunden hätte. Diesen Gedanken gesellten sich viele neue hinzu – wie zum Beispiel die Justiz entbehrlich würde, wenn jeder jeden liebte; wie ein Bettler, der nichts als seine Menschlichkeit besäße, Ehre erbitten könnte, und wie ein Volk, das kein fühlendes Vieh tötete, beschuht und ernährt werden könnte.

Als mir in meiner Kindheit zum ersten Mal klar geworden war, die grüne Mondscheibe sei eigentlich eine im Himmel hängende Insel, deren Farbe von den nun uralten Wäldern stamme, die in den frühesten Tagen der Menschenrasse gepflanzt worden seien, faßte ich den Entschluß, dorthin zu gehen, und dehnte diese Absicht auf alle anderen Welten des Universums aus, als ich nach und nach ihre Existenz gewahr wurde. Ich hatte diesen Wunsch mit dem (und durch es, wie ich glaubte) Erwachsenwerden aufgegeben, erkannte ich doch, daß nur Leute von Rang, wie ich ihn für mich unerreichbar wähnte, je imstande seien, die Urth zu verlassen.

Nun wurde diese alte Sehnsucht wieder geschürt, und obgleich sie im Laufe der Zeit wohl immer absurder geworden war (denn gewiß standen als kleiner Lehrling meine

Chancen, die Sterne doch noch zu bereisen, ungleich besser als jetzt, da ich ein Geächteter war), war sie unerhört stark und fest, hatte ich doch in der Zwischenzeit gelernt, wie töricht es sei, seine Wünsche auf das Mögliche zu beschränken. Ich würde gehen, wie ich beschlossen hatte. Für den Rest meines Lebens würde ich wachsam nach jeder auch noch so kleinen Gelegenheit Ausschau halten. Schon einmal hatte es sich gefügt, daß ich allein bei Vater Inires Spiegeln war; kurz entschlossen hatte sich der weit klügere Jonas in den Photonenstrom gestürzt. Wer könnte sagen, daß ich mich nie wieder vor diesen Spiegeln wiederfände?

Bei diesem Gedanken riß ich mir den Mantel vom Kopf, um abermals nach den Sternen auszuschauen, aber stellte fest, daß Sonnenschein über die Kronen der Berghäupter schlug und sie verblassen ließ. Die titanischen Gesichter, die drohend über mir aufragten, waren nun nur noch diejenigen der längst verblichenen Herrscher der Urth; Gesichter, abgezehrt vom Zahn der Zeit, mit eingefallenen Wangen, die als Steinschläge abgebröckelt waren.

Ich stand auf und streckte die Glieder. Es war klar, daß ich heute nicht wie gestern wieder den ganzen Tag ohne Nahrung auskommen könnte; und noch klarer war, daß ich die nächste Nacht nicht wieder wie die letzte nur im Schutze meines Mantels verbringen könnte. Also kehrte ich, obgleich ich mich noch nicht getraute, die bewohnten Täler aufzusuchen, meine Schritte zum Hochwald, den ich unter mir über die Hänge marschieren sah.

Es dauerte fast den ganzen Morgen, bis ich zu ihm gelangte. Als ich endlich zu den zwergwüchsigen Birken, seinen Vorreitern, hinabkletterte, sah ich, daß er, obgleich das Gelände steiler als vermutet war, in seiner Mitte, wo der Boden etwas ebener und erdreicher war, Bäume von beachtlicher Höhe aufzuweisen hatte, die so dicht standen, daß die Freiräume zwischen den Stämmen kaum breiter als die Stämme selbst waren. Es handelte sich natürlich nicht um die ledrigen Laubbäume des tropischen Waldes, den wir am südlichen Cephissus-Ufer hinter uns gelassen hatten, sondern hauptsächlich um rauhborkige Koniferen, stattliche, kerzengerade Bäume, die sich trotz ihres starken, hohen Wuchses vom Schatten der Berge abneigten und wenigstens zu einem Viertel unverkennbar die Spuren ihres Krieges gegen Wind und Blitzschlag trugen.

Ich war in der Hoffnung hergekommen, hier Holzfäller oder Jäger vorzufinden, deren Gastfreundschaft ich in Anspruch nehmen könnte, die jedermann (wie Städter gern glauben) einem Fremdling in der Wildnis anböte. Lange Zeit blieb meine Hoffnung jedoch unerfüllt. Immer wieder hielt ich inne, um nach dem Klirren einer Axt oder Hundegebell zu lauschen. Alles blieb still, und obwohl der Wald Unmengen Holzes hätte liefern können, entdeckte ich keinerlei Anzeichen, daß hier je gefällt worden wäre.

Schließlich stieß ich auf einen Bach mit eiskaltem Wasser, der sich zwischen den Bäumen hindurchwand, von winzigen, zarten Farnen und haarfeinem Gras eingesäumt. Ich löschte meinen Durst und folgte dem Sturzbach mit seinen Schnellen und kleinen Bergseen etwa eine halbe Wache lang den Hang hinab, wobei ich mich wie gewiß schon viele andere in zahllosen Chiliaden darüber wunderte, daß er allmählich breiter wurde, obschon er von keinen für mich sichtbaren Nebenläufen gespeist wurde.

Zuletzt war er so mächtig angeschwollen, daß nicht einmal mehr die Bäume vor ihm sicher waren, und ich entdeckte vor mir einen mindestens vier Ellen dicken Stamm, der mit freigelegten Wurzeln quer über ihm lag. Ohne besonders vorsichtig zu sein, schritt ich näher, denn es war kein verdächtiges Geräusch an meine Ohren gedrungen, und sprang, mich über einen vorstehenden Aststumpf schwingend, hinauf.

Beinahe wäre ich in einen Ozean aus Luft gepurzelt. Die Zinnen von Burg Acies, von wo aus ich die mutlose Dorcas gesehen hatte, waren eine Balustrade, verglichen mit dieser Höhe. Sicherlich ist die Mauer von Nessus das einzige Werk von Händen, das mit ihr wetteifern könnte. Der Bach stürzte lautlos in einen Abgrund, wurde in feine Gischt zersprüht und löste sich in einem Regenbogen auf. Die Bäume darunter wirkten wie Spielzeug, von einem milden Vater für den Sohn geschnitzt, und an ihrem Saum sah ich, mit einem Feld dahinter, ein Häuschen, von dem eine weiße Rauchfahne, der Geist des Wasserbandes, das gestürzt und vergangen war, aufstieg, um wie dieses im Nichts zu verschwinden.

Über dieses Kliff abzusteigen erschien mir zunächst durchaus einfach, hatte mich doch der Schwung meines Sprunges beinahe über den gefallenen Stamm hinausgetragen, der wiederum halb über der Kante hing. Als ich jedoch das Gleichgewicht wiedererlangt hatte, kam es mir fast unmachbar vor. Die Felswand war, soweit ich sehen konnte, über große Partien hinweg extrem steil; wenn ich ein Seil gehabt hätte, wäre mir der Abstieg vielleicht gelungen, so daß ich beizeiten vor Nachteinbruch zum Häuschen gelangt wäre, aber ich besaß natürlich keins und hätte mich sowieso nur ungern einem Seil von solch gewaltiger Länge – und lang hätte es sein müssen – anvertraut.

Ich machte mich dennoch daran, den Rand des Kliffs zu erforschen, und entdeckte nach einer Weile einen, wenn auch noch so tückischen und schmalen Steilpfad, der unverkennbar Spuren des Gebrauchs aufwies. Ich will den Abstieg nicht im einzelnen schildern, hat das doch wirklich wenig mit meiner Geschichte zu tun, obgleich er mich damals, wie man sich denken kann, sehr mit Beschlag belegt hat. Bald hatte ich gelernt, nur auf den Pfad und die Felswand zu meiner Rechten oder Linken, je nachdem, in welche Richtung er gerade verlief, zu achten. Im großen ganzen war es ein abschüssiger Steig von der Breite einer Elle oder weniger. Gelegentlich wurde er von Stufen abgelöst, die in den Stein gehauen waren, und an einer Stelle gab es nur Löcher für Hände und Füße, die ich wie eine Leiter überwand. Diese waren – objektiv betrachtet – viel einfacher zu bewältigen als die Vorsprünge, an die ich mich am Eingang zur Mine der Menschenaffen geklammert hatte, und wenigstens blieb mir der Schreck erspart, daß Armbrustbolzen an meinen Ohren explodierten; die Höhe war allerdings hundertmal größer und schwindelerregend.

Vielleicht weil ich bei diesem mühsamen Unterfangen notgedrungen vom Abhang am Rande des Steiges keine Notiz nehmen konnte, wurde ich insbesondere die gewaltige, ausgelöste Scholle der Erdkruste gewahr, über die ich kletterte. In der grauen Vorzeit, so las ich einmal in einem Buch, das Meister Palaemon mir vorgelegt hatte, war die ganze Urth noch lebendig, und die Bewegungen dieses lebenden Kerns ließen den Boden hervorbrechen wie Fontänen und öffneten zuweilen über Nacht Meere zwischen Inseln, die noch ein geschlossener Kontinent gewesen waren, als die Sonne sie zuletzt beschien. Nun, sagt man, ist sie tot und kühlt aus und schrumpft in ihrem steinernen Mantel, wie der Leichnam einer Greisin in einem der verlassenen Häuser, von denen Dorcas gesprochen hatte, in der stillen, trockenen Luft dörrt, bis das Gewand über der Mumie zusammenfällt. So ergeht es, wie man sagt, auch der Urth; und hier war ein halber Berg von seiner anderen Hälfte abgerutscht, mindestens eine Meile tief fallend.

XIV
Das Haus der Witwe

In Saltus, wo ich mit Jonas ein paar Tage verbracht und die zweite und dritte öffentliche Enthauptung meiner Laufbahn vollzogen habe, entreißen die Bergleute dem Boden Metalle, Bruchsteine und selbst Artefakte, von Zivilisationen niedergelegt, die seit Chiliaden vor dem Mauerbau von Nessus vergessen sind. Dies bewerkstelligen sie, indem sie Stollen in den Berg treiben, bis sie auf eine gehaltvolle Ruinenschicht oder (falls die Gräber Glück haben) sogar ein Gebäude stoßen, das zum Teil erhalten ist, so daß es ihnen als vorgefertigter Fördergang dient.

Was dort mit solcher Mühe betrieben wurde, ließe sich an diesem Kliff mit fast keiner noch so großen Mühe erzielen. Die Vergangenheit stand an meiner Schulter, nackt und wehrlos wie alle toten Dinge, als wäre die Zeit selbst durch den Fall des Berges offengelegt worden. Fossile Knochen ragten hie und da aus dem Fels, Knochen von Riesentieren und von Menschen. Auch der Wald hatte dort die eigenen Toten begraben als Stümpfe und Äste, welche die Zeit versteinert hatte, so daß ich mich beim Hinabklettern fragte, ob es nicht sein könne, daß die Urth nicht, wie wir glauben, älter als ihre Töchter, die Bäume, sei, und mir vorstellte, wie sie in der Leere vor dem Angesicht der Sonne wüchsen, Baum an Baum durch verflochtenes Wurzel- und Astwerk ineinander verschlungen, bis schließlich aus dieser dichten Masse unsere Urth hervorginge und sie nur mehr der Flor ihres Gewandes wären.

Tiefer als diese lagen die Bauten und Mechanismen der Menschheit. (Und vielleicht lagen darunter auch diejenigen anderer Rassen, denn in mehreren Geschichten des braunen Buches, das ich bei mir trug, war offenbar angedeutet, daß es hier einst Kolonien dieser Rassen gegeben hatte, die wir Cacogens nennen, obgleich sie in Wirklichkeit von vielen, wie den unsrigen unterscheidbaren Rassen abstammten.) Ich bemerkte dort Metalle, die grün und blau waren im gleichen Sinn, wie man Kupfer als rot oder silberweiß bezeichnet; bunte Metalle, die so wundersam gearbeitet waren, daß ich nicht sagen konnte, ob ihre Form als Kunstwerk oder Teil einer sonderbaren Maschine gedient hätte, und vielleicht machte man bei manchen dieser unfaßbaren Rassen dazwischen gar keine Unterscheidung.

An einer Stelle, ich war noch nicht halb unten, war die Kante des Abbruchs mit der gefliesten Mauer eines Bauwerks zusammengefallen, so daß sich der Pfad, den ich beschritt, durch diese schnitt. Was das Gefüge dieser Fliesen darstellte, erfuhr ich nie; beim Abstieg war ich zu nahe daran, um es ermessen zu können, und als ich zum Fuß des Berges gelangte, lag es zu hoch, um es noch erkennen zu können, zumal es sich in den treibenden Dunstschwaden des stürzenden Wassers verlor. Dennoch sah ich es beim Vorangehen, wie sozusagen ein Insekt das Gesicht eines Porträts sähe, kletterte es über das Gemälde. Die Fliesen waren so vielgestaltig, obgleich sie fugenlos ineinanderpaßten, und zunächst hielt ich sie für Darstellungen von Vögeln, Lurchen, Fischen und derlei Getier, durch den Zugriff des Lebens zusammengeschart. Nun meine ich, daß ich mich getäuscht habe. Eigentlich handelte es sich wohl um die Muster einer geometrischen Form, die ich nicht erfaßte; einer Geometrie, die so komplex war, daß die Lebensformen daraus zum Vorschein traten, wie die Formen echter Tiere durch die vielschichtige Geometrie komplexer Moleküle zum Vorschein treten.

Wie dem auch wäre, die Formen standen offenbar in keinem richtigen Zusammenhang zum ganzen Gefüge. Farbige

Linien durchzogen es, und obgleich sie vor Äonen in den Stein der Fliesen gebrannt worden waren, wirkten sie so kräftig und frisch, als wären sie erst vor einem Augenblick mit dem Pinsel eines titanischen Künstlers aufgetragen worden. Die verwendeten Töne waren hauptsächlich ein helles Grün und Weiß, und obwohl ich mehrmals innehielt und das Dargestellte (ob eine Schrift, ein Gesicht oder ein bloßes Ornament aus Linien und Winkeln oder verschlungenen Blattranken) zu entziffern versuchte, konnte ich's nicht, und vielleicht war es alles oder nichts davon, je nachdem, von welchem Standpunkt man es betrachtete und was man hineininterpretierte.

Als ich diese rätselhafte Wand erst hinter mich gebracht hatte, wurde der Abstieg einfacher. Ich brauchte nicht mehr über steile Partien zu klettern, und obgleich noch mehrmals eingehauene Treppen zu bewältigen waren, waren sie nicht mehr so steil und schmal. Schneller als erwartet erreichte ich den Grund und schaute zum Pfad, den ich überwunden hatte, mit solchem Staunen empor, als hätte ich ihn nie betreten – tatsächlich entdeckte ich mehrere Stellen, wo er durch einen Erdrutsch unterbrochen war, so daß er schier ungangbar schien.

Das Haus, das ich von oben so deutlich erblickt hatte, lag nun unsichtbar hinter Bäumen verborgen; die Rauchfahne seines Schornsteins war allerdings am Himmel erkennbar.

Ich durchquerte einen Wald, der nicht so abschüssig war wie derjenige, den ich, dem Bache folgend, durchschritten hatte. Die dunklen Bäume waren die gleichen, höchstens älter. Die großen Farne des Südens fehlten hier, und überhaupt sah ich sie nirgendwo nördlich des Hauses Absolut – außer im Garten des Abdiesus die gezüchteten –, aber es wuchsen zwischen den Baumwurzeln wilde Veilchen mit glänzenden Blättern und Blüten in der gleichen Farbe wie die Augen der armen Thecla und Moose wie der dickste grüne Samt, so daß der Waldboden wie mit einem Teppich bedeckt und die Bäume alle wie mit feinstem Tuch umschmückt wirkten.

Eine ganze Zeit, bevor ich das Haus oder andere menschliche Spuren sehen konnte, hatte ich einen Hund bellen hören. Dieser Laut rückte die Stille und Herrlichkeit des Waldes, die dennoch im Hintergrund erhalten blieben, in die Ferne. Mir war zumute, als sei irgendein geheimnisvolles Leben, alt und wunderlich, aber doch wohlwollend, im Begriff gewesen, sich mir zu offenbaren, dann aber wieder verschwunden wie eine ungeheuer eminente Persönlichkeit, ein Konzertmeister vielleicht, den ich seit Jahren an meine Schwelle locken wollte, der dann aber beim Anklopfen die Stimme eines anderen, ihm unliebsamen Gastes hörte, die Hand senkte und sich abkehrte, um nie wieder zu kommen.

Dennoch war mir der Laut ein Labsal. Seit beinahe zwei Tagen war ich allein und verlassen, zuerst auf dem Steinfeld, dann unter der frostigen Pracht der Sterne, dann im stillen Wald. Nun erinnerte mich dieser barsche, vertraute Laut abermals an behaglichen Komfort – erinnerte mich so lebhaft daran, daß ich ihn fast schon spürte. Ich wußte bereits, daß der Hund, sobald ich ihn sähe, wie Triskele wäre; und so war er auch, bis auf vier Beine anstatt nur dreier, dem etwas längeren und schmaleren Schädel und dem dunkleren Braun des Fells, aber mit den gleichen hüpfenden Augen; aber genauso tanzten seine Augen, wedelte er mit dem Schwanz und ließ er die Zunge aus der Schnauze baumeln. Er begann mit einer Kriegserklärung, die er zurückzog, sobald ich auf ihn einredete, und ich war noch keine zwanzig Schritte gegangen, da ließ er sich schon hinter den Ohren kraulen. Ich gelangte zur kleinen Lichtung, worin das Haus stand, während der Hund um meine Beine tollte.

Seine Steinmauern reichten mir kaum über den Kopf. Das Strohdach war so steil, wie ich es noch nie gesehen hatte, und zum Schutz vor Stürmen mit flachen Steinen beschwert. Es ist, kurz gesagt, das Heim eines jener Siedler gewesen, die der Glanz und das Elend unserer Republik sind, weil sie in einem Jahr landwirtschaftliche Überschüsse erwirtschaften, die der Bevölkerung von Nessus zufließen, aber im nächsten Jahr selbst ernährt werden müssen, damit sie nicht verhungern.

Wenn zu einer Tür kein gepflasterter Weg führt, kann man daran, wie stark das Gras zertrampelt ist, erkennen, wie viele Füße ein und aus gehen. Hier war nur ein kleiner, taschentuchgroßer Fleck blanker Erde vor der steinernen Schwelle. Als ich das sah, kam mir der Gedanke, daß ich den Bewohner dieses Häuschens (denn ich vermutete anhand dessen nur einen einzigen) erschrecken könnte, erschiene ich unangekündigt vor der Tür, also hielt ich, zumal auch der Hund längst nicht mehr bellte, am Rande der Lichtung inne und rief einen Gruß.

Die Bäume und der Himmel verschluckten ihn, und zurück blieb nur Stille.

Abermals rief ich und näherte mich der Tür, wobei der Hund mir auf den Fersen folgte; kaum war ich kurz davor, als eine Frau darin erschien. Sie hatte feine Züge, ein Gesicht, das sich mit wenigen Mitteln schön machen ließe, wäre nicht dieser gehetzte Blick gewesen, aber ein zerlumptes Kleid, das sich nur dadurch von dem einer Bettlerin unterschied, weil es sauber war. Kurz darauf spähte ein rundes, kleines Knabengesicht mit noch größeren Augen als die Mutter hinter ihrem Rock hervor.

Ich sagte: »Tut mir leid, habe ich euch erschreckt, aber ich hab' mich in diesen Bergen verirrt.«

Die Frau nickte zögernd und trat dann zur Seite, damit ich hereinkäme. Ihr Haus war innerhalb der dicken Mauern noch kleiner, als ich angenommen hatte, und es roch unverkennbar nach Gemüsesuppe, die in einem Topf an einem Haken über dem offenen Feuer kochte. Die Fenster waren zahlreich und klein und wirkten wegen der starken Wände eher wie düstere Kästen als wie Lichtöffnungen. Ein Greis kauerte, mit dem Rücken zum Herd, auf einem Pantherfell; er blickte so stier und dumm vor sich hin, daß ich ihn zunächst für blind hielt. Es stand ein Tisch in der Stubenmitte, mit fünf Stühlen darum, wovon drei offenbar für Erwachsene gedacht waren. Mir fiel ein, was Dorcas über die Möbel aus den verlassenen Häusern in Nessus, die für Eklektiker, die sich kultivierte Sitten angeeignet hatten, herangeschafft wurden, erzählt hatte, aber diese hier waren offenbar an Ort und Stelle zusammengezimmert worden.

Die Frau sah, wohin ich blickte, und sagte: »Mein Mann wird bald hier sein. Vor dem Essen.«

Ich antwortete: »Sei unbesorgt – ich will euch nichts Böses. Wenn ich mit euch essen und heut' nacht hier schlafen darf, will ich gern bei allem helfen, was es zu tun gibt.«

Die Frau nickte, und ganz unerwartet piepste der kleine Knabe: »Hast du Severa gesehn?« Seine Mutter drehte sich flugs nach ihm um, daß ich an Meister Gurloes denken mußte, wie er verschiedene Griffe zur Bezwingung eines Gefangenen vorgeführt hatte. Ich hörte den Schlag, obgleich ich ihn kaum sah, und der Knabe kreischte. Seine Mutter verriegelte die Tür, und das Kind verkroch sich hinter einer Truhe in der von ihr entferntesten Ecke. Dem entnahm ich, daß Severa ein Mädchen sei, das die Mutter für verwundbarer als sich selbst hielt und das sich hatte verstecken müssen (vermutlich im Dachboden unter dem Stroh), ehe ich eingelassen wurde. Aber zugleich überlegte ich mir, daß weitere Versicherungen bezüglich meiner lauteren Absichten unnütz wären bei dieser Frau, die zwar ungebildet, aber gewiß nicht töricht war, und daß ich ihr Vertrauen am ehesten gewänne, indem ich es mir verdiente. Ich bat also um Wasser zum Waschen, das ich mir selbst holen würde, falls ich es an ihrem Feuer warm machen dürfte. Sie gab mir einen Tiegel und erklärte mir, wo die Quelle war.

Irgendwann war ich schon an den meisten Orten, die normalerweise als romantisch gelten – auf einer hohen Turmspitze, tief im Innern der Welt, in Palästen und Schlössern, in Urwäldern und an Bord eines Schiffes –, aber nichts von alledem berührte mich so wie diese schlichte Steinhütte. Ich empfand es als den Archetypus jener Höhlen, in die sich die Menschheit am tiefsten Punkt eines jeden Zivilisationszyklus, wie die Wissenschaft lehrt, verkriecht. Immer wenn ich über ein idyllisches, bäuerliches Refugium (und dieser Vorstellung war Thecla sehr zugetan) gehört oder gelesen habe, ist von Sauberkeit und Ordnung als seine Grundlage die Rede gewesen. Ein Minzbett stehe unter dem Fenster, Brennholz sei an der kältesten Wand aufgeschichtet und so weiter. All dies entbehrte diese Hütte, in der kein solcher Idealzustand herrschte; dennoch war dieses Heim vollkommener, trotz seiner Unzulänglichkeit, und zeigte, daß Menschen an einem solch entlegenen Ort leben und lieben konnten, auch ohne auf ihre Heimat Verse zu reimen.

»Rasierst du dich immer mit deinem Schwert?« wollte die Frau wissen. Das war ihre erste unbedachte Äußerung.

»Ist Gewohnheit, Tradition. Wenn das Schwert nicht scharf genug zum Rasieren wäre, müßt' ich mich schämen, es zu tragen. Und wenn es scharf ist, was brauch' ich dann ein Rasiermesser?«

»Trotzdem wird's recht umständlich sein, dauernd da oben mit der großen Klinge zu hantieren, und du mußt besonders aufpassen, daß du dich nicht schneidest.«

»Das kräftigt meine Arme. Außerdem ist es nur gut, das Schwert so oft als möglich in die Hand zu nehmen, damit's mir vertraut wie die eignen Glieder werde.«

»Du bist also Soldat. Dacht' ich's mir doch.«

»Ich bin Menschenschlächter.«

Nun war sie bestürzt und meinte: »Ich wollte dich nicht beleidigen.«

»Ich fühle mich nicht beleidigt. Jedermann tötet – du hast in deinem Topf die Wurzeln getötet, als du sie ins kochende Wasser gelegt hast. Wenn ich einen Menschen töte, bewahre ich alle Lebewesen vor dem Tod, denen er den Garaus gemacht hätte, wäre er selbst am Leben geblieben, und rette damit vielleicht viele Männer, Frauen und Kinder vor seiner Hand. Was macht dein Mann?«

Die Frau lächelte zaghaft. Das war ihr erstes Lächeln, und es ließ sie ein bißchen jünger aussehen. »Alles. Hier oben muß man alles machen.«

»Ihr seid also nicht hier geboren?«

»Nein«, erwiderte sie. »Nur Severian ...« Das Lächeln war verschwunden.

»Sagtest du *Severian*?«

»So heißt mein Sohn. Du hast ihn beim Reinkommen gesehen. Er belauscht uns jetzt. Manchmal ist er recht gedankenlos.«

»So heiß' auch ich. Ich bin Meister Severian.«

Sie rief dem Knaben zu: »Hast du das gehört? Der Gevatter heißt genauso wie du!« Dann, wieder mir zugewandt: »Ist es ein guter Name, was meinst du? Gefällt er dir?«

»Darüber hab' ich, fürcht' ich, noch nie nachgedacht, aber ich denke schon. Er paßt wohl zu mir.« Ich war mit der Rasur fertig und setzte mich auf einen der Stühle, um die Klinge zu säubern.

»Ich bin in Thrax geboren«, erzählte die Frau. »Bist du dort schon gewesen?«

»Ich komme gerade von dort«, erklärte ich ihr. Sollten die Dimarchi sich nach meinem Aufbrechen bei ihr erkundigen, würde mich ihre Beschreibung meiner Kleidung sowieso verraten.

»Du kennst dort nicht eine Frau namens Herais? Sie ist meine Mutter.«

Ich schüttelte den Kopf.

»Nun, 's ist ja wohl auch eine große Stadt. Du warst nicht lange dort?«

»Nein, nicht recht lang. Hast du, seit du in diesen Bergen bist, etwas von den Pelerinen gehört? Das ist ein Priesterinnenorden in roter Tracht.«

»Leider nicht. Wir erfahren hier nicht viel.«

»Ich will sie finden. Wenn's mir nicht gelingt, will ich mich der Armee anschließen, die der Autarch gegen die Ascier führt.«

»Mein Mann könnte dir besser Auskunft geben. Trotzdem hättest du nicht so hoch heraufkommen sollen. Becan – das ist mein Mann – sagt, die Patrouillen halten keine nordwärts ziehenden Soldaten auf, selbst wenn sie die alten Straßen benutzen.«

Während sie von nordwärts ziehenden Soldaten sprach, bewegte sich noch jemand – viel näher. Es war eine so verstohlene Bewegung, daß sie neben dem Knistern des Feuers und dem keuchenden Atmen des Greises kaum zu hören, aber dennoch unverkennbar war. Bloße Füße, die das regungslose Verharren, das die Stille gebot, nicht mehr ausgehalten hatten, waren heimlich von der Stelle getreten, und die Planken unter ihnen hatten ob des neuen Gewichts geächzt.

XV
Er ist dir voraus!

Der Mann, der vor dem Essen hätte eintreffen sollen, kam nicht, und so setzten wir uns zu viert – die Frau, der Greis, der Knabe und ich – an den Tisch, um ohne ihn zu essen. Ich hatte die Mutmaßung seiner Frau zuerst für eine Lüge gehalten, die sie gebrauchte, um mich abzuschrecken, falls ich etwas Böses im Schilde führte; aber als der trübe Nachmittag sich in aller Stille, wie sie vor einem Sturm herrscht, neigte, wurde es offensichtlich, daß sie glaubte, was sie sagte, und nun machte sie sich ernsthaft Sorgen.

Unser Mahl war so einfach, es hätte schlichter fast nicht sein können; aber ich hatte solchen Heißhunger, daß es mir schmeckte wie kein anderes in meinem Leben. Es gab Gemüsesuppe ohne Salz oder Butter, grobes Brot und ein bißchen Fleisch. Keinen Wein, kein Obst, nichts Frisches und nichts Süßes; dennoch aß ich wohl mehr als die drei anderen zusammen.

Nach dem Essen holte die Frau (die Casdoe hieß, wie ich erfahren hatte) einen langen, eisenbeschlagenen Stock aus einer Ecke und machte sich daran, nach ihrem Mann zu suchen, wobei sie dem Greis, der sie anscheinend gar nicht hörte, erklärte, sie gehe nicht weit und kehre bald zurück. Da er starr wie immer vor dem Feuer hocken blieb, rief ich den Knaben durch gutes Zureden zu mir und fragte ihn, nachdem ich sein Vertrauen gewonnen hatte, indem ich ihm *Terminus Est* zeigte und am Heft halten und die Klinge heben ließ, ob nicht Severa herunterkommen und sich um ihn kümmern solle, solange seine Mutter fort sei.

»Gestern abend kam sie zurück«, meinte er.

Ich dachte, er beziehe sich auf seine Mutter, und erwiderte: »Sie kommt auch ganz bestimmt heute abend wieder zurück, aber glaubst du nicht, Severa sollte sich jetzt um dich kümmern, solange sie weg ist?«

Wie es Kinder, die die Sprache noch nicht genügend beherrschen, um Wortgefechte zu führen, manchmal tun, zuckte der Knabe die Achseln und wollte sich abkehren.

Ich hielt ihn an der Schulter fest. »Geh jetzt bitte nach oben, kleiner Severian, und sag ihr, sie soll herunterkommen! Ich werd' ihr, das ist versprochen, auch nichts tun.«

Er nickte und ging zur Leiter, wenn auch langsam und widerwillig. »Böse Frau!« rief er.

Daraufhin setzte zum ersten Mal, seitdem ich in diesem Haus war, der Greis zum Sprechen an. »Becan, komm her! Ich möcht' dir was von Fechin erzählen.« Erst nach einer Weile verstand ich, daß er mich unter dem Eindruck, ich sei sein Schwiegersohn, gemeint hatte.

»Er war der Schlimmste von uns allen, dieser Fechin. Ein großer, wilder Knabe mit rotem Haar auf Händen und Armen. Sahen aus wie Affenarme, und langte er um eine Ecke, um sich was zu nehmen, wollte man, wären sie nicht so groß gewesen, glauben, es sei ein Affe, der was nehme. Einmal nahm er unsere Kupferpfanne, womit Mutter immer Würste briet, und ich sah seinen Arm, sagte aber nichts, weil er mein Freund war. Ich sah sie, fand sie nie wieder, obwohl ich tausendmal mit ihm zusammen war. Dachte mir, er habe sich ein Schiff daraus gemacht und es auf dem Fluß fahren lassen, denn das wollte ich selbst immer tun. Ich ging zum Fluß, um danach zu suchen, aber ehe ich mich versehen hatte, wurde es Nacht; lange bevor ich auch nur einen Schritt heimwärts gesetzt hatte. Vielleicht hatte er den Boden poliert, um sich zu betrachten – manchmal zeichnete er sich selbst. Vielleicht hatte er sie mit Wasser gefüllt, um sein Spiegelbild zu sehen.«

Ich hatte die Stube durchquert, um ihm zu lauschen, teils weil er so undeutlich sprach, teils aus Respekt, denn sein greises Gesicht erinnerte mich ein wenig an Meister Palaemon, obwohl er noch seine natürlichen Augen hatte. »Ich traf einmal einen Mann in deinem Alter, der für Fechin Modell gestanden hatte«, äußerte ich.

Der Greis sah zu mir auf; so schnell wie der Schatten eines Vogels über einen grauen, achtlos aus dem Fenster ins Gras geworfenen Lumpen glitte, huschte, wie ich bemerkte, die Erkenntnis über sein Gesicht, daß ich nicht der gegangene und wiedergekehrte Becan sei. Er sprach jedoch in einem fort weiter und bekundete in keiner Weise seinen Irrtum. Was er zu sagen hatte, so kam es mir vor, wäre so wichtig, daß es erzählt, jemandes Ohr anvertraut werden müsse, um nicht für immer verloren zu sein.

»Sein Gesicht war allerdings kein Affengesicht. Fechin war hübsch – der Hübscheste weit und breit. Von jeder Frau bekam er zu essen oder Geld. Alles bekam er von Frauen. Einmal gingen wir auf dem Weg, der zur alten Mühle führte, die damals noch stand. Ich hatte ein Blatt Papier, das der Schulmeister mir gegeben hatte. Richtiges Papier, nicht mehr ganz weiß, sondern schon vergilbt und mit kleinen Flecken überall, so daß es aussah wie eine Forelle in Milch. Der Schulmeister hatte es mir gegeben, damit ich einen Brief für meine Mutter schreiben könnte – in der Schule schrieben wir immer auf eine Tafel, die dann mit einem Schwamm abgewischt wurde, wenn wir etwas neu schreiben mußten, und wenn keiner hersah, warfen wir den Schwamm, von der Tafel verdeckt, gegen die Wand oder jemand an den Kopf. Aber Fechin malte gern, und als wir dort gingen, fiel mir das ein, und ich stellte mir vor, was für ein Gesicht er machen würde, hätte er Papier, um ein Bild zu zeichnen, das er behalten könnte.

Nur so etwas behielt er. Alles andere verlor er oder verschenkte es oder warf es weg. Ich wußte genau, was ich Mutter sagen wollte, und fand, daß ich's aufs halbe Papier brächte, würde ich klein schreiben. Fechin wußte nicht, daß ich welches hatte, aber ich zog's heraus, zeigte es ihm, faltete es dann und trennte es entzwei.«

Über unseren Köpfen vernahm ich die flötende Stimme des Knaben, konnte allerdings nicht verstehen, was er sagte.

»Das war der strahlendste Tag meines Lebens. Die Sonne hatte neues Leben erhalten, gleichsam wie's bei einem Mann ist, der gestern noch krank gewesen ist und morgen wieder krank sein wird, heute aber umhergeht und lacht, so daß ein hinzukommender Fremder meinen möchte, es fehle ihm nichts, er sei gar nicht krank; die Medizin und das Bett seien für jemand anders. Man spricht in Gebeten immer, die Neue Sonne werde so hell scheinen, man könne sie gar nicht ansehn, was ich bis zu diesem Tag nur für eine Redensart, eine fromme Floskel hielt, wie man einen Säugling hübsch nennt oder das lobt, was ein guter Mann sich geschaffen hat, daß man, und wären auch zwei Sonnen am Himmel, sogar beide betrachten könnte. Aber an diesem Tag erfuhr ich, daß all das stimme, und ihr Licht strahlte so aus Fechins Gesicht, daß ich's nicht aushalten konnte. Die Augen wurden mir davon wäßrig. Er bedankte sich, und wir gingen weiter und kamen zu einem Haus, worin ein Mädchen wohnte. Ich kann mich nicht mehr auf den Namen besinnen, aber die junge Dame war wirklich wunderschön, so wie es die stillsten zuweilen sind. Ich hatte bis dahin gar nicht gewußt, daß Fechin sie kannte, aber er bat mich zu warten, und ich setzte mich auf die erste Treppenstufe vor dem Tor.«

Jemand Schwereres als der Knabe ging über uns auf die Leiter zu.

»Er blieb nicht lange drin, aber als er herauskam und sie ihm aus dem Fenster nachblickte, wußte ich, was sie gemacht hatten. Ich sah zu ihm, und er breitete seine langen, dünnen Affenarme aus. Wie konnte er teilen, was er gehabt hatte? Schließlich bat er sie, mir einen halben Laib Brot und etwas Obst zu geben. Er zeichnete mein Bild auf die eine Hälfte des Papiers, das der Dame auf die andere, behielt aber beide Bilder.«

Die Leiter knarrte, woraufhin ich mich nach ihr umwandte. Wie erwartet kletterte eine Dame herunter. Sie war nicht groß, hatte aber eine volle Figur und eine schmale Taille; ihr Gewand war fast genauso zerlumpt wie das der Mutter des Knaben, aber viel schmutziger. Üppiges braunes Haar fiel auf ihren Rücken. Ich glaube, sie erkannt zu haben, ehe sie sich umgedreht hat und ich die hohen Wangenknochen und ihre langen braunen Augen hab' sehen können – es war Agia. »Du wußtest also von Anfang an, daß ich hier sei«, sagte sie.

»Ich könnte dir dasselbe erwidern. Offenbar bist du vor mir hier gewesen.«

»Ich hab' mir gedacht, du kämest hier vorbei. Es fügte sich, daß ich kurz vor dir eintraf, und ich erklärte der Frau dieses Hauses, was du mit mir tun würdest, wenn sie mich nicht versteckte«, berichtete sie. (Offenbar wollte sie mir klarlegen, hier einen, wenn auch schwachen Verbündeten zu haben.)

»Seit ich dich zu Saltus in der Menge erspäht habe, trachtest du mir nach dem Leben.«

»Ist das eine Anklage? Ja?«

»Du lügst!«

Agia geriet aus der Fassung, was ich nur selten bei ihr erlebte. »Was soll das heißen?«

»Daß du schon vor Saltus versucht hast, mich zu töten.«

»Mit der Averne. Ja natürlich.«

»Und danach. Agia, ich weiß, wer Hethor ist.«

Ich wartete auf ihre Antwort, aber sie blieb aus.

»Am Tag, als wir uns begegneten, erzähltest du mir von einem alten Seemann, der dich zur Lebensgefährtin wollte. Alt, häßlich und arm nanntest du ihn, und ich konnte nicht verstehen, warum du, eine liebenswerte junge Dame, einen solchen Antrag überhaupt in Betracht ziehen solltest, wenn du nicht gerade am Verhungern wärst. Du hattest deinen Zwillingsbruder zum Beschützer und einen Laden, der etwas Geld einbrachte.«

Nun war die Verblüffung auf meiner Seite, als sie entgegnete: »Ich hätte zu ihm gehn und ihn mir unterwerfen sollen. Nun hab' ich ihn mir unterworfen.«

»Ich dachte, du hättest dich ihm nur versprochen, falls er mich tötete.«

»Dies und vieles mehr hab' ich ihm versprochen und ihn mir somit unterworfen. Er ist dir voraus, Severian, und wartet nur auf ein Wort von mir.«

»Mit weiteren seiner Untiere? Danke für die Warnung. So ist's doch gewesen, nicht wahr? Er hat dich und Agilus mit den Tierchen bedroht, die er aus anderen Sphären mitgebracht hat.«

Sie nickte. »Er kam, um seine Kleider zu verkaufen, Kleider nämlich, wie sie auf den alten Schiffen getragen wurden, die vor langer Zeit über den Rand der Welt hinausgefahren waren. Und es handelte sich dabei keineswegs um Kostüme oder Fälschungen oder auch alte Gewänder von einem Bestatter, die jahrhundertelang im Dunkeln gelegen hatten, sondern Kleider, die so gut wie neu waren. Er sagte, seine Schiffe – all jene Schiffe – hätten sich in die Schwärze zwischen den Sonnen verirrt, wo sich die Jahre nicht wenden. Verirrt, so daß nicht einmal die Zeit sie finden könne.«

»Das weiß ich«, sagte ich, »von Jonas.«

»Nachdem ich erfahren hatte, daß du Agilus töten würdest, ging ich zu ihm. Er ist stark wie Eisen in mancher, schwach in vielerlei Hinsicht. Hätte ich ihm meinen Leib vorenthalten, hätt' ich mit ihm nichts anfangen können, aber ich tat all die sonderbaren Dinge, die er von mir verlangte, und machte ihn glauben, ihn zu lieben. Nun tut er alles, was ich will. Er folgte dir in meinem Auftrag, nachdem du Agilus umgebracht hattest; mit seinem Silber heuerte ich die Männer an, die bei der alten Mine unter deiner Hand fielen. Aber die Kreaturen, über die er gebietet, werden dich doch noch erledigen, wenn ich's hier nicht selber tue.«

»Du wolltest also warten, bis ich schliefe, dann heruntersteigen und mich ermorden, nehm' ich an.«

»Ich hätt' dich zuvor geweckt, hätt' ich erst das Messer an

deiner Kehle gehabt. Aber der Junge sagte mir, du wissest um mein Hiersein, und ich dachte, so wär's noch netter. Doch sag, wie hast du das mit Hethor erraten?«

Ein Windstoß fuhr durch die schmalen Fenster. Dadurch fing das Feuer zu qualmen an, und der Greis, der wieder stumm davor hockte, hustete und spuckte in die Kohlen. Der kleine Knabe, der vom Dachboden heruntergeklettert war, während Agia und ich uns unterhielten, sah uns aus großen, unverständigen Augen an.

»Ich hätt's viel früher wissen müssen«, erwiderte ich. »Mein Freund Jonas ist auch ein solcher Seemann gewesen. Du wirst dich an ihn erinnern – du hast ihn kurz am Mineneingang gesehn und mußt von ihm gewußt haben.«

»Selbstverständlich.«

»Vielleicht waren sie vom selben Schiff. Oder aber sie hätten sich an irgendeinem Merkmal gegenseitig erkannt, was zumindest Hethor wohl befürchtete. Jedenfalls kam er mir selten nahe, wenn ich mit Jonas unterwegs war, obgleich er zuvor so auf meine Gesellschaft erpicht gewesen war. Ich entdeckte ihn in der Menge, als ich zu Saltus eine Frau und einen Mann hinrichtete, aber er versuchte dort nicht, sich mir anzuschließen. Auf dem Weg zum Haus Absolut sahen Jonas und ich ihn hinter uns, allerdings lief er erst zu mir, nachdem Jonas davongeritten war, obschon er's bestimmt kaum erwarten konnte, sein Notule wiederzuhaben. Als er ins Vorzimmer des Hauses Absolut geworfen wurde, machte er keinen Versuch, sich zu uns zu setzen, obwohl Jonas eh so gut wie tot war; aber irgend etwas, das eine schleimige Spur zurückließ, suchte unseren Platz ab, als wir uns entfernten.«

Agia sagte nichts, und mit ihrem Schweigen hätte sie die junge Dame sein können, die ich am Morgen nach meinem Aufbruch von unserem Turm beim Abnehmen der Schutzgitter an den Fenstern des schmuddligen Ladens gesehen hatte.

»Ihr beide werdet auf dem Weg nach Thrax meine Spur verloren haben«, fuhr ich fort, »oder durch irgendeinen Zwischenfall aufgehalten worden sein. Und hattet ihr sogar festgestellt, daß wir in der Stadt seien, so wußtet ihr wohl doch nicht, daß ich die Vincula leitete, denn Hethor ließ seine Kreatur auf der Suche nach mir die Straßen durchstreifen. Irgendwie fandet ihr dann Dorcas im Entennest ...«

»Wir waren selber dort abgestiegen«, erklärte Agia. »Wir waren erst ein paar Tage zuvor angekommen und gerade unterwegs, um dich zu finden, als du kamst. Nachdem mir später aufgegangen war, daß die Frau in dem Dachzimmerchen das verrückte Mädchen aus dem Botanischen Garten sei, errieten wir trotzdem nicht, daß du sie hergebracht hättest, denn das Weib vom Gasthaus sagte, der Mann habe gewöhnliche Kleider getragen. Allerdings dachten wir uns, die Kleine wisse, wo du wärst, und daß sie eher bei Hethor sprechen würde. Sein richtiger Name ist übrigens gar nicht Hethor. Sein richtiger, sagt er, sei ein viel älterer, den kaum einer noch kenne.«

»Er erzählte Dorcas von der Feuerkreatur«, sagte ich, »und sie erzählte es mir weiter. Ich hatte bereits davon gehört, aber Hethor kannte einen Namen dafür – er nannte es einen ›Salamander‹. Ich dachte mir nichts dabei, als Dorcas es erwähnte, aber später fiel mir ein, daß Jonas einen Namen für das schwarze Ding gehabt hatte, das beim Haus Absolut hinter uns herflog. Er nannte es ›Notule‹ und erklärte, die Leute auf den Schiffen hätten es so genannt, weil es sich ihnen als niedergehender Wärmeschwall offenbarte. Wenn Hethor einen Namen für die Feuerkreatur hatte, so war's wahrscheinlich ein Seemannsname, und vermutlich besteht zwischen ihm und der Kreatur selbst sogar irgendein Zusammenhang.«

Über Agias Gesicht huschte ein flüchtiges Lächeln. »Somit weißt du also alles und hast mich, wo du mich haben willst – vorausgesetzt, du kannst hier drinnen diese deine große Klinge schwingen.«

»Die brauch' ich gar nicht. Schließlich hab' ich dich bei der Mine schon einmal aufs Kreuz gelegt.«

»Aber ich hab' noch mein Messer.«

In diesem Moment erschien die Mutter des Knaben in der Tür, und wir hielten beide inne. Erstaunt blickte sie von Agia zu mir; als könnte nichts ihren Kummer erschüttern oder sie von dem abhalten, was sie zu tun hätte, schloß sie die Tür und trug den schweren Stock an seinen Platz.

Agia erklärte: »Er hörte mich oben, Casdoe, so daß ich herunterkommen mußte. Er will mich töten.«

»Und wie soll ich das verhindern?« antwortete die Frau matt. Dann wandte sie sich an mich. »Ich versteckte sie, weil sie sagte, du wollest ihr was antun. Wirst du mich auch töten?«

»Nein. Noch will ich sie töten, was sie auch ganz genau weiß.«

Agia verzerrte das Gesicht zu einer zornigen Fratze, wie das Gesicht einer Schönheit, vielleicht von Fechin persönlich aus buntem Wachs modelliert, sich in offenem Feuer, zugleich schmelzend und brennend, wandeln würde. »Du hast Agilus getötet, und das mit Stolz und Freude! Bin ich nicht genauso wie er zum Sterben bereit? Wir waren ein Fleisch!« Ich hatte ihr nicht ganz geglaubt, daß sie, wie sie sagte, als Waffe ein Messer habe, aber mit einem Ruck, ohne daß ich sie beim Ziehen gesehen hätte, war es nun draußen – ein krummer Dolch aus Thrax.

Schon seit einer Weile war die Luft drückend, denn es braute sich ein Unwetter zusammen. Nun rollte der erste Donner tosend in den Gipfeln über uns. Als das vielfache Echo fast verhallt war, setzte etwas anderes zur Antwort an. Ich vermag die Stimme nicht zu beschreiben; es ist weder ein menschlicher Schrei noch das bloße Gebrüll eines Tiers gewesen.

Dabei wurde die matte Casdoe munter und fing hastig zu hantieren an. Massive Holzläden lehnten an der Wand hinter jedem der schmalen Fenster; sie packte den nächsten, stemmte ihn hoch, als wäre er nicht schwerer als ein Kochtopf, und schleuderte ihn krachend an seinen Platz. Draußen bellte wie verrückt der Hund, verstummte aber rasch, so daß nur mehr das Prasseln der ersten Regentropfen zu hören war.

»So früh!« rief Casdoe. »So früh!« Zu ihrem Sohn: »Severian, aus dem Weg!«

Durch eines der noch unverschlossenen Fenster vernahm ich eine Kinderstimme: *»Vater, hilf mir doch!«*

XVI
Der Alzabo

Ich ging Casdoe zur Hand, wobei ich Agia und ihrem Messer den Rücken zukehrte. Das war ein Fehler, der mir fast das Leben gekostet hätte, denn sie ging auf mich los, sobald ich mich an einem der Fensterläden zu schaffen machte. Frauen und Schneider halten – einem Sprichwort zufolge – die Klinge unter der Hand, aber Agia stach nach oben, um die Gedärme zu eröffnen und das Herz von unten zu durchbohren wie ein vollendeter Meuchelmörder. Gerade noch rechtzeitig drehte ich mich um und fing den Stoß mit dem Fensterladen ab; die Spitze fuhr ins Holz und ragte blitzend an der anderen Seite heraus.

Die Wucht ihres Stoßes ließ sie taumeln. Ich zerrte den Laden zur Seite und warf ihn mitsamt ihrem Messer quer durch die Stube. Sie und Casdoe machten beide einen Satz danach. Ich erwischte Agia am Arm und zog sie zurück, während Casdoe den Laden flugs an seinen Platz wuchtete, so daß das Messer nach außen in das ausbrechende Unwetter zeigte.

»Idiot«, sagte Agia. »Jetzt lieferst du dem, was du da draußen fürchtest, auch noch das Messer aus.« Ihre Stimme war ruhig, mußte sie sich doch geschlagen geben.

»Es braucht keine Messer«, erklärte ihr Casdoe.

Im Haus war's nun bis auf den rötlichen Lichtschein des Feuers dunkel geworden. Ich blickte mich nach einer Laterne oder Kerze um, aber nichts dergleichen war in Sicht; später erfuhr ich, daß die wenigen, welche die Familie besaß, auf dem Dachboden verwahrt wurden. Ein Blitz zuckte auf, der die Ränder der Läden ausleuchtete und den Spalt unter der Tür als durchbrochene Linie erhellte – erst im nächsten Moment erkannte ich, daß es eine durchbrochene Linie war, obgleich es eine fortlaufende hätte sein müssen. »Es ist jemand draußen«, stellte ich fest. »Steht auf der Schwelle.«

Casdoe nickte. »Ich hab' die Fenster gerade noch rechtzeitig verrammelt. Es ist noch nie so früh gekommen. Vielleicht hat das Gewitter es geweckt.«

»Du glaubst nicht, daß es dein Mann ist?«

Ehe sie antworten konnte, hatte eine Stimme, höher als die eines Kindes, gerufen: *»Laß mich rein, Mutter!«*

Sogar ich, der ich nicht wußte, was es war, das dort sprach, spürte beklemmend, daß mit diesem schlichten Ausspruch irgend etwas nicht stimmte. Mochte es auch eine Kinderstimme sein, so jedenfalls keine eines Menschenkindes.

»Mutter«, rief die Stimme abermals, *»es fängt zu regnen an.«*

»Wir gehn besser nach oben«, meinte Casdoe. »Wenn wir hinter uns die Leiter raufziehn, kann's uns nicht an den Leib, selbst wenn es ins Haus kommen sollte.«

Ich war zur Tür gegangen. Wenn es nicht blitzte, waren die Füße dessen, das dort auf der Schwelle stand, nicht sichtbar; allerdings vernahm ich neben dem prasselnden Regen ein heiseres, langsames Atmen und einmal ein Scharren, als hätte das Etwas, das dort im Finstern lauerte, seinen Stand gewechselt.

»Ist das dein Werk?« fragte ich Agia. »Eine von Hethors Kreaturen?«

Sie schüttelte den Kopf; die schmalen braunen Augen rollten hin und her. »Sie laufen in diesen Bergen frei herum, was du besser als ich wissen solltest.«

»Mutter?«

Schlurfende Tritte drangen an mein Ohr – bei dieser verdrossenen Frage hatte sich das Ding draußen von der Tür abgewandt. Einer der Läden war gesprungen, und ich versuchte, durch den Spalt hinauszublicken; ich konnte nichts sehen in der Schwärze draußen, vernahm aber weiche, schwere Schritte, wie sie zuweilen durch die verschlossenen Tore des Bärenturms daheim erklungen waren.

»Severa hat's uns vor drei Tagen genommen«, erklärte Casdoe. Sie bemühte sich, den Greis zum Aufstehen zu bewegen; gemächlich raffte dieser sich auf, nur ungern das wärmende Feuer verlassend. »Ich habe ihr und Severian nie erlaubt, den Wald zu betreten, aber es kam eine Wache vor der Dämmerung in die Lichtung hier. Seither ist es jede Nacht zurückgekehrt, aber Becan machte sich heute auf, es zu erlegen.«

Ich hatte inzwischen erraten, um welches Untier es sich handelte, obwohl ich bisher noch keins davon zu Gesicht bekommen hatte. Ich sagte: »Ist's denn ein Alzabo? Das Tier, aus dessen Drüsen das Analeptikum gewonnen wird?«

»Es ist ein Alzabo, ja«, entgegnete Casdoe. »Von einem Analeptikum weiß ich nichts.«

Agia lachte. »Aber Severian. Er hat von der Weisheit dieser Kreatur gekostet und trägt in sich seine Geliebte mit herum. Ich hab' mir sagen lassen, man höre sie nachts miteinander tuscheln, im Schweiß heißer Liebe liegend!«

Ich holte zu einem Schlag aus, aber hurtig wich sie meiner Hand aus und flüchtete sich um den Tisch. »Bist du nicht froh, Severian, daß der Alzabo, als die Tiere auf die Urth kamen, um all jene zu ersetzen, die unsere Vorfahren ausgerottet hatten, auch darunter war? Ohne den Alzabo hättest du deine liebste Thecla für immer verloren. Sag unserer Casdoe, wie glücklich dich der Alzabo gemacht hat.«

Zu Casdoe sagte ich: »Tut mir aufrichtig leid, das mit deiner Tochter. Ich werd' das Haus gegen das Tier draußen verteidigen, wenn's sein muß.«

Mein Schwert lehnte an der Wand, und um zu zeigen, daß mein Wille so gut wie mein Wort sei, griff ich danach. Was für ein Glück, daß ich das tat, denn im selben Augenblick rief eine Männerstimme an der Tür: *»Mach auf, Liebling!«*

Agia und ich setzten hinter Casdoe her, um sie aufzuhalten, aber wir waren nicht schnell genug. Ehe wir sie erreichen konnten, hatte sie das Querholz hochgezogen. Die Tür tat sich auf.

Das Untier, das dort gelauert hatte, stand auf vier Beinen; dennoch reichte es mir mit seinen plumpen Schultern bis zum Kopf. Seinen Schädel trug es tief, und der Kamm aus Fell, der von seinem Rücken aufragte, bedeckte die Ohren bis zu den Spitzen. Im Schein des Feuers glänzten seine Zähne weiß und glühten die Augen rot. Ich habe die Augen vieler Kreaturen gesehen, die angeblich von jenseits der Weltgrenze stammen – angelockt, wie gewisse Philonoisten behaupten, durch den Tod derjenigen, die ihre Genese hier gehabt haben, ebenso wie latschige Eingeborenenstämme mit ihren Steinmessern und Feuern in Gegenden vorrükken, die Krieg oder Seuchen entvölkert haben; aber ihre Augen sind nur Tieraugen. Die roten Glotzer des Alzabos, die weder die Intelligenz des Menschengeschlechts noch die Unschuld von Vieh in sich bargen, waren mehr. So sähe ein Dämon aus, stellte ich mir vor, hätte er sich endlich aus dem Schlund eines finsteren Sterns nach oben gekämpft; dann kamen mir die Menschenaffen in den Sinn, die freilich Dämone geheißen wurden, aber die Augen von Menschen hatten.

Zunächst schien es so, als ließe sich die Tür wieder schließen. Casdoe, die entsetzt zurückgefahren war, wollte sie zustoßen. Der Alzabo kam langsam, sogar träge näher, war aber trotzdem schneller, und das Türblatt prallte gegen seine Rippen wie gegen Stein.

»Laß sie offen!« rief ich. »Wir brauchen alles Licht.« Ich zückte *Terminus Est*, so daß die Klinge im Feuerschein blitzte und selbst wie ein grimmiges Feuer leuchtete. Eine Armbrust, wie sie Agias Handlanger geführt hatten, deren Bolzen sich durch die Reibung mit der Luft entzünden und beim Aufschlag zersplittern wie in einen glühenden Ofen geworfene Steine, wäre eine bessere Waffe gewesen; allerdings ließe sie sich nicht als verlängerter Arm wie mein *Ter-*

minus Est einsetzen, und vielleicht hätte eine Armbrust dem Alzabo die Möglichkeit gegeben, mich anzuspringen, während ich sie spannte, falls der erste Bolzen das Ziel verfehlt hätte.

Die lange Klinge meines Schwertes verhütete diese Gefahr nicht gänzlich. Die eckige, stumpfe Spitze könnte dem Tier nichts anhaben, falls es spränge. Ich müßte es in der Luft zerhauen, und obgleich ich nicht bezweifelte, einen so feisten Nacken beim Ansprung durchtrennen zu können, wußte ich doch, daß ein Fehlschlag den sicheren Tod bedeutete. Obendrein brauchte ich genügend Platz zum Ausholen, wofür diese enge Stube recht ungeeignet war; und obgleich das Feuer niedergebrannt war, brauchte ich Licht.

Der Greis, der Knabe Severian und Casdoe waren allesamt verschwunden – ich war mir nicht sicher, ob sie über die Leiter in den Dachboden geklettert waren, während ich in die Augen des Untiers starrte, oder ob wenigstens der eine oder andere hinter ihm durch die Tür geflohen war. Nur Agia, die sich in eine Ecke duckte, war zurückgeblieben und schwang Casdoes Stock mit der Eisenspitze, gleichsam wie ein Seemann in höchster Not versuchen würde, eine Galeere mit einem Enterhaken abzuwehren. Ich wußte, wenn ich sie anspräche, lenkte ich die Aufmerksamkeit auf sie; jedoch böte sich mir dadurch vielleicht die Gelegenheit, ihm das Rückgrat zu durchtrennen, drehte es ihr auch nur flüchtig das Gesicht zu.

Ich erklärte: »Agia, ich brauche Licht! Im Dunkeln wird's mich umbringen. Du sagtest einst zu deinen Männern, du würdest mich von vorn packen, wenn sie mich von hinten anfielen. Ich pack' dieses Vieh allein, wenn du mir nur eine Kerze bringst.«

Sie nickte zum Zeichen, mich verstanden zu haben, woraufhin das Untier sich mir näherte. Es sprang mich jedoch nicht an, wie ich erwartet hatte, sondern tappte träge, wenn auch gewandt, nach rechts. Zielstrebig hielt es auf mich zu, blieb allerdings außerhalb der Reichweite meiner Klinge. Erst nach einer Weile verstand ich, daß es mich durch seine

Position nahe der Wand in meinem Angriff einengte, und daß ich, könnte es einen Bogen um mich machen (was ihm fast schon gelungen war), um zwischen das Feuer und mich zu gelangen, den Vorteil des Lichts größtenteils einbüßte.

So begannen wir also ein vorsichtiges Spiel, worin der Alzabo die Stühle, den Tisch und die Wände bedacht für sich ausnutzte, während ich versuchte, Platz für mein Schwert zu gewinnen.

Dann sprang ich vor. Der Alzabo konnte meinem Hieb, wie es schien, nur um Fingerbreite ausweichen, stürzte auf mich los und konnte sich vor meinem Gegenschlag gerade noch mit einem Satz nach hinten retten. Seine Fänge, die so stark waren, einem den Schädel zu zerbeißen wie unsereins einen Apfel, hatten vor meinem Gesicht zugeschnappt und mir den Gestank seines fauligen Atems in die Nase geblasen.

Wieder erdröhnte ein Donner – so dicht bei uns, daß ich nach seinem Rollen einen mächtigen Baum, dessen Tod er verkündet hatte, polternd umstürzen hörte; der Blitz, der jede Einzelheit mit seinem lähmenden Licht ausleuchtete, machte mich benommen. Geblendet holte ich in der nachfolgenden Finsternis mit *Terminus Est* aus, spürte, wie sich die Klinge in die Knochen fraß, hechtete zur Seite und schlug, als der Donner wieder grollte, abermals zu, haute diesmal aber nur ein Möbelstück kurz und klein.

Dann konnte ich wieder sehen. Während der Alzabo und ich fintenreich manövriert hatten, war auch Agia rege geworden und wohl beim Aufzucken des Blitzes zur Leiter geflitzt. Sie war schon halb oben, und Casdoe griff, wie ich sah, herab, um ihr zu helfen. Der Alzabo stand offenbar so heil wie eh und je vor mir; aber dunkles Blut tropfte in eine Lache vor seinen Vorderfüßen. Sein Pelz wirkte im Feuerschein gerötet und zerrupft, und die Krallen seiner Füße, größer und gröber als die eines Bären, schienen gleichfalls dunkelrot und halb durchsichtig. Garstiger als der Ausspruch eines Leichnams je sein könnte, vernahm ich die Stimme, die *»Mach auf, Liebling«* an der Tür gerufen hatte.

Sie sagte: *»Ja, ich bin verwundet. Aber der Schmerz macht mir nicht viel, und ich kann stehn und gehn wie zuvor. Du kannst mir nicht ewig meine Familie vorenthalten.«* Aus dem Munde eines Tieres kommend, war es die Stimme eines gestrengen, ausgeprägt ehrlichen Mannes.

Ich zog die Klaue hervor und legte sie auf den Tisch, aber ihr Schein war nicht mehr als ein blauer Funke. »Licht!« rief ich Agia zu. Es kam kein Licht, und ich hörte, wie die Leiter ratternd von den Frauen nach oben gezogen und auf den Dachboden gelegt wurde.

»Deine Flucht ist abgeschnitten, siehst du«, sagte das Untier, noch wie ein Mann sprechend.

»So auch dein Vorankommen. Oder kannst du so hoch springen mit einem verwundeten Bein?«

Mit einemmal wurde die Stimme zum klagenden Sopran eines kleinen Mädchens. *»Ich kann klettern. Meinst du, ich käme nicht auf die Idee, den Tisch unter das Loch zu schieben? Ich, der ich sprechen kann?«*

»Du weißt also um dein Tiersein.«

Wieder erklang die Männerstimme. *»Wir wissen, wir sind im Tier, wie wir einst auch in der fleischlichen Hülle jener gewesen sind, die das Tier verschlungen hat.«*

»Und du ließest zu, daß es dein Weib und deinen Sohn verschlänge, Becan?«

»Ich würd's wünschen. Ich wünsche es. Casdoe und Severian sollen hier mit uns vereint werden, wie ich mich heute mit Severa vereint habe. Wenn das Feuer stirbt, stirbst auch du – folgst uns nach, wie sie uns folgen werden.«

Ich lachte. »Hast du vergessen, daß du deine Wunde bekommen hast, als ich nichts sehen konnte?« Mit vorgestrecktem *Terminus Est* durchquerte ich die Stube bis zu den Trümmern des Stuhls, packte das, was vorher die Rückenlehne gewesen war, und warf es aufs Feuer, so daß die Funken nur so aufstoben. »Ein recht trockenes Stück Holz, würd' ich meinen, von sorgfältiger Hand mit Bienenwachs eingerieben. Sollte ordentlich brennen.«

»Nichtsdestoweniger wird die Dunkelheit kommen.« Das Un-

tier – Becan – klang unendlich geduldig. *»Die Dunkelheit wird kommen, und du wirst uns nachfolgen.«*

»Nein. Wenn der ganze Stuhl verschürt ist und das Licht erlischt, werd' ich dir auf den Leib rücken und dir den Garaus machen. Ich warte nur, um dich bluten zu lassen.«

Das nachfolgende Schweigen war um so gespenstischer, als nichts im Ausdruck des Untiers auf Denken schließen ließ. Ich wußte, genau wie die Trümmer von Theclas neuraler Chemie in die Nuklei gewisser frontaler Zellen meines Schädels mittels eines aus den Organen einer solchen Kreatur gewonnenen Sekrets eingelagert worden sind, so sind auch der Mann und seine Tochter in den düsteren Gehirnwindungen dieser Bestie umgegangen und haben sich am Leben gewähnt; aber was es mit diesem Geisterleben auf sich hätte, welche Träume und Gelüste es durchdrängen, davon hatte ich keine Ahnung.

Schließlich sagte die Männerstimme: *»In einer Wache oder zweien werd' ich dich töten oder wirst du mich töten. Oder wir werden uns gegenseitig umbringen. Wenn ich nun umkehre und hinaus in die Nacht und den Regen gehe, wirst du dich dann auf die Jagd nach mir machen, wenn die Urth sich wieder dem Licht zuwendet? Oder hier bleiben, um mich von Weib und Kind, die mein eigen sind, fernzuhalten?«*

»Nein«, antwortete ich.

»Bei deiner Ehre? Schwörst du's bei diesem Schwert, auch wenn du's nicht zur Sonne erheben kannst?«

Ich trat einen Schritt zurück und drehte *Terminus Est* um, indem ich die Klinge so hielt, daß die Spitze auf mein Herz zeigte. »Ich schwöre bei diesem Schwert, dem Zeichen meines Amtes, daß ich dich, sofern du in dieser Nacht nicht zurückkommst, morgen nicht jagen werde. Ebenso werde ich nicht in diesem Haus bleiben.«

Flugs wie eine gleitende Schlange wandte es sich um. Einen Augenblick lang hätte ich vielleicht nach seinem breiten Rücken schlagen können. Sodann war's verschwunden, und bis auf die offene Tür, den zertrümmerten Stuhl und die Blutlache (dunkler, glaube ich, als jedes Tierblut dieser

Welt), die in den geschrubbten Dielen des Fußbodens versickerte, deutete nichts mehr darauf hin, daß es hier gewesen war.

Ich ging zur Tür, verschloß sie, steckte die Klaue wieder in ihr Säckchen, das um meinen Hals hing, und rückte dann, wie die Bestie vorgeschlagen hatte, den Tisch unter das Loch, so daß ich mich mühelos in den Dachboden ziehen konnte. Casdoe und der Greis warteten in der hinteren Ecke mit dem Knaben Severian, in dessen Augen ich die Erinnerung an diese Nacht sah, die ihn wohl in den nächsten zwanzig Jahren nicht mehr loslassen würde. Das flackernde Licht einer Laterne, die von einem der Dachsparren baumelte, leuchtete ihnen.

»Ich lebe noch«, sagte ich, »wie man sieht. Habt ihr gehört, was wir unten gesprochen haben?«

Casdoe nickte stumm.

»Hättet ihr mir das Licht gebracht, um das ich bat, hätte ich nicht getan, was ich tat. So glaubte ich halt, ich schulde euch nichts. An eurer Stelle würde ich das Haus bei Morgengrauen verlassen und in die Täler absteigen. Aber das überlasse ich euch.«

»Wir hatten Angst«, flüsterte Casdoe.

»Ich auch. Wo ist Agia?«

Zu meiner Überraschung deutete der Greis und blickte auf die Stelle, zu der er zeigte. Wie ich entdeckte, war das Dachstroh aufgebrochen und bot einen Durchschlupf, der für Agias schlanken Leib gerade groß genug war.

In jener Nacht schlief ich vor dem Feuer, nachdem ich Casdoe gewarnt hatte, daß ich jeden töten würde, der vom Dachboden herunterkäme. Am Morgen schritt ich ums Haus; erwartungsgemäß war Agias Messer aus dem Holzladen gezogen worden.

XVII
Das Schwert des Liktors

Wir gehn«, erklärte mir Casdoe. »Aber ich mach' uns ein Frühstück, ehe wir aufbrechen. Du brauchst nicht mit uns zu essen, wenn du nicht willst.«

Ich nickte und wartete draußen, bis sie eine Schüssel mit einfacher Hafergrütze und einen hölzernen Löffel herausbrachte; dann begab ich mich damit zur Quelle und aß. Ich war von Büschen umschlossen und nicht zu sehen; an sich brach ich damit den Eid, den ich dem Alzabo geleistet hatte, dennoch wartete ich dort und beobachtete das Haus.

Nach einer Weile kamen Casdoe, ihr Vater und der kleine Severian heraus. Sie trug ein Bündel und den Stock ihres Mannes; sowohl der Greis als auch der Knabe hatten ein eigenes Säckchen. Der Hund, der unter die Bodenbretter gekrochen sein mußte, als der Alzabo auftauchte (ich konnt's ihm nicht verübeln, obgleich Triskele das nicht getan hätte), sprang hintendrein. Casdoe sah sich nach mir um. Da sie mich nicht fand, legte sie ein Bündel auf die Türschwelle.

Sie schritten am Rand ihres kleinen Feldes entlang, das erst vor einem Monat oder so gepflügt oder besät worden war und nun von den Vögeln geerntet würde. Weder Casdoe noch ihr Vater warfen einen Blick zurück; aber der Knabe Severian hatte innegehalten, ehe er über den ersten Hügelkamm ging, um noch einmal das einzige Heim, das er kannte, zu betrachten. Seine Mauern aus Stein standen so robust wie seit eh und je, und aus dem Schornstein ringelte sich noch der Rauch des Frühstücksfeuers. Seine Mutter mußte ihn dann wohl gerufen haben, denn er fing zu laufen an und verschwand aus der Sicht.

Ich verließ das tarnende Gebüsch und ging zur Tür. Das Bündel auf der Schwelle enthielt zwei weiche Guanakodekken und Dörrfleisch, das in sauberes Tuch eingeschlagen war. Ich verstaute das Fleisch in meiner Gürteltasche und faltete die Decken zusammen, damit ich sie über der Schulter tragen könnte.

Der Regen hatte die Luft frisch und rein gemacht, und es war gut zu wissen, daß ich das Steinhäuschen mit seinem Rauch- und Küchengeruch bald hinter mir ließe. Ich sah hinein, und mein Blick fiel auf den Blutfleck des Alzabos und den zertrümmerten Stuhl. Casdoe hatte den Tisch an seinen alten Platz gerückt; auf ihm hatte die Klaue, die so schwach geschimmert hatte, keine Spur hinterlassen. Da ich nichts entdeckte, was sich mitzunehmen lohnte, ging ich hinaus und schloß die Tür.

Dann machte ich mich auf den Weg, Casdoe und den Ihren folgend. Ich verzieh ihr nicht, mir beim Kampf mit dem Alzabo kein Licht gegeben zu haben – es wäre ihr ein leichtes gewesen, die Laterne vom Dachboden aus nach unten zu halten. Dennoch konnte ich's ihr nicht verübeln, für Agia Partei ergriffen zu haben, war sie doch ganz allein unter den starrenden Gesichtern und eisigen Kronen der Bergwelt; und das Kind und der Greis, die dabei keine große Schuld treffen konnte, waren mindestens so verwundbar wie sie.

Der Weg war so weich, daß ich buchstäblich ihrer Spur folgen konnte, denn deutlich sah ich Casdoes kleine Tritte, die noch kleineren des Knaben daneben, wovon jeweils zwei auf einen Schritt seiner Mutter kamen, und diejenigen des Greises mit auswärts gedrehten Zehen. Ich ging langsam, um sie nicht einzuholen, und obgleich ich wußte, daß es für mich mit jedem Schritt gefährlicher wurde, hoffte ich doch, daß ich gewarnt wäre, würden die Patrouillen des Archons sie aufhalten und ausfragen. Casdoe konnte mich nicht verraten, und würde sie auch noch so aufrichtig antworten, denn die Dimarchi würde ihre Auskunft nur in die

Irre leiten; und falls der Alzabo erschiene, hoffte ich, ihn vor dem Angreifen hören oder riechen zu können – schließlich hatte ich nicht geschworen, ihm die Beute widerstandslos zu überlassen, sondern nur, ihn nicht zu jagen oder im Haus zu bleiben.

Der Pfad war wohl lediglich ein Wildwechsel, den Becan erweitert hatte; bald hörte er auf. Die Landschaft war nicht so öde wie über der Baumgrenze. Die Südhänge waren oft mit kleinen Farnen und Moosen bedeckt, und auf den Felswänden wuchsen Koniferen. Brausende Wasserfälle waren nie ganz außer Hörweite. In mir besann sich Thecla an ein recht ähnliches Plätzchen, das sie in Begleitung ihres Lehrers und zweier ruppiger Leibwächter zum Malen aufgesucht hatte. Ich bekam das Gefühl, bald auf die Staffelei, die Palette und die unordentliche Pinselkiste zu stoßen, irgendwo an einer Kaskade achtlos liegengelassen, sobald die Sonne nicht mehr im Spritzwasser funkelte.

Natürlich stieß ich nicht darauf, und mehrere Wachen lang war weit und breit von Menschen überhaupt nichts zu sehen. Zu den Tritten von Casdoes Gruppe gesellten sich diejenigen des Wilds und zweimal die lehmigen Abdrücke der lohfarbenen Katzen, die Jagd auf es machen. Die Spuren stammten gewiß schon vom frühen Morgen, als es zu regnen aufgehört hatte.

Sodann entdeckte ich den Abdruck eines bloßen Fußes, größer als der des Greises. Tatsächlich war ein jeder so groß wie mein Stiefelabdruck, und der Schritt desjenigen, von dem sie herrührten, war durchaus länger als der meine. Die Fährte verlief im rechten Winkel zu jenen, denen ich folgte, aber ein Abdruck lag über demjenigen des Knaben, was zeigte, daß jener Wanderer zwischen uns gegangen war.

Ich eilte vorwärts.

Ich vermutete, die Spuren rührten von einem Autochthonen her, obgleich mich sein langer Schritt erstaunte, denn diese Wilden der Berge sind recht kleinwüchsig. Handelte es sich tatsächlich um einen Autochthonen, wäre es unwahrscheinlich, daß er Casdoe und den Ihren zur ernsten

Bedrohung würde, obschon er sie vielleicht ausplündern würde. Von dem, was ich bisher gehört hatte, waren die Autochthonen zwar listige Jäger, aber nicht kriegerisch.

Die Abdrücke bloßer Füße wiederholten sich. Wenigstens drei oder mehr hatten sich dem Vorläufer angeschlossen.

Deserteure wären eine andere Sache; etwa ein Viertel der Gefangenen in den Vincula waren solche Männer mit ihren Frauen, und viele davon hatten die gräßlichsten Verbrechen begangen. Deserteure wären gut bewaffnet, aber auch gut beschuht, würde ich meinen – zumindest nicht barfüßig.

Der Weg führte nun steil bergan. Ich sah die Löcher von Casdoes Stock im Boden und bemerkte die geknickten Zweige, an denen sie und der Greis sich hochgezogen hatten – wovon manche vielleicht auch von ihren Verfolgern abgebrochen worden waren. Ich überlegte, daß der Greis inzwischen erschöpft sein müßte, und wunderte mich, daß seine Tochter ihn noch immer zum Weitergehen bewegen konnte; vielleicht wußte er, wußten sie alle, daß man ihnen auf den Fersen war. Als ich mich dem Kamm näherte, hörte ich den Hund bellen und dann (zugleich schien's mir fast wie ein Echo aus der letzten Nacht) einen wilden, unartikulierten Schrei.

Dennoch war's nicht der greuliche, halb menschliche Schrei des Alzabos. Es war ein Laut, wie ich ihn oft vernommen hatte, zuweilen sogar gedämpft auf meiner Pritsche neben Roche und oft dann, wenn ich zu den diensthabenden Gesellen in der Oubliette die Speisen für sie selbst und die Klienten hinuntertrug. Es war haargenau der gleiche Schrei wie von einem Klienten des dritten Stockwerks, der nicht mehr zusammenhängend sprechen konnte und deshalb aus praktischen Erwägungen nie wieder in den Verhörsaal gebracht wurde.

Es handelte sich um Zoanthropen, wie ich sie, wenn auch als falsche Masken, auf Abdiesus' Ridotto zu Gesicht bekommen hatte. Als ich die Kuppe erreichte, konnte ich sie ebenso sehen wie Casdoe, ihren Vater und Sohn. Man kann sie nicht als Menschen bezeichnen; aber aus der Ferne haben sie wie Menschen gewirkt. Neun geduckte Nackte umringten die drei hüpfend. Ich eilte voran, bis ich sah, wie einer mit seiner Keule den Greis niederstreckte.

Dann zauderte ich, und es war nicht Theclas Angst, die mich innehalten ließ, sondern meine eigene.

Ich hatte gegen die Menschenaffen der Mine gekämpft, und vielleicht sogar tapfer, aber ich hatte kämpfen müssen. Ich hatte dem Alzabo bis zum Patt die Stirn geboten, aber ich hätte höchstens in die Nacht hinaus fliehen können, wo er mich bestimmt umgebracht hätte.

Nun hatte ich die Wahl, und ich verharrte, wo ich war.

Da sie in dieser Gegend lebte, mußte Casdoe um sie gewußt haben, auch wenn sie ihnen vielleicht noch nie begegnet war. Während der Knabe sich an ihren Rock klammerte, schlug sie mit ihrem Stock wie mit einem Säbel um sich. Ihre Stimme drang an mein Ohr trotz des Geschreis der Zoanthropen – schrill, wirr und scheinbar entrückt. Mich befiel das Grauen, das einen stets überkommt, wenn eine Frau angegriffen wird, aber daneben oder vielleicht darunter meldete sich der Gedanke, wer nicht mit mir kämpfen wollte, müsse nun allein kämpfen.

Es konnte natürlich nicht lange dauern. Solche Kreaturen lassen sich entweder sofort in die Flucht schlagen oder aber überhaupt nicht. Als ich sah, wie einer den Stock ihrer Hand entwand, lief ich, *Terminus Est* zückend, über den langen Hang hinab zu ihr. Die nackte Gestalt hatte sie auf den Boden geworfen und machte (wie ich glaubte) Anstalten, sie zu vergewaltigen.

Dann stürzte etwas Gewaltiges aus dem Dickicht zu meiner Linken. Es war so groß und flink, daß ich's zunächst für einen roten Renner ohne Reiter und Sattel hielt. Erst als ich seine blitzenden Fänge sah und einen Zoanthropen aufschreien hörte, erkannte ich es als den Alzabo.

Die anderen rannten sofort gegen ihn an. Das Auf und Ab der schwingenden Eisenholzkeulen wirkte groteskerweise wie die nickenden Köpfe einer Hühnerschar beim Picken nach dem ausgestreuten Korn. Dann flog ein Zoanthrop durch die Luft, und er, der vorher nackt gewesen war, schien nun in einen scharlachroten Mantel gehüllt.

Als ich mich in das Kampfgewühl stürzte, lag der Alzabo unten, aber ich konnte mich zunächst nicht um ihn kümmern. *Terminus Est* surrte im Kreise um meinen Kopf. Ein Nackter fiel, dann ein zweiter. Ein faustgroßer Stein sauste so dicht an meinem Ohr vorüber, daß ich seinen schwirrenden Flug hören konnte; hätte er getroffen, wäre ich im nächsten Moment ein toter Mann gewesen.

Aber ich hatte hier nicht die Menschenaffen der Mine vor mir, die ob ihrer Überzahl nie zu überwältigen wären. Ich hackte einen von der Schulter bis zur Hüfte entzwei, Rippe um Rippe ratternd durchtrennend, hieb nach einem zweiten und spaltete einem dritten den Schädel.

Dann war alles still bis auf den wimmernden Knaben. Sieben Zoanthropen lagen blutüberströmt auf dem grasbedeckten Hang, wovon vier, wie ich glaubte, meinem *Terminus Est* und drei dem Alzabo zum Opfer gefallen waren. Casdoes Leib steckte ihm im Maul; Kopf und Schultern waren bereits verschlungen. Der Greis, der Fechin gekannt hatte, lag gekrümmt wie eine Puppe da; dieser berühmte Maler hätte seinen Tod zu einem wunderbaren Kunstwerk gestaltet, ihn aus einer Perspektive dargestellt, die kein anderer entdeckt hätte, und die Würde und Vergänglichkeit allen menschlichen Lebens in diesem zerschmetterten Haupt verkörpert. Aber Fechin war nicht hier. Neben dem Greis lag mit blutenden Kiefern der Hund.

Ich blickte mich nach dem Knaben um. Zu meinem Entsetzen schmiegte er sich an den Rücken des Alzabos. Sicherlich hatte dieses Untier ihm in der Stimme seines Vaters zugerufen, und er war herbeigelaufen. Nun zuckten die Hinterläufe krampfhaft, und die Augen waren geschlossen. Als ich den Knaben beim Arm nahm, trat die Zunge, breiter und dicker als die eines Ochsen, aus dem Maul, als wollte es ihm die Hand lecken; dann bebten die Schultern so heftig, daß ich zurückfuhr. Die Zunge glitt nicht wieder ganz ins Maul, sondern blieb schlaff im Gras liegen.

Ich zog den Knaben fort und sagte: »Nun ist's vorbei, kleiner Severian. Alles in Ordnung mit dir?«

Er nickte und fing zu weinen an, und eine lange Zeit trug ich ihn und ging auf und ab.

Schon zog ich es in Betracht, die Klaue zu gebrauchen, obgleich sie mich in Casdoes Haus wie auch schon früher im Stich gelassen hatte. Doch wer wollte, hätte sie geholfen, sagen, was dabei herausgekommen wäre? Ich hatte keine Lust, den Zoanthropen oder dem Alzabo neues Leben zu gewähren, und was für ein Leben ließe sich Casdoes kopflosem Leichnam schenken? Was den Greis anging, so hatte er bereits an der Pforte des Todes gesessen; nun war er gestorben, und schnell obendrein. Wäre er mir dankbar gewesen, hätte ich ihn zurückgerufen, nur damit er in ein, zwei Jahren abermals stürbe? Das Juwel leuchtete in der Sonne, aber sein Schein war bloßes Sonnenlicht, und nicht das Licht des Schlichters, der Gegenschein zur Neuen Sonne, also steckte ich sie wieder weg. Der Knabe sah mir mit großen Augen zu.

Terminus Est war bis zum Heft und weiter blutrot. Ich setzte mich auf einen umgestürzten Baumstamm und reinigte es am modrigen Holz, während ich überlegte, was nun zu tun sei, woraufhin ich die Klinge abwischte und ölte. Die Zoanthropen und der Alzabo waren mir einerlei, aber die Leichen von Casdoe und dem Greis als Fraß der Tiere zurückzulassen, dagegen sträubte ich mich.

Auch riet mir die Vernunft davon ab. Was wäre, wenn ein anderer Alzabo käme und, hätte er von Casdoes Fleisch geschmaust, dem Knaben nachsetzte? Ich erwog, ob ich sie beide in ihr Häuschen zurücktragen sollte. Es war jedoch ein ganzes Stück Weges; ich könnte sie nicht gleichzeitig tragen, und es schien gewiß, daß derjenige Leichnam, den ich zunächst zurückließe, zerfleischt wäre, sobald ich wiederkäme. Vom Anblick des Blutbads angelockt, kreisten über uns bereits auf Schwingen, breit wie die Hauptrah einer Karavelle, aasfressende Teratornise.

Eine Weile suchte ich den Boden ab, um eine weiche Stelle zu finden, wo ich sie mit Casdoes Stock eingraben könnte; schließlich trug ich beide Leichen zu einem Steinfeld nahe einem Wasserlauf und schichtete dort ein Hügelgrab über ihnen auf. Darunter könnten sie, hoffte ich, für ein knappes Jahr ruhen, bis die Schneeschmelze zur Zeit des Fests der heiligen Katharina die Gebeine von Vater und Tochter fortspülen würde.

Der kleine Severian, der mir zuerst nur zugesehen hatte, hatte schließlich selbst kleinere Steine herangetragen, bis der Grabhügel fertig war. Als wir uns im Bach vom Schmutz und Schweiß reinigten, fragte er: »Bist du mein Onkel?«

Ich antwortete ihm: »Ich bin dein Vater – einstweilen zumindest. Wenn einem der Vater stirbt, braucht man einen neuen, wenn man noch so jung ist wie du. Dieser bin ich.«

Er nickte gedankenverloren; und plötzlich entsann ich mich, erst zwei Nächte vorher von einer Welt geträumt zu haben, worin alle Leute darum wüßten, durch die Bande des Blutes vereint zu sein, stammten sie doch vom selben Kolonistenpaar ab. Ich, der ich den Namen der eigenen Eltern nicht kannte, könnte sehr gut verwandt sein mit diesem Knaben, der meinen eigenen Namen trug – und überhaupt mit jedermann, dem ich begegnete. Die Welt, von der ich geträumt hatte, war für mich das Bett gewesen, worin ich gelegen hatte. Ich wünschte, ich könnte beschreiben, wie ernst wir an diesem murmelnden Bach gewesen sind, wie hehr und rein er ausgesehen hat mit seinem nassen Gesicht und den Tropfen, die in den Wimpern seiner großen Augen glänzten.

XVIII
Severian und Severian

Ich trank so viel Wasser, wie ich konnte, und erklärte dem Knaben, er müsse das ebenfalls tun, denn es gebe viele trokkene Gegenden in den Bergen und wir bekämen vielleicht erst am nächsten Morgen wieder etwas zu trinken. Er hatte gefragt, ob wir nun nicht wieder heimgingen; und obgleich ich ins Auge gefaßt hatte, zum ehemaligen Haus von Casdoe und Becan zurückzukehren, verneinte ich jetzt, wurde mir doch klar, daß es für ihn zu schrecklich wäre, das Dach, das Feld und den kleinen Garten noch einmal zu sehen, nur um es abermals verlassen zu müssen. In seinem Alter vermutete er vielleicht sogar, daß sein Vater, seine Mutter, seine Schwester und sein Großvater irgendwie noch drin wären.

Dennoch konnten wir nicht viel weiter absteigen – wir waren bereits so tief, daß die Reise für mich gefährlich wurde. Der Arm des Archons von Thrax reichte hundert Meilen und mehr, und ich mußte obendrein damit rechnen, daß Agia seine Dimarchi auf meine Spur hetzte.

Im Norden stand der höchste Gipfel, den ich bis jetzt gesehen hatte. Nicht nur sein Haupt, sondern auch seine Schultern waren in Schnee gehüllt, und der weiße Mantel langte ihm fast bis zur Hüfte. Ich konnte nicht sagen, und das konnte nun wohl keiner, was für ein stolzes Gesicht westwärts über so viele kleinere Gipfel blickte; aber gewiß hatte er in den frühesten Tagen der glorreichsten Zeiten der Menschheit geherrscht und über Energien geboten, die

Granit zu gestalten vermochten wie das Messer eines Schnitzers Holz. Als ich ihn so betrachtete, war mir, als würden sogar die abgebrühten Dimarchi, die in der wilden Bergwelt zu Hause waren, in Ehrfurcht zu ihm aufschauen. Sodann machten wir uns auf den Weg zu ihm, oder vielmehr zum hohen Paß, der seine faltige Robe mit dem Berg verband, wo Becan einst sein Heim errichtet hatte. Zunächst war der Aufstieg nicht schwierig, und viel kräftezehrender als das wenige Klettern war das viele Gehen.

Der Knabe Severian hielt oft meine Hand, auch wenn er sie nicht als Stütze brauchte. Ich bin kein guter Schätzer, wenn es um das Alter von Kindern geht, aber er ist vermutlich in dem Alter gewesen, wo er, wäre er einer unserer Lehrlinge gewesen, zum ersten Mal Meister Palaemons Schulzimmer betreten hätte – das heißt, er hat schon gut gehen können und die Sprache hinlänglich beherrscht, um einen zu verstehen und sich verständlich zu machen.

Eine Wache oder länger sagte er weiter nichts mehr. Als wir dann einen freien, grasbedeckten, von Kiefern eingesäumten Hang erklommen, der jener Stelle glich, wo seine Mutter den Tod gefunden hatte, fragte er: »Severian, was waren das für Menschen?«

Ich wußte, wen er meinte. »Das waren keine Menschen, obwohl sie einmal Menschen gewesen sind und noch wie Menschen aussehen. Es waren Zoanthropen, und dieses Wort bedeutet, daß es sich um Tiere in Menschengestalt handelt. Verstehst du das?«

Der kleine Knabe nickte ernst und wollte dann wissen: »Warum tragen sie keine Kleidung?«

»Weil sie keine Menschen mehr sind, wie ich schon sagte. Ein Hund wird als Hund geboren und ein Vogel als Vogel, aber ein Mensch zu werden, das ist eine Errungenschaft – du mußt darüber nachdenken. Nachgedacht hast du darüber seit wenigstens drei oder vier Jahren, kleiner Severian, auch wenn du vielleicht nie über das Nachdenken nachgedacht hast.«

»Ein Hund sucht nur nach Fressen«, bemerkte der Knabe.

»Richtig. Aber damit stellt sich die Frage, ob jemand zu solchem Denken gezwungen werden sollte, und ein paar Leute sind vor langer Zeit zum Schluß gekommen, das solle nicht geschehen. Man kann zuweilen einen Hund zwingen, sich wie ein Mensch zu verhalten – auf den Hinterbeinen zu gehen oder ein Halsband zu tragen und so weiter. Aber man sollte und könnte einen Menschen nicht zwingen, wie ein Mensch zu handeln. Wolltest du je in Schlaf fallen? Als du nicht schläfrig und nicht einmal müde warst?«

Er nickte.

»Du wolltest das deswegen, um die Bürde des Knabentums zumindest vorübergehend abzuwerfen. Manchmal trinke ich zu viel Wein, und zwar deshalb, weil ich einstweilen kein Mensch mehr sein möchte. Manchmal nehmen sich Leute aus eben diesem Grund das Leben. Wußtest du das?«

»Oder sie machen Sachen, die ihnen wehtun könnten«, meinte er. Wie er das sagte, verriet mir, daß er gewisse Auseinandersetzungen erlauscht hatte; Becan war höchstwahrscheinlich ein solcher Mensch gewesen, denn sonst hätte er seiner Familie gewiß keine so entlegene und gefährliche Heimat zugemutet.

»Ja«, sagte ich. »Ist wohl das gleiche. Und manchmal lernen gewisse Männer und sogar Frauen die Bürde des Denkens hassen, ohne daß das mit einer Todessehnsucht einherginge. Sie betrachten die Tiere und wünschen sich, wie diese zu werden, nur von Trieben, und nicht vom Denken geleitet. Weißt du, was dich denken läßt, kleiner Severian?«

»Mein Kopf«, antwortete der Knabe prompt und umfaßte ihn mit den Händen.

»Auch Tiere haben einen Kopf – sogar sehr blöde Tiere wie Krebse, Ochsen und Zecken. Was dich denken läßt, ist nur ein kleiner Teil deines Kopfes direkt über den Augen.«

Ich tippte ihm auf die Stirn. »Wenn du dir nun aus irgendeinem Grund die Hand abnehmen lassen willst, so gibt es Leute, an die du dich wenden kannst, die das beherrschen. Nehmen wir doch einfach an, du hast ein Leiden an der

Hand, das nie mehr heilen wird. Sie könnten sie entfernen, ohne den übrigen Körper groß zu gefährden.«

Der Knabe nickte.

»Nun gut. Die gleichen Leute können jenen kleinen Teil deines Kopfes, der dich denken läßt, herausnehmen. Sie können ihn natürlich nicht wieder einfügen. Und selbst wenn sie's könnten, könntest du sie nicht mehr darum bitten, wäre er erst einmal draußen. Aber manchmal bezahlen Leute Geld dafür, diesen Teil entfernt zu bekommen. Sie wollen nie mehr denken und sagen oft, sie möchten all dem, was die Menschheit getan hat, den Rücken zukehren. Dann ist es nicht mehr recht, sie als Menschen zu behandeln – sie sind zum Tier geworden, obwohl sie noch menschliche Gestalt haben. Du wolltest wissen, warum sie keine Kleider tragen. Sie verstehen nicht mehr, was es mit Kleidern auf sich hat, also ziehen sie keine an, auch wenn es sie noch so friert, obwohl sie sich durchaus darauf betten oder sich gar darin einrollen.«

»Bist du auch ein bißchen so?« fragte der Knabe, wobei er auf meine bloße Brust zeigte.

Was er damit andeuten wollte, war mir noch nie in den Sinn gekommen, so daß es mir fast die Sprache verschlug. »Das ist die Vorschrift meiner Zunft«, antwortete ich dann. »Mir fehlt nichts im Kopf, wenn du das meinst, und ich habe früher Hemden getragen ... Aber ja, ein bißchen bin ich wohl so, weil ich's noch nie bedacht hab', auch wenn's mir sehr kalt gewesen ist.«

Seine Miene verriet mir, daß ich seinen Verdacht bekräftigt hatte. »Läufst du deshalb davon?«

»Nein, deshalb laufe ich nicht davon. Wenn überhaupt, so wär's, könntest du wohl sagen, eher die andere Seite davon. Vielleicht ist dieser Teil meines Kopfes zu groß geworden. Aber du hast recht, was die Zoanthropen angeht. Deshalb leben sie in den Bergen. Wenn ein Mensch zum Tier wird, wird er ein sehr gefährliches Tier, und solche Tiere kann man in gemäßigteren Gegenden, wo Gehöfte stehn und viele Leute leben, nicht dulden. Also werden sie in diese

Berge verjagt oder von alten Freunden hergebracht oder von jemand, der von ihnen dafür angeheuert worden ist, ehe sie die Gabe des menschlichen Denkens abgeworfen haben. Sie können natürlich noch ein bißchen denken, wie's alle Tiere können. Genug, um in der Wildnis Nahrung zu finden, obschon viele in jedem Winter umkommen. Genug, um Steine zu werfen, wie Affen Nüsse werfen, und ihre Keulen zu gebrauchen und auf Gattenjagd zu gehen, denn wie gesagt gibt's unter ihnen auch weibliche Geschöpfe. Ihre Söhne und Töchter leben allerdings selten lang, und das ist bestimmt auch gut so, denn sie kommen auf die Welt wie du und ich – mit der Bürde des Denkens.«

Diese Bürde lastete nun schwer auf mir, als ich zu Ende gesprochen hatte; so schwer, daß ich zum ersten Mal wirklich verstand, sie könnte für andere ein solcher Fluch sein wie mein Gedächtnis zuweilen für mich.

Ich war nie recht empfänglich für Schönheit gewesen, aber die Schönheit des Himmels und der Bergwelt war so beeindruckend, daß sie anscheinend auf mein ganzes Denken abfärbte und mir beinahe war, als erfaßte ich Unfaßbares. Als Meister Malrubius mir nach der ersten Aufführung von Dr. Talos' Spiel erschienen war – was ich damals und jetzt noch immer nicht verstand, obgleich meine Gewißheit, daß die Begegnung stattgefunden hatte, ständig wuchs –, hatte er über den Kreislauf von Herrschaft gesprochen, obwohl ich damit nichts im Sinn gehabt hatte. Nun ging mir auf, daß der Wille selbst beherrscht wurde, wenn nicht von der Vernunft, so doch von Dingen, die darunter oder darüber lägen. Dennoch war es sehr schwierig zu sagen, auf welcher Seite der Vernunft diese Dinge denn lägen. Der Instinkt läge gewiß darunter; aber könnte er nicht auch darüber sein? Als der Alzabo sich auf die Zoanthropen stürzte, befahl ihm sein Instinkt, seine Beute vor anderen zu bewahren; als Becan das gleiche tat, wollte er instinktiv wohl damit seine Frau und sein Kind bewahren. Beide handelten gleich und sogar im selben Körper. Legte der höhere oder niedrigere Instinkt hinter der Vernunft mit Hand an? Oder gibt es nur einen Instinkt, der hinter aller Vernunft steckt, so daß die Vernunft auf jeder Seite eine Hand im Spiel sieht?

Aber ist der Instinkt wirklich jene ›Bindung an die Person des Monarchen‹, die Meister Malrubius einst als die zugleich höchste und niedrigste Herrschaftsform bezeichnet hat? Denn sicherlich kann der Instinkt nicht aus nichts hervorgegangen sein – die Falken, die über uns geflogen sind, bauen ihre Nester sicherlich aufgrund eines Instinkts; dennoch muß es eine Zeit gegeben haben, als keine Nester gebaut worden sind, und der erste Falke, der ein Nest angelegt hat, kann diesen Instinkt zum Bauen nicht von den Eltern geerbt haben, da sie ihn nicht in sich getragen haben. Auch könnte sich ein solcher Instinkt nicht allmählich entwickelt haben – über tausend Falkengenerationen, die einen Zweig herbeigeholt haben, bevor irgendein Falke zwei holt; denn weder ein Zweig noch zwei sind für den nistenden Falken von irgendeinem Nutzen. Vielleicht ist das, was vor dem Instinkt gewesen ist, sowohl das höchste als auch niedrigste Prinzip der Herrschaft über den Willen gewesen. Vielleicht auch nicht. Die kreisenden Vögel zeichneten ihre Hieroglyphen in die Luft, aber sie blieben für mich unlesbar.

Als wir uns dem Sattel näherten, der den Berg mit jenem noch höheren verband, war mir, als schritten wir über das Angesicht der ganzen Urth, einer Bahn von Pol zu Äquator folgend; fürwahr hätte die Oberfläche, über die wir wie Ameisen krochen, der nach außen gekehrte Globus selbst sein können. Weit hinter uns und weit vor uns erstreckten sich düster die breiten, glänzenden Schneefelder. Darunter lagen Felshänge wie die Gestade der zugefrorenen Südsee. Darunter breiteten sich hohe Matten mit rauhem Gras aus, nun mit Wildblumen übersät; ich erinnerte mich gut an diejenigen, über die ich am Vortag gezogen war, und hinter dem blauen Dunst, der den Berg vor uns einhüllte, konnte ich ihr grünes Band wie eine Schärpe an der Brust ausmachen; dahinter glänzten die Kiefern so dunkel, daß sie schwarz wirkten.

Der Sattel, zu dem wir hinabstiegen, war ganz anders mit seinen Bergwäldern aus Laubbäumen, die ihre kränkelnden Wipfel der sterbenden Sonne dreihundert Ellen entgegenreckten. Zwischen ihnen standen ihre toten Brüder noch aufrecht, von den lebenden gestützt und im Gewirr der hängenden Lianen verstrickt. Bei dem Bach, an dem wir unser Nachtlager aufschlugen, hatte die Vegetation bereits größtenteils ihre kümmerliche Bergnatur verloren und die Üppigkeit des Tieflands angenommen. Und nun, da wir dem Sattel so nahe waren, daß er eine klare Sicht darauf hatte und seine Aufmerksamkeit nicht mehr vom notwendigen Gehen und Klettern mit Beschlag belegt wurde, deutete der Knabe und fragte, ob wir dort hinunter gingen.

»Morgen«, antwortete ich. »Es wird bald dunkel, und ich möchte diesen Dschungel gern an einem Tag durchqueren.«

Beim Wort *Dschungel* machte er große Augen. »Ist's gefährlich?«

»Weiß ich nicht genau. Wie ich mir in Thrax hab' sagen lassen, sind die Insekten bei weitem nicht so schlimm wie in tieferen Gegenden, und wahrscheinlich werden uns auch keine blutsaugenden Fledermäuse plagen – eine Freundin von mir wurde einmal von einer blutsaugenden Fledermaus gebissen, und das ist recht unangenehm. Aber die großen Affen leben dort, und es wird Raubkatzen und dergleichen geben.«

»Und Wölfe.«

»Und Wölfe natürlich. Aber Wölfe gibt's auch in den Höhen. So hoch, wie euer Haus war, und höher.«

Kaum hatte ich sein Haus erwähnt, bedauerte ich es, denn etwas von seiner Lebensfreude, die in sein Gesicht zurückgekehrt war, wich mit diesem Wort wieder. Einen Augenblick lang schien er seinen Gedanken nachzuhängen. Dann sagte er: »Als diese Männer ...«

»Zoanthropen.«

Er nickte. »Als diese Zoanthropen kamen und Mama wehtaten, kamst du uns da zur Hilfe, so schnell du konntest?«

»Ja«, versicherte ich, »so schnell ich konnte.« Das war zumindest in gewisser Hinsicht wahr, aber nichtsdestoweniger war es mir eine Qual, das zu sagen.

»Gut«, antwortete er. Ich hatte ihm eine Decke ausgebreitet, auf der er sich nun ausstreckte. Ich hüllte ihn damit ein. »Die Sterne sind heller geworden, nicht wahr? Sie werden heller, wenn die Sonne weggeht.«

Ich legte mich neben ihn und blickte empor. »Sie geht eigentlich nicht weg. Die Urth wendet nur ihr Gesicht ab, so daß wir diesen Eindruck haben. Wenn du mich nicht anschaust, gehe ich nicht weg, selbst wenn du mich nicht siehst.«

»Wenn die Sonne noch da ist, warum leuchten dann die Sterne stärker?«

Seine Stimme verriet mir, daß es ihm gefiel, wie gescheit er mir zu entgegnen vermochte, was auch mir gefiel. Mit einemmal verstand ich, warum Meister Palaemon so gern mit mir gesprochen hatte, als ich noch ein Kind war. Ich sagte: »Eine Kerzenflamme ist im hellen Sonnenschein fast unsichtbar, und die Sterne, die eigentlich auch Sonnen sind, verblassen scheinbar in derselben Weise. Gemälde aus dem Altertum, als unsere Sonne heller gewesen ist, zeigen offenbar, daß die Sterne bis zur Dämmerung überhaupt nicht zu sehen gewesen sind. Die alten Legenden – ich habe ein braunes Buch in meiner Gürteltasche, in dem viele davon erzählt werden – sind voller Zauberwesen, die in derselben Weise langsam verschwinden und wiedererscheinen. Bestimmt gründen diese Geschichten auf das Aussehen der Sterne von damals.«

Er deutete. »Das ist die Hydra.«

»Hast wohl recht«, meinte ich. »Kennst du auch noch andere?«

Er zeigte mir das Kreuz und den Großen Stier und ich ihm Amphisbaena und einige andere.

»Und dort ist der Wolf, neben dem Einhorn. Es gibt auch einen Kleinen Wolf, aber ich finde ihn nicht.«

Wir entdeckten ihn gemeinsam in Horizontnähe.

»Sie sind wie wir, nicht wahr? Der Große Wolf und der Kleine Wolf. Wir sind der große Severian und der kleine Severian.«

Ich pflichtete ihm bei, und er betrachtete noch eine Zeitlang die Sterne, während er an dem Stück Dörrfleisch kaute, das ich ihm gegeben hatte. Dann fragte er: »Wo ist das Buch mit den Geschichten?«

Ich zeigte es ihm.

»Wir hatten auch ein Buch, und manchmal las Mama Severa und mir daraus vor.«

»Sie war deine Schwester, nicht wahr?«

Er nickte. »Wir waren Zwillinge. Großer Severian, hast du auch eine Schwester?«

»Ich weiß nicht. Meine Verwandten sind alle tot. Schon seit meiner frühesten Kindheit. Was für eine Geschichte möchtest du denn hören?«

Er bat darum, das Buch sehen zu dürfen, und ich reichte es ihm. Nachdem er einige Seiten durchblättert hatte, gab er's mir zurück. »Es ist nicht wie das unsere.«

»Das hab' ich nicht angenommen.«

»Sieh, ob du eine Geschichte mit einem Knaben darin finden kannst, der einen großen Freund und einen Zwilling hat. Und Wölfe sollten vorkommen.«

Ich tat mein Bestes und las rasch, um vom schwindenden Licht nicht eingeholt zu werden.

XIX
Die Geschichte vom Knaben namens Frosch

ERSTER TEIL

Frühsommer und ihr Sohn

Auf einem Berg jenseits der Gestade der Urth lebte einmal eine liebliche Frau namens Frühsommer. Sie war die Königin dieses Landes, ihr König jedoch war ein starker, unversöhnlicher Mann, und weil sie auf ihn eifersüchtig war, war auch er eifersüchtig auf sie und tötete jeden Mann, den er ihren Liebhaber wähnte.

Eines Tages wandelte Frühsommer durch ihren Garten, als sie eine wunderschöne Blume gewahrte, wie sie ihresgleichen noch nie gesehen hatte. Die Blume war röter als jede Rose und duftete süß, aber ihr starker Stiel war ohne Dornen und glatt wie Elfenbein. Sie brach die Blume und trug sie an einen verschwiegenen Ort, wo sie sich niederließ, um sie zu betrachten, woraufhin aus der Blume anscheinend ein solcher Liebhaber wurde, wie sie ihn sich ersehnt hatte, kraftvoll und doch zart wie ein Kuß. Gewisse Säfte der Blume drangen in sie ein und zeugten ein Kind. Dem König jedoch sagte sie, das Kind sei das seine, und da sie gut bewacht war, glaubte er ihr.

Es wurde ein Knabe, nach dem Wunsch seiner Mutter Frühlingswind genannt. Bei seiner Geburt waren alle Sterndeuter versammelt, um sein Horoskop zu erstellen, und zwar nicht nur diejenigen, die auf dem Berg lebten, sondern viele der größten Magier auf Urth. Lang saßen sie über ihren Karten, und neun Mal berieten sie im einsamen Konklave; und schließlich verkündeten sie, daß Frühlingswind unwiderstehlich sei und keines seiner Kinder vor dem Erwachsensein stürbe. Diese Prophezeiungen gefielen dem König sehr.

Als Frühlingswind heranwuchs, sah seine Mutter mit heimlicher Wonne, daß er Feld und Flur, Blumen und Früchten am meisten zugetan war. Alles Grün gedieh unter seiner Hand, und es war das Gartenmesser, das er am liebsten führte, nicht das Schwert. Aber als er zum Jüngling gereift war, kam ein Krieg, und er griff zu Speer und Schild. Weil er von ruhigem Gemüt und dem König (den er für seinen Vater hielt, wie auch dieser ihn für seinen Sohn) treu ergeben war, dachten viele, die Prophezeiung würde sich als falsch erweisen. Dem war nicht so. In der Hitze der Schlacht kämpfte er kühl, besonnen und überlegt; kein General war an Kriegslisten einfallsreicher und in allen Dingen pflichtbewußter. Die Soldaten, die er gegen den Feind des Königs ins Feld führte, waren gedrillt, bis sie wie Männer aus feuergehärteter Bronze schienen, und so treu und gehorsam, daß sie ihm in die Welt der Schatten, jenem von der Sonne entferntesten Reich, gefolgt wären. Also ging die Rede, der Frühlingswind sei's, der Türme umwerfe, und der Frühlingswind sei's, der Schiffe zum Kentern bringe, obgleich's nicht das war, was Frühsommer beabsichtigt hatte.

Nun fügte es sich, daß die Wirren des Krieges Frühlingswind zur Urth führten, wo er zwei Brüdern begegnete, die Könige waren. Der eine hatte mehrere Söhne, aber der jüngere nur eine einzige Tochter, ein Mädchen namens Vogel des Waldes. Als dieses Mädchen zur Frau reifte, wurde der Vater erschlagen; der Onkel nun, der verhindern wollte, daß sie Söhne gebäre, die auf das Reich ihres Großvaters Ansprüche erhöben, setzte ihren Namen auf die Rolle der jungfräulichen Priesterinnen. Dies mißfiel Frühlingswind, denn die Prinzessin war wunderschön, und ihr Vater war sein Freund gewesen. Eines Tages geschah es nun, daß er allein die Welt von Urth betrat, Vogel des Waldes schlafend an einem Fluß erblickte und mit seinen Küssen weckte.

Ihrem Liebeslager entsprangen Zwillingssöhne, und obschon die Priesterinnen des Ordens Vogel des Waldes geholfen hatten, ihr Reifen in ihrem Bauch vor dem König ihrem Onkel zu verbergen, vermochten sie nicht die Säuglinge zu verstecken. Ehe Vogel des Waldes sie sah, hatten die Priesterinnen sie in einen Weidenkorb mit Daunendekken gelegt und zum selben Fluß getragen, wo Frühlingswind sie überrascht hatte; sie übergaben den Korb dem Strom und gingen von dannen.

ZWEITER TEIL

Wie Frosch eine neue Mutter fand

Weit trieb dieser Korb, über frische Wasser und salzige. Andere Kinder wären gestorben, aber die Kinder von Frühlingswind konnten nicht sterben, waren sie doch noch nicht erwachsen. Die geharnischten Ungeheuer des Wassers tummelten sich bei ihrem Korb, und die Affen warfen Zweige und Nüsse hinein, aber er schwamm immer weiter, bis er schließlich an ein Ufer gelangte, wo zwei arme Schwestern Wäsche wuschen. Diese guten Frauen sahen ihn und riefen, aber da ihr Geschrei nichts half, schürzten sie die Röcke, wateten in den Strom und brachten ihn an Land.

Weil sie im Wasser gefunden worden waren, bekamen die Knaben die Namen Fisch und Frosch, und als die Schwestern sie ihren Männern gezeigt hatten und zu sehen war, daß sie besonders kräftig und wohlgestaltet waren, wählte jede Schwester einen. Nun war die Schwester, die Fisch gewählt hatte, das Weib eines Hirten, und der Gemahl der Schwester, die Frosch gewählt hatte, ein Holzfäller.

Diese Schwester sorgte gut für Frosch und nährte ihn an der Brust, hatte sie doch erst kürzlich ein eigenes Kind verloren. Sie trug ihn in ein Tuch geschlagen am Rücken, wenn ihr Mann in die Wildnis zog, um Brennholz zu schneiden, weswegen von den Geschichtenerzählern zu hören ist, daß sie die stärkste aller Frauen war, trug sie doch ein Weltreich auf ihrem Rücken.

Ein Jahr zog ins Land, und an seinem Ende hatte Frosch gelernt, aufrecht zu stehen und ein paar Schritte zu gehen. Eines Nachts saßen der Holzfäller und sein Weib an ihrem Feuerchen in einer Lichtung der Wildnis; und während das Weib des Holzfällers das Nachtessen bereitete, trat Frosch nackt ans Feuer und wärmte sich an den Flammen. Sodann fragte der Holzfäller, ein barscher, guter Mann, den Knaben: »Gefällt dir das?« und obgleich er bisher noch nie geredet hatte, nickte Frosch und erwiderte: »Rote Blume.« Hierbei, sagt man, regte sich Frühsommer in ihrem Bette auf dem Berg jenseits der Gestade der Urth.

Der Holzfäller und sein Weib waren erstaunt, aber ihnen blieb keine Zeit, einander das Geschehene zu erzählen oder auf Frosch einzureden, mehr zu sprechen, oder auch nur zu überdenken, was sie dem Hirten und seinem Weib bei der nächsten Begegnung sagen würden. Denn es drang nun in die Lichtung ein garstiger Laut – der schrecklichste auf der Welt von Urth, sagen diejenigen, die gelauscht haben, wovon so wenige überlebt haben, daß es dafür keinen Namen gibt; er gleiche aber dem Summen von Bienen und den Tönen einer Katze, wäre die Katze größer als eine Kuh, und auch dem Geräusch, das ein Bauchredner zunächst hervorzubringen lerne, einem Brummen in der Kehle, das gleichzeitig von überall zu kommen scheine. Es ist das Lied gewesen, das ein Smilodon anstimmt, hat er seine Beute angeschlichen, das Lied, das sogar Mastodonten so in Furcht versetzt, daß sie oft in die falsche Richtung anrennen und so von hinten niedergestreckt werden.

Gewiß kennt der Pancreator alle Geheimnisse. Er sprach das lange Wort, das unser Universum ist, und wenige Dinge geschehen, die nicht Teil dieses Wortes sind. Durch seine Fügung also erhob sich ein runder Hügel nicht weit vom Feuer, worin in grauer Vorzeit ein Grab gewesen war; und obgleich der Holzfäller und sein Weib nichts davon ahnten, hatten zwei Wölfe dort ihr Heim errichtet in diesem Haus mit niedrigem Dach und dicken Mauern, mit Gängen, die grüne Lampen erleuchteten, die zwischen den verfallenen Gedenksteinen und zerbrochenen Urnen hingen, einem Haus also, wie Wölfe es lieben. Dort kauerte der Wolf und leckte am Schenkelknochen eines Coryphodons, während die Wölfin, sein Weib, ihren Jungen die Brust gab.

In der Nähe vernahmen sie das Lied des Smilodons und verfluchten ihn in der Grauen Sprache, wie sie die Wölfe beherrschen, denn kein anständiges Raubtier jagt in der Nähe des Heims anderer Räuber, und Wölfe stehen mit dem Mond auf gutem Fuß.

Als der Fluch ausgesprochen war, sagte die Wölfin: »Was für eine Beute kann das sein, die der Schlachter, dieser dumme Jäger von Flußpferden, gefunden hat, wenn du, o mein Gemahl, der du die Eidechsen witterst, die über den Fels des Berges jenseits der Urth hüpfen, dich damit begnügen mußt, an einem völlig trockenen Knochen zu beißen?«

»Ich verspeise kein Aas«, antwortete der Wolf knapp. »Ich ziehe auch keine Würmer aus dem taufeuchten Gras oder fische in Tümpeln nach Fröschen.«

»Es singt aber auch der Schlachter sein Lied nicht für diese«, versetzte sein Weib.

Sodann hob der Wolf die Ohren und schnupperte. »Er jagt den Sohn von Meschia und die Tochter von Meschiane, und du weißt, von solchem Fleisch kommt nichts Gutes.« Hierbei nickte sein Weib, denn sie wußte, als einzige unter den Lebewesen töten die Söhne von Meschia alle, wenn einer der Ihren erschlagen wird. Das ist deshalb so, weil der Pancreator ihnen Urth gegeben hat, sie aber die Gabe abgewiesen haben.

Kaum hatte er sein Lied beendet, brüllte der Schlachter, als wollte er das Laub von den Bäumen schütteln; dann schrie er auf, denn die Flüche der Wölfe sind mächtig, solange der Mond scheint.

»Wie ist er zu Schaden gekommen?« fragte die Wölfin, die einer ihrer Töchter das Gesicht leckte.

Der Wolf schnupperte abermals. »Verbranntes Fleisch! Er ist in ihr Feuer gesprungen.« Er und sein Weib lachten, wie Wölfe lachen: still, alle Zähne zeigend. Ihre Ohren waren aufgerichtet wie Zelte in der Wüste, denn sie lauschten, wie der Schlachter auf Beutefang durchs Dickicht zottelte.

Nun stand die Tür zum Haus der Wölfe offen, denn wenn einer der Wölfe daheim war, machten sie sich nichts daraus, falls jemand eintrat, und es kamen stets weniger heraus, als hineingegangen waren. Sie war voller Mondlicht gewesen (denn der Mond ist immer ein willkommener Gast im Haus der Wölfe), aber wurde nun dunkel. Ein Kind stand dort, wohl etwas ängstlich ob der Dunkelheit, aber die starke Milch riechend. Der Wolf knurrte, die Wölfin indes rief in ihrer mütterlichen Stimme: »Tritt ein, kleiner Sohn von Meschia! Hier kannst du trinken, hier ist es warm und sauber! Hier sind die helläugigen, schnellfüßigen Spielgefährten, die besten in der ganzen Welt!«

Als er dies vernahm, trat der Knabe ein, und die Wölfin legte ihre gesättigten Jungen zur Seite und ihn an ihre Brust.

»Wofür ist eine solche Kreatur gut?« fragte der Wolf.

Die Wölfin lachte. »Wie kannst du an einem Knochen von der Beute des letzten Mondes lecken und so etwas fragen? Weißt du nicht mehr, wie hier der Krieg gewütet hat und die Heere des Prinz Frühlingswind übers Land gezogen sind? Damals wurden wir von keinem Sohn Meschias gejagt, denn sie jagten sich gegenseitig. Nach ihren Schlachten kamen wir hervor, du und ich und der ganze Wolfssenat und sogar der Schlachter und Er-der-lacht und der Schwarze Mörder, und wir streiften durch die Toten und Sterbenden und schmausten nach Wahl.«

»Stimmt«, entgegnete der Wolf. »Prinz Frühlingswind hat viel für uns getan. Aber dieses Junge von Meschia ist nicht er.«

Die Wölfin lächelte nur und erwiderte: »Ich rieche den Rauch des Schlachtfelds im Pelz seines Hauptes und auf seiner Haut.« (Es war der Rauch der Roten Blume.) »Du und ich werden zu Staub geworden sein, wenn die erste Kolonne vom Tor seiner Mauern abmarschiert; aber aus dieser ersten werden tausend weitere hervorgehen als Speise für unsere Kinder und ihre Kinder und die Kinder ihrer Kinder.«

Hierauf nickte der Wolf, wußte er doch, daß die Wölfin klüger war als er, und obgleich er Dinge von jenseits der Gestade der Urth wittern konnte, vermochte sie die Tage des nächsten Jahres bis über die Regenzeit hinaus zu sehen.

»Ich werde ihn Frosch nennen«, sagte die Wölfin. »Denn der Schlachter fischte fürwahr nach Fröschen, wie du sagtest, o mein Gemahl.« Sie dachte, das hätte sie als Kompliment für den Wolf gesagt, der sich ihr so rasch gefügt hatte, aber die Wahrheit war, daß das Blut der Bewohner des Berges jenseits der Urth in den Adern von Frosch floß, und die Namen derer, die von solchem Geblüt sind, lassen sich nicht lange verbergen.

Draußen erschallte ausgelassenes Gelächter. Es war die Stimme von Ihm-der-lacht. »Es ist hier, Herr! Hier, hier, hier! Hier, hier, hier ist die Fährte! Es ging in die Tür hinein!«

»Du siehst«, sagte der Wolf, »was man davon hat, wenn man das Böse in den Mund nimmt. Wenn man es nennt, kommt es gerennt, das ist die Regel!« Und er holte sein Schwert herunter und befühlte die Schneide.

Wieder verdunkelte sich die Tür. Es war eine schmale Tür, denn nur Toren und Tempel haben breite Türen, und Wölfe sind keine Toren; Frosch hatte sie fast ausgefüllt. Nun füllte sie der Schlachter ganz aus, indem er die Schultern seitwärts drehte, um hineinzukommen, und sein großes Haupt beugte. Aufgrund der dicken Mauer war die Tür wie ein Gang.

»Was suchst du?« fragte der Wolf und leckte über die flache Klinge.

»Was mein eigen ist, und nur das«, versetzte der Schlachter. Ein Smilodon kämpft mit einem gebogenen Messer in jeder Hand, und er war viel größer als der Wolf, hatte aber keine Lust, an dieser engen Stelle mit ihm handgemein zu werden.

»Es war nie dein«, widersprach ihm die Wölfin. Nachdem sie Frosch auf den Boden gesetzt hatte, trat sie dem Schlachter so nahe, daß er nach ihr hätte schlagen können, hätte er's nur gewagt. Sie funkelte ihn aus feurigen Augen an. »Es war eine unbillige Jagd auf unbillige Beute. Nun hat er von mir getrunken und ist für immer ein Wolf, heilig dem Mond.«

»Ich habe tote Wölfe gesehen«, sagte der Schlachter.

»Ja, und ihr Fleisch verzehrt, das selbst den Fliegen zuwider war, möcht' ich wetten. Mag sein, daß du das meine frißt, wenn mich ein umstürzender Baum erschlägt.«

»Du sagst, er sei ein Wolf. Er muß vor den Senat gebracht werden.« Der Schlachter leckte sich die Lippen, aber mit trockener Zunge. Er hätte dem Wolf im Freien vielleicht die Stirn geboten; aber er hatte nicht den Mut, dem Paar gemeinsam die Stirn zu bieten, und wußte, könnte er die Tür einnehmen, würden sie Frosch an sich reißen und sich in die unterirdischen Gänge zwischen den verfallenen Quadermauern zurückziehen, wo er die Wölfin bald im Rücken hätte.

»Und was hast du mit dem Senat der Wölfe gemein?« fragte die Wölfin.

»Vielleicht soviel wie er«, entgegnete der Schlachter und machte sich davon, um eine leichtere Beute zu finden.

DRITTER TEIL

Das Gold des Schwarzen Mörders

Der Senat der Wölfe versammelt sich bei jedem Vollmond. Alle kommen, die können, denn man argwöhnt, wer nicht kommt, plane Verrat, indem er sich zum Beispiel erböte, für ein paar Brocken das Vieh der Söhne von Meschia zu beschützen. Der Wolf, der bei zwei Senatssitzungen fehlt, muß Rechenschaft ablegen, wenn er wiederkommt, und wird von den Wölfinnen zerrissen, erkennt der Senat ihn für schuldig.

Auch Welpen müssen vor den Senat, auf daß jeder Wolf, der dies begehre, sich der Vergewißheit verschaffen könne, daß der Vater ein echter Wolf sei. (Zuweilen erdreistet sich eine boshafte Wölfin, bei einem Hund zu liegen, aber obgleich die Söhne von Hunden oft Wolfsjungen ähneln, haben sie immer irgendwo einen weißen Fleck, denn Weiß ist die Farbe von Meschia gewesen, in dessen Gedächtnis das reine Licht des Pancreators fortgelebt hat; und seine Söhne hinterlassen es auf allem, was sie anfassen.)

So trat also bei Vollmond die Wölfin vor den Senat der Wölfe, und ihre Welpen spielten zu ihren Füßen, und Frosch – der wahrlich wie ein Frosch aussah, denn das durch die Fenster fallende Mondlicht färbte seine Haut grün – stand neben ihr und klammerte sich an den Pelz ihres Schoßes. Der Präsident des Rudels saß auf dem höchsten Stuhl, und falls er erstaunt war, daß man vor ihn einen Sohn von Meschia bringe, so verrieten seine Ohren das nicht. Er sang:

»Sie sind hier!
Der Söhne und Töchter vier!
Sind sie falsch, so sagt wieso-o-o!
Zweifelt ihr, dann sprecht jetzo-o-o!«

Wenn die Welpen vor den Senat gebracht werden, dann dürfen ihre Eltern sie nicht verteidigen, werden sie herausgefordert; zu jeder anderen Zeit indes gilt's als Mord, will ihnen jemand an die Kehle.

»Sprecht jetzo-o-o!« Die Mauern hallten davon wider, so daß in den Hütten des Tales die Söhne von Meschia ihre Türen verrammelten und die Töchter von Meschiane die eigenen Kinder an sich klammerten.

Dann kam der Schlachter, der hinter dem letzten Wolf gewartet hatte, hervor. »Was zögert ihr?« sagte er. »Ich bin nicht klug – ich bin viel zu stark, um klug zu sein, wie ihr wißt. Aber es sind drei Wolfwelpen hier, und der vierte ist kein Wolf, sondern meine Beute.«

Hierauf fragte der Wolf: »Mit welchem Recht erhebt *er* hier die Stimme? Gewiß ist *er* kein Wolf.«

Ein Dutzend Stimmen antwortete: »Jeder darf sprechen, wenn ein Wolf um sein Zeugnis bittet. Sprich, Schlachter!«

Nun löste die Wölfin ihr Schwert in der Scheide und bereitete sich zum letzten Kampf, falls es zum Kampf käme. Wie ein Teufel sah sie aus mit ihrem hageren Gesicht und den funkelnden Augen, denn ein Engel ist oft nur ein Teufel, der sich zwischen uns und unsere Widersacher stellt.

»Du sagst, ich sei kein Wolf«, fuhr der Schlachter fort. »Und zu Recht. Wir wissen, wie ein Wolf riecht, und kennen seine Stimme und sein Aussehen. Diese Wölfin hat diesen Sohn von Meschia zum Welpen genommen, aber wir alle wissen, eine Wölfin zur Mutter zu haben, das macht aus einem Welpen keinen Wolf.«

Der Wolf rief: »Wolf ist, wer Wölfe zum Vater und zur Mutter hat! Ich nehme diesen Welpen zum Sohn!«

Hierauf wurde Gelächter laut, und als es verklungen war, lachte einzig eine wunderliche Stimme weiter. Es war Erder-lacht, der gekommen war, um dem Schlachter vor dem Senat der Wölfe beizustehen. Er rief: »So haben schon viele geredet, ha ha! Aber ihre Welpen hat das Rudel verspeist.«

Der Schlachter sagte: »Sie wurden wegen ihres weißen Pelzes getötet. Die Haut ist unter dem Pelz. Wie kann dieser leben? Gebt ihn mir!«

»Zwei müssen sprechen«, verkündete der Präsident. »Das ist Gesetz. Wer spricht für den Welpen hier? Er ist ein Sohn von Meschia, aber ist er auch ein Wolf? Zwei, die nicht seine Eltern sind, müssen für ihn sprechen.«

Daraufhin erhob sich der Nackte, der als Senatsmitglied gilt, weil er die jungen Wölfe lehrt. »Ich hatte noch nie einen Sohn von Meschia zum Schüler«, sagte er. »Ich könnte von ihm allerlei lernen. Ich spreche für ihn.«

»Noch einer«, sagte der Präsident, »noch einer muß für ihn sprechen.«

Es folgte nur Schweigen. Dann trottete der Schwarze Mörder von der Saalrückseite nach vorne. Jeder fürchtet den Schwarzen Mörder, denn obschon sein Kleid weich wie der Pelz des jüngsten Welpen ist, glühen seine Augen in der Nacht. »Zwei, die keine Wölfe sind, haben hier schon gesprochen«, meinte er. »Darf nicht auch ich sprechen? Ich habe Gold.« Er hielt eine Börse hoch.

»Sprich! Sprich!« tönte es ihm hundertfach entgegen.

»Das Gesetz sagt auch, das Leben eines Welpen sei zu erkaufen«, sprach der Schwarze Mörder und schüttelte Gold in seine Hand und kaufte so ein Weltreich frei.

VIERTER TEIL

Fisch und der Pflug

Wollte man alle Abenteuer von Frosch erzählen – wie er unter den Wölfen aufwuchs und das Jagen und Kämpfen lernte –, würde das viele Bücher füllen. Aber jene vom Geblüt der Bewohner des Berges jenseits der Urth spüren schließlich immer seinen Ruf; und es kam die Zeit, da er Feuer in den Senat der Wölfe trug und sagte: »Hier ist die Rote Blume. In ihrem Namen herrsche ich.« Und weil keiner gegen ihn die Stimme erhob, führte er die Wölfe an und nannte sie die Untertanen seines Reiches, und bald kamen neben den Wölfen auch Männer zu ihm, und obgleich er noch ein Knabe war, wirkten die Männer neben ihm stets klein, floß doch in seinen Adern das Blut von Frühsommer.

Eines Nachts, als die wilden Rosen sich öffneten, kam sie zu ihm und erzählte ihm von seiner Mutter, Vogel des Waldes, und von ihrem Vater und ihrem Onkel und von seinem Bruder. Er suchte seinen Bruder, der ein Hirte geworden war, und mit den Wölfen und dem Schwarzen Mörder und vielen Männern gingen sie zum König und forderten ihr Erbe. Er war alt, und seine Söhne waren kinderlos gestorben, also gab er es ihnen, wovon sich Fisch die Stadt und die Äcker, Frosch indes das wilde Bergland nahm.

Aber die Zahl der Männer, die ihm folgten, wuchs. Sie raubten Weiber von anderen Völkern und zeugten Kinder, und als die Wölfe nicht mehr gebraucht wurden und in die Wildnis zurückkehrten, beschloß Frosch, sein Volk sollte zum Wohnen eine Stadt haben mit Mauern zu ihrem Schutz, falls unter den Menschen Krieg ausbräche. Er ging zu den Herden von Fisch und nahm sich davon eine weiße Kuh und einen weißen Stier, die er vor einen Pflug spannte, um damit einen Graben zu pflügen, womit der Verlauf der Mauer gekennzeichnet werden sollte. Fisch kam, um sein Vieh zurückzuverlangen, während die Leute den Mauerbau bereiteten. Als die Leute von Frosch ihm den Graben zeigten und ihm sagten, das solle ihre Mauer werden, lachte er und sprang mit einem Satz darüber; und sie, die wußten, daß aus verspotteten Anfängen nie etwas Großes werden könne, erschlugen ihn. Aber er war inzwischen zum Manne gereift, womit die Prophezeiung, die bei der Geburt von Frühlingswind aufgestellt worden war, in Erfüllung ging.

Als Frosch den toten Fisch sah, begrub er ihn im Graben, auf daß das Land fruchtbar werde. Denn das hatte ihn der Nackte gelehrt, welcher auch der Wilde oder Squanto geheißen wurde.

XX
Der Kreis der Zauberer

Beim ersten Tageslicht betraten wir den Bergdschungel, wie man ein Haus betritt. Hinter uns umspielte das Sonnenlicht Gras, Gebüsch und Steine; wir drangen durch einen Vorhang aus verschlungenen Ranken, der so dicht war, daß ich ihn mit meinem Schwert durchschneiden mußte, und sahen vor uns nur Düsterkeit und aufragende Stämme. Kein Insekt summte hier, und kein Vöglein trällerte. Kein Lufthauch regte sich. Zunächst war die blanke Erde, auf der wir schritten, fast so steinig wie die Berghänge, aber wir waren noch keine Meile gegangen, als sie weicher wurde. Zuletzt gelangten wir an eine kurze Treppe, die mit dem Spaten ausgestochen worden war. »Sieh!« sagte der Knabe und deutete auf etwas Rotes, sonderbar Geformtes, das auf der obersten Stufe lag.

Ich hielt inne, um es zu betrachten. Es war ein Hahnenkopf; Nadeln aus einem dunklen Metall steckten in seinen Augen, und im Schnabel hielt er ein geringeltes Stück Schlangenleder.

»Was ist das?« staunte der Knabe mit großen Augen.

»Ein Fetisch, denke ich.«

»Von einer Hexe? Was hat das zu bedeuten?«

Ich besann mich auf das wenige, das ich über die falsche Kunst wußte. Als Kind war Thecla in der Obhut einer Amme gewesen, die Knoten geknüpft und gelöst hatte, um die Geburt zu beschleunigen, und angeblich das Gesicht von Theclas Zukünftigem (ob's wohl das meine war?) auf einer spiegelnden Tortenplatte eines Hochzeitskuchens gesehen hatte.

»Der Hahn«, erklärte ich dem Knaben, »ist der Bote des Tages, und sein Krähen beim Morgengrauen bringt aus magischer Sicht sozusagen die Sonne zum Vorschein. Er wurde vielleicht deswegen geblendet, um nicht zu wissen, wann die Dämmerung anbricht. Die Hülle, die eine häutende Schlange abstreift, versinnbildlicht Läuterung oder auch Verjüngung. Der geblendete Hahn behält die alte Haut.«

»Aber was hat es zu bedeuten?«

Ich sagte, das wisse ich nicht, obgleich ich überzeugt war, es handle sich um einen Zauber gegen das Kommen der Neuen Sonne, und es gab mir einen Stich ins Herz, daß gegen diese Erneuerung, die ich als Knabe so innig herbeigesehnt hatte, an die ich aber schwerlich glaubte, irgend jemand sein könne. Zugleich war mir bewußt, daß ich die Klaue trug. Feinde der Neuen Sonne würden die Klaue gewiß vernichten, sollte sie ihnen in die Hände fallen.

Wir waren keine hundert Schritt weitergegangen, als rote Bänder von den Bäumen hingen; manche waren leer, andere aber mit etwas schwarz beschrieben, was ich nicht entziffern konnte – es hat sich wohl eher um Symbole und Ideogramme gehandelt, wie solche, die mehr Wissen vorgeben, als sie haben, sie verwenden, um die Schriften der Astronomen nachzuahmen.

»Gehen wir lieber zurück«, schlug ich vor, »oder außen herum.«

Kaum hatte ich das gesagt, als es hinter mir raschelte. Im ersten Moment hielt ich die Gestalten, die uns in den Weg traten, für glotzäugige, schwarz-weiß-rot gestreifte Teufel; dann sah ich, daß es lediglich nackte Männer mit bemalten Leibern waren. Ihre Hände waren mit stählernen Krallen versehen, die sie in die Höhe reckten. Ich zückte *Terminus Est*.

»Wir lassen dich unbehelligt«, sagte einer. »Geh! Zieh weiter, wenn du willst!« Mir war, als entdeckte ich unter der

Farbe die blasse Haut und das blonde Haar eines Südländers.

»Das würd' ich euch auch nicht raten. Diese lange Klinge wär' euer Tod, ehe ihr mich anfassen könntet.«

»Also geh!« erklärte mir der Blonde. »Wenn du nichts dagegen einzuwenden hast, das Kind bei uns zu lassen.«

Hierauf blickte ich mich nach dem kleinen Severian um. Irgendwie war er von meiner Seite verschwunden.

»Willst du ihn allerdings wiederhaben, mußt du mir dein Schwert übergeben und mit uns kommen.« Ohne ein Zeichen von Furcht schritt der bemalte Mann auf mich zu und streckte mir die Hände entgegen. Zwischen seinen Fingern standen die stählernen Krallen hervor, die an einem schmalen Eisengriff befestigt waren, den er in der Faust hielt. »Ich frag' kein zweites Mal«, drohte er.

Ich steckte das Schwert in die Scheide, löste das Gehenk, das die Scheide trug, und reichte ihm das Ganze.

Er schloß die Augen. Die Lider waren mit dunklen, weißgerandeten Punkten bemalt – ähnlich der Zeichnung gewisser Raupen, die sich vor Vögeln als Schlangen ausgeben möchten. »Hat viel Blut getrunken.«

»Ja«, sagte ich.

Er öffnete die Augen wieder und sah mich stieren Blickes an. Sein bemaltes Gesicht war wie das seines Gefährten hinter ihm starr wie eine Maske. »Ein neu geschmiedetes Schwert hätte hier nicht viel Macht im Gegensatz zu diesem.«

»Ich gehe davon aus, daß ich es zurückerhalte, wenn ich mit meinem Sohn weiterziehe. Was habt ihr denn mit ihm gemacht?«

Ich bekam keine Antwort. Die beiden gingen jeweils seitlich um mich herum und marschierten in die Richtung, die der Knabe und ich eingeschlagen hatten. Einen Augenblick später folgte ich ihnen.

Wohin man mich führte, ließe sich als Dorf bezeichnen, aber es war kein Dorf im üblichen Sinn, kein Dorf wie Saltus, nicht einmal eine solche aus Hütten bestehende Autochthonengemeinde, wofür man zuweilen den Begriff Dorf gebrauchte. Die Bäume hier waren größer und weiter voneinander entfernt als alle Waldbäume, die mir bisher zu Gesicht gekommen waren, und ihre Laubkronen bildeten ein undurchdringbares, viele hundert Ellen hoch aufgespanntes Dach über uns. Fürwahr wirkten diese Bäume so gewaltig, als stünden sie schon seit ganzen Zeitaltern; eine Treppe führte zu einer Tür in einem der Stämme, in den Fensteröffnungen gehackt worden waren. Ein mehrstöckiges Haus war im Geäst eines anderen errichtet, und ein Gebilde hing gleich einem riesigen Pirolnest in der Krone eines dritten. Offene Falltüren verrieten, daß der Boden zu unseren Füßen stollenartig unterkellert war.

Ich wurde zu einer dieser Türen gebracht und aufgefordert, über eine grob gezimmerte, wacklige Leiter in die Dunkelheit abzusteigen. Einen Moment lang (warum, weiß ich nicht) befürchtete ich, es ginge sehr weit hinunter, in solche tiefen Höhlen, wie sie unter der nachtfinsteren Schatzkammer der Menschenaffen lägen. Dem war nicht so. Nachdem ich in einen bestimmt kaum viermal mannshohen Schacht abgestiegen war, wobei ich mich durch etwas zwängen mußte, das mir damals wie eine zerlöcherte Matte vorkam, fand ich mich in einer unterirdischen Kammer wieder.

Die Falltür war über meinem Kopf geschlossen worden, so daß es stockfinster war. Tastend erforschte ich die Umgebung und stellte fest, daß die Kammer etwa drei auf vier Schritt maß. Boden und Wände waren aus blanker Erde und die Decke aus ungeschälten Stämmen; es war keinerlei Einrichtung vorhanden.

Wir waren am Vormittag ergriffen worden. In sieben Wachen würde es dunkel. Vor Nachteinbruch würde man mich vielleicht jemand vorführen, der das Sagen hätte. In diesem Fall gelänge es mir unter Umständen, ihn davon zu überzeugen, daß das Kind und ich harmlos seien und in Frieden entlassen werden sollten. Andernfalls würde ich wieder die

Leiter erklimmen und sehen, ob ich nicht durch die Falltür ausbrechen könnte. Ich setzte mich auf die Erde und wartete ab.

Ich bin sicher, daß ich nicht eingeschlafen bin; aber ich habe mich meiner Gabe bedient, die Vergangenheit wiederauferstehen zu lassen, und so wenigstens im Geiste vermocht, diesen finsteren Ort zu verlassen. Eine Zeitlang beobachtete ich die Tiere in der Nekropolis jenseits der Zitadellenmauer, wie ich es als Knabe getan hatte. Ich sah den keilförmigen Zug der Wildgänse am Himmel und das Kommen und Gehen von Fuchs und Hase. Abermals huschten sie für mich durchs Gras und ließen schließlich ihre Fährten im Schnee zurück. Triskele lag scheinbar tot auf dem Abfall hinter dem Bärenturm; ich ging zu ihm, sah ihn zucken und den Kopf heben, um mir die Hand zu lekken. Ich saß bei Thecla in der engen Zelle, wo wir einander vorlasen und zwischendurch das Gelesene besprachen. »Die Welt läuft ab wie eine Uhr«, sagte sie. Der Increatus ist tot, und wer wollte ihn wiedererschaffen? Wer könnte es?«

»Immerhin bleiben Uhren angeblich stehen, wenn ihr Besitzer stirbt.«

»Das ist Aberglaube.« Sie nahm mir das Buch aus den Händen, damit sie sie in den ihren mit den langen, kalten Fingern halten konnte. »Wenn der Besitzer auf dem Sterbebett liegt, gießt niemand frisches Wasser nach. Er stirbt, und seine Pfleger sehen auf die Uhr, um die Zeit festzuhalten. Später bemerken sie, daß sie stehengeblieben ist und die gleiche Zeit anzeigt.«

Ich erwiderte: »Du sagtest, sie höre vor dem Besitzer auf; wenn das Universum nun abläuft, so heißt das nicht, daß der Increatus tot ist – sondern daß er nie existiert hat.«

»Aber er ist krank. Sieh dich um! Betrachte diesen Ort und die Türme über dir. Weißt du, Severian, daß du das nie getan hast?«

»Er könnte dennoch jemand anweisen, den Mechanismus wieder aufzufüllen«, meinte ich und errötete, als ich erkannte, was ich gesagt hatte.

Thecla lachte. »Das habe ich bei dir nicht mehr erlebt, seitdem ich mich zum ersten Mal für dich ausgezogen habe. Ich führte deine Hände an meinen Busen, und du wurdest rot wie eine Beere. Erinnerst du dich? Jemand anweisen, ihn wieder aufzufüllen? Wo ist der junge Atheist geblieben?«

Ich legte meine Hand auf ihren samtenen Schenkel. »Er ist verwirrt wie damals ob der göttlichen Gesellschaft.«

»Du glaubst also nicht an mich? Ich denke, du hast recht. Ich bin wohl das, wovon ihr jungen Folterer träumt – eine hübsche, noch unverstümmelte Gefangene, deren Gelüste gestillt sein wollen.«

Um galant zu wirken, sagte ich: »Träume wie du übersteigen meine Macht.«

»Bestimmt nicht, denn ich bin nun in deiner Macht.«

Etwas war bei uns in der Zelle. Ich sah zur verriegelten Tür und zu Theclas Lampe mit dem silbernen Reflektor, dann in alle Ecken. Es wurde in der Zelle dunkler, und Thecla und sogar ich selbst schwanden mit dem Licht, nicht so aber das, was in meine Erinnerung an uns eingedrungen war.

»Wer bist du?« fragte ich. »Und was willst du von uns?«

»Du weißt genau, wer wir sind, und wir wissen, wer du bist.« Die Stimme klang kühl und war die gebieterischste, die ich je gehört hatte. Nicht einmal der Autarch hatte so gesprochen.

»Wer bin ich denn?«

»Severian von Nessus, der Liktor von Thrax.«

»Ich bin Severian von Nessus«, erwiderte ich. »Aber nicht mehr der Liktor von Thrax.«

»Möchtest gern, daß wir das glaubten.«

Es herrschte wieder Schweigen, und nach einer Weile wurde mir klar, daß der Fragesteller mich nicht verhören, sondern zwingen wollte, ihm eine Erklärung anzubieten, falls ich meine Freiheit wiedererlangen möchte. Ich verspürte großes Verlangen, ihn zu packen – er konnte nicht weiter als ein paar Ellen entfernt sein –, wußte aber, daß er aller Wahrscheinlichkeit nach mit den stählernen Krallen, die mir die Wächter auf dem Weg gezeigt hatten, bewaffnet war. Ich wollte gleichfalls – wie schon seit einiger Zeit – die Klaue aus ihrem Ledersäckchen hervorholen – obschon es das Allertörichtste gewesen wäre. Ich erklärte: »Der Archon von Thrax wünschte, daß ich eine gewisse Dame tötete, die ich aber befreite, so daß ich aus der Stadt fliehen mußte.«

»Indem du durch Zauberei durch die Posten schlüpftest.«

Ich war schon immer der Meinung gewesen, alle selbsternannten Wundertäter seien Scharlatane; nun verriet mir etwas in der Stimme des Fragestellers, daß sie sich selbst täuschten, wie sie auch andere zu täuschen suchten. Es war Spott darin, aber der Spott galt meiner Person, nicht der Magie. »Vielleicht«, antwortete ich. »Was weißt du über meine Gaben?«

»Daß sie nicht ausreichen, dich von hier zu befreien.«

»Ich habe nicht versucht, mich zu befreien, bin aber trotzdem schon frei gewesen.«

Das mißfiel ihm. »Du bist nicht frei gewesen. Du hast lediglich den Geist der Dame herbeigerufen!«

Ich atmete tief durch, bemühte mich aber, keinen Laut dabei von mir zu geben. Im Vorzimmer des Hauses Absolut hatte ein kleines Mädchen mich einst mit einer großwüchsigen Dame verwechselt, als Thecla meine eigene Person in den Hintergrund gedrängt hatte. Nun hatte die Thecla meiner Erinnerung offenbar durch meinen Mund gesprochen. Ich entgegnete: »Ich bin also bestimmt ein Nekromant, der über die Geister der Toten gebietet. Denn diese Dame ist tot.«

»Du sagtest, du habest sie befreit.«

»Das war eine andere, die dieser nur ein bißchen ähnelte. Was habt ihr mit meinem Sohn gemacht?«

»Er nennt dich nicht seinen Vater.«

»Er leidet unter Wahnvorstellungen«, bemerkte ich.

Eine Antwort blieb aus. Nach einer Weile erhob ich mich und ließ die Hände abermals tastend über die Wände meines unterirdischen Kerkers gleiten; sie waren nach wie vor aus blanker Erde. Ich hatte kein Licht bemerkt und keinen

Laut vernommen, aber es wäre denkbar gewesen, daß die Falltür mit einer tragbaren Bedeckung abgedunkelt und, falls ordentlich gebaut, lautlos zu öffnen wäre. Ich stieg auf die erste Sprosse der Leiter. Sie ächzte unter meinem Gewicht.

Ich trat eine Sprosse höher, dann noch eine, und jedesmal ächzte das Holz. Ich wollte zur vierten Sprosse steigen, spürte dabei aber an Kopf und Schultern Stiche wie von spitzen Dolchen. Vom rechten Ohr rann Blut über meinen Hals.

Ich wich auf die dritte Sprosse zurück und tastete nach oben. Das Gebilde, das mir beim Betreten der unterirdischen Kammer wie eine zerlöcherte Matte vorgekommen war, erwies sich als ein Kreis aus knapp zwei Dutzend Bambusspießen, die mit nach unten gerichteten Spitzen irgendwo im Schacht verankert waren. Ich konnte mich beim Absteigen mühelos hindurchzwängen, weil mein Leib sie zur Seite gedrückt hatte; nun behinderten sie mein Vorankommen, gleichsam wie die Widerhaken an einem Fischspeer den Fisch am Entkommen hindern. Ich ergriff einen und wollte ihn abbrechen, was mir aber, obwohl ich's mit zwei Händen vermocht hätte, mit einer nicht gelang. Hätte ich Licht und Zeit gehabt, hätte ich mir einen Weg durch dieses Hindernis bahnen können; Licht hätte ich mir vielleicht verschaffen können, aber ich wollte dieses Wagnis nicht eingehen. Also sprang ich wieder auf den Boden.

Eine weitere Runde durch die Kammer vermittelte mir nichts, was ich nicht schon wußte, dennoch hatte ich Zweifel, daß der Fragesteller lautlos über die Leiter gekommen wäre, auch wenn er vielleicht gewußt hätte, wie die Bambusspieße zu überwinden wären. Auf allen vieren kroch ich über den Boden, entdeckte aber nicht mehr als bisher.

Ich versuchte, die Leiter zu verrücken, aber sie war festgemacht; also sprang ich, in der Ecke beim Schacht beginnend, an der Wand empor, so hoch ich konnte, trat einen halben Schritt zur Seite und sprang abermals. Als ich an eine Stelle gelangt war, die dem Platz, an dem ich gesessen hatte, etwa gegenüberlag, fand ich's: das viereckige Loch, ungefähr eine Elle hoch und zwei breit, mit der Unterkante knapp über meinem Kopf. Der Fragesteller hätte leise mit einem Seil herabklettern und auf die gleiche Weise wieder verschwinden können; wahrscheinlich aber hatte er lediglich Kopf und Schultern hindurchgestreckt, so daß seine Stimme klingen mußte, als wäre er tatsächlich bei mir in der Kammer. Ich hielt mich an der Kante der Öffnung fest, so gut es ging, sprang und stemmte mich hinauf.

XXI
Das magische Duell

Die sich anschließende Kammer hatte große Ähnlichkeit mit derjenigen, in die ich eingesperrt gewesen war, obgleich sie etwas höher lag. Es war darin natürlich stockfinster, aber da ich mir nun sicher war, nicht mehr beobachtet zu werden, nahm ich die Klaue aus ihrem Säckchen und sah mich in ihrem, wenn auch dürftigen, Licht um.

Es war keine Leiter vorhanden, aber eine schmale Tür führte anscheinend in eine dritte unterirdische Kammer. Die Klaue verbergend, trat ich hindurch, fand mich allerdings vielmehr in einem Stollen wieder, der nicht breiter als die Tür war und eine und noch eine Biegung machte, ehe ich ein halbes Dutzend Schritte zurückgelegt hatte. Zunächst glaubte ich, der winklige Gang sei schlicht deshalb so angelegt, um kein Tageslicht in die Maueröffnung jener Kammer, worin ich festgehalten worden war, einfallen zu lassen. Aber dafür wären nicht mehr als drei Biegungen erforderlich gewesen. Die Wände verliefen offenbar gekrümmt und verzweigt; trotzdem verblieb ich in undurchdringbarer Finsternis. Abermals holte ich die Klaue hervor.

Wohl wegen der beengten Verhältnisse wirkte sie nun etwas heller; aber bis auf das, was meine Hände mir schon verraten hatten, konnte ich nichts erkennen. Ich war allein. Ich stand in einem Labyrinth aus Erdmauern und einer Decke (nun unmittelbar über meinem Kopf) aus rohen Stämmen; die engen Biegungen ließen das Licht erst gar nicht zur Wirkung kommen.

Ich wollte gerade die Klaue wieder wegstecken, als mir ein zugleich stechender und fremdartiger Geruch ins Gesicht schlug. Nun ist meine Nase keineswegs so fein wie die der Wölfin aus der Geschichte – ich habe eher einen schlechteren Geruchssinn als die meisten Leute. Zwar kam mir der Gestank vertraut vor, aber erst nach einer Weile erkannte ich ihn als den gleichen, den ich am Morgen unserer Flucht im Vorzimmer gerochen hatte, als ich nach dem Gespräch mit dem kleinen Mädchen zu Jonas zurückkehrte. Es hatte gesagt, irgendein unerkannter Sucher habe die Gefangenen dort beschnüffelt, und ich hatte eine klebrige Schleimspur auf dem Boden und an der Wand, wo Jonas gelegen hatte, entdeckt.

Daraufhin steckte ich die Klaue gar nicht erst in ihr Säckchen zurück; aber obschon ich mehrmals auf eine stinkende Fährte stieß, während ich durch die wirren Gänge wanderte, bekam ich nie die Kreatur zu Gesicht, von der sie stammte. Nachdem ich wohl eine ganze Wache lang umhergeirrt war, gelangte ich zu einer Leiter, die in einen kurzen, offenen Schacht führte. Das taghelle Viereck am oberen Ende blendete und entzückte mich zugleich. Eine Zeitlang bestaunte ich es, ohne auch nur einen Fuß auf die Leiter zu setzen. Wenn ich hinaufstiege, würde man mich wohl sofort festnehmen; dennoch war ich inzwischen so hungrig und durstig, daß ich nicht davon lassen konnte, und beim Gedanken an das garstige Ungetüm, das mir auf der Spur war – es handelte sich gewiß um eins von Hethors Tierchen –, wollte ich am liebsten auf der Stelle hinaufstürmen.

Schließlich kletterte ich vorsichtig empor und streckte den Kopf aus dem Schacht. Ich befand mich nicht (wie vermutet) im Dorf, das ich gesehen hatte; das Stollengewirr hatte mich ein Stück darüber hinaus zu einem Geheimausgang geführt. Die großen, stillen Bäume standen hier dichter, und das Licht, das ich so strahlend empfunden hatte, war der schattige grüne Schein ihrer Laubkronen. Ich kletterte hinaus durch ein Loch zwischen zwei Wurzeln, wie sich herausstellte – eine so unauffällige Öffnung, daß man sie aus nächster Nähe übersehen hätte. Ich wollte sie mit etwas Schwerem bedecken, um die Flucht der Kreatur, die mich verfolgte, zu verhindern oder zumindest zu behindern, aber es war kein geeigneter Felsbrocken oder anderer Gegenstand zur Hand.

Ich bediente mich des alten Kunstgriffs, das Gefälle im Auge zu behalten und stets bergab zu gehen, wodurch ich bald an einen Bach gelangte. Darüber war ein kleines Stück freien Himmels, und anhand meiner Beobachtung mußte der Tag zu acht oder neun Wachen verstrichen sein. Es war nicht schwer zu erraten, daß das Dorf nicht weit von dem frischen Wasser, das ich gefunden hatte, entfernt sein könnte, so daß ich auch dieses bald gefunden hatte. In meinen rußschwarzen Mantel gehüllt, beobachtete ich es eine Weile von einer schattigen Stelle aus. Einmal überquerte ein Mann – nicht bemalt wie diejenigen, die uns auf dem Weg angehalten hatten – die Lichtung. Ein andermal verließ jemand die hängende Hütte, ging zur Quelle, um zu trinken, und kehrte in das Haus zurück.

Es dämmerte schon, als das wunderliche Dorf erwachte. Ein Dutzend Männer verließen die hängende Hütte und machten sich daran, in der Mitte der Lichtung Holz aufzuschichten. Drei weitere, in Roben gehüllt und einen gegabelten Stab tragend, kamen aus dem Baumhaus. Wieder andere, die wohl die Wege bewacht hatten, tauchten bald aus den Schatten auf, nachdem das Feuer entfacht war, und breiteten ein Tuch davor aus.

Einer der Robenträger stand mit dem Rücken zum Feuer, während die beiden anderen vor seinen Füßen kauerten; alle hatten sie etwas Außergewöhnliches an sich, was mich aber nicht an die Hierodulen erinnerte, die ich im Garten des Hauses Absolut gesehen hatte, sondern an das Gehabe der Beglückten – es war ein Gebaren, das dem Bewußtsein der Führerschaft entspringt, wie es auch unsere Führer von der Gemeinheit unterscheidet. Bemalte und unbemalte Männer hockten mit gekreuzten Beinen auf dem Boden, den dreien zugekehrt. Ich vernahm Gemurmel und die scharfe

Stimme des Stehenden, war aber zu weit entfernt, um das Gesagte verstehen zu können. Einer öffnete seine Robe wie ein Zelt, und hervor trat Becans Sohn, den ich zu meinem eigenen gemacht hatte. Der andere ließ auf die gleiche Weise *Terminus Est* zum Vorschein kommen und zückte es, um der Menge die blitzende Klinge und den schwarzen Opal an seinem Heft zu zeigen. Dann erhob sich einer der Robenträger, ging ein Stück weit in meine Richtung (so daß ich schon befürchtete, er sähe mich, obgleich ich mir die Maske übers Gesicht gezogen hatte) und klappte eine im Boden eingelassene Tür auf. Bald trat er aus einer anderen in der Nähe des Feuers hervor und begab sich etwas eiliger zu den Robenträgern, um Meldung zu erstatten.

Es konnte keinen Zweifel geben, was er ihnen sagte. Ich warf die Schultern zurück und trat in den Schein des Feuers. »Ich bin nicht dort«, erklärte ich. »Ich bin hier.«

Ein Raunen ging durch die Menge, und obgleich ich wußte, daß ich bald tot sein könnte, schmeichelte das meinen Ohren.

Der mittlere von den Robenträgern sagte: »Wie du siehst, kannst du uns nicht entkommen. Du bist frei gewesen, dennoch haben wir dich wieder herangelockt.« Es war die Stimme, die mich in meiner unterirdischen Zelle verhört hatte.

Ich entgegnete: »Wenn ihr auf *dem Weg* bewandert seid, so wißt ihr, daß ihr weniger Macht über mich habt, als ein Unbedarfter meinen möchte.« (Es ist nicht schwer, die Redensweise solcher Leute nachzuäffen, ist sie doch selbst eine Nachäffung der Sprache der Asketen und solcher Priesterinnen wie der Pelerinen.) »Ihr habt meinen Sohn geraubt, der zugleich ein Sohn Dessen-der-spricht ist, wie ihr inzwischen wohl selbst wißt, wenn ihr ihn etwas ausgehorcht habt. Um seine Auslieferung zu erreichen, habe ich euren Sklaven mein Schwert überlassen und mich selbst vorerst in eure Hand begeben. Ich werd's mir nun wieder nehmen.«

Es gibt eine Stelle an der Schulter, die bei einem starken

Druck mit dem Daumen den ganzen Arm lähmt. Ich legte die Hand auf die Schulter des Robenträgers, der *Terminus Est* hielt, und schon ließ er's auf die Erde fallen. Geistesgegenwärtiger, als ich es von einem Kind erwartet hätte, hob der Knabe Severian es auf und reichte es mir. Der mittlere Robenträger streckte den Arm hoch und rief: »An die Waffen!«, woraufhin seine Anhänger wie ein Mann auf die Beine sprangen. Viele besaßen die erwähnten Krallen und viele andere zogen Messer.

Ich hängte mir *Terminus Est* in der üblichen Weise über die Schulter und spottete: »Ihr glaubt doch nicht, ich bräuchte dieses altertümliche Schwert als Waffe? Es hat wesentlich höhere Tugenden, wie ihr vor allen anderen wissen solltet.«

Der Robenträger, der den kleinen Severian zum Vorschein gebracht hatte, meinte rasch: »Wie Abundantius uns gesagt hat.« Der andere Mann rieb sich noch den Arm.

Ich blickte zum mittleren Robenträger, der gewiß der genannte Mann sein mußte. Seine Augen waren klug und hart wie Stein. »Abundantius ist weise«, sagte ich. Ich überlegte, auf welche Art ich ihn töten könnte, ohne daß die restlichen über uns herfielen. »Er weiß auch, denke ich, um den Fluch, der jene trifft, die sich an der Person eines Magus vergreifen.«

»Du bist also ein Magus?« fragte Abundantius.

»Ich, der ich dem Archon die Beute aus der Hand entriß und unsichtbar mitten durch seine Armee entschlüpfte? Ja, so heißt man mich.«

»So beweise denn, daß du ein Magus bist, und wir wollen dich als Bruder preisen. Wenn du aber die Prüfung nicht bestehst oder abschlägst – wir sind viele, und du hast nur ein Schwert.«

»Ich bin jeder rechten Prüfung gewachsen«, erklärte ich. »Obschon ihr kein Recht habt, mir eine solche aufzuerlegen.«

Er war zu klug, um sich auf ein solches Wortgefecht einzulassen. »Die Prüfung ist allen hier bis auf dich bekannt und bekanntermaßen recht und billig. Jeder, den du hier siehst, hat sie bestanden oder hofft darauf.«

Sie brachten mich in einen Saal, der mir noch nicht aufgefallen war, ein hölzernes Blockhaus, das versteckt zwischen Bäumen lag. Es hatte keine Fenster und nur einen einzigen Eingang. Als Fackeln hineingetragen wurden, sah ich, daß der Raum bis auf die geflochtenen Grasmatten am Fußboden völlig kahl und im Verhältnis zur Breite so lang war, daß er schier wie ein Korridor wirkte.

Abundantius erläuterte: »Hier wird dein Kampf mit Decuman stattfinden.« Er zeigte auf den Mann, dessen Armnerven ich betäubt hatte und für den diese Wahl wohl ein wenig überraschend kam. »Du hast ihn beim Feuer bezwungen. Nun muß er dich bezwingen, wenn er kann. Du darfst hier bei der Tür sitzen, damit du dir gewiß sein kannst, daß wir nicht eindringen und ihm zur Hilfe eilen können. Er wird im hinteren Ende Platz nehmen. Ihr dürft euch einander nicht nähern oder anfassen, wie du ihn beim Feuer angefaßt hast. Ihr müßt euren Zauber wirken, und morgen früh werden wir kommen und nachsehen, wer gesiegt hat.«

Indem ich den kleinen Severian bei der Hand nahm, führte ich ihn zum hinteren Ende dieses dunklen Saales. »Ich will hier sitzen«, erklärte ich. »Ich bin voller Zuversicht, daß ihr Decuman nicht zur Hilfe eilen werdet, und ihr könnt nicht wissen, ob nicht Verbündete von mir draußen im Dschungel lauern. Ihr habt mir Vertrauen entgegengebracht, also will auch ich euch vertrauen.«

»Es wäre besser«, meinte Abundantius, »wenn du das Kind in unserer Obhut ließest.«

Ich schüttelte den Kopf. »Ich brauch' ihn an meiner Seite. Er ist mein, und als ihr ihn mir auf dem Weg geraubt habt, habt ihr mich zur Hälfte meiner Macht beraubt. Ich dulde nicht, wieder von ihm getrennt zu werden.«

Nach einer Weile nickte Abundantius. »Wie du willst. Wir wollten nur, daß ihm kein Unheil geschehe.«

»Ihm wird kein Unheil geschehen«, versicherte ich.

Es waren an den Wänden eiserne Halterungen angebracht, in die vier der nackten Männer vor dem Hinausgehen ihre Fackeln steckten. Decuman hockte sich mit gekreuzten Beinen vor die Tür und legte sich seinen Stab über den Schoß. Auch ich setzte mich und zog den Knaben an mich. »Ich hab' Angst«, schluchzte er und vergrub das Gesichtchen in meinem Mantel.

»Dazu hast du jedes Recht. Die letzten drei Tage waren für dich keine guten.«

Decuman hatte mit einem langsamen, rhythmischen Singsang begonnen.

»Kleiner Severian, erzähl mir doch, was auf dem Weg mit dir geschehen ist! Als ich mich umblickte, warst du verschwunden.«

Nach allerlei tröstenden Worten und gutem Zureden verstummte sein Geschluchze schließlich. »Sie kamen raus – die dreifarbigen Männer mit den Klauen, und ich bekam Angst und lief davon.«

»Das ist alles?«

»Und dann kamen mehr dreifarbige Männer und fingen mich ein und steckten mich in ein Loch im Boden, wo es dunkel war. Dann weckten sie mich und trugen mich hinauf, und ich stand unter dem Mantel eines Mannes. Dann bist du gekommen und hast mich genommen.«

»Hat dir niemand Fragen gestellt?«

»Ein Mann im Dunkeln.«

»Schon gut. Kleiner Severian, du darfst nie wieder fortlaufen – so wie auf dem Weg, verstanden? Lauf nur, wenn ich auch laufe. Wenn du nicht fortgelaufen wärst, als wir den dreifarbigen Männern begegneten, dann wären wir jetzt nicht hier.«

Der Knabe nickte.

»Decuman«, rief ich. »Decuman, können wir etwas sprechen?«

Er beachtete micht nicht, außer daß vielleicht sein Gemurmel ein bißchen lauter wurde. Er hatte den Kopf zurückgeworfen, als starrte er auf die Dachsparren, die Augen allerdings geschlossen.

»Was macht er?« fragte der Knabe.

»Er wirkt einen Zauber.«

»Wird er uns was tun?«

»Nein«, versicherte ich. »Ein solcher Zauber ist meistens ein Schwindel – denk nur daran, wie man dich durch eine Öffnung gehoben hat, damit es so aussähe, als hätte dich jemand unter seiner Robe erscheinen lassen.«

Dennoch wurde ich, noch während ich sprach, gewahr, daß noch etwas hier war. Decuman konzentrierte seine Gedanken auf mich, wie nur wenige das vermögen, und mir war zumute, als stünde ich nackt an einem hellen Ort, wo tausend Augen mich musterten. Eine der Fackeln flackerte, tropfte und erlosch. Während das Licht im Saal düsterer wurde, schien das Licht, das ich nicht sehen konnte, greller zu werden.

Ich erhob mich. Es gibt Tötungsarten, die keine Spur hinterlassen, und ich überdachte diese, während ich voranschritt.

Unverzüglich drangen zu beiden Seiten zwei Ellen weit Speere aus den Wänden hervor. Es waren keine Soldatenlanzen, Energiewaffen, deren Spitzen Lichtblitze abfeuern konnten, sondern schlichte Stangen mit eisernen Spitzen, ähnlich den Spießen der Leute von Saltus. Nichtsdestoweniger hätten sie aus nächster Nähe eine tödliche Wirkung gehabt, also setzte ich mich wieder nieder. Der Knabe sagte: »Ich glaube, sie beobachten uns von draußen durch die Ritzen zwischen den Balken.«

»Ja, das weiß ich nun auch.«

»Was können wir tun?« fragte er. Und dann, als ich keine Antwort gab: »Was sind das für Leute, Vater?«

Das war das erste Mal, daß er mich so genannt hatte. Ich zog ihn dichter an mich, was offenbar das Gedankennetz, das Decuman um meinen Verstand spann, schwächte. Ich erwiderte: »Ich kann nur raten, aber ich schätze, eine Art Magierverein, der sich den angeblich geheimen Künsten verschrieben hat. Man sagt, diese Gesellschaft habe überall ihre Anhänger – was ich durchaus bezweifle – und sei sehr grausam. Hast du schon einmal von der Neuen Sonne gehört, kleiner Severian? So heißt man jenen Mann, der kommen wird, wie es prophezeit ist, um das Eis zurückzutreiben und die Welt ins rechte Lot zu setzen.«

»Er wird Abaia töten«, versetzte er zu meiner Überraschung.

»Ja, auch das soll er tun, und vieles andere mehr. Man sagt, er sei schon einmal gekommen – vor langer Zeit. Hast du das gewußt?«

Er schüttelte den Kopf.

»Damals oblag es ihm, zwischen der Menschheit und dem Increatus Frieden zu stiften, weswegen er Schlichter genannt wurde. Er ließ ein berühmtes Relikt zurück, ein Juwel namens Klaue.« Meine Hand glitt zu ihr, während ich sprach, und obgleich ich das Zugband des Säckchens nicht löste, fühlte ich sie durch das weiche Leder. Kaum hatte ich sie berührt, zerfiel die unsichtbare Lohe, die Decuman in meinem Geist entfacht hatte. Ich kann nun nicht sagen, warum ich so lange der Überzeugung gewesen bin, die Klaue müsse aus ihrem Versteck entnommen werden, um wirksam zu sein. Ich erfuhr in jener Nacht, daß dem nicht so war, und lachte.

Nun unterbrach Decuman kurz sein Gemurmel und schlug die Augen auf. Der kleine Severian umklammerte mich fester. »Fürchtest du dich denn nicht mehr?«

»Nein«, erklärte ich. »Konntest du sehen, daß ich mich fürchtete?«

Er nickte ernst.

»Was ich dir sagen wollte, ist, die Existenz dieses Relikts brachte einige Leute auf die Idee, der Schlichter hätte Klauen als Waffe benutzt. Ich habe zuweilen bezweifelt, daß es ihn gegeben hat; aber falls je ein solcher Mensch gelebt hat, so hat er seine Waffe hauptsächlich gegen sich selbst eingesetzt. Verstehst du, was ich meine?«

Ich bezweifelte es zwar, aber er nickte.

»Als wir auf dem Weg waren, fanden wir einen Fetisch gegen das Kommen der Neuen Sonne. Die dreifarbigen Männer – das sind wohl diejenigen, die diese Prüfung bestanden haben – verwenden stählerne Klauen. Ich glaube, sie wollen das Kommen der Neuen Sonne aufhalten, um ihren Platz einzunehmen und ihre Macht an sich zu reißen. Falls ...«

Draußen ertönte ein Schrei.

XXII
Am Saum des Berges

Mein Lachen hatte Decumans Konzentration unterbrochen – wenn auch nur für einen Augenblick. Der Schrei von draußen tat das nicht. Sein Netz, das in Stücke zerfallen war, als ich die Klaue umfaßte, legte sich wieder um mich, langsamer zwar, aber fester.

Man ist immer versucht, solche Gefühle als unbeschreiblich hinzustellen, obwohl sie's selten sind. Mir war, als hinge ich nackt zwischen zwei fühlenden Sonnen, und irgendwie wurde ich gewahr, daß diese Sonnen die zwei Gehirnhälften von Decuman waren. Ich war in Licht gebadet, aber es war die Lohe eines Herdes, verzehrend und irgendwie lähmend. In diesem Licht schien nichts lohnenswert; und ich selbst unendlich klein und gering.

So blieb in gewissem Sinne auch meine Konzentration ungebrochen. Dennoch ahnte ich, daß der Schrei eine günstige Gelegenheit für mich böte. Viel zu spät, nämlich nach gut einem Dutzend Atemzügen, sprang ich auf die Beine.

Es kam etwas durch die Tür. Mein erster Gedanke ist, so absurd das auch klingen mag, Schlamm gewesen; daß ein Beben die Urth erschüttert hätte und den Saal in einem stinkenden Moor ertränke. Es floß blind und weich um die Türpfosten, währenddessen eine zweite Fackel erlosch. Bald würde es Decuman erfassen, und ich rief ihm eine Warnung zu.

Ich bin mir nicht sicher, ob wegen der Berührung mit der Kreatur oder wegen meiner Stimme, jedenfalls fuhr er zurück. Wieder wurde ich gewahr, wie der Bann zerbröckelte, wie die Maschen zerrissen, die mich zwischen den Zwillingssonnen festgehalten hatten. Diese flogen auseinander und lösten sich auf, während ich anscheinend wuchs und mich in eine Richtung wandte – die weder nach oben noch unten, links noch rechts ging – und schließlich wieder ganz im Prüfungssaal stand, wo der kleine Severian sich an meinen Hals klammerte.

In Decumans Hand blitzten Krallen auf. Ich hatte nicht einmal bemerkt, daß er sie bei sich führte. Was immer diese schwarze, beinahe formlose Kreatur gewesen sein mochte, ihre Ränder teilten sich unter den Hieben wie Schmalz. Ihr Blut war ebenfalls schwarz oder vielleicht dunkelgrün. Decumans Blut war rot; als die Kreatur über ihn hinwegfloß, schien seine Haut zu schmelzen wie Wachs.

Ich hob den Knaben empor und sagte ihm, er solle sich an meinem Hals festhalten und seine Beine um meine Hüfte schlingen, woraufhin ich mit aller Kraft in die Höhe sprang. Obschon ich mit den Fingern einen Dachbalken berührte, bekam ich ihn nicht richtig zu fassen. Die Kreatur schlug blind, aber zielstrebig, eine andere Richtung ein. Vielleicht jagte sie Gerüchen nach, obschon ich immer der Meinung war, es seien Gedanken – das würde erklären, warum sie im Vorzimmer, wo ich mich im Traum in Thecla verwandelte, so lange gebraucht hatte, mich aufzuspüren, im Prüfungssaal hingegen, wo Decumans Gedanken auf mich ausgerichtet waren, so rasch meine Spur aufgenommen hatte.

Abermals sprang ich, verfehlte den Balken diesmal aber mindestens um zwei Ellen. Um eine der zwei verbliebenen Fackeln zu bekommen, mußte ich auf die Kreatur zulaufen. Das tat ich und ergriff eine Fackel, die aber erlosch, als ich sie aus dem Halter riß.

Indem ich mich mit einer Hand am Halter stützte, sprang ich ein drittes Mal, dem Schwung meiner Beine mit der Muskelkraft des Armes nachhelfend; und nun bekam ich mit der Linken eine glatte, schmale Dachsparre zu fassen. Sie bog sich unter dem Gewicht, aber ich konnte mich mitsamt dem Knaben auf meiner Schulter hinaufziehen, bis ich einen Fuß auf den Halter setzen konnte.

Unter mir stemmte sich die dunkle, formlose Kreatur in die Höhe, sackte zusammen und richtete sich abermals auf. Ohne die Sparre loszulassen, zückte ich *Terminus Est*. Tief klaffte das schlickerige Fleisch bei meinem Hieb auseinander, aber kaum war die Klinge wieder herausgefahren, als sich die Wunde anscheinend wieder schloß und zusammenwuchs. Hierauf richtete ich mein Schwert gegen den Dachbelag, eine Maßnahme, die ich – wie ich eingestehe – von Agia gestohlen hatte. Er bestand aus dicken Urwaldblättern, mit festen Fasern verknüpft; mein erster Streich beeindruckte ihn offenbar wenig, aber beim dritten fiel ein großer Schwaden heraus. Er stürzte auf die verbliebene Fakkel und begrub sie unter sich, nur um dann in lodernden Flammen aufzugehen. Ich schwang mich durch das Loch und in die Nacht hinaus.

Mit blinden Sprüngen davonsetzend, die gezückte scharfe Klinge in der Hand, war es schier ein Wunder, daß ich den Knaben und mich selbst damit nicht umbrachte. Ich ließ sie und ihn fallen, als ich auf der Erde landete und auf die Knie taumelte. Mit jedem Augenblick schlug die rote Lohe vom Dach höher zum Himmel. Ich hörte den Knaben wimmern und hieß ihn, nicht davonzulaufen, zog ihn dann mit der einen Hand auf die Beine, ergriff mit der anderen *Terminus Est* und fing zu laufen an.

Die ganze Nacht rannten wir in blinder Flucht durch den Dschungel. Sofern ich das vermochte, lenkte ich unsere Schritte bergan – nicht nur, weil unser Weg gen Norden Klettern bedeutete, sondern weil wir dadurch nicht so leicht über einen jähen Abhang stürzen konnten. Als der Morgen graute, befanden wir uns noch immer im Urwald und hatten genausowenig Ahnung wie vorher, wo wir waren. Ich trug nun den Knaben, und er fiel auf meinen Armen in Schlaf.

Eine Wache später wurde das Gelände eindeutig steiler, und wir gelangten schließlich zu einem hängenden Rankengewirr, wie ich es am Vortag mit dem Schwert durchgeschlagen hatte. Als ich gerade den Knaben absetzen wollte, ohne ihn dabei zu wecken, so daß ich *Terminus Est* ziehen könnte, entdeckte ich helles Licht, das durch einen Spalt zu meiner Linken hereinfiel. Ich ging dorthin, so ruhig ich konnte, fast rennend; sodann hindurch und hinaus auf eine steinige Höhe mit rauhem Gras und Gebüsch. Ein paar weitere Schritte trugen uns zu einem Bach, der zwischen den Felsen murmelte – zweifelsohne derselbe Bach, an dem der Knabe und ich vor zwei Nächten geschlafen hatten. Ohne Gewißheit, ob die formlose Kreatur uns noch auf der Spur wäre, und ohne mich darum zu kümmern, legte ich mich abermals an sein Ufer und fiel in Schlaf.

Ich war in einem Labyrinth, das dem dunklen, unterirdischen Labyrinth der Zauberer ähnlich und unähnlich zugleich war. Die Gänge waren breiter hier und wirkten manchmal wie die weiten Korridore des Hauses Absolut. Manche waren sogar von Pfeilerspiegeln gesäumt, worin ich mich mit zerrissenem Mantel und hagerem Gesicht und Thecla in einem halb durchsichtigen, lieblichen, wallenden Gewand an meiner Seite sah. Planeten rasten über lange, schräge, runde Bahnen, die nur sie sehen konnten. Die blaue Urth trug den grünen Mond wie einen Säugling, aber ohne ihn zu berühren. Der rote Verthandi wurde zu Decuman mit zerfressener Haut, sich im eigenen Blut wälzend.

Ich floh und fiel, an allen Gliedern zuckend. Ich sah einen Augenblick lang echte Sterne im taghellen Himmel, aber der Schlaf riß mich so unwiderstehlich wie die Schwerkraft mit sich fort. Neben einer gläsernen Wand schritt ich; und durch sie gewahrte ich den Knaben, ängstlich rennend, im alten, geflickten grauen Hemd, das ich als Lehrling getragen hatte, vom vierten Geschoß, wie mich dünkte, zum Atrium der Zeit laufend. Dorcas und Jolenta schlenderten Hand in Hand daher, lächelnd, aber ohne mich zu sehen. Dann tanzten Autochthonen, kupferhäutig und säbelbeinig, gefiedert und juwelengeschmückt, hinter ihrem Schamanen, tanzten im Regen. Die Undine schwamm durch die Luft, kolossal wie eine Wolke, die Sonne verdeckend.

Ich erwachte. Regen rieselte mir ins Gesicht. Neben mir schlief der kleine Severian noch. Ich wickelte ihn notdürftig in meinen Mantel und trug ihn wieder zum Spalt im hängenden Rankengewirr. Durch diesen Behang unter den breitkronigen Bäumen drang kaum ein Regentropfen; und dort streckten wir uns aus und schliefen abermals. Nun hatte ich keine Träume, und als wir erwachten, hatten wir einen Tag und eine Nacht verschlafen, und das bleiche Licht der Dämmerung lag überall ausgebreitet.

Der Knabe war bereits auf den Beinen und spazierte zwischen den Baumstämmen umher. Er zeigte mir den Bach, und ich wusch und rasierte mich, so gut es mit kaltem Wasser ging, wozu ich seit dem ersten Nachmittag im Haus unter dem Kliff nicht mehr Gelegenheit gehabt hatte. Dann fanden wir den vertrauten Pfad und brachen wieder gen Norden auf.

»Werden wir nicht den dreifarbigen Männern begegnen?« fragte er, und ich sagte ihm, er solle sich keine Sorgen machen und insbesondere nicht davonlaufen – mit den dreifarbigen Männern würde ich schon fertig. In Wahrheit beunruhigten mich weit mehr Hethor und die Kreatur, die er mir auf die Fersen gehetzt hatte. Wenn sie im Feuer nicht umgekommen war, wäre sie uns vielleicht wieder auf der Spur; denn obgleich sie mir wie ein Tier erschienen war, das die Sonne fürchtete, war der düstere Dschungel ein einziges Dämmerlicht.

Nur ein einziger bemalter Mann trat uns in den Weg, und zwar nicht, um uns am Weitergehen zu hindern, sondern um sich vor uns in den Staub zu werfen. Ich war versucht, ihn zu töten, und der Fall wäre erledigt gewesen; wir sind zwar strengstens angewiesen, nur auf Geheiß eines Richters zu töten und zu verstümmeln, aber meine Ergebenheit in die Angelegenheit der Zunft ließ nach, je weiter ich mich von Nessus entfernte und dem Krieg und der wilden Bergwelt näherte. Einige Mystiker behaupten, der Schlachtendunst gehe aufs Gemüt, sogar Meilen gegen den Wind, und dem mag so sein. Nichtsdestoweniger hob ich ihn auf und hieß ihn stehen.

»Großer Magus«, stammelte er, »was hast du mit der kriechenden Schwärze gemacht?«

»In den Schlund zurückgestoßen, woraus ich sie hervorgeholt habe«, antwortete ich, denn da wir der Kreatur noch nicht begegnet waren, ging ich davon aus, daß Hethor sie zurückgerufen hatte, war sie nicht gar tot.

»Fünf Seelen von uns sind weitergewandert«, sagte der bemalte Mann.

»So seid ihr denn mächtiger, als ich geglaubt hätte. Sie hat schon Hunderte in einer Nacht umgebracht.«

Ich war mir überhaupt nicht sicher, ob er uns nicht angreifen würde, kehrten wir ihm erst den Rücken zu, was er aber nicht tat. Der Pfad, den ich am Vortag als Gefangener beschritten hatte, war nun leer. Keine Wachen erschienen, um uns zu behelligen; einige der roten Bänder waren heruntergerissen und unter den Füßen zertreten worden, obwohl ich mir keinen Grund dafür vorstellen konnte. Ich entdeckte viele Fußspuren auf dem Pfad, der vorher glatt (vielleicht glatt geharkt) gewesen war.

»Was suchst du?« wollte der Knabe wissen.

Ich antwortete im Flüsterton, denn noch war ich mir nicht ganz sicher, ob wir nicht belauscht wurden. »Den Schleim des Tiers, vor dem wir in der letzten Nacht geflohen sind.«

»Siehst du ihn?«

Ich schüttelte den Kopf.

Eine Zeitlang blieb der Knabe stumm. Dann sagte er: »Großer Severian, woher ist es gekommen?«

»Erinnerst du dich an die Geschichte? Von einem der Berge jenseits der Gestade der Urth.«

»Wo Frühlingswind gelebt hat?«

»Ich glaub' nicht, daß es derselbe war.«

»Wie ist es hierher gekommen?«

»Ein böser Mann brachte es mit«, erklärte ich ihm. »Und nun sei eine Weile still, kleiner Severian.«

Wenn ich dem Knaben gegenüber kurz angebunden war, dann deshalb, weil mich derselbe Gedanke quälte. Hethor mußte seine Tierchen an Bord des Schiffes geschmuggelt haben, auf dem er diente, das schien mir recht klar; und als er mir aus Nessus folgte, hätte er die Notulen leicht in einem kleinen, dichten Behälter bei sich tragen können – denn so gräßlich sie auch waren, sie waren nicht dicker als Seidenpapier, wie Jonas gewußt hatte.

Aber wie stand es mit der Kreatur, die wir im Prüfungssaal erlebt hatten? Sie tauchte auch im Vorzimmer des Hauses Absolut auf, nachdem Hethor erschienen war, aber wie? Und war sie Hethor und Agia wie ein Hund gefolgt auf ihrer Reise ins nördliche Thrax? Ich rief mir ins Gedächtnis zurück, wie ich sie gesehen hatte, als sie Decuman tötete, und versuchte, ihr Gewicht zu schätzen: sie mußte so schwer wie mehrere Männer und vielleicht sogar so schwer wie ein Streitroß sein. Ein großer Wagen wäre zum unauffälligsten Transport erforderlich. Hatte Hethor einen solchen Wagen durch das Gebirge gelenkt? Das konnte ich nicht glauben. Hatte das schleimige Ungetüm, das wir gesehen hatten, einen solchen Wagen mit dem Salamander geteilt, den ich in Thrax vernichtet hatte? Auch das konnte ich nicht glauben.

Als wir das Dorf erreichten, wirkte es verlassen. Einige Teile des Prüfungssaals standen noch und schwelten. Ich suchte dort vergeblich nach den Überresten von Decuman, obgleich ich seinen halb verbrannten Stab fand. Er war hohl und innen so glatt, daß sich folgern ließ, mit abgenommener Spitze hätte er sich als Blasrohr für Giftpfeile verwenden lassen. Gewiß wäre er zum Einsatz gekommen, hätte ich mich als zu widerstandsfähig gegenüber dem Zauber, den er wirkte, erwiesen.

Der Knabe folgte meinem Gedankengang wohl anhand meines Mienenspiels und meiner Blickrichtung. Er sagte: »Dieser Mann war wirklich ein Wunderwirker. Er hätte dich schon das Wundern gelehrt.«

Ich nickte.

»Du sagtest, sie sei nicht echt, die Zauberei.«

»In manchen Dingen, kleiner Severian, bin ich nicht klüger als du. Ich hielt sie nicht für echt. Ich habe soviel Schwindel erlebt – die Geheimtür in die unterirdische Kammer, worin sie mich festhielten, die Art, wie sie dich unter der Robe eines anderen erscheinen ließen. Dennoch gibt es überall dunkle Dinge, und wer lange genug nach ihnen sucht, wird wohl zwangsläufig ein paar davon finden. Dann wird er ein richtiger Zauberer oder Wunderwirker, wie du sagst.«

»Wer wirklich was von der Magie versteht, könnte allen sagen, was sie zu tun hätten.«

Ich habe dazu nur den Kopf geschüttelt, inzwischen aber viel darüber nachgedacht. Es scheint mir, daß zwei Gründe gegen den Gedanken des Knaben sprechen, obwohl er in einer ausgereifteren Form durchaus überzeugender wäre.

Der erste ist, daß von den Magikern wenig Wissen von einer Generation zur nächsten weitergereicht wird. Meine eigene Ausbildung ist die in der grundlegendsten aller angewandten Künste, wie sie sich nennen ließe; und dadurch weiß ich, daß der Fortschritt in der Wissenschaft viel weniger von theoretischen Erwägungen oder systematischer Erforschung abhängt, als allgemein vermutet wird, sondern eigentlich von der Übermittlung verläßlicher Informationen, die durch Zufall oder Einsicht gewonnen werden, von einer Gruppe zu ihren Nachfolgern. Menschen, die dunklem Wissen nachjagen, haben naturgemäß den Drang, es sogar im Tode zu horten oder es so verschlüsselt und durch eigennützige Lügen entstellt weiterzureichen, daß es von geringem Wert ist. Hin und wieder hört man von jenen, die ihre Geliebten oder Kinder gründlich in ihre Kunst einführen; aber naturgemäß haben solche Leute selten weder erstere noch letztere, und es mag sein, daß andernfalls ihre Kunst darunter litte.

Der zweite Grund ist, daß die bloße Existenz solcher Mächte eine Gegenmacht verlangt. Wir nennen Mächte der ersten Art dunkel, obgleich sie sich wohl eines tödlichen Lichts bedienen können wie auch Decuman; und wir nennen jene der zweiten Art hell, obwohl sie sich bestimmt zuweilen die Dunkelheit zunutze machen, wie ein rechtschaffener Mann nichtsdestoweniger die Vorhänge seines Bettes zuzieht, um zu schlafen. Dennoch hat die Sprache der Dunkelheit und des Lichts etwas Wahres an sich, denn das eine ist offensichtlich im anderen mit inbegriffen. Die Geschichte, die ich dem kleinen Severian vorgelesen habe, besagt, das Universum sei nur ein langes Wort des Increatus. Wir sind somit die Silben dieses Wortes. Aber das Aussprechen eines Wortes ist nichtig, gibt es keine anderen Wörter, die unausgesprochen bleiben. Wenn ein Tier nur über eine plumpe Lautäußerung verfügte, sagt uns dieser Laut nichts; und sogar der Wind hat eine abwechslungsreiche Stimme, so daß man im Hause sitzen und ihm lauschen und bestimmen kann, ob das Wetter stürmisch oder gut ist. Die Mächte, die wir die finsteren nennen, scheinen mir jene Wörter zu sein, die der Increatus *nicht* ausgesprochen hat, falls es den Increatus überhaupt gibt; und diese Wörter müssen ein Schattendasein führen, wenn das andere Wort, das ausgesprochene Wort, unterscheidbar bleiben soll. Was nicht gesagt worden ist, kann wichtig sein – aber was gesagt worden ist, ist wichtiger. Somit war mein bloßes Wissen um die Existenz der Klaue fast ausreichend, um Decumans Zauber entgegenzuwirken.

Und wenn die Sucher nach dunklen Dingen diese finden, können dann nicht auch die Sucher nach dem Licht es finden? Und werden diese ihre Weisheit nicht viel eher weiterreichen? So hatten die Pelerinen die Klaue gehütet, von Generation zu Generation; und beim Gedanken daran faßte ich stärker denn je den Entschluß, sie zu finden und das Relikt zurückzugeben; denn hätt' ich's nicht schon gewußt, hätte mir die Nacht mit dem Alzabo deutlich vor Augen geführt, daß ich nur Fleisch sei und schließlich sterben müßte – und das vielleicht schon bald.

Weil der Berg, dem wir uns näherten, im Norden stand und so seinen Schatten auf diesen urwaldbestandenen Sattel warf, wuchs auf dieser Seite kein hängendes Rankengeflecht. Das blasse Grün der Blätter wurde nur noch blasser, und die Anzahl der toten Bäume, die insgesamt kleiner wurden, nahm zu. Das Laubdach, unter dem wir den ganzen Tag gewandert waren, lichtete sich und lichtete sich nach hundert Schritt abermals und verschwand schließlich vollends.

Dann ragte vor uns der Berg auf, so nahe, daß wir ihn gar nicht als menschliches Ebenbild zu erfassen vermochten. Große wellige Hänge fielen aus einer Wolkenbank herab; es waren, wie ich wußte, lediglich die in Stein gehauenen Falten seiner Robe. Wie oft muß er vom Schlaf aufgestanden sein und sie angelegt haben, vielleicht ohne einen Gedanken darauf zu verschwenden, daß sie hier für ganze Zeitalter verewigt bleiben würden, so monumental, daß sie dem Auge der Menschheit fast entgingen.

XXIII
Die verwunschene Stadt

Gegen Mittag des nächsten Tages fanden wir abermals Wasser, das einzige Wasser, das wir beide auf diesem Berg kosten sollten. Nur ein paar Streifen Dörrfleisch, das Casdoe für mich zurückgelassen hatte, waren noch übrig. Ich teilte sie aus, und wir tranken von dem Bach, einem kaum daumendicken Rinnsal, was mich seltsam anmutete, da ich auf dem Haupt und den Schultern des Berges soviel Schnee bemerkt hatte. Ich erfuhr später, daß die Hänge unter dem Schnee, wo mit dem Nahen des Sommers der Schnee hätte schmelzen können, vom Wind reingefegt wurden. Weiter oben überdauerten die weißen Wächten indes Jahrhunderte.

Unsere Decken waren feucht vom Tau, und wir breiteten sie zum Trocknen auf Steinen aus. Sie trockneten auch ohne Sonne in der zugigen Bergluft binnen einer Wache. Ich wußte, wir würden die Nacht hoch in den Hängen verbringen, ähnlich meiner ersten Nacht nach dem Aufbruch von Thrax. Dieses Wissen war irgendwie jedoch nicht bedrükkend. Froh war ich nicht so sehr deswegen, weil wir die Gefahren im urwaldbestandenen Bergsattel hinter uns brachten, sondern hauptsächlich darum, dort eine gewisse Unlauterkeit zurückzulassen. Ich kam mir besudelt vor und hoffte, die kalte Höhenluft würde mich wieder läutern. Eine Zeitlang beherrschte mich dieses Gefühl, ohne daß ich mir viele Gedanken dazu machte; als wir dann allen Ernstes die Kletterei angingen, erkannte ich, was mich plagte, war die

Erinnerung an die Lügen, die ich gegenüber den Magikern gebraucht hatte, indem ich, ihrem Beispiel folgend, vorgab, über große Mächte zu gebieten und in gewaltige Geheimnisse eingeweiht zu sein. Diese Lügen waren völlig gerechtfertigt – sie hatten dazu beigetragen, mir und dem kleinen Severian das Leben zu retten. Nichtsdestoweniger kam ich mir minderwertiger vor, weil ich darauf zurückgegriffen hatte. Meister Gurloes, den ich hassen gelernt hatte, ehe ich die Zunft verließ, hatte häufig gelogen; und nun war ich mir nicht sicher, ob ich ihn haßte, weil er log, oder ob ich das Lügen haßte, weil er ein Lügner war.

Und dennoch hatte Meister Gurloes so gute Gründe wie ich, wenn nicht sogar bessere vorzuweisen. Er hatte gelogen, um die Gilde zu erhalten und ihr Vorteile zu verschaffen, indem er verschiedenen Amtspersonen und Offizieren unsere Leistungen übertrieben günstig darstellte und Fehler notfalls vertuschte. Dadurch hatte er, das eigentliche Haupt unserer Zunft, gewiß die eigene Position gestärkt, nicht minder aber auch die von mir, von Drotte, Roche, Eata und allen anderen Lehrlingen und Gesellen, die sein Erbe schließlich anträten. Wäre er der einfache, brutale Mann gewesen, als der er sich gern ausgab, könnte ich mir nun sicher sein, daß seine Unaufrichtigkeit nur seinem Vorteil gedient hätte. Ich wußte aber, daß er dieser nicht war; über Jahre hinweg vielleicht hatte er sich so gesehen, wie ich mich jetzt sah.

Und dennoch mußte ich bezweifeln, ob ich gehandelt hatte, um den kleinen Severian zu retten. Als er fortlief und ich mein Schwert übergab, wär's für ihn vielleicht besser gewesen, wenn ich gekämpft hätte – der unmittelbare Nutznießer meiner frommen Kapitulation war ich selbst, denn ich hätte beim Kampf den Tod erleiden können. Als ich später geflohen war, kam ich sicherlich ebenso wie um des Knaben auch um *Terminus Est* willen zurück; kehrt gemacht hatte ich deswegen auch in der Mine der Menschenaffen, als er nicht bei mir war; denn ohne meine Klinge wäre aus mir ein bloßer Vagabund geworden.

Etwa eine Wache später erklomm ich eine steile Felswand, das Schwert und den Knaben auf meinen Rücken gepackt, und hatte noch immer nicht mehr Gewißheit darüber, was von beiden mir mehr bedeutete. Zum Glück war ich noch recht frisch und die Partie nicht so schwierig wie sonst oft; und wir stießen über dem Fels auf eine alte Landstraße.

Obgleich ich an viele wunderliche Plätze gekommen bin, habe ich noch keinen so abnorm anmutenden erlebt. Zu unserer Linken, keine zwanzig Schritt entfernt, endete die breite Straße jäh, von einem Erdrutsch in die Tiefe gerissen. Vor uns erstreckte sie sich so makellos wie am Tag ihrer Fertigstellung als Band aus glattem schwarzem Gestein, windungsreich jener immensen Gestalt zustrebend, deren Gesicht sich über den Wolken verlor.

Der Knabe ergriff meine Hand, als ich ihn absetzte. »Meine Mutter sagte, wir könnten die Straßen nicht benutzen wegen der Soldaten.«

»Da hatte sie recht«, versicherte ich ihm. »Aber sie war auf dem Weg hinunter, wo die Soldaten sind. Bestimmt gab's auch hier einmal Soldaten, aber sie waren längst tot, als der größte Urwaldbaum erst ein Samenkorn war.« Da ihm kalt wurde, gab ich ihm eine der Decken und zeigte ihm, wie er sie sich um die Schultern legen und zusammenhalten müsse, um daraus einen Umhang zu machen. Wenn jemand uns gesehen hätte, wären wir ihm vorgekommen wie ein graues Figürchen, von einem unförmigen Schatten gefolgt.

Nebel umhüllte uns, was mich seltsam dünkte, waren wir doch recht hoch oben. Erst als wir weiter emporgestiegen waren und auf sein sonnenbeschienenes Dach hinabblicken konnten, erkannte ich, daß es eine der Wolken war, die so fern gewirkt hatten, als ich noch vom Sattel zu ihnen aufschaute.

Gleichwohl lag dieser Sattel, nun so tief unter uns, selbst abertausend Ellen über Nessus und dem Unterlauf des Gyolls. Mir ging nun durch den Kopf, wie weit ich gekommen sein mußte, und ich wunderte mich, daß Urwälder noch in solchen Höhen vorzufinden waren – fast am Nabel der Welt, wo es immer Sommer ist und nur die jeweilige Lage für unterschiedliche Witterungsverhältnisse sorgt. Würde ich nun westwärts ziehen, aus diesem Gebirge fort, fände ich mich, wie ich durch Meister Palaemon wußte, in einem so pestbringenden Dschungel wieder, daß mir derjenige auf dem Bergsattel wie ein Paradies vorkäme; einem Küstendschungel mit dampfender Schwüle und schwärmenden Insekten; und dennoch stieße ich selbst dort auf die Zeichen des Todes, denn obgleich dieser Dschungel soviel Sonne wie jeder andere Ort auf Urth erhielt, war es doch weniger als in früheren Zeiten, und genau wie das Eis des Südens vorwärtskroch und die Vegetation der gemäßigten Zonen vor ihm wich, so starben auch die Bäume und Pflanzen der Tropen, dem Neuankömmling Platz machend.

Während ich zur Wolke hinabgeschaut hatte, war der Knabe vorausgegangen. Nun blickte er mit strahlenden Augen zu mir zurück und rief: »Wer hat diese Straße gebaut?«

»Zweifelsohne die Arbeiter, die den Berg geschaffen haben. Sie müssen große Energien zur Hand gehabt und mächtigere Maschinen, als wir sie kennen, besessen haben. Dennoch werden sie irgendwie den Schutt haben fortschaffen müssen. Tausend Karren und Fuhrwerke müssen hier einst gerollt sein.« Und dennoch wunderte ich mich, denn während die Eisenräder solcher Gefährte selbst das harte Pflaster von Thrax und Nessus aufrissen, war diese Straße glatt wie ein Wandelgang. Sicherlich, dachte ich, wären hier nur die Sonne und der Wind vorübergezogen.

»Großer Severian, schau! Siehst du die Hand?«

Der Knabe deutete auf einen hoch über uns liegenden Felsvorsprung. Ich reckte den Hals, sah aber zunächst nicht mehr als bisher: einen langgezogenen Erker aus unwirtlichem grauem Gestein. Dann funkelte etwas an seiner Spitze im Sonnenlicht. Es schien sich eindeutig um den Glanz von Gold zu handeln; dabei erkannte ich zugleich, daß das Gold ein Ring war, und entdeckte darunter einen versteinerten

Daumen, entlang des Felsen ausgestreckt, einen an die hundert Schritt langen Daumen mit den Fingern darüber.

Wir besaßen kein Geld, und ich wußte, wie wertvoll Geld wäre, würden wir wieder bewohnte Gebiete betreten. Wurde ich noch gesucht, könnte Gold die Sucher dazu bewegen, woanders zu suchen. Mit Gold ließe sich auch für den kleinen Severian eine Lehrstelle in einer ordentlichen Zunft erkaufen, denn mir war klar, daß er nicht weiter mit mir ziehen könnte. Höchstwahrscheinlich war der Ring nur blattvergoldeter Stein; aber selbst in diesem Fall ergäbe eine große Menge davon, ließe es sich abschälen und zusammenrollen, eine stolze Summe. Und obschon ich dagegen ankämpfte, drängte sich mir die Frage auf, ob bloßes Blattgold so viele Jahrhunderte hätte überdauern können. Wäre es nicht längst gesprungen und abgefallen? Wäre der Ring aus gediegenem Gold, hätten wir ein Vermögen vor uns; aber alle Reichtümer der Urth hätten dieses Gebilde nicht erstehen können, und sein Bauherr muß unvorstellbar reich gewesen sein. Selbst wenn der Ring nicht bis zum Finger aus purem Gold wäre, müßte doch eine entsprechend dicke Schicht des Metalls vorhanden sein.

All dies überdenkend, kämpfte ich mich bergan und hatte mit meinen langen Schritten den kurzbeinigen Knaben bald eingeholt. Zeitweise stieg die Straße so steil an, daß ich mir kaum vorstellen konnte, wie hier steinbeladene Gefährte vorankommen sollten. Zweimal überquerten wir einen Spalt, wovon einer so weit klaffte, daß ich den Knaben hinüberwerfen mußte, ehe ich selbst darübersetzte. Ich hoffte, vor einer Rast Wasser zu finden; ich fand keins, und als die Nacht anbrach, blieb uns als Obdach nur eine Felsnische, wo wir uns in die Decken und meinen Mantel einhüllten und schliefen, so gut es ging.

Am Morgen hatten wir beide Durst. Obwohl die regenreiche Zeit erst mit dem Herbst käme, sagte ich dem Knaben, es würde heute bestimmt regnen, und guter Dinge setzten wir unseren Weg fort. Er zeigte mir dann auch, wie sich der

Durst dadurch vertreiben ließe, daß man einen kleinen Stein in den Mund nähme. Diesen Kunstgriff aus den Bergen hatte ich noch nicht gekannt. Der Wind war zunehmend kälter geworden, und ich spürte, wie dünn die Luft wurde. Gelegentlich schlängelte sich die Straße zu einer Stelle, wo wir kurz in den Genuß des Sonnenscheins kamen.

Dabei führte sie uns immer weiter vom Ring fort, bis wir zuletzt – der Ring war nun ganz außer Sicht – in vollem Schatten irgendwo bei den Knien der sitzenden Gestalt standen. Wir erklommen ein letztes Stück, das so steil war, daß ich mir Stufen gewünscht hätte. Und dann, vor uns, wo sie scheinbar in der klaren Luft schwebten, schlanke Türme. »Thrax!« rief der Knabe überglücklich, was mir verriet, daß seine Mutter ihm viel erzählt und ihm, als sie und der Greis ihn aus dem Häuschen in die Fremde führten, versprochen hatte, ihn dorthin zu bringen.

»Nein«, entgegnete ich. »Es ist nicht Thrax. Sieht eher aus wie meine Zitadelle – unser Matachin-Turm, der Hexenturm, der Bärenturm und der Glockenturm.«

Er sah mich ungläubig an.

»Aber nein, das ist's natürlich auch nicht. Aber ich war in Thrax, und Thrax ist eine Stadt aus Stein. Diese Türme sind aus Metall wie die unsrigen.«

»Sie haben Augen«, sagte der kleine Severian.

Und das stimmte. Zunächst glaubte ich, meiner Phantasie aufgesessen zu sein, insbesondere, da nicht alle damit versehen waren. Schließlich ging mir auf, daß uns einige den Rücken zukehrten und daß die Türme nicht nur Augen, sondern auch Schultern und Arme hatten; daß wir hier die metallenen Figuren von Kataphrakten – Kriegern, die vom Scheitel bis zur Sohle in Harnisch steckten – vor uns hatten. »Es ist keine richtige Stadt«, erklärte ich dem Knaben. »Was wir hier sehen, sind die Wächter des Autarchen, die in seinem Schoße warten und alle vernichten, die ihm etwas antun wollen.

»Werden sie uns was antun?«

»Eine furchterregende Vorstellung, nicht wahr? Sie könnten dich und mich wie Käfer unter ihren Füßen zertreten. Aber ich bin sicher, nichts dergleichen geschieht. Es sind nur Statuen, sinnbildliche Wächter, die hier zurückgelassen worden sind, um an seine Macht zu gemahnen.«

»Häuser sind auch da«, sagte der Knabe.

Er hatte recht. Die Gebäude reichten den aufragenden Metallgestalten kaum bis zur Hüfte, so daß wir sie zunächst ganz übersehen hatten. Das erinnerte mich wiederum an die Zitadelle, wo verstreut zwischen Türmen Bauten stehen, die nicht mit den Sternen wetteifern wollen. Vielleicht lag es lediglich an der dünnen Luft, aber ich gewann den Eindruck, als würden sich diese Gestalten zunächst langsam, dann immer rascher erheben, die Hände in den Himmel streckend und in diesen eintauchend, wie wir bei Fackelschein gern in die dunklen Wasser der Zisterne gehechtet waren.

Obgleich meine Stiefel auf den windigen Felsen geknirscht haben müssen, kann ich mich an ein solches Geräusch nicht erinnern. Vielleicht ging es unter in der weiten Bergwelt, so daß wir uns den stehenden Gestalten so leise näherten, als wären wir über Moos geschritten. Unsere Schatten, die zuerst hinter uns und dann links von uns lagen, als sie aufgetaucht waren, schrumpften zu unseren Füßen zusammen; und mir fiel auf, daß ich die Augen jeder einzelnen Gestalt sehen konnte. Ich redete mir ein, einige zuerst übersehen zu haben, obgleich sie in der Sonne ordentlich glänzten.

Schließlich schritten wir auf dem gewundenen Pfad zwischen ihnen und den sie umgebenden Gebäuden. Ich hatte mir vorgestellt, daß diese Häuser zu Ruinen verfallen wären wie in der vergessenen Stadt von Apu-Punchau. Sie waren verschlossen, verschwiegen und still; aber sie hätten durchaus erst ein paar Jahre alt sein können. Kein Dach war eingefallen, keiner der rechteckigen grauen Mauersteine war durch kletternde Ranken gelockert. Sie waren fensterlos, und ihre Architektur ließ keine Rückschlüsse darauf zu, ob es sich um Tempel, Festungsbauten, Totenhäuser oder sonstige mir bekannte Gebäudetypen handelte. Sie entbehrten allen schmückenden Beiwerks und wirkten darum kahl und schlicht, obgleich sie allesamt höchst fachmännisch ausgeführt waren; die unterschiedlichen Formen deuteten offenbar auf unterschiedliche Funktionen hin. Zwischen ihnen standen die glänzenden Figuren, als hätte sie ein jäher, frostiger Windstoß mitten in der Bewegung erstarren lassen – nicht wie Statuen stehen.

Ich wählte ein Gebäude aus und erklärte dem Knaben, wir würden gewaltsam in es eindringen, um, wenn wir Glück hätten, Wasser und vielleicht sogar genießbare Lebensmittelvorräte zu finden. Wie töricht und anmaßend von mir, stellte sich bald heraus. Die Türen waren so massiv wie die Mauern, und das Dach war so fest wie das Fundament. Selbst wenn ich eine Axt zur Verfügung gehabt hätte, wär's mir vermutlich kaum gelungen, das Ding aufzubrechen, und mit *Terminus Est* darauf einzuschlagen, das wollte ich nicht riskieren. Mehrere Wachen vergeudeten wir damit, klopfend und stochernd eine Schwachstelle zu suchen. Das zweite und dritte Gebäude, das wir uns vornahmen, erwies sich als genauso schwierig wie das erste.

»Da drüben steht ein rundes Haus«, sagte der Knabe schließlich. »Ich will gehn und für dich nachsehn.«

Weil ich mir gewiß war, es drohe ihm an diesem verlassenen Ort keinerlei Gefahr, hatte ich dagegen nichts einzuwenden.

Bald war er zurück. »Die Tür ist offen!«

XXIV
Der Leichnam

Ich fand nie heraus, welchem Zweck die übrigen Gebäude gedient hatten. Ebensowenig verstand ich diesen Rundbau mit seinem Kuppeldach. Seine Wände waren aus Metall – nicht dem dunkel glänzenden Metall unserer Zitadellentürme, sondern einer hellen, poliertem Silber ähnlichen Legierung.

Dieses schimmernde Bauwerk stand auf einem erhöhten, über Treppen zugänglichen Platz, was mich verwunderte, denn die riesenhaften Kataphrakte in ihrem altertümlichen Harnisch standen ebenerdig in den Straßen. Es waren rundum insgesamt fünf Türen eingelassen (denn wir hatten es umkreist, ehe wir uns ins Innere wagten), die allesamt offenstanden. Indem ich diese und den Boden davor genauestens betrachtete, wollte ich feststellen, ob sie schon jahrelang offen gewesen wären; da auf diesem erhöhten Platz wenig Staub lag, blieb ich darüber in Ungewißheit. Als wir das Gebäude von außen besichtigt hatten, sagte ich dem Knaben, er solle mich vorausgehen lassen, und trat ein.

Es geschah nichts. Auch nachdem der Knabe mir hereingefolgt war, schlossen sich die Türen nicht, warfen sich keine Feinde auf uns, verfärbte kein Energiestoß die Luft und gab der Boden unter unseren Füßen nicht nach. Nichtsdestoweniger hatte ich das Gefühl, irgendwie in eine Falle geraten zu sein: draußen im Berg waren wir, wenn auch hungrig und durstig, so doch frei gewesen, hier aber waren wir's nicht mehr. Ich glaube, ich hätte mich umgedreht und die Flucht ergriffen. Nun fühlte ich mich jedoch verpflichtet, uns Wasser und Nahrung zu finden.

Es ist dieser Kuppelbau mit vielen Gerätschaften ausgestattet gewesen, für die ich keinen Namen habe. Dabei hat es sich weder um Möbel noch Kisten oder Maschinen gehandelt, wie ich sie unter diesem Begriff verstehe. Die meisten waren sonderbar gewinkelt; ich bemerkte einige, die offenbar Sitznischen gewesen waren, obschon der Sitzende sehr beengt und mit dem Gesicht nicht seinen Gefährten, sondern einem Teil der Vorrichtung zugekehrt gewesen wäre. Andere enthielten Alkoven, worin vielleicht einmal jemand geruht hatte.

Diese Vorrichtungen standen neben Korridoren, breiten Korridoren, die gerade wie die Speichen eines Rades zur Mitte des Bauwerks hin verliefen. Als ich in jenen blickte, durch den wir hereingekommen waren, entdeckte ich an seinem Ende undeutlich etwas Rotes und darüber etwas viel Kleineres, Braunes. Zunächst schenkte ich dem keine Beachtung, aber nachdem ich mich vergewissert hatte, daß die erwähnten Vorrichtungen für uns weder nützlich noch gefährlich waren, führte ich den Knaben dorthin.

Der rote Gegenstand war eine Art Sofa, ein sehr aufwendig gearbeitetes mit Riemen zum Festschnallen eines Klienten. Umgeben war es obendrein von Gerät, das tatsächlich Ernährungs- oder sanitären Zwecken gedient hatte, wie es mir schien. Ich stand auf einem kleinen Podest, worauf der mumifizierte Leichnam eines Mannes mit zwei Köpfen lag. Die dünne, trockene Höhenluft hatte den Korpus längst gedörrt – wie die geheimnisvollen Häuser hätte er ein Jahr oder ein Jahrtausend alt sein können. Der Mann war größer als ich, vielleicht größer als ein Beglückter gewesen und hatte bärenstarke Muskeln gehabt. Jetzt könnte ich ihm, dachte ich, den Arm mit einer läppischen Geste aus der Schulter reißen. Er trug weder Lendenschurz noch andere Kleidung, und obschon wir an plötzliche Veränderungen in der Größe der Fortpflanzungsorgane gewöhnt sind, muteten mich die seinen seltsam kümmerlich an. Es war auf den Köpfen etwas Haar verblieben, das jedoch, diesen Eindruck gewann ich, auf dem rechten schwarz und auf dem linken Schädel blond gewesen war. Die Augen beider Häupter waren geschlossen, die Münder mit ein paar Zähnen darin geöffnet. Wie ich bemerkte, waren die Riemen, die dieses Geschöpf hätten fesseln können, unverschlossen.

Zunächst war mir jedoch das Gerät, das ihn einst ernährt hatte, wesentlich wichtiger. Ich sagte mir, daß alte Apparaturen oft erstaunlich dauerhaft seien und diese hier, auch wenn sie lange Zeit ungewartet herumgestanden hätten, recht gut erhalten schienen; und ich drehte an jedem Knopf, den ich finden konnte, und kippte jeden Schalter, um dem Gerät irgend etwas Nahrhaftes zu entlocken. Der Junge sah mir zu, und nachdem ich eine Weile hier und dort herumhantiert hatte, wollte er wissen, ob wir nun endgültig verhungern müßten.

»Nein«, sagte ich ihm. »Wir können es viel länger ohne Essen aushalten, als du glauben würdest. Etwas zu trinken ist viel, viel dringlicher, aber wenn wir hier nichts finden, wird's weiter oben im Berg bestimmt etwas Schnee geben.«

»Wie ist er umgekommen?« Aus irgendeinem Grund hatte ich mich nicht dazu überwinden können, den Leichnam anzufassen; nun strich der Knabe plump mit der Hand über seinen dürren Arm.

»Man stirbt nun mal. Das Erstaunliche ist, daß so eine Mißgeburt überhaupt gelebt hat. Normalerweise stirbt so etwas schon bei der Entbindung.«

»Glaubst du, er wurde hier zurückgelassen, als seine Kameraden fortgingen?« fragte er.

»Lebend zurückgelassen, meinst du? Durchaus möglich. Vielleicht war drunten in den Tälern kein Platz für ihn. Vielleicht wollte er nicht dorthin. Oder er wurde hier auf diesem Lager wegen schlechter Führung festgehalten. Schon möglich, daß er gar irr oder ungeheuer jähzornig war. Wenn etwas dergleichen zutrifft, wird er wohl seine letzten Tage damit verbracht haben, in den Bergen zu wandern und hierher zum Essen und Trinken zurückzukehren und gestorben sein, nachdem sein Wasser- und Nahrungsvorrat aufgebraucht gewesen ist.«

»Also finden wir hier kein Wasser«, versetzte der praktisch denkende Knabe.

»Richtig. Dennoch wissen wir nicht, ob es sich so abgespielt hat. Er könnte aus anderen Gründen gestorben sein, ehe die Vorräte zur Neige gingen. Wenn wir zudem von dem, was wir sagten, ausgehen, ist er wohl irgendein Maskottchen oder gehätscheltes Tierchen für die Leute gewesen, die diesen Berg geschaffen haben. Dies ist ein sehr aufwendiger Käfig für ein Tierchen, meinst du nicht auch? Jedenfalls glaube ich nicht, daß ich diese Maschine je wieder in Gang setzen kann.«

»Wir sollten runtergehn«, eröffnete mir der Knabe, als wir den runden Kuppelbau verließen.

Ich sah noch einmal zurück und dachte mir, wie dumm all meine Ängste gewesen seien. Die Türen blieben offen; nichts hatte sich gerührt, nichts hatte sich verändert. Wenn es je eine Falle gewesen war, dann gewiß eine, die vor Jahrhunderten eingerostet war.

»Das meine ich auch«, sagte ich. »Aber der Tag neigt sich dem Ende – sieh, wie lang unsere Schatten jetzt sind! Ich möchte nicht gern von der Nacht überrascht werden, wenn wir auf der anderen Seite absteigen, also werd' ich versuchen, den Ring zu erreichen, den wir heut' früh gesehen haben. Vielleicht finden wir auch Gold *und* Wasser. Heut' nacht schlafen wir windgeschützt im Kuppelbau, und morgen steigen wir in aller Früh' an der Nordseite ab.«

Er nickte daraufhin und begleitete mich recht bereitwillig, als ich mich aufmachte, einen Weg zum Ring zu suchen. Er war am südlichen Arm, so daß wir gewissermaßen zu der Seite zurückkehren mußten, die wir erklommen hatten, obwohl wir aus dem Südosten zu den Kataphrakt-Statuen und Häusern gekommen waren. Ich hatte befürchtet, der Aufstieg zum Arm wäre schwierig; wo die Brust und der Oberarm sich vor uns auftürmten, fand ich jedoch, was ich mir schon lange zuvor gewünscht hatte: eine schmale Treppe. Es waren aberhundert Stufen zu nehmen, was dennoch große Mühe kostete, zumal ich den Knaben die meiste Zeit trug.

Der Arm bestand aus glattem Stein und waı so breit, daß der Knabe wohl kaum hinunterfallen könnte, solange wir in der Mitte blieben. Ich führte ihn bei der Hand und schritt recht stürmisch voran, so daß mein Mantel im Wind laut flatterte.

Zu unserer Linken lag der Aufstieg, den wir am Vortag angegangen waren; dahinter sah ich den Sattel zwischen den Bergen, grün unter seiner Urwalddecke. Wiederum dahinter ragte in dunstiger Ferne jener Berg auf, wo Becan und Casdoe ihr Heim errichtet hatten. Im Gehen versuchte ich, ihr Häuschen auszumachen, oder zumindest die Gegend, in der es stand, und entdeckte schließlich, was mir wie jenes Kliff vorkam, über das ich geklettert war, um zu ihm zu gelangen – einen winzigen Farbtupfer an der Seite dieses kleineren Berges mit dem flimmernden Wasserfall gleich schillernden Sonnenstäubchen mitten darin.

Nachdem ich es erspäht hatte, hielt ich inne, wandte mich um und blickte zum Gipfel, über dessen Hang wir wanderten. Nun konnte ich es sehen, sein Gesicht mit der Mitra aus Eis und darunter die linke Schulter, worauf ein Chiliarch seine tausend Kavalleristen hätte aufmarschieren lassen können.

Vor mir deutete der Knabe und rief etwas, das ich nicht verstehen konnte; deutete hinab zu den Gebäuden und den aufrechten Gestalten ihrer metallenen Wächter. Erst beim zweiten Hinsehen wurde mir klar, was er meinte – ihre Gesichter waren uns zu drei Vierteln zugewandt, wie sie uns auch an diesem Morgen zu drei Vierteln zugewandt gewesen waren. Die Häupter hatten sich bewegt! Zum ersten Mal folgte ich der Richtung ihrer Blicke – und stellte fest, daß sie zur Sonne sahen.

Nickend rief ich dem Knaben zu: »Ich seh's!«

Wir befanden uns nun auf dem Handgelenk, und vor uns

lag, breiter und noch sicherer als der Arm, der gewaltige Teller seiner ausgebreiteten Hand. Während ich ihn überquerte, lief mir der Knabe voraus. Der Ring steckte am zweiten Finger, einem Finger, der wuchtiger war als ein Balken vom größten Baum. Der kleine Severian lief auf ihm hinaus; es fiel ihm leicht, auf dem Kamm das Gleichgewicht zu halten. Schon streckte er die Hände nach dem Ring aus.

Ein Lichtblitz zuckte auf – hell, aber nicht grell in der strahlenden Nachmittagssonne; weil violett, wirkte er schier dunkel.

Er verkohlte. Einen Augenblick lang lebte er wohl noch; er warf den Kopf zurück und riß die Arme auseinander. Die entstehende Rauchwolke hatte der Wind rasch fortgetragen. Er fiel zu Boden, zog in der Art toter Insekten krampfhaft die Beine an den Bauch und purzelte dann in den Spalt zwischen Ring- und Zeigefinger.

Ich, der ich so viele Brandmarkungen und Scheiterhaufen erlebt und sogar selbst das Eisen gebraucht hatte (unter den Milliarden Erinnerungen in meinem Gedächtnis ist lebhaft wie am ersten Tag das brutzelnde Backenfleisch Morwennas), brachte es kaum über mich, hinzugehen und nach ihm zu schauen.

Es lagen dort Gebeine in der engen Nische zwischen den Fingern, aber es waren alte Knochen, die unter meinen Füßen zerbröckelten, als ich hinabsprang, wie die Knochen, womit die Wege in unserer Nekropolis bestreut waren, und ich machte mir erst gar nicht die Mühe, sie genauer anzusehn. Ich zog die Klaue hervor. Nachdem ich mich dafür verwunschen hatte, sie nicht verwendet zu haben, als bei Vodalus' Bankett Theclas Leib aufgetragen wurde, mahnte mich Jonas, kein Tor zu sein, und versicherte, die Klaue, wie mächtig sie auch immer wäre, könnte keinesfalls wieder Leben in dieses Bratfleisch hauchen.

Und ich kann mich des Gedankens nicht erwehren, daß ich, hätte sie nun gewirkt, trotz aller Freude den Knaben an einen sicheren Ort gebracht und mir mit *Terminus Est* die Kehle aufgeschlitzt hätte. Denn hätte die Klaue das vermocht, hätte sie auch Thecla zurückgeholt, wäre sie nur gebraucht worden; und Thecla war ein Teil von mir, nun unwiederbringlich tot.

Einen Moment lang hatte ich den Eindruck, einen Glanz, einen hellen Schein oder Nimbus zu gewahren; dann zerfiel der Knabenleichnam zu schwarzer Asche, über die aufwirbelnd der Wind strich.

Ich richtete mich auf, steckte die Klaue zurück und machte mich auf den Rückweg, wobei ich geistesabwesend gewahrte, was für Schwierigkeiten ich hätte, aus diesem engen Spalt wieder zur Handfläche zu gelangen. (Schließlich mußte ich *Terminus Est* mit der Spitze nach unten gegen die Wand lehnen und mit dem Fuß auf die Parierstange steigen, um hinaufzukommen, dann kopfüber zurückkriechen, bis ich seinen Knauf greifen und es hinter mir hochziehen konnte.) War meine Erinnerung an das Vorgefallene auch ungetrübt, so war ich doch wie benebelt – geistig benebelt, so daß der Knabe zunächst mit jenem anderen Knaben, Jader, verschmolz, der mit seiner todkranken Schwester im Kliff von Thrax lebte. Diesen, der mir nun so ans Herz gewachsen war, vermochte ich nicht zu retten; jenen, der mir wenig bedeutete, hatte ich geheilt. Irgendwie kam es mir so vor, als wären sie ein und derselbe Knabe. Gewiß handelte es sich hierbei lediglich um einen Schutzmechanismus meines Verstandes, hinter dem er vor dem Sturm des Wahnsinns Zuflucht suchte; indes hatte ich das Gefühl, solange Jader lebte, könnte der Knabe, den seine Mutter Severian genannt hatte, nicht wirklich vergehen.

Ich hatte mir vorgenommen, auf der Hand innezuhalten und einen Blick zurück zu tun; ich brachte es nicht über mich – in Wahrheit befürchtete ich, ich würde an die Kante treten und mich in die Tiefe stürzen. Ich verlangsamte meinen Schritt erst, als ich schon fast die schmale Treppe erreicht hatte, die über Aberhunderte von Stufen in den Schoß des Berges führte. Dann setzte ich mich und suchte abermals jenen Farbtupfer in der Felswand, worunter Casdoes Heim gestanden hatte. Mir fiel ein, wie der braune

Hund gebellt hatte, als ich mich ihm, aus dem Walde kommend, näherte. Er hatte das Hasenpanier ergriffen, dieser Hund, als der Alzabo auftauchte, war aber mit den Zähnen im verdorbenen Fleisch eines Zoanthropen gestorben, während ich, ebenfalls aus Feigheit, aus sicherer Entfernung zusah. Mir fiel Casdoes müdes, schönes Gesicht ein, der hinter ihrem Rock hervorlugende Knabe, der Greis, im Schneidersitz mit dem Rücken zum Feuer hockend und von Fechin erzählend. Nun waren sie alle tot – Severa und Becan, die ich nie zu Gesicht bekommen hatte; der Greis, der Hund, Casdoe und jetzt auch der kleine Severian, selbst Fechin, alle tot, verloren im Nebel, der unsere Tage verschleiert. Die Zeit selbst ist, wie's mir scheint, gleich einem fest verankerten Eisengitterzaun mit ihrer endlosen Folge von Jahren; und wir ziehen vorbei wie Gyoll, auf unserem Weg zu einem Meer, von dem wir nur als Regen zurückkehren werden.

Dort auf dem Arm des Hünen habe ich erfahren, was der Ehrgeiz, die Zeit zu erobern, ist – ein Ehrgeiz, neben dem das Streben nach fernen Sonnen nicht mehr ist als die Lust eines federgeschmückten Häuptlings zum Unterwerfen eines anderen Stammes.

Dort saß ich, bis die im Westen aufsteigenden Berge die Sonne fast bedeckt hatten. Es hätte mir leichter als das Erklimmen fallen müssen, das Absteigen über die Treppe, aber ich war nun sehr durstig, und bei jedem Schritt spürte ich in den Knien einen Stich. Das Licht war fast entschwunden und der Wind eisig. Eine Decke war mit dem Knaben verbrannt; ich entfaltete die andere und legte sie mir über dem Mantel um Brust und Schultern.

Als ich etwa zur Hälfte unten war, rastete ich kurz. Nur noch eine dünne rötlichbraune Sichel war vom Tag übrig. Schmaler werdend, verschwand dann auch sie; gleichzeitig damit erhob ein jeder der riesenhaften, metallenen Kataphrakte die Hand zum Gruß. So still waren sie, so regungslos, ich hätte fast glauben können, sie seien mit erhobenen Armen geschaffen worden, als ich sie so sah.

Dieses Wunder vertrieb einstweilen meine ganze Trauer, so daß ich nur staunen konnte. Ich blieb, wo ich war, keine Bewegung wagend. Die Nacht huschte über die Berge; im letzten Dämmerlicht beobachtete ich, wie die mächtigen Arme sich senkten.

Benommen eilte ich zu den stummen Häusern, die im Schoß des Hünen standen. Hatte ich auch erleben müssen, wie ein Wunder versagte, so hatte ich doch ein neues geschaut; und selbst ein scheinbar sinnloses Wunder ist ein unerschöpflicher Quell der Hoffnung, führt es uns doch vor Augen, daß – weil wir nicht alles verstehen – unsere Niederlagen, um soviel zahlreicher als unsere eitlen Siege, ebenso trügerisch sein mögen.

Durch irgendeinen dummen Fehler brachte ich es zustande, den Weg zum runden Kuppelbau zu verfehlen, worin wir, wie ich dem Knaben versprochen hatte, die Nacht verbringen wollten, war aber zu müde, lange danach zu suchen. Statt dessen fand ich mir eine geschützte Stelle in ausreichendem Abstand zum nächsten Wächter aus Metall, wo ich mich, notdürftig gegen die Kälte eingewickelt, ausstreckte. Obschon ich wohl sofort in Schlaf gefallen war, wurde ich bald durch leise Schritte geweckt.

XXV
Typhon und Piaton

Nachdem ich die Schritte vernommen hatte, stand ich auf, zückte mein Schwert und wartete in einem Schatten für wenigstens eine Wache, wie mir schien, obwohl es bestimmt viel kürzer war. Zweimal drangen sie noch an meine Ohren, flink und weich, dennoch einen großen Mann erahnen lassend – einen Koloß von Mann, leichtfüßig und athletisch eilend, fast laufend.

Hier waren die Sterne in ihrer ganzen Pracht zu sehen; so hell wie für die Seeleute, deren Häfen sie sind, wenn sie emporsteigen, um den goldenen Flor zu entfalten, der einen ganzen Kontinent bedecken würde. Fast wie bei Tag konnte ich sie sehen, die regungslosen Wächter und die Bauten um mich herum, in das vielfarbige Licht der abertausend Sonnen getaucht. Wir denken mit Schrecken an die Eiswüsten von Dis, dem äußersten Gefährten unserer Sonne – aber wie vielen Sonnen sind wir der äußerste Gefährte? Für die Leute von Dis (falls es sie gibt) ist alles eine einzige lange, gestirnte Nacht.

Mehrmals schlief ich, dort unter den Sternen stehend, fast ein; und an der Grenze zum Schlaf sorgte ich mich um den Knaben und dachte, daß ich ihn bestimmt geweckt hatte durch mein Aufstehen, und überlegte, wo ich Nahrung für ihn fände, wenn die Sonne wieder sichtbar wäre. Nach solchen Gedanken befiel mich die Erinnerung an seinen Tod, wie die Nacht sich über die Berge gesenkt hatte – als Woge der Schwärze und Verzweiflung. Ich wußte nun, was Dorcas gefühlt hatte, als Jolenta starb. Zwischen dem Knaben und mir hatte es nichts Geschlechtliches gegeben wie vermutlich einst zwischen Dorcas und Jolenta; indes war's nicht ihre körperliche Liebe, die meine Eifersucht erregt hatte. Für den Knaben hatte ich genauso tief empfunden wie Dorcas für Jolenta (und gewiß tiefer als Jolenta für Dorcas). Wenn Dorcas davon erführe, wäre sie ebenso eifersüchtig, wie ich's zuweilen gewesen bin, dachte ich, hätte sie mich nur so geliebt, wie ich sie geliebt hatte.

Als ich schließlich keine Tritte mehr vernahm, versteckte ich mich, so gut ich konnte, und legte mich wieder zum Schlafen nieder. Ich ahnte, daß ich aus diesem Schlaf nicht wieder oder mit einem Messer an der Kehle erwachen würde, aber nichts dergleichen widerfuhr mir. Von Wasser träumend, schlief ich bis in den Morgen hinein und erwachte allein, frierend und mit steifen Gliedern.

Ich machte mir nun nichts mehr aus den geheimnisvollen Tritten, den Wächtern, dem Ring oder sonst irgend etwas in dieser verwunschenen Stadt. Mein einziger Wunsch war, sie zu verlassen, und zwar so schnell wie möglich; und ich war froh – obgleich ich nicht erklären könnte, warum –, festzustellen, daß ich nicht wieder am Kuppelbau vorbei mußte, um zur nordwestlichen Bergseite zu gelangen.

Oft in meinem Leben habe ich geglaubt, den Verstand zu verlieren, habe ich doch große Abenteuer zu bestehen gehabt, wobei die größten Abenteuer solche sind, die am heftigsten aufs Gemüt schlagen. So war's auch jetzt. Ein Mann, größer als ich und viel breitschultriger, trat unter den Füßen eines Kataphrakts hervor, und mir war, als sei eines der großen Sternbilder vom Nachthimmel auf die Urth gefallen und habe sich mit Menschengestalt angetan. Denn der Mann hatte zwei Häupter gleich einem Ungetüm aus einer vergessenen Sage im Buch *Die Wunder von Himmel und Urth*.

Unwillkürlich legte ich die Hand ans Heft des Schwertes an meiner Schulter. Einer der Köpfe lachte; es war wohl das einzige Lachen, das ich angesichts dieses großen Schwertes je hören sollte.

»Warum fürchtest du dich?« rief er mir entgegen. »Ich sehe, du bist so gut gerüstet wie ich. Wie heißt dein Freund?«

Trotz aller Verblüffung bewunderte ich seine Kühnheit. »Das ist *Terminus Est*«, antwortete ich und drehte das Schwert so, damit er die Inschrift im Stahl sehen konnte.

»›Der Scheideweg‹. Famos, wirklich famos, insbesondere hier und jetzt, denn hier ist wahrlich der Scheideweg zwischen dem Alten und Neuen, wie es nicht seinesgleichen gibt. Mein Freund heißt Piaton, was, fürchte ich, nicht viel bedeutet. Er ist ein minderer Diener, verglichen mit dem deinen, wenn auch vielleicht ein besseres Roß.«

Als er seinen Namen hörte, riß der andere Kopf die bis jetzt halb geschlossenen Augen auf und rollte sie. Sein Mund bewegte sich, als wollte er etwas sagen, aber kein Laut trat über seine Lippen. Er machte auf mich den Eindruck eines Schwachsinnigen.

»Aber du kannst dein Schwert wegstecken. Wie du siehst, bin ich unbewaffnet und obendrein schon geköpft und will dir jedenfalls nichts Böses.«

Er hob, während er dies sagte, die Hände und drehte sich hin und her, damit ich sähe, daß er völlig nackt war, was mir natürlich längst klar war.

Ich fragte: »Bist du vielleicht der Sohn des Toten, den ich in dem Kuppelbau dort hinten gesehen hab'?«

Ich hatte wärenddessen *Terminus Est* wieder in die Scheide gesteckt. Nun trat er einen Schritt näher und sagte: »Keineswegs. Ich bin der Tote selbst.«

Dorcas tauchte in meinen Gedanken auf wie durch die braunen Wasser des Vogelsees, und ich fühlte wieder ihre tote Hand die meine ergreifen. Ehe ich es mich versah, hatte ich gestammelt: »Hab' ich dich zum Leben erweckt?«

»Sagen wir lieber, dein Kommen hat mich geweckt. Du hast mich für tot gehalten, obwohl ich nur getrocknet war.

Ich habe getrunken, und wie du siehst, lebe ich wieder. Trinken heißt Leben, Wasser heißt Wiedergeburt.«

»Wenn das stimmt, ist's ein wahres Wunder. Aber auch ich brauche so dringend Wasser, daß ich jetzt nicht die Muße habe, lange darüber nachzudenken. Du sagst, du habest getrunken, und wie du es sagst, verrät mir zumindest, daß du mir freundlich gesinnt bist. Beweise es mir, bitte. Ich habe schon lange nichts mehr gegessen und getrunken.«

Der Kopf, der gesprochen hatte, lächelte. »Du verstehst es wunderbar, mit allem konform zu gehen, was immer ich auch vorhabe – du bist wirklich der Geeignete, selbst deine Kleidung ist passend; wie köstlich. Ich wollte soeben vorschlagen, daß wir dorthin gehen, wo es Speise und Trank im Überfluß gibt. Folge mir!«

Damals wäre ich, glaube ich, wohl jedem gefolgt, der mir irgendwo Wasser versprochen hätte. Inzwischen habe ich mir einzureden versucht, ich sei entweder aus Neugier mitgegangen, oder weil ich das Geheimnis der großen Kataphrakte zu lüften hoffte; aber wenn ich mir nun diese Zeit ins Gedächtnis zurückrufe und sie danach durchforsche, finde ich nichts anderes als Verzweiflung und Durst. Der Wasserfall über Casdoes Haus wob vor meinen Augen sein silberglänzendes Gespinst, und durch den Kopf gingen mir der Vatis-Brunnen des Hauses Absolut und die vom Bergkamm zu Thrax stürzenden Wasser, als ich zum Fluten der Vincula das Schleusentor öffnete.

Der zweiköpfige Mann schritt vor mir einher, als wäre er voller Zuversicht, daß ich ihm folgte, und gleichfalls zuversichtlich, daß ich ihn nicht angriffe. Als wir eine Ecke umrundeten, erkannte ich zum ersten Mal, daß ich mich nicht, wie angenommen, in einer der strahlenförmig zum Kuppelbau verlaufenden Straßen befand. Der Bau stand unmittelbar vor uns. Eine Tür – obschon nicht dieselbe, durch die der kleine Severian und ich eingetreten waren – war wie zuvor offen, und wir gingen hinein.

»Hier«, sagte der sprechende Kopf. »Steig ein!«

Das Gefährt, auf das er deutete, glich einem Boot und war

wie das Seerosenboot im Garten des Autarchen überall gepolstert; dennoch schwamm es nicht auf Wasser, sondern schwebte in der Luft. Als ich das Dollbord berührte, schaukelte und wippte das Boot unter meiner Hand, wenn auch so wenig, daß es fürs Auge fast unsichtbar blieb. Ich sagte: »Das ist wohl ein Flieger. Hab' noch nie einen von so nah gesehn.«

»Wäre ein Flieger eine Schwalbe, wär' das hier ein – was soll ich sagen? – Sperling. Oder ein Heuschreck oder ein Federball, wie Kinder ihn mit dem Schläger zwischen sich hin und her hüpfen lassen. Aus Anstandsgründen muß ich, fürcht' ich, darauf bestehen, daß du als erster einsteigst. Ich versicherc dir, es droht keine Gefahr.«

Dennoch zauderte ich. Dieses Gefährt hatte zunächst etwas so Geheimnisvolles an sich, daß ich mich nicht überwinden konnte, den Fuß in es zu setzen. Ich sagte: »Ich komme aus Nessus, vom Ostufer des Gyolls, und dort wurde mir beigebracht, daß bei jedem Fahrzeug der Ehrengast immer als letzter ein- und als erster aussteige.«

»Genau«, entgegnete der sprechende Kopf, und ehe ich merkte, was mir geschah, hatte mich der zweiköpfige Mann an der Hüfte gepackt und so mühelos ins Boot gehoben, wie wenn ich den Knaben gehoben hätte. Es schaukelte unter meinem Gewicht und geriet ordentlich ins Wanken, als im nächsten Augenblick der zweiköpfige Mann aufsprang. »Du hast doch hoffentlich nicht geglaubt, der Vorrang gebühre dir?«

Er flüsterte irgend etwas, und das Schiff setzte sich in Bewegung. Zuerst glitt es langsam vorwärts, gewann aber rasch an Geschwindigkeit.

»Wahre Höflichkeit«, fuhr er fort, »verdient diesen Namen. Höflichkeit ist Aufrichtigkeit. Wenn der Plebejer vor dem Monarchen kniet, bietet er seinen Nacken dar. Er bietet ihn dar, weil er weiß, sein Herrscher kann ihn sich nehmen, wenn er will. Diese gemeinen Leute sagen – oder sagten vielmehr in früheren, besseren Zeiten –, daß ich keine Wahrheisliebe hätte. Aber in Wahrheit liebe ich vor allem die Wahrheit, das offene Eingeständnis von Gegebenheiten.«

Die ganze Zeit über lagen wir der Länge nach ausgestreckt im Boot, so daß nicht einmal eine Handbreit Platz zwischen uns blieb. Der schwachsinnige Kopf, den der andere Piaton genannt hatte, stierte mich glotzäugig an und bewegte den Mund, aber es kam nur ein wirres Gestotter über seine Lippen.

Ich wollte mich aufsetzen. Der zweiköpfige Mann packte mich mit eiserner Hand und zerrte mich wieder hinunter, indessen er erklärte: »Ist gefährlich. Diese Dinger sind zum Liegen gedacht. Du möchtest doch nicht deinen Kopf verlieren, oder? Das ist, darfst mir glauben, fast so schlimm wie einen zweiten zu bekommen.«

Das Boot neigte sich und tauchte ins Dunkel. Im ersten Moment dachte ich, der Tod stünde uns bevor, aber bald wurde aus meiner Angst ein packender Geschwindigkeitsrausch gleich jenem Gefühl, das ich als Knabe kennengelernt hatte, als wir im Winter zwischen den Mausoleen auf frischem Tannenreisig den Hang heruntergerodelt sind. Nachdem ich mich etwas daran gewöhnt hatte, fragte ich: »Bist du so geboren worden? Oder wurde Piaton dir irgendwie aufgepflanzt?« Mir war wohl schon jetzt klar, daß mein Leben davon abhinge, soviel wie möglich über dieses wunderliche Wesen herauszufinden.

Der sprechende Kopf lachte. »Ich heiß' Typhon. Nenn mich ruhig so. Hast du schon von mir gehört? Einst habe ich neben vielen anderen auch diesen Planeten regiert.«

Ich war mir sicher, daß er log, also sagte ich: »Noch immer gehn Gerüchte davon um ... Typhon.«

Er lachte abermals. »Wolltest schon Imperator oder dergleichen sagen, nicht wahr? Sollst du nicht. Nein, ich wurde nicht so geboren, überhaupt nicht geboren, wie du meintest. Piaton wurde mir auch nicht aufgepfropft. Ich wurde ihm aufgepfropft. Was sagst du nun?«

Das Boot flog so schnell, daß uns die Luft nur so um die Ohren pfiff, aber die Fahrt ging nicht mehr so steil nach unten zu. Während ich sprach, ging's schon fast gerade voran. »Hast du das gewollt?«

»Ich hab's befohlen.«

»Dann kann ich nur sagen – seltsam. Warum solltest du so etwas gewollt haben?«

»Um Leben zu haben, natürlich.« Es war nun so finster, daß ich keines der beiden Gesichter mehr sehen konnte, obgleich das von Typhon kaum eine Elle von mir entfernt war. »Alles Leben hat den Drang, am Leben zu bleiben – das nennen wir das Gesetz des Daseins. Unser Körper, siehst du, stirbt viel früher als wir selbst. Man könnte sogar sagen, wir sterben nur, weil der Körper stirbt. Meine Ärzte, wovon ich natürlich die besten vieler Welten hatte, sagten mir, ich könne vielleicht einen neuen Körper erhalten, wobei sie zunächst daran dachten, mein Gehirn in einen Schädel zu verlegen, dem vorher ein anderes gehört hatte. Siehst du, woran das gescheitert ist?«

Während ich mich fragte, ob das sein Ernst wäre, entgegnete ich: »Nein, leider nicht.«

»Am Gesicht – am Gesicht! Das Gesicht ginge verloren, und es ist doch das Gesicht, dem die Menschen zu gehorchen gewohnt sind!« Seine Hand ergriff im Dunkeln meinen Arm. »Ich sagte ihnen, das reiche nicht. Dann kam einer und schlug vor, daß der gesamte Kopf ersetzt werden solle. Das wäre sogar einfacher, meinte er, blieben doch die komplizierten Nervenverbindungen für Sprache und Sehkraft intakt. Ich versprach ihm eine Pfalzgrafschaft, wenn ihm das gelänge.«

»Mir scheint ...«, begann ich.

Wieder lachte Typhon. »Daß es besser wäre, zuerst den ursprünglichen Kopf zu entfernen? Ja, das habe ich auch immer gemeint. Aber es war technisch schwierig, die Nervenverbindungen herzustellen, und er fand, der beste Weg – all das wurde an Testpersonen ausprobiert, die ich ihm zur Verfügung stellte – wäre eine zunächst auf die willkürlichen Funktionen beschränkte chirurgische Übertragung. Wäre das erst geschafft, würden sich die unwillkürlichen schließlich von selbst umstellen. Sodann könnte der ursprüngliche Kopf entfernt werden. Es bliebe natürlich eine Narbe, die aber der Hemdkragen verdecken würde.«

»Aber irgend etwas ist schiefgelaufen?« Ich war in dem schmalen Boot schon so weit von ihr weggerückt, wie ich konnte.

»Es war hauptsächlich eine Frage der Zeit.« Die grausige Vehemenz seiner Stimme, bisher nie erlahmend, schwand dahin. »Piaton war einer meiner Sklaven – nicht der größte, aber kräftigste von allen. Wir unterzogen ihn einer Prüfung. Es entging meiner Aufmerksamkeit völlig, daß jemand mit seiner Kraft auch kräftig an seinem Herzschlag festhalten könnte …«

»Verstehe«, sagte ich, verstand in Wirklichkeit aber nichts.

»Zudem herrschten sehr verworrene Zeiten. Meine Astronomen hatten mir erklärt, daß diese Sonne langsam erkalte. Viel zu langsam, als daß die Veränderung in einem Menschenleben spürbar wäre. Sie täuschten sich. Die Wärme nahm in wenigen Jahren um fast zwei vom Tausend ab und stabilisierte sich dann. Mißernten hatten Hungersnöte und Unruhen zur Folge. Ich hätte damals gehen sollen.«

»Warum bist du nicht gegangen?«

»Ich glaubte, eine feste Hand sei vonnöten. Es kann immer nur eine feste Hand geben, ob die des Herrschers oder eines anderen …

Dann ist, wie könnt's anders sein, auch noch ein Wundertäter aufgestanden. Er war eigentlich kein Unruhestifter, auch wenn manche meiner Minister das behaupteten. Ich hatte mich hierher zurückgezogen, bis meine Behandlung abgeschlossen wäre, und da Leiden und Gebrechen offenbar vor ihm wichen, ließ ich ihn zu mir bringen.«

»Den Schlichter«, sagte ich und hätte mir im nächsten Moment die Pulsadern dafür aufschneiden können.

»Ja, das war einer seiner Namen. Weißt du, wo er jetzt ist?«

»Er ist seit vielen Chiliaden tot.«

»Und dennoch von Bestand, wie ich meine?«

Die Bemerkung erschreckte mich dermaßen, daß ich rasch zum Säckchen blickte, das um meinen Hals hing, um mich zu vergewissern, ob das azurblaue Licht nicht durch das Leder schlüge.

In diesem Moment bäumte sich der Bug des Schiffes auf, und die Fahrt ging jäh empor. Das Rauschen der Luft wurde zum Brausen eines Wirbelsturms.

XXVI
Die Augen der Welt

Vielleicht wurde das Schiff durch Licht gesteuert – wenn Licht um uns herum aufblitzte, hielt es augenblicklich an. Im Schoß des Berges hatte ich erbärmlich gefroren, aber das war nichts im Vergleich zu dem, was ich nun spürte. Kein Lüftchen regte sich, aber es war kälter als im bittersten Winter, an den ich mich erinnern konnte, und mir wurde schwindlig, so viel Kraft kostete es mich, als ich versuchte, mich aufzusetzen.

Typhon sprang hinaus. »Lange her, seit ich das letzte Mal hier war. Wie schön, wieder daheim zu sein!«

Wir befanden uns in einer kahlen Kammer, die in nackten Fels gehauen war, einem Raum von der Größe eines Ballsaals. Durch zwei runde Fenster am anderen Ende fiel Licht ein; Typhon eilte zu ihnen. Sie lagen etwa hundert Schritt auseinander und maßen an die zehn Ellen. Ich folgte ihm, bis ich bemerkte, daß seine bloßen Füße klare, dunkle Abdrücke hinterließen. Schnee war durch die Fenster hereingeweht und bedeckte den steinernen Boden. Ich sank in die Knie, schaufelte ihn auf und stopfte mir damit den Mund voll.

Nie habe ich etwas Köstlicheres genossen. Meine heiße Zunge ließ ihn sofort zu Nektar schmelzen; es war meine ehrliche Überzeugung, hier könnte ich bis zum Ende meiner Tage ausharren und auf den Knien Schnee essen. Typhon wandte sich um und lachte, als er mich sah. »Hab' vergessen, wie durstig du bist. Laß dich nicht stören! Wir haben viel Zeit. Was ich dir zeigen will, kann warten.«

Auch Piatons Mund bewegte sich wieder, und mir war, als entdeckte ich in seinem schwachsinnigen Gesicht einen Anflug von Mitleid. Das brachte mich wieder zur Besinnung, zumal ich freilich schon mehrere Mundvoll des schmelzenden Schnees geschluckt hatte. Nachdem ich noch einen hinuntergeschluckt hatte, blieb ich, wo ich war, schaufelte einen neuen Haufen zusammen und meinte: »Du hast mir von Piaton erzählt. Warum kann er nicht sprechen?«

»Er hat keine Luft, der Arme«, erklärte Typhon. Wie ich nun sah, hatte er eine Erektion, die er mit einer Hand hätschelte. »Wie gesagt, habe ich die Kontrolle über alle willkürlichen Funktionen – über die unwillkürlichen werd' ich sie auch bald haben. Obwohl der arme Piaton noch Zunge und Lippen bewegen kann, ist er wie ein Musikant, der die Ventile eines Horns betätigt, aber nicht blasen kann. Wenn du vom Schnee genug hast, sag's mir, damit ich dir zeige, wo's was zu essen für dich gibt.«

Ich schluckte noch einmal eine Portion. »Das reicht. Ja, ich hab' wirklich 'nen Riesenhunger.«

»Gut«, meinte er und ging, sich den Fenstern abkehrend, zu einer der Seitenwände des Saales. Als ich nähertrat, bemerkte ich, daß sie nicht (wie vermutet) aus nacktem Fels bestand. Vielmehr wirkte sie kristallen oder wie aus dickem Rauchglas; hinter ihr konnte ich Laibe und allerlei seltsame Gerichte sehen, so makellos wie in einem Stilleben.

»Du hast einen mächtigen Talisman«, eröffnete mir Typhon. »Den mußt du mir jetzt geben, damit wir diesen Schrank öffnen können.«

»Ich versteh' nicht, fürcht' ich, was du meinst. Willst du mein Schwert?«

»Ich will das Ding, das du um den Hals trägst«, sagte er und streckte die offene Hand aus.

Ich trat zurück. »Es ist keine Macht darin.«

»Also verlierst du nichts. Gib's mir!« Während Typhon sprach, drehte sich Piatons Haupt fast unmerklich hin und her.

»'s ist nur ein Kuriosum«, versicherte ich. »Ich glaubte

einst, es hätte große Macht, aber als ich eine schöne Dame, die im Sterben lag, wiederbeleben wollte, blieb es ohne Wirkung, und gestern konnte ich dem Knaben, der mich begleitete, damit das Leben nicht wiedergeben. Woher hast du davon gewußt?«

»Ich hab' euch natürlich beobachtet. Ich kletterte so hoch, um euch gut sehen zu können. Als mein Ring das Kind tötete und du zu ihm gingst, sah ich das heilige Licht. Du brauchst es mir gar nicht in die Hand zu geben, wenn du nicht willst – tu nur, was ich dir sage.«

»Dann hättest du uns warnen können«, hielt ich ihm vor.

»Warum sollte ich? Damals habt ihr mir nichts bedeutet. Willst du was essen oder nicht?«

Ich nahm das Juwel hervor. Schließlich hatten Dorcas und Jonas es gesehen, und wie ich hörte, hatten die Pelerinen es an hohen Festtagen gar in einer Monstranz ausgestellt. Es lag nun in meiner Hand wie eine blaue Glasscherbe; alles Feuer war erloschen.

Typhon beugte sich neugierig darüber. »Nicht gerade beeindruckend. Nun knie nieder!«

Ich kniete mich hin.

»Sprich mir nach: Ich schwöre bei allem, was dieser Talisman mir bedeutet, daß ich für die Speise, die ich erhalte, das Werkzeug dessen sein will, den ich als Typhon kenne, für alle Zeiten ...«

Eine Schlinge zog sich zusammen, neben der Decumans Netz ein plumper erster Versuch war. Diese war so weich, ich spürte sie kaum, und dennoch fühlte ich, daß jeder Strang aus Drahtseil war.

»... und ihm alles abtrete, was ich habe und was ich sein werde, was ich nun schulde oder dereinst schulden werde, und lebe oder sterbe, wie es ihm gefällt.«

»Ich habe schon manchen Schwur gebrochen«, sagte ich. »Leiste ich diesen, will ich auch ihn brechen.«

»Dann leiste ihn«, meinte er. »Es ist eine reine Formalität, die wir einhalten müssen. Leiste ihn, und ich kann dir die Freiheit wiedergeben, sobald du gegessen hast.«

Ich stand jedoch auf. »Du sagtest, du seist ein wahrheitsliebender Mensch. Nun sehe ich den Grund – die Wahrheit ist's, die Menschen bindet.« Ich steckte die Klaue wieder weg.

Hätte ich das nicht getan, wäre sie im nächsten Moment für immer verloren gewesen. Typhon umschlang meinen Leib, wobei er mir die Arme an die Seiten drückte, so daß ich *Terminus Est* nicht ziehen könnte, und trug mich flugs zu einem der Fenster. Ich wehrte mich aus Leibeskräften, aber ich kam gegen ihn genausowenig an wie ein junges Hündchen gegen die Hände eines starken Mannes.

Beim Näherkommen glich das Fenster aufgrund seiner Größe immer weniger einem Fenster; es hatte den Anschein, als wäre ein Teil der Außenwelt in die Kammer eingedrungen, wobei dieser Teil nicht aus Feldern und Wäldern am Fuß des Berges, womit ich gerechnet hatte, sondern einem Stück Himmel bestand. Die Felswand der Kammer, keine Elle dick, wich in den Winkeln meines Blickfelds zurück wie die verschwommene Linie, die man sieht, wenn man mit offenen Augen taucht; die Linie, die von der Grenze zwischen dem Wasser und der Luft herrührt.

Dann war ich draußen. Typhon hatte mich an den Knöcheln gepackt, aber ob wegen der dicken Stiefel oder meiner Panik hatte ich im ersten Moment das Gefühl, überhaupt nicht gehalten zu werden. Ich hing mit dem Rücken zum Fels. Die Klaue in ihrem weichen Säckchen baumelte unter meinen Kopf, nur vom Kinn gehalten. Ich weiß noch, daß mir groteskerweise plötzlich angst um *Terminus Est* geworden ist, das leicht aus der Scheide hätte gleiten können.

Mit den Bauchmuskeln zog ich mich hoch wie ein Turner, der mit den Füßen an einer Stange hängt. Typhon ließ einen meiner Knöchel los und versetzte mir einen Schlag ins Gesicht, der mich zurückfallen ließ. Schreiend versuchte ich, mir aus den Augen das Blut zu wischen, das von den Lippen in sie tröpfelte.

Die Versuchung, mein Schwert zu ziehen, mich wieder hochzustemmen und zuzuhauen, war beinahe unwiderstehlich groß. Dennoch wußte ich, Typhon würde zwangsläufig mein Vorhaben durchschauen und genügend Zeit haben, mich loszulassen. Selbst wenn mir der Hieb gelänge, würde ich in den Tod stürzen.

»Ich fordere dich auf ...«, sprach über mir Typhon, scheinbar unendlich fern in dieser lichten Unermeßlichkeit, »... deinen Talisman um Hilfe anzurufen.«

Er hielt inne, und jeder Augenblick dauerte schier eine Ewigkeit.

»Kann er dir helfen?«

Ich brachte ein lautes »Nein!« zustande.

»Weißt du, wo du bist?«

»Hab's gesehen. Im Gesicht des Felsautarchen.«

»Es ist mein Gesicht – hast du das gesehn? Das bin ich, der ich wiedergekehrt. Du bist in meinem Auge, und es ist die Iris meines echten Auges, an der dein Rücken liegt. Verstehst du? Du bist eine Träne, eine einzelne schwarze Träne, die ich weine. Gleich wirst du rollen und mein Gewand benetzen. Wer kann dich retten, Talismanträger?«

»Du. Typhon.«

»Nur ich?«

»Nur Typhon.«

Er zog mich wieder hinauf, und ich klammerte mich an ihn, wie sich einst der Knabe an mich geklammert hatte, bis ich wieder ganz in der Kammer, der Hirnschale des Berges, war.

»Nun denn«, sagte er, »versuchen wir es noch einmal. Du mußt mit mir wieder zum Auge kommen. Vielleicht fällt's dir leichter, wenn wir statt dem rechten zum linken gehn.«

Er nahm mich beim Arm. Ich denke, man kann sagen, ich bin freiwillig gegangen, da ich die Beine gebraucht habe; aber ich denke, keinen Gang meines Lebens bin ich so ungern gegangen. Nur der Gedanke an die soeben erfahrene Erniedrigung bewirkte, daß ich überhaupt ging. Erst als wir unmittelbar am Rand des Auges angelangt waren, blieben wir stehen; dann verlangte Typhon mit einer Geste, daß ich hinaussähe. Unter uns lag ein wogendes Wolkenmeer mit blauen Schatten, wo es der Sonnenschein nicht rötete.

»Autarch«, sagte ich, »wie kamen wir hierher, wenn das Schiff, in dem wir fuhren, in einen so tiefen Schacht hinabgetaucht ist?«

Er tat meine Frage mit einem Achselzucken ab. »Warum sollte die Schwerkraft der Urth dienen, wenn sie Typhon dienen darf? Dennoch ist die Urth schön. Schau! Siehst du den Mantel der Welt? Ist er nicht hübsch?«

»Sehr hübsch«, pflichtete ich ihm bei.

»Es kann dein Mantel sein. Ich habe dir gesagt, ich bin Autarch vieler Welten gewesen. Und werde wieder Autarch sein, und diesmal von noch mehr. Diese Welt, die älteste aller, machte ich zu meinem Sitz. Das war ein Fehler, denn ich verweilte zu lange, als die Katastrophe ausbrach. Als ich fliehen wollte, war mir die Flucht nicht mehr möglich – jene, denen ich das Kommando über solche Schiffe, die zwischen den Sternen fahren, übertragen hatte, waren damit geflohen, und ich wurde auf diesem Berg belagert. Diesen Fehler werd' ich nicht wieder begehen. Mein Sitz soll woanders sein, und diese Welt sollst du erhalten, um sie als mein Sachwalter zu regieren.«

Ich sagte: »Ich verdiene kein solch hohes Amt.«

»Talismanträger, keinem, nicht einmal dir, bin ich Rechenschaft über mein Walten schuldig. Sieh dir lieber dein Reich an!«

Weit unten war, während er sprach, ein Wind aufgekommen. Die Wolken teilten sich vor seiner Peitsche und sammelten sich wie Soldaten zu dicht geschlossenen Reihen, gen Osten ziehend. Darunter sah ich Gebirge und Ebenen und jenseits der Tiefebenen die feine blaue Küstenlinie.

»Schau!« Typhon deutete, und währenddessen wurde in den Bergen im Nordosten ein nadelfeiner Lichtstrahl sichtbar. »Eine große Energiewaffe ist dort zum Einsatz gekommen«, erläuterte er. »Vielleicht durch den Herrscher dieses Zeitalters. Vielleicht durch seinen Feind. Wer's auch sein mag, der Standort ist nun bekannt, so daß sie zerstört werden wird. Die Heere dieses Zeitalters sind schwach. Sie werden vor unseren Flegeln aufstieben wie die Spreu beim Dreschen.«

»Wie könnt Ihr all das wissen, Autarch?« fragte ich. »Ihr wart tot, bis ich und mein Sohn zu Euch stießen.«

»Ja. Aber nun lebe ich schon fast einen ganzen Tag und habe meine Gedanken zu fernen Orten gesandt. Es gibt in den Meeren Mächte, welche die Herrschaft anstreben. Sie werden unsere Sklaven sein, und die Horden des Nordens die ihren.«

»Was ist mit den Leuten von Nessus?« Mir klapperten die Zähne und schlotterten die Beine vor Kälte.

»Nessus soll dein Sitz sein, wenn du's wünschst. Von deinem Thron zu Nessus sendest du mir einen Tribut von schönen Mädchen und Knaben, von altem Gerät und Büchern und allen guten Dingen, welche diese Welt von Urth hervorbringt.«

Er deutete abermals. Ich sah den Garten des Hauses Absolut gleich einem ausgebreiteten grün-goldenen Tuch und dahinter die Mauer von Nessus und die gewaltige Stadt selbst, die Ewige, über aberhundert Meilen ausgestreute Stadt mit dem endlosen Dächermeer und Straßengewirr, worin die Türme der Zitadelle kläglich untergingen.

»Kein Berg ist so hoch«, wandte ich ein. »Wenn dieser der höchste in der Welt wäre und auf der Krone des zweithöchsten stände, so könnte man selbst dann nicht so weit sehen, wie ich's nun vermag.«

Typhon legte mir die Hand auf die Schulter. »Dieser Berg ist so hoch, wie ich will. Hast du vergessen, wessen Gesicht er trägt?«

Mir fehlten die Worte.

»Narr«, sagte er. »Du siehst durch meine Augen. Und nun raus mit dem Talisman! Ich will deinen Eid darauf!«

Ich zog die Klaue – zum letzten Mal, wie ich glaubte – aus ihrem ledernen Säckchen, das Dorcas dafür genäht hatte. Während ich das tat, regte sich etwas tief drunten. Noch bot sich mir von diesem Fenster der Kammer unermeßlich weite, ungehinderte Sicht auf die Welt, wobei sich freilich nicht mehr erkennen ließ, als schaute man von höchster Warte aus: die blaue Scheibe der Urth. Durch die Wolken konnte ich unter uns den Schoß des Berges mit seinen viereckigen Häusern, dem runden Kuppelbau in der Mitte und den Kataphrakten sehen. Langsam kehrten diese ihre Gesichter von der Sonne ab und uns zu.

»Sie huldigen mir«, sagte Typhon. Piatons Lippen bewegten sich ebenfalls, aber nicht in Einklang mit den seinen. Diesmal schenkte ich ihnen Beachtung.

»Ihr seid vorhin am anderen Auge gewesen«, versetzte ich, »und sie haben Euch nicht gehuldigt. Sie huldigen der Klaue. Autarch, wie steht's mit der Neuen Sonne, wenn sie schließlich kommt? Werdet Ihr ihr Feind sein, wie Ihr der Feind des Schlichters gewesen seid?«

»Leiste deinen Schwur und glaube mir, wenn sie kommt, werde ich ihr Herr und sie mein niedrigster Sklave sein!«

In dem Augenblick schlug ich zu.

Es gibt eine Methode, mit dem Handrücken die Nase zu zertrümmern, so daß die Knochensplitter ins Gehirn getrieben werden. Man muß jedoch sehr flink sein, denn unwillkürlich wird das Opfer die Hände abwehrend ans Gesicht werfen, sobald es die schlagende Faust sieht. Ich war nicht so flink wie Typhon, aber es war das eigene Gesicht, das er mit hochgerissenen Händen schützte. Ich schlug nach Piaton und spürte den kurzen, grausigen Knack, der das Siegel des Todes ist. Das Herz, das ihm seit so vielen Chiliaden nicht mehr gedient hatte, hörte zu schlagen auf.

Sodann stieß ich Typhon mit dem Fuß in den Abgrund.

XXVII
Auf hohen Pfaden

Das fliegende Schiff wollte mir nicht gehorchen, denn ich kannte das Wort dafür nicht. (Ich habe mir oft überlegt, Piaton habe mir unter anderem dieses Wort zu sagen versucht, wie er mir auch bedeutet habe, ihn zu töten; und ich wünschte, ihm schon eher Beachtung geschenkt zu haben.) Schließlich bin ich also gezwungen gewesen, aus dem rechten Auge abzusteigen, was die schlimmste Kletterei meines Lebens gewesen ist. Ich habe in dieser überlangen Erzählung meiner Abenteuer oft versichert, daß ich nichts vergesse; von diesem Abstieg habe ich allerdings das meiste vergessen, denn vor lauter Erschöpfung bewegte ich mich wie im Schlaf. Als ich endlich in die stille, entrückte Stadt zu Füßen der Kataphrakte getappt bin, muß es schon fast Nacht gewesen sein, so daß ich mich an einer windgeschützten Mauer niedergelegt habe.

Es liegt grausige Schönheit in den Bergen, auch wenn sie einen dem Tode nahebringen; ich glaube sogar, daß sie insbesondere dann am offenkundigsten wird, und daß der Jäger, der warm gekleidet und gut genährt die Berge erklimmt und sie warm gekleidet und gut genährt wieder verläßt, diese selten gewahrt. Dort kann einem die ganze Welt wie ein natürliches Becken klaren, eiskalten Wassers erscheinen.

Ich bin an diesem Tag weit abgestiegen und in Hochebenen gelangt, die sich meilenweit erstreckt haben; Matten mit lieblichem Gras und solchen Blumen, wie man sie in tieferen

Lagen nicht vorfindet; kleinen, schnell blühenden Blumen von einer Vollkommenheit und Reinheit, die keine Rose erlangen kann.

Diese Bergwiesen waren teils von Felswänden eingeschlossen, teils nicht. Mehr als einmal glaubte ich, nun könne ich nicht weiter nordwärts und müsse umkehren; aber stets fand ich schließlich einen Weg, bergab oder -an, und zog unablässig weiter. Ich sah drunten weder reitende noch marschierende Soldaten und war einerseits froh darum – denn ich rechnete damit, daß die Truppen des Archons mir noch auf der Spur wären –, andrerseits beunruhigte es mich aber, denn es bewies, daß ich mich weit von den Nachschubwegen des Heeres entfernt hatte.

Die Erinnerung an den Alzabo geisterte mir wieder durch den Kopf; ich wußte, daß es davon viele in den Bergen geben müsse. Außerdem konnte ich mir nicht sicher sein, daß er wirklich tot sei. Wer wollte sagen, mit was für Heilungskräften eine solche Kreatur ausgestattet wäre? Obschon ich ihn am hellichten Tag zu vergessen vermochte, indem ich ihn sozusagen aus meinem Bewußtsein verdrängte, das von der Sorge über auftauchende oder ausbleibende Soldaten und den abertausend herrlichen Eindrücken von Gipfeln, Sturzbächen und tiefeingeschnittenen Tälern, die mich ringsum begleiteten, mit Beschlag belegt wurde, kehrte er des Nachts zurück, wenn ich, in Decke und Mantel eingewickelt und von Fieber geschüttelt, glaubte, seine weichen Tritte und scharrenden Klauen zu hören.

Wenn die Welt, wie oft gesagt wird, einer planmäßigen Ordnung unterworfen ist (ob nun vor ihrer Erschaffung ersonnen oder in den Milliarden Äonen ihrer Geschichte mit der unerbittlichen Logik von Ordnung und Wachstum abgeleitet, das bleibt sich gleich), dann müssen in allen Dingen sowohl die höhere Glorie miniaturhaft vertreten als auch das Mindere vergrößert dargestellt sein. Um von meiner kreisenden Aufmerksamkeit die greuliche Erinnerung daran fernzuhalten, habe ich hin und wieder versucht, mein Denken auf jene naturbedingte Anlage des Alzabos zu richten, die ihm ermöglicht, sich Gedächtnis und Willen eines Menschen einzuverleiben. Die Parallele zum Minderen bereitete mir keine Schwierigkeit. Der Alzabo ließe sich mit gewissen Insekten vergleichen, die sich mit Zweigen und Grashalmen bedecken, um von ihren Feinden nicht erkannt zu werden. So gesehen handelt es sich nicht um Täuschung – die Zweige und Blattreste sind echt vorhanden. Dennoch steckt das Insekt darunter. So verhält es sich auch mit dem Alzabo. Als Becan, aus dem Munde der Kreatur sprechend, mir gesagt hatte, er wolle sein Weib und seinen Knaben bei sich, glaubte er, seinen eigenen Wunsch vorzutragen, den er dann auch äußerte; dennoch hatte dieser Wunsch zum Zweck, den Alzabo satt zu machen, der dahintersteckte, dessen Bedürfnisse und Bewußtsein sich hinter Becans Stimme verbargen.

Den Alzabo einer höheren Wahrheit beizuordnen, war, was mich nicht verwunderte, ungleich schwieriger; aber schließlich kam ich zum Schluß, er ließe sich mit der Inbesitznahme der materiellen Welt durch das Denken und Handeln der Menschen vergleichen, die, obzwar längst tot, sie so geprägt haben mit ihren Taten, die wir im weiteren Sinne Kunstwerke nennen können, seien es nun Bauwerke, Lieder, Schlachten oder Forschungsreisen, daß sie über den Tod hinaus gewissermaßen weiterleben. Auf gleiche Weise schlug das Kind Severa dem Alzabo vor, er möge den Tisch in Casdoes Haus verrücken, um auf den Dachboden zu gelangen, obgleich das Kind Severa nicht mehr war.

Nun stand mir Thecla beratend zur Seite, wobei ich mir hierbei freilich nicht viel erhoffte und sie mir nur wenig Rat geben konnte; sie war jedoch oft vor den Gefahren der Berge gewarnt worden und trieb mich auf und voran, bergab, unablässig bergab in die warmen Täler beim ersten Tageslicht.

Ich verspürte keinen Hunger mehr, denn der Hunger legt sich, wenn man eine Zeitlang nichts mehr ißt. Statt dessen überfiel mich Schwäche, die eine urtümliche Geistesklarheit mit sich brachte. Dann stieß ich am Abend des zweites Tages nach meinem Abstieg von der Pupille des rechten Auges auf die Steinklause eines Schäfers, worin ich einen Kochtopf und etwas gemahlenen Mais vorfand.

Ein Gebirgsbach war nur ein paar Schritte weit entfernt, aber Brennholz war keins vorhanden. Also sammelte ich bei Dämmerung an einer Felswand, die eine halbe Meile entfernt lag, verlassene Vogelnester, schlug an diesem Abend mit der Angel von *Terminus Est* Feuer, kochte das derbe Mahl (was recht lange dauerte wegen der Höhe) und verzehrte es. Selten hat mir etwas besser gemundet, zumal es unverkennbar nach Honig geschmeckt hat, als wäre der Nektar der Pflanze im gedörrten Korn erhalten geblieben, wie das Salz der Meere, deren sich nur noch die Urth selbst entsinnt, im Kern gewisser Steine erhalten ist.

Ich war entschlossen, für das, was ich gegessen hatte, zu bezahlen, und durchsuchte meine Gürteltasche, um dem Schäfer etwas von mindestens gleichem Wert zurückzulassen. Von Theclas braunem Buch wollte ich mich nicht trennen; mein Gewissen besänftigte ich, indem ich mir vor Augen führte, daß der Hirt wohl gar nicht lesen könne. Auch von meinem entzweigebrochenen Wetzstein wollte ich nicht lassen – weil er mich zum einen an den grünen Mann erinnerte und weil er zum andern eine plumpe Gabe wäre, wo hier doch Steine von fast gleicher Güte überall im jungen Gras lagen. Geld besaß ich nicht, denn ich hatte alles an Dorcas abgetreten. Zuletzt entschied ich mich für den scharlachroten Domino, den sie und ich im Schlamm der steinernen Stadt gefunden hatten, lange bevor wir in Thrax ankamen. Er war schmutzig und so dünn, daß er nicht viel Wärme spenden konnte, ich hoffte aber, daß an den Quasten und der prachtvollen Farbe mein Gönner, der mich gespeist hatte, Gefallen fände.

Ich habe nie ganz verstanden, wie er dorthin gekommen ist, wo wir ihn gefunden haben, oder ob der sonderbare Mensch, der uns zu sich gerufen hat, um für eine kurze Weile wieder Leben zu erlangen, ihn absichtlich oder zufällig zurückgelassen hat, als der Regen ihn abermals zu jenem

Staub hat zerfallen lassen, der er so lange gewesen ist. Die alte Schwesternschaft der Priesterinnen verfügt zweifelsohne über Mächte, die sie selten oder nie gebraucht, und man darf durchaus annehmen, daß das Erwecken von den Toten dazu gehört. Ist dem so, hat er sie vielleicht herbeigerufen, wie er uns herbeigerufen hat, und der Domino ist versehentlich zurückgeblieben.

Doch selbst wenn dem so ist, mag damit einer höheren Gewalt gedient worden sein. Auf diese Weise erklären denn die meisten Gelehrten den scheinbaren Widerspruch, daß wir zwar den freien Willen hätten, uns für das eine oder andre zu entscheiden, ein Verbrechen zu begehen oder durch angewandte Nächstenliebe den seligmachenden Unterschied des Empyreums zu stiebitzen, der Increatus aber dennoch über alles herrsche und ihm von jenen, die gehorchen, gleichermaßen (das heißt ganz) gedient werde wie von jenen, die sich auflehnen.

Nicht nur das. Manche, deren Darlegungen ich im braunen Buch gelesen und mehrmals mit Thecla durchgesprochen habe, meinen, daß dort, ihn schauend, eine Vielzahl von Wesen weile, die zwar winzig erscheinen – ja unendlich winzig –, aber vergleichsweise groß sind in den Augen der Menschen, auf die ihr Herr so gigantisch wirkt, daß er unsichtbar ist. (Durch seine grenzenlose Größe wird er so winzig, daß wir im Verhältnis zu ihm jenen gleichen, die über einen Kontinent wandern, jedoch nur Wälder, Sümpfe, Sanddünen und so weiter sehen und sich, obgleich sie ein drückendes Steinchen im Schuh spüren mögen, nie überlegen, daß das Land, das sie ihr Lebtag lang übersehen haben, da ist und mit ihnen zieht.)

Andere Gelehrte wiederum zweifeln an der Existenz dieser Macht, welcher diese Heerscharen angeblich dienen, beteuern aber nichtsdestoweniger, daß letztere existieren. Ihre Versicherungen beruhen indes nicht auf menschlichem Zeugnis – wovon es viel gibt und dem ich mein eigenes hinzufüge, denn ich habe ein solches Wesen im Buch mit den spiegelnden Seiten in Vater Inires Gelaß gesehen –, sondern auf unwiderlegbarer Theorie, behaupten sie doch, falls das Universum nicht erschaffen worden sei (was sie aus Gründen, die nicht ganz in der Philosophie beheimatet sind, gern abstreiten), dann müsse es bis heute seit ewig existiert haben. Und sei sie ohne Anbeginn, reiche die Zeit vom heutigen Tag endlos weit zurück und hätten in diesem grenzenlosen Zeitmeer alle denkbaren Dinge notgedrungen vergehen müssen. Nun sind solche Wesen wie diese dienstbaren Geister denkbar, denn sie und viele andere haben sie in ihrem Denken erfaßt. Wenn jedoch ein so mächtiges Wesen je ins Dasein gekommen ist, wie sollte es dann ausgelöscht worden sein? Also gibt es sie noch.

Anhand dieses widersprüchlichen Wissens wird somit deutlich, daß man an die Existenz von Ylem, dem Urquell aller Dinge, nicht, an die Existenz seiner Diener aber dennoch glauben kann.

Und da es solche Wesen sicherlich gibt, wäre es dann nicht möglich, daß sie sich einmischen (wenn man das als Einmischung bezeichnen könnte) in unsere Geschicke mittels solcher Zufälle wie dem scharlachroten Domino, den ich in der Klause zurückgelassen habe? Es erfordert keine grenzenlose Macht, um sich in den inneren Ablauf eines Ameisenbaus einzumischen – ein Kind kann's mit einem Stock aufwühlen. Ich kenne keinen Gedanken, der mich schrecklicher anmutet. (Der Gedanke an meinen Tod, der dem Volksglauben nach über alle Maßen schrecklich und somit unvorstellbar sein werde, grämt mich wenig. Es ist mein Leben, an das ich, vielleicht aufgrund meines vollkommenen Gedächtnisses, nicht denken kann.)

Und es gibt noch eine Erklärung: Es mag sein, daß all jene, die der Theophanie zu dienen trachten, und vielleicht sogar all jene, die vorgeben, ihr zu dienen, obgleich sie den Anschein erwecken, sehr streitbar zu sein und gar einen Kleinkrieg gegeneinander angingen, miteinander verkettet sind wie die Marionetten des Knaben und des Holzmännchens, die ich einst im Traum gesehen habe, und die, wenn auch offensichtlich gegeneinander kämpfend, nichtsdestoweniger in einer einzigen Hand gewesen sind, welche die Fäden von beiden geführt hat. Wenn dem so wäre, dann mag der Schamane, den wir gesehen haben, der Freund und Verbündete jener Priesterinnen gewesen sein, die, ihre Zivilisation so tief durchdringend, dasselbe Land durchwandern, wo er in primitiver Wildheit mit der strengen Liturgie von Trommel und Rassel einst im kleinen Tempel der steinernen Stadt geopfert hat.

Nachdem ich die Nacht in der Schäfersklause verbracht hatte, gelangte ich im letzten Licht des nächsten Tages zum See namens Diuturna. Es war dieser gewesen, dachte ich, und nicht des Meer, den ich am Horizont gesehen hatte, bevor Typhon mich in seinen Bann schlug – falls meine Begegnung mit Typhon und Piaton kein visionärer Traum gewesen war, aus dem ich in meiner Not an der Stelle, wo ich ihn begonnen hatte, erwachte. Freilich ist der See Diuturna fast ein Meer, ist er doch ob seiner Größe für den Geist unermeßlich – und es ist schließlich der Geist, der die von dieser Welt ausgehende Resonanz erzeugt –; ohne ihn wäre hier nur ein Stück Urth, von brackigem Wasser bedeckt. Obwohl dieser See bedeutend höher als der Meeresspiegel liegt, habe ich fast den ganzen Nachmittag gebraucht, um hinab zu seinem Ufer zu gelangen.

Diese Wanderung ist ein erstaunliches Erlebnis gewesen, das ich noch heute als vielleicht schönstes Andenken hege, obgleich mein Gedächtnis reich ist von Erlebnissen mit so vielen Männern und Frauen, denn bei diesem Abstieg bin ich durchs Jahr gewandert. Als ich die Klause verließ, hatte ich links, rechts und hinter mir die gewaltigen Schneefelder, worin, kälter noch als das Eis, dunkle Felsen aufragten, zugige Felshänge, auf denen der Schnee keinen Halt fand und so hinabgeweht wurde zu den weichen Matten, die ich überquerte, worauf das zarteste Frühlingsgras gedieh. Allmählich wurde das Gras derber und sein Grün geiler. Das Gezirpe und Gesumme von Insekten (das ich nur bemerkte, wenn ich es eine Zeitlang gehört habe) setzte wieder ein und erinnerte mich an das Stimmen der Instrumente im Blauen Saal vor der ersten Kantilene, dem ich manchmal, auf meiner Pritsche vor dem offenen Fenster des Lehrlingsschlafsaals liegend, gelauscht hatte.

Büsche, die trotz ihres drahtigen Wuchses nicht in den Höhen, wo das feine Gras stand, auszuharren vermochten, traten nun in Erscheinung; als ich sie mir aber näher besah, stellte ich fest, daß es sich gar nicht um Buschwerk, sondern um Bäume handelte, die ich mit mächtigen Wipfeln in Erinnerung hatte, die hier aber ob des kurzen Sommers und strengen Winters arg geschnitten und durch diese Unbilden oft zu kahlen, darbenden Stämmchen verkümmert waren. In einem dieser Zwergbäume entdeckte ich das Nest einer Drossel, des ersten Vogels, den ich seit langem gesehen hatte, die kreisenden Räuber der Berge ausgenommen. Eine Meile tiefer vernahm ich die Pfiffe der Meerschweinchen, die ihre Höhlen in die steinigen Hänge gegraben hatten und die scheckigen Köpfchen mit den scharfen, schwarzen Augen in die Höhe streckten, um ihre Artgenossen vor meinem Nahen zu warnen.

Noch eine Meile weiter unten floh hakenschlagend ein Hase vor mir, die fliegende Astara fürchtend, die ich nicht besaß. Ich stieg nun immer rascher ab, wobei ich gewahr wurde, wieviel Kraft mich nicht nur Hunger und Durst, sondern auch die dünne Höhenluft gekostet hatten. Mir war, als hätte mich eine zweite Krankheit befallen, von der ich nichts geahnt hatte, bis die wiederkehrenden Bäume und echten Büsche sie heilten.

Vom neuen Standort aus bot sich der See nicht mehr als dunstig blaue Linie dar; ich sah ihn als eine immense, fast zeichnungslose Fläche stählernen Wassers, hie und da mit Schiffen gesprenkelt, die hauptsächlich aus Schilf geflochten waren, wie ich noch erfahren sollte. An sein Ufer schmiegte sich am Ende einer Bucht ein hübsches, kleines Dorf, das nur ein kurzes Stück rechts von meiner gegenwärtigen Marschrichtung lag.

Genauso wie ich meine Schwäche erst erkannt hatte, als

ich die Boote und die geschwungenen Strohdächer sah, so hatte ich auch nicht erkannt, wie einsam ich mich seit dem Tode des Knaben fühlte. Es ist wohl nicht bloß Einsamkeit gewesen, glaube ich. Ich habe nie ein großes Bedürfnis nach Gesellschaft gehabt, es sei denn, es wäre die Gesellschaft von jemand, den ich einen Freund nennen könnte. Sicherlich habe ich selten das Gespräch mit Fremden oder den Anblick fremder Gesichter gesucht. Ich glaube eher, als ich allein gewesen bin, habe ich das Gefühl gehabt, irgendwie meine Individualität einzubüßen; für die Drossel und den Hasen bin ich nicht Severian, sondern ein Mensch schlechthin gewesen. Den vielen, die sich freiwillig in die Einsamkeit zurückziehen, insbesondere in die Einsamkeit der Wildnis, gefällt es, wie ich meine, diese Rolle zu spielen. Ich indes wollte wieder eine eigene Persönlichkeit darstellen, weswegen ich den Spiegel anderer Leute suchte, der mir zeigen würde, daß ich nicht so sei wie sie.

XXVIII
Das Mahl des Hetmans

Es dämmerte schon, als ich die ersten Häuser erreichte. Die Sonne spannte einen rotgoldenen Steg über den See, der die Dorfstraße bis zum Rand der Welt zu verlängern schien, so daß man auf ihm hinaus in das größere Universum hätte wandern können. Aber das Dorf allein, das zwar arm und klein war, wie ich beim Näherkommen feststellte, genügte mir, der ich so lange in großen, entrückten Höhen gewandelt war, vollauf.

Es gab keinen Gasthof, und da keiner der Bewohner, die über ihre Fenstersimse nach mir spähten, sich besonders gewillt zeigte, mich in sein Heim zu bitten, erkundigte ich mich nach dem Haus des Hetmans und ließ mich in diesem, nachdem ich die dicke Frau, die mir die Tür öffnete, zur Seite geschoben hatte, behaglich nieder. Als der Hetman herbeieilte, um sich den ungebetenen Gast zu besehen, hatte ich schon den zerbrochenen Stein und das Öl ausgepackt und saß in der Wärme seines Feuers über *Terminus Est.* Er begann mit einer Verbeugung, war aber so neugierig auf mich, daß er's nicht unterlassen konnte, während der Verbeugung nach mir zu schielen, so daß ich Mühe hatte, mir ein Lachen zu verkneifen, was für mein Vorhaben freilich tödlich gewesen wäre.

»Der Optimat ist willkommen«, sagte der Hetman und blähte die runzligen Backen auf. »Höchst willkommen. Mein armes Heim – unser ganze bescheidene Siedlung – stehen ihm zu Verfügung.«

»Ich bin kein Optimat«, erklärte ich. »Ich bin der Großmeister Severian vom Orden der Wahrheitssucher und Büßer, im Volksmund Gilde der Folterer genannt. Nenne mich der Hetman *Meister.* Ich habe eine anstrengende Reise hinter mir, und wenn du mir ein gutes Mahl und anständiges Bett angedeihen läßt, werd' ich dich oder deine Leute vor morgen früh wohl nicht weiter drangsalieren müssen.«

»Ihr sollt mein eigenes Bett haben«, versicherte er flugs, »und zu essen, was ich bieten kann.«

»Ihr habt hier bestimmt frischen Fisch und Geflügel vom See. Ich nehm' beides. Und wilden Reis dazu.« Ich erinnerte mich, daß Meister Gurloes in der Zitadelle einmal über die Beziehung unserer Zunft zu anderen Gilden gesprochen und dabei gesagt hatte, ein Mensch ließe sich am einfachsten unterwerfen, indem man von ihm etwas verlange, was er nicht erfüllen könne. »Honig, neubackenes Brot und Butter würd' reichen, abgesehen vom Gemüse und Salat, wobei ich mich, da ich diesbezüglich nicht wählerisch bin, gern überraschen lasse. Etwas Feines halt, und etwas, was ich noch nicht gegessen hab', damit ich im Haus Absolut etwas erzählen kann.«

Die Augen des Hetmans waren bei meiner Aufzählung immer größer geworden, und als ich das Haus Absolut erwähnte, das in diesem Dorf bestimmt nicht mehr als ein Gerücht war, sprangen sie ihm schier aus dem Kopf. Er begann von Kühen zu faseln (vermutlich daß sich Milch und Butter gebendes Rind in solcher Höhe nicht halten ließ), aber ich winkte ihn hinaus und packte ihn schließlich noch am Kragen, weil er die Tür hinter sich nicht schloß.

Nachdem er gegangen war, zog ich mir gewagterweise die Stiefel aus. Es zahlt sich nicht aus, wenn man sich locker gibt (und er und sein Dorf waren nun meine Gefangenen, dachte ich, auch wenn sie nicht eingekerkert waren), ich war mir jedoch sicher, daß sich keiner ins Zimmer getraut hätte, bevor nicht irgendein Mahl bereitet wäre. Ich putzte und ölte also *Terminus Est* weiter und schwang den Wetzstein so lange, bis die Schneiden wieder scharf waren.

Daraufhin holte ich meinen anderen Schatz (der mir zwar gar nicht gehörte) aus seinem Beutelchen und betrachtete ihn im Feuerschein des Hetmans. Seitdem ich Thrax verlassen hatte, drückte die Klaue nicht mehr wie ein stählerner Finger gegen meine Brust – bei meiner Bergwanderung hatte ich oft sogar längere Zeit ganz darauf vergessen und erschrocken nach ihr gegriffen, als sie mir wieder einfiel, glaubte ich doch, sie verloren zu haben. In dieser niedrigen, rechteckigen Stube des Hetmans, wo die runden Mauersteine sich wie feiste Bürger Mann an Mann den Bauch zu wärmen schienen, strahlte sie nicht wie in der Hütte des einäugigen Knaben; aber sie war auch nicht tot wie bei Typhon, als ich sie ihm gezeigt hatte. Nun glomm sie eher, und ich konnte mir fast vorstellen, wie ihre Energien mein Gesicht umspielten. Das halbmondförmige Kernstück war nie deutlicher zum Vorschein getreten, und obgleich es dunkel war, leuchtete es.

Ich steckte die Klaue schließlich wieder weg, ein wenig beschämt, mit einem solch innig verehrten Ding gespielt zu haben, als wäre es nur Tand. Ich nahm das braune Buch hervor und hätte darin gelesen, hätt' ich's vermocht; aber obgleich sich mein Fieber offenbar gelegt hatte, war ich noch sehr matt, und im flackernden Feuerschein begannen die engen, altertümlichen Buchstaben auf den Seiten zu tanzen, so daß die Geschichte, die ich aufgeschlagen hatte, mir bald wie blanker Unsinn, bald wie auf mich gemünzt vorkam – von endlosen Reisen handelnd, von der Grausamkeit der Masse und strömendem Blut. Einmal glaubte ich, Agias Namen zu sehen, aber beim zweiten Lesen wurde daraus das Wort *agil:* »Agia, wie sie war, sprang sie abermals und drehte die Säulen des Schildes ...«

Die Seite war zwar hell ausgeleuchtet, aber unentzifferbar wie ein Spiegelbild auf stillem Wasser. Ich schloß das Buch und steckte es in die Gürteltasche zurück – unsicher, ob ich die Wörter, die ich vorhin zu lesen glaubte, überhaupt gesehen hätte. Agia mußte tatsächlich vom Strohdach des Hauses von Casdoe gesprungen sein. Gewiß hatte sie Agilus'

Hinrichtung in Mord verdreht. Die große Schildkröte, die der Sage nach die Welt trägt und somit das All verkörpert, ohne dessen geordnete Unrast wir ein einsamer Wanderer im Weltraum wären, hat in grauer Vorzeit angeblich die inzwischen verschollene Universalregel offenbart, die einem die Gewißheit des stets richtigen Handelns gegeben hat. Ihr Rückenschild hat das Himmelszelt dargestellt, ihre Brustplatte die Ebenen aller Welten. Die Säulen des Schilds wären die Heere des Theologumenons, schrecklich und blitzend ...

Dennoch war ich mir nicht sicher, irgend etwas davon gelesen zu haben, und als ich das Buch abermals hervorholte und die Seite suchte, fand ich sie nicht mehr. Obgleich ich wußte, meine Verwirrung rühre nur von meiner Erschöpfung her, überkam mich die Furcht, die mich stets packte, wenn ich mir durch irgendeinen kleinen Vorfall des beginnenden Wahnsinns bewußt wurde. Während ich ins Feuer starrte, schien es zutreffender, als mir lieb war, daß eines Tages, vielleicht durch einen Schlag auf den Kopf, vielleicht ohne erkennbaren Anlaß, meine Phantasie und meine Vernunft den Platz tauschen könnten – gleichsam wie zwei Freunde, die tagtäglich zur gleichen Bank in einem öffentlichen Park kämen, schließlich beschlössen, zur Abwechslung die Bank zu tauschen. Dann sähe ich wie in Wirklichkeit all die Truggebilde meines Geistes und gewahrte so verschwommen, wie wir unsere Ängste und Ambitionen erfassen, die Menschen und Dinge der tatsächlichen Welt. Diese Gedanken an dieser Stelle meiner Erzählung müssen wie eine Vorhersage anmuten; rechtfertigen kann ich sie nur mit dem Hinweis, daß ich, von meinem Gedächtnis gemartert, sehr oft solche Überlegungen angestellt habe.

Ein zaghaftes Klopfen an der Tür beschloß mein grausiges Grübeln. Ich schlüpfte in die Stiefel und rief: »Herein!«

Jemand, der wohlweislich außer Sicht bleiben wollte, obschon ich mir recht sicher war, daß es sich um den Hetman handelte, stieß die Tür auf; herein trat eine junge Frau mit einem Servierbrett aus Messing, das mit allerlei Speisen beladen war. Erst als sie es abstellte, bemerkte ich, daß sie nackt war bis auf plumpen Metallschmuck, wie ich zunächst dachte, und erst als sie sich verneigte und die Hände in der nordischen Art zum Haupt hob, erkannte ich, daß die glänzenden Bänder, die ich für Armreifen gehalten hatte, tatsächlich Schellen aus gehärtetem Eisen waren, die eine lange Kette verband.

»Euer Abendessen, Großmeister«, sagte sie und ging rückwärts zur Tür, gegen die sie sich drückte. Mit einer Hand wollte sie die Klinke betätigen; obgleich ich ihr feines Knacken hörte, gab das Türblatt nicht nach. Zweifelsohne wurde sie von demjenigen, der sie eingelassen hatte, von außen zugehalten.

»Riecht köstlich«, meinte ich. »Hast du es gekocht?«

»Ein paar Sachen. Den Fisch und die Pfannkuchen.«

Ich erhob mich, lehnte *Terminus Est* an die bucklige Steinmauer, um sie nicht zu ängstigen, und trat heran, um das Essen zu begutachten: eine junge Ente vom Spieß, geviertelt; den erwähnten Fisch, die Pfannkuchen (die aus Hirsemehl und zerkleinerten Muscheln bestanden, wie sich später zeigte), Kartoffeln, im Feuer gebacken, und einen Salat aus Pilzen und Blattgemüse.

»Kein Brot«, stellte ich fest. »Keine Butter und kein Honig. Sie werden noch davon hören.«

»Wir hofften, die Pfannkuchen würden Euch zusagen, Großmeister.«

»Ich weiß, 's ist nicht deine Schuld.«

Es war schon lange her, daß ich bei Cyriaca gelegen hatte, und obgleich ich bis jetzt versucht hatte, diese Sklavin keines Blickes zu würdigen, sah ich sie mir nun an. Das lange schwarze Haar fiel bis zur Hüfte, und ihre Haut war beinahe von der Farbe des Tabletts, das sie gebracht hatte, dennoch war sie schmalhüftig, was bei Autochthonenfrauen selten vorkommt, und hatte ein reizendes, sogar ein wenig ovales Gesicht. Agia hatte trotz ihrer hellen Haut und Sommersprossen viel breitere Wangen.

»Zu gütig, Großmeister. Er will, daß ich bei Euch bleibe

und Euch bei Tisch bediene. Wenn Ihr das nicht wünscht, müßt Ihr ihm sagen, er solle die Tür öffnen und mich hinauslassen.«

»Ich werd' ihm sagen«, verkündete ich mit lauter Stimme, »von der Tür zu verschwinden und nicht länger meine Unterhaltung zu belauschen. Du sprichst von deinem Besitzer, nehm' ich an? Vom Hetman dieses Dorfes?«

»Ja, von Zambdas.«

»Und wie heißt du?«

»Pia, Großmeister.«

»Und wie alt bist du, Pia?«

Ich lächelte, als ich hörte, daß sie von gleichem Alter wie ich war.

»Nun sollst du mich bedienen, Pia. Ich will hier beim Feuer sitzen wie vorhin, als du hereingekommen bist, und du kannst mir servieren. Weißt du, wie man bei Tisch aufwartet?«

»O ja, Großmeister. Ich serviere jedes Mahl.«

»Dann kennst du dich wohl aus. Was empfiehlst du zuerst – den Fisch?«

Sie nickte.

»Dann bring ihn her, und den Wein und ein paar von deinen Pfannkuchen. Hast du schon gegessen?«

Sie schüttelte den Kopf, daß ihr Haarschopf wippte.

»O nein, aber es wäre nicht recht, mit Euch zu essen.«

»Trotzdem seh' ich, daß ich deine Rippen zählen kann.«

»Ich würde dafür geschlagen, Großmeister.«

»Nicht, solange ich hier bin. Aber ich will dich nicht zwingen. Jedenfalls möchte ich sichergehen, daß man nichts reingetan hat, was ich einem Hund nicht vorwerfen würd', wenn ich ihn noch hätte. In den Wein tut man's besonders gern. Wird stark, aber süß wie die meisten Landweine sein.« Ich goß den irdenen Becher halb voll und reichte ihn ihr. »Trink das, und wenn du dich nicht zuckend zu Boden wirfst, will ich auch 'nen Tropfen versuchen.«

Es bereitete ihr einige Mühe, ihn hinunterzubekommen, aber schließlich hatte sie ihn leer und gab mir mit wäßrigen

Augen den Becher zurück. Ich schenkte mir selbst ein und trank den Rebensaft, der meiner Vorhersage genau entsprach.

Ich forderte sie dann auf, sich neben mich zu setzen, und fütterte sie mit einem der Fische, die sie selbst in Öl gebraten hatte. Daraufhin aß auch ich ein Paar. Sie waren dem Wein so weit überlegen wie ihr Gesicht dem des Hetmans – bestimmt frisch gefangen in einem viel kälteren und reineren Wasser als dem schlammigen des unteren Gyolls, aus dem die Fische gestammt hatten, die ich von der Zitadelle gewohnt war.

»Tragen hier alle Sklaven Ketten?« fragte ich, als wir uns die Pfannkuchen teilten. »Oder warst du besonders aufsässig, Pia?«

Sie erwiderte: »Ich bin vom See«, als würde das meine Frage beantworten, was gewiß der Fall gewesen wäre, wäre ich mit den örtlichen Gegebenheiten vertraut gewesen.

»Ich würde meinen, das seien die Leute vom See.« Ich deutete mit einer kreisenden Handbewegung auf das Haus des Hetmans und das Dorf allgemein.

»O nein. Das sind die vom Ufer. Meine Leute leben auf dem See, auf den Inseln. Aber manchmal treibt der Wind unsere Inseln hierher, und Zambdas befürchtet, wenn ich die meine sähe, würd' ich zu ihr schwimmen. Die Kette ist schwer – Ihr seht, wie lang sie ist –, und ich kann sie nicht abnehmen. Das Gewicht würde mich ertränken.«

»Es sei denn, du fändest ein Stück Holz, das das Gewicht trägt, während du mit den Füßen paddelst.«

Sie tat so, als hätte sie meine Bemerkung nicht gehört. »Möchtet Ihr etwas Ente, Großmeister?«

»Ja, aber erst, wenn du davon gegessen hast, und bevor du das tust, möcht' ich mehr über diese Inseln erfahren. Sagtest du, der Wind triebe sie her? Offengestanden habe ich noch nie von Inseln gehört, die im Wind treiben.«

Pia warf einen schmachtenden Blick auf die Ente, die in diesem Teil der Welt eine Köstlichkeit sein mußte. »Ich habe gehört, es gibt Inseln, die nicht wandern. Das ist wohl sehr umständlich und beschwerlich, und mir sind solche noch nie zu Gesicht gekommen. Unsere Inseln wandern umher, und manchmal hängen wir in ihre Bäume Segel, damit's schneller geht. Aber es läßt sich mit ihnen nicht gegen den Wind kreuzen, weil sie keine gescheiten Böden wie Schiffe, sondern blöde Böden wie Wannen haben, so daß sie manchmal sogar umkippen.«

»Ich würd' eure Inseln gern mal sehn, Pia«, meinte ich. »Und ich möchte, daß du wieder zu ihnen kommst, denn das willst du offenbar. Ich schulde einem Mann, der so ähnlich heißt wie du, noch einen Gefallen, also will ich versuchen, dir das zu ermöglichen, bevor ich diese Gegend verlasse. Bis dahin solltest du möglichst viel Kraft sammeln, indem du von der Ente ißt.«

Sie nahm sich ein Stück, und nachdem sie ein paar Brokken verzehrt hatte, löste sie mir vom Fleisch Streifen ab und fütterte mich mit den Fingern. Es mundete vorzüglich, war noch so heiß, daß es dampfte, und schmeckte nach Petersilie, was vielleicht von den Wasserpflanzen herrührte, von denen sich diese Enten ernährten; aber es war auch kräftig und etwas fett, so daß ich, als ein Schlegel gut zur Hälfte abgenagt war, etwas Salat nahm, um meinen Gaumen zu erfrischen.

Sodann aß ich wohl weiter von der Ente, wobei mir eine Bewegung im Feuer ins Auge stach. Ein Stück Glut war von einem der Scheite in die Asche unter dem Rost gefallen, aber anstatt dort liegenzubleiben, zu erkalten und schließlich schwarz zu werden, richtete es sich anscheinend auf und verwandelte sich dabei in Roche, den Roche mit dem feuerroten Haar, zu echten Flammen entfacht, den Roche mit der Fackel, die er immer gehalten hatte, wenn wir als Knaben in der Zisterne unter dem Glockenturm badeten.

Es mutete mich so seltsam an, ihn dort, zur Mikromorphe geschrumpft, zu sehen, daß ich mich Pia zuwandte, um sie darauf aufmerksam zu machen. Sie hatte offenbar nichts bemerkt; aber ein kaum daumengroßer Drotte stand auf ihrer Schulter, halb unter ihrem losen schwarzen Haar verdeckt. Als ich ihr sagen wollte, er sei dort, hörte ich mich zischend, grunzend und schnalzend in einer neuen Zunge sprechen. All das machte mir keine Angst, sondern versetzte mich in entrücktes Staunen. Ich wußte, was über meine Lippen kam, war keine menschliche Sprache, und betrachtete Pias entsetzte Miene wie ein antikes Gemälde in der Galerie des alten Rudesind in der Zitadelle; dennoch vermochte ich nicht, die Laute, die unaufhaltsam aus meiner Kehle drangen, zu Wörtern zu formen. Pia kreischte.

Die Tür flog auf. Weil sie so lange geschlossen gewesen war, hatte ich ganz vergessen, daß sie nicht abgesperrt war. Sie stand nun also offen, und zwei Gestalten traten herein. Als die Tür aufging, waren es Männer gewesen, in deren Gesichtern weicher Pelz wie der zweier Otter sproß, aber immerhin Männer. Im nächsten Augenblick waren daraus Pflanzen geworden, grüne Strünke, aus denen die rasiermesserscharfen, wunderlich gezackten Blätter der Averne ragten. Spinnen, schwarze, geschmeidige, vielbeinige Tierchen, hatten dort ihren Unterschlupf. Als ich mich von meinem Stuhl erheben wollte, sprangen sie auf mich und umgarnten mich mit ihren Netzen, die im Feuerschein glänzten. Ungläubig glotzend, sperrte Pia den Mund auf, und ihre zarten Lippen erstarrten zu einem Ring des Grauens, wie ich noch bemerkt und mir eingeprägt hatte, bevor ein Falke niederstieß und mir mit einem Schnabel aus Stahl die Klaue vom Hals riß.

XXIX
Das Boot des Hetmans

Daraufhin saß ich die ganze Nacht und fast den ganzen Vormittag des nächsten Tages, wie ich später feststellte, im Dunkeln eingesperrt. Obgleich es dunkel war, wo ich lag, war es für mich zunächst nicht dunkel, denn meine Halluzinationen bedurften keiner Kerze. Ich kann mich an sie noch erinnern, wie ich mich an alles erinnern kann; aber ich will euch, meine Leser, nicht mit einer vollständigen Aufzählung der Truggebilde langweilen, obschon es mir ein leichtes wäre, sie hier zu beschreiben. Keineswegs leicht fällt es mir jedoch, meine Gefühle dazu zum Ausdruck zu bringen.

Dabei wäre es mir eine große Erleichterung gewesen, hätte ich davon ausgehen können, daß sie alle irgendwie in der Droge enthalten waren, die ich schluckte (wie ich mir schon gedacht hatte und wie ich später erfuhr, als ich jene befragen konnte, welche die Verwundeten des Autarchenheeres pflegten, waren es lediglich die Pilze, die in meinen Salat geschnitten waren), wie auch Theclas Gedanken und Theclas Persönlichkeit, bald tröstlich, bald plagend, in dem Stück ihres Fleisches, das ich bei Vodalus' Bankett verzehrte, enthalten gewesen waren. Ich wußte aber, daß dem nicht so sein konnte und daß alles, was ich sah, ob lustig, garstig, grausig oder bloß grotesk, meinem eigenen Denken entsprang. Oder dem Geiste Theclas, der nun Teil von mir war.

Oder vielmehr, wie mir nun im Dunkeln dort zum ersten Mal klar wurde, als ich eine Parade von Hofdamen betrachtete – ungeheuer großwüchsigen Beglückten mit der steifen Anmut kostbaren Porzellans, das Gesicht mit Perlen- oder Diamantenstaub gepudert und die Augen vergrößert durch bestimmte Gifte, die wie auch bei Thecla in winzigen Mengen in der Kindheit eingeträufelt worden waren –, dem Geist entsprungen, der nun in der Gedankenverbindung des ihren und meinen bestand.

Severian, der Lehrling, der ich gewesen war, der Jüngling, der unter dem Glockenturm gebadet hatte, der einst um ein Haar im Gyoll ertrunken wäre, der sich an Sommertagen allein in der verfallenen Nekropolis herumgetrieben hatte, der am Tiefpunkt seiner Verzweiflung Thecla das Messer zugesteckt hatte, war nicht mehr.

Nicht tot. Warum hatte er geglaubt, jedes Leben müsse im Tod enden und niemals in etwas anderem? Nicht tot, sondern verschwunden, wie eine einzelne Note verschwindet, um nie wiederzukehren, wenn sie ununterscheidbar und untrennbar Teil einer improvisierten Melodie wird. Dieser junge Severian hatte den Tod gehaßt und war durch die Güte des Increatus, dessen Güte (wie an vielen Stellen weise vermerkt) uns wahrlich beschämt und venichtet, nicht gestorben.

Die Damen neigten ihre langen Hälse, um zu mir herabzublicken. Ihre ovalen Gesichter waren vollkommen, ebenmäßig, ausdruckslos, aber lüstern; und ich verstand mit einemmal, daß sie nicht – oder zumindest nicht mehr – die Hofdamen des Hauses Absolut waren, sondern die Kurtisanen des Azurnen Hauses geworden waren.

Eine ganze Weile, wie mir schien, ging die Parade dieser verführerischen und unmenschlichen Frauen weiter, und bei jedem Herzschlag (den ich damals spürte wie selten zuvor oder seither, so daß mir war, als würde in meiner Brust eine Trommel gerührt) wendeten sie ihre Roben, ohne auch nur im geringsten ihr Aussehen zu verändern. Wie ich zuweilen in Träumen erkannte, daß eine gewisse Figur eigentlich jemand darstellte, dem sie nicht im geringsten glich, so erkannte ich, daß diese Damen in einem Moment die Zierde des Autarchenthrons und im nächsten gegen eine Handvoll Orikalken für die Nacht käuflich waren.

Während dieser ganzen Zeit und auch in den viel längeren Pausen davor oder danach war mir äußerst unwohl zumute. Die Spinnweben, die ich allmählich als gewöhnliche Fischernetze erkannte, waren nicht entfernt worden; zudem hatte man mich mit Seilen gefesselt, wobei ein Arm unbeweglich an meiner Seite festgebunden und der andere nach oben gebeugt war, so daß die Finger meiner Hand, die bald taub wurden, fast ins Gesicht reichten. Als die Droge ihre höchste Wirkung entfaltet hatte, war ich inkontinent geworden, so daß meine Hosen von kaltem, stinkendem Urin durchnäßt waren. Als die Halluzinationen schwächer und die Pausen dazwischen länger wurden, litt ich immer stärker unter den widrigen Umständen und bekam Angst vor dem, was mir widerführe, holte man mich schließlich aus der fensterlosen Kammer, in die man mich geworfen hatte. Ich vermutete, der Hetman habe durch irgendeine Estafette erfahren, daß ich nicht der sei, für den ich mich ausgegeben hätte, und obendrein gewiß vermeldet bekommen, ich sei auf der Flucht vor dem Arm des Archons; denn ich überlegte mir, daß er sich andernfalls nicht getraut hätte, mir so zuzusetzen. Unter diesen Umständen konnte ich nur mutmaßen, ob er mich persönlich beseitigen würde (gewiß durch Ertränken – an einem solchen Ort), mich einem hiesigen Ethnarchen auslieferte oder nach Thrax zurückschickte. Ich beschloß, mir das Leben zu nehmen, sollte sich mir Gelegenheit bieten, aber es schien ausgeschlossen, daß man mir eine solche einräumte, so daß ich vor Verzweiflung schier umgekommen wäre.

Schließlich ging die Tür auf. Vom Licht, das nur aus einem düsteren Zimmer dieses Hauses mit seinen dicken Mauern einfiel, war ich wie geblendet. Zwei Männer zerrten mich hinaus, als hätten sie es mit einem Mehlsack zu tun. Sie hatten mächtige Bärte, also waren vermutlich sie es gewesen, die mir, als sie zu Pia und mir in die Stube stürmten, wie pelzbedeckte Tierköpfe vorgekommen waren. Sie stellten mich auf die Füße, aber meine Beine wollten mich nicht tragen, so daß sie notgedrungen meine Fesseln lösen und die Netze entfernen mußten, in die ich geraten war, während ich Typhons Netz entschlüpft war. Als ich wieder stehen konnte, gaben sie mir einen Becher Wasser und ein Stück Pökelfisch.

Nach einer Weile kam der Hetman herein. Obschon er so wichtigtuerisch auftrat, wie er es als Amtsperson in diesem Dorf gewiß gewohnt war, vermochte er nicht zu verhindern, daß seine Stimme bebte. Warum er mich noch fürchten sollte, das leuchtete mir nicht ein, aber daß er mich noch fürchtete, war unverkennbar. Da ich nichts mehr zu verlieren hatte, befahl ich ihm als letzter Versuch, mich unverzüglich freizulassen.

»Das kann ich nicht, Großmeister«, erklärte er. »Ich handle unter höherer Weisung.«

»Darf ich erfahren, wer die Stirn besitzt, dir aufzutragen, so einen Vertreter deines Autarchen zu behandeln?«

Er räusperte sich. »Befehl von der Burg. Mein Briefvogel trug gestern abend Euren Saphir dorthin, und heut' früh traf ein anderer Vogel mit einem Zeichen ein, das bedeutet, wir müssen Euch hinbringen.«

Zunächst dachte ich, er beziehe sich auf Burg Acies, wo eine der Dimarchi-Schwadronen stationiert war, erkannte dann aber, daß man hier, gut vier Dutzend Meilen vom wehrhaften Thrax entfernt, kaum so vertraut davon spräche. Ich fragte: »Welche Burg ist das? Und verbietet deine Weisung, daß ich mich wasche, ehe ich dort erscheine? Und meine Kleider reinigen lasse?«

»Dagegen spricht wohl nichts«, sagte er unsicher; dann zu einem seiner Männer: »Wie steht der Wind?«

Der Angesprochene antwortete mit einem flüchtigen Achselzucken, dem ich nichts entnehmen konnte, obgleich es dem Hetman offenbar alles sagte.

»Also gut«, erklärte er mir. »Wir können Euch nicht freilassen, waschen aber Eure Kleider und geben Euch zu essen, falls Ihr wollt.« Beim Gehen wandte er sich mit einer fast entschuldigenden Miene noch einmal um. »Die Burg ist nah, Großmeister, und der Autarch fern. Ihr versteht. Wir haben in der Vergangenheit viele Schwierigkeiten gehabt, aber nun herrscht Friede.«

Ich hätte mich gern mit ihm auseinandergesetzt, aber er gab mir keine Möglichkeit. Die Tür fiel hinter ihm ins Schloß.

Pia, die nun einen zerlumpten Kittel trug, kam kurz danach herein. Notgedrungen mußte ich es über mich ergehen lassen, von ihr entkleidet und gewaschen zu werden; allerdings konnte ich diese Prozedur dazu nutzen, ihr etwas zuzuflüstern; so bat ich sie, dafür zu sorgen, daß mein Schwert mitgenommen würde, wohin auch immer man mich brächte – denn ich hoffte, zu entkommen, und wenn ich dem Herrn der geheimnisvollen Burg alles gestehen und eine Waffenbrüderschaft mit ihm eingehen müßte. Wie sie mich überhört hatte, als ich vorschlug, das Gewicht ihrer Kette von einem Stück Holz tragen zu lassen, so verriet sie auch jetzt mit keiner Regung, mich verstanden zu haben; eine Wache oder so später, als ich, wieder angezogen, unter Aufbietung einer Parade zur Erbauung der Dorfschaft zum Boot geführt wurde, kam sie allerdings mit *Terminus Est* auf den Armen hinterhergelaufen. Der Hetman hatte diese erlesene Waffe offenbar behalten wollen und machte ihr ernste Vorhaltungen; ich konnte ihn jedoch, als ich an Bord gezerrt wurde, warnen, daß ich, sobald ich in der Burg wäre, denjenigen, der mich dort empfinge, von meinem Schwert in Kenntnis setzen würde, so daß er schließlich klein beigab.

Das Boot war von einer Art, wie ich sie noch nie zu Gesicht bekommen hatte. Der Form nach handelte es sich um eine Schebecke, schmal vorn und achtern, breit mittschiffs, mit einem langen, überhängenden Heck und einem noch längeren Bug. Jedoch war der flache Rumpf aus schwimmendem Schilfrohr, wie Weidenruten verflochten, gebaut. Da sich in einem solch nachgiebigen Rumpf kein gewöhnlicher Mastfuß befestigen ließ, war statt dessen ein dreieckiges Stangengerüst aufgestellt. Die schmale untere Dreiecksseite reichte von Dollbord zu Dollbord; die langen Seitenschenkel trugen einen Klobenzug, der nun, als der Hetman und ich an Bord stiegen, betätigt wurde, um eine schräge Rah zu hissen, die mit einem breit gestreiften Leinensegel bestückt war. Der Hetman hielt nun mein Schwert, aber gerade als die Fangleine geworfen wurde, sprang Pia mit einem Satz an Bord, daß ihre Kette nur so rasselte.

Der Hetman wurde zornig und bedachte sie mit Schlägen; nun war es aber kein Kinderspiel, das Segel eines solchen Gefährts einzuholen und es mit dem Ruder zu wenden, so daß er ihr, obgleich er die Weinende in den Bug schickte, schließlich doch gestattete zu bleiben. Kurzentschlossen fragte ich ihn daraufhin, warum sie mitkommen wollte, obwohl ich mir den Grund dafür denken konnte.

»Meine Frau ist recht streng mit ihr, wenn ich nicht daheim bin«, erklärte er mir. »Schlägt sie und läßt sie den ganzen Tag hart arbeiten. Es ist natürlich gut für das Kind, und sie ist sehr froh, wenn sie mich heimkommen sieht. Aber am liebsten kommt sie mit mir, was ich ihr nicht verübeln kann.«

»Ich auch nicht«, meinte ich, während ich das Gesicht so weit wie möglich von seinem übelriechenden Atem abkehrte. »Obendrein wird sie die Burg zu sehen bekommen, die sie wohl noch nie gesehen hat.«

»Hundertmal hat sie die Mauern schon gesehn. Sie stammt von den Leuten des Sees, die keinen Grund und Boden besitzen und die vom Wind umhergetrieben werden und somit alles sehn.«

Wenn sie vom Wind umhergetrieben wurden, so erging es uns nicht anders. Luft, so klar wie Geist, blähte das gestreifte Segel, so daß sich der breite Rumpf sogar zur Seite legte, und ließ uns über das Wasser gleiten, bis das Dorf hinter der Horizontlinie verschwunden war – freilich waren die weißen Gipfel der Berge, die schier aus dem See aufragten, noch sichtbar.

XXX
Natrium

So primitiv waren diese Fischer vom Seeufer bewaffnet – viel primitiver noch als die wirklich primitiven Autochthonen aus der Gegend um Thrax –, ich erkannte erst nach einer Weile, daß sie überhaupt bewaffnet waren. Es hielten sich an Bord mehr Männer auf, als zum Steuern und Segelsetzen erforderlich gewesen wären, aber ich vermutete zunächst, sie seien nur als Ruderer mitgekommen oder um das Ansehen des Hetmans zu heben, wenn er mich zu seinem Herrn in die Burg brächte. In ihren Bauchgurten steckten gerade, dünne Messer, wie sie überall bei Fischern gebräuchlich sind, und Speere mit Widerhaken zum Fischfang standen bereit. Erst als eine der Inseln, auf die ich so gespannt war, in Sicht kam und ich bemerkte, wie einer der Männer nach einer mit Tierzähnen gespickten Keule griff, wurde mir klar, daß die Männer als Schutz vorgesehen waren, und es gab tatsächlich etwas, wovor man sich vorsehen mußte.

Die kleine Insel selbst wirkte erst befremdlich, als man sah, daß sie sich wirklich bewegte. Sie war niedrig und sehr grün und trug eine winzige Hütte (wie unser Boot aus Schilf gebaut und damit gedeckt) auf der höchsten Stelle. Ein paar Weiden wuchsen auf ihr, und ein langes, schmales Boot, wiederum aus Schilfgeflecht, war an ihrem Ufer festgemacht. Beim Näherkommen bemerkte ich, daß auch die Insel aus Schilf bestand, allerdings aus lebendem Schilf. Sein Rohr verlieh ihr das frische Grün, die verschlungenen Wurzeln bildeten wohl die floßähnliche Grundlage. Auf ihrem dicht verfilzten Gewirr hatte sich Erde angesammelt oder war dort von den Bewohnern aufgehäuft worden. Ihr waren die Bäume entsprossen, deren Wurzelwerk im Seewasser trieb. In kleinen Beeten gedieh Gemüse.

Weil der Hetman und alle anderen an Bord bis auf Pia es mit finsteren Blicken bedachten, betrachtete ich das winzige Eiland mit Wohlwollen; und als ich es so sah – als grünen Fleck vor dem kalten und scheinbar endlosen Blau des Sees Diuturna und dem tieferen, wenn auch wärmeren Blau des gestirnten, sonnenbekrönten Himmels, fiel es mir nicht schwer, Gefallen an ihm zu finden. Hätte ich dieses Bild wie ein Gemälde betrachtet, hätte es (mit der geraden Horizontlinie, welche die Leinwand in zwei Hälften teilte, mit dem grünen Fleck aus grünen Bäumen und brauner Hütte) auf mich symbolträchtiger gewirkt als solche Gemälde, die Kritiker wegen ihrer Symbolhaftigkeit gern verlachen. Doch wer hätte sagen können, was es bedeutete? Es ist meiner Meinung nach ausgeschlossen, daß alle Symbole, die wir in natürlichen Landschaften sehen, nur vorhanden sind, weil wir sie sehen. Niemand zögert, die Solipsisten als verrückt hinzustellen, die überzeugt sind, die Welt existiert nur, weil sie sie sähen, und Bauten, Berge und gar wir selbst (zu denen sie noch vor einem Moment gesprochen) verschwänden, sobald sie das Gesicht abkehrten. Ist es nicht ebenso verrückt zu glauben, die Bedeutung dieser Dinge vergehe auf dieselbe Weise? Falls Thecla die Liebe, derer ich mich unwürdig gefühlt habe, symbolisch aufgefaßt hat, was der Fall gewesen ist, wie ich nun weiß, ist dann ihre symbolische Kraft verschwunden, wenn ich die Zellentür hinter mir geschlossen habe? Das wäre, als würde man sagen, daß der Text dieses Buches, dem ich mich in so vielen Wachen gewidmet habe, sich in zinnoberrote Kleckse auflöste, wenn ich es zum letzten Mal schlösse, um es der zeitlosen Bibliothek des alten Ultan anzuvertrauen.

Die große Frage also, über die ich nachsann, während ich die treibende Insel mit sehnsüchtigem Blick betrachtete und mich an den Fesseln wundrieb und den Hetman in meinem Herzen verfluchte, wäre zu bestimmen, was diese Symbole an und in sich bedeuteten. Wir sind die Kinder, die eine gedruckte Seite ansehen und im vorletzten Buchstaben einen Drachen, im letzten ein Schwert erkennen.

Was für eine Botschaft mir diese kleine, trauliche Hütte und ihr grünes Gärtchen, zwischen zwei unendlichen Räumen schwebend, vermitteln sollte, das weiß ich nicht. Aber die Botschaft, die ich hineinlas, war eine von Freiheit und Heimat, und ich spürte nun eine stärkere Sehnsucht nach Freiheit, nach der Möglichkeit, die oberen und unteren Welten, mit dem Nötigsten gerüstet, ungehemmt zu durchstreifen, denn je zuvor – stärker gar als während meiner Haft im Vorzimmer des Hauses Absolut, stärker gar als in meiner Zeit als Klient der Folterer in der Alten Zitadelle.

Als mein Freiheitsverlangen am höchsten war und uns unser Kurs am dichtesten an die Insel heranführte, traten zwei Männer und ein etwa fünfzehnjähriger Knabe aus der Hütte. Sie blieben kurz vor ihrer Tür stehen und blickten herüber, als wollten sie Boot und Besatzung abschätzen. Es waren neben dem Hetman fünf Dörfler an Bord, und es lag auf der Hand, daß sie gegen uns nichts ausrichten könnten, dennoch setzten sie uns in ihrem schmalen Gefährt nach; während die Männer ruderten, zog der Knabe ein plumpes Segel aus Mattengeflecht auf.

Der Hetman, der sich von Zeit zu Zeit nach ihnen umblickte, saß mit *Terminus Est* auf dem Schoß neben mir. Ich glaubte, er würde mein Schwert im nächsten Moment abstellen und, um sich zu besprechen, achtern zum Mann an der Ruderpinne oder nach vorne zu den vier anderen am Bug gehen. Meine Hände waren am Bauch gefesselt, so daß ich binnen eines Augenblicks die Klinge ein daumenbreites Stück aus der Scheide hätte ziehen und die Schnüre durchschneiden können, aber es bot sich mir keine Gelegenheit dazu.

Eine zweite Insel kam in Sicht, und ein weiteres Boot, das mit zwei Männern besetzt war, schloß sich uns an. Das verringerte unseren zahlenmäßigen Vorteil, und schon rief der Hetman einen seiner Dörfler zu sich und ging mit ihm, mein Schwert bei sich tragend, ein paar Schritte nach achtern. Sodann öffneten sie einen Blechkanister, der unter dem Platz des Steuermanns verwahrt worden war, und entnahmen ihm eine Waffe, wie ich sie noch nie gesehen hatte, einen Bogen aus zwei Ruten mit jeweils eigener Sehne, die mit einer halben Spanne langen Querhölzern zusammengebunden waren. Die Sehnen waren in der Mitte gleichfalls verknüpft, so daß dort eine Schlinge für ein Geschoß vorhanden war.

Während ich dieses seltsame Gerät betrachtete, rückte Pia näher zu mir. »Sie beobachten mich«, flüsterte sie. »Ich kann Eure Fesseln jetzt nicht lösen. Aber vielleicht ...« Sie warf einen vielsagenden Blick auf die Boote, die uns folgten.

»Greifen sie uns an?«

»Erst wenn sie mehr sind. Sie haben nur Fischspeere und Pachos.« Als sie sah, daß ich nicht verstand, fügte sie hinzu: »Stöcke mit Zähnen – einer dieser Männer hat auch einen.«

Der Dörfler, den der Hetman herbeigerufen hatte, holte ein mit weichem Tuch eingeschlagenes Bündel aus der Büchse. Er faltete das Päckchen im offenen Deckel auseinander, so daß mehrere silbergraue, ölig-glänzende Metallschloßen zum Vorschein kamen.

»Feuerkugeln«, erklärte Pia. Ihr war offenbar angst und bange geworden.

»Glaubst du, daß noch mehr von deinen Leuten kommen?«

»Wenn wir weitere Inseln passieren. Wenn ein oder zwei einem Küstenboot folgen, dann schließen sich alle an, um sich zu teilen, was zu holen ist. Aber es wird bald das Ufer wieder in Sicht kommen ...« Unter ihrem zerlumpten Kittel bebten ihre Brüste, als einer der Dörfler sich die Hände an seinem Mantel abwischte, eine der silbrigen Kugeln nahm und sie in die Schlinge des Doppelbogens einlegte.

»Ist nur wie ein schwerer Stein ...«, begann ich. Er spannte die Sehnen bis zum Ohr und ließ los, so daß die

Kugel durch die beiden Bögen davonschwirrte. Pia war so ängstlich, daß ich fast erwartete, das Geschoß unterzöge sich im Flug einer Wandlung, würde vielleicht zu einer jener Spinnen, die ich, wie ich noch immer irgendwie glaubte, gesehen hatte, als ich, von der Droge betäubt, in den Netzen dieser Fischer gefangen worden war.

Nichts dergleichen geschah. Die Kugel flog als glänzender Streifen übers Wasser und schlug etwa zwanzig Schritt vor dem Bug des nächsten Bootes auf dem See auf.

Einen Atemzug lang passierte weiter nichts. Dann folgte eine scharfe Detonation, begleitet von einer Feuerkugel und einer Dampffontäne. Etwas Dunkles, offenbar das noch ganze Geschoß, wurde durch die Explosion, die es ausgelöst hatte, emporgeschleudert, nur um sofort wieder niederzufallen, diesmal zwischen die zwei Verfolgerboote. Eine zweite Explosion, nur geringfügig schwächer als die erste, wühlte das Wasser auf und ließ eines der Boote fast vollaufen. Das andere drehte ab. Eine dritte Explosion schloß sich an, dann eine vierte, aber das Geschoß, mochte es anderweitig auch recht wirksam sein, konnte den Booten jedenfalls nicht folgen, wie Hethors Notulen Jonas und mir gefolgt waren. Jede Entladung trug es weiter fort, und nach der vierten war es offenbar verbraucht. Die zwei nachsetzenden Boote blieben zurück, bis sie außer Reichweite waren, aber ich bewunderte ihren Mut, die Jagd überhaupt fortzusetzen.

»Die Feuerkugeln fangen im Wasser Feuer«, erklärte mir Pia.

Ich nickte. »Das seh' ich.« Ich suchte für meine Füße einen festen Stand auf den Schilfgarben.

Es ist keine Kunst, mit auf dem Rücken gebundenen Händen zu schwimmen – Drotte, Roche, Eata und ich übten das oft, indem wir die Hände am Hintern verschränkt hielten, und ich könnte so wohl eine ganze Zeit über Wasser bleiben; aber um Pia war ich besorgt, also forderte ich sie auf, sie solle so weit wie möglich nach vorne gehen.

»Aber dann kann ich Euch nicht losbinden.«

»Das kannst du sowieso nicht, solange sie uns beobachten«, flüsterte ich. »Geh nach vorn! Wenn dieses Schiff auseinanderbricht, klammere dich an ein Schilfbüschel. Sie gehn nicht unter. Keine Widerrede mehr!«

Die Männer im Bug hielten sie nicht auf, und sie blieb erst stehen, als sie dort angelangt war, wo ein Zopf aus geflochtenem Schilf als Vordersteven des Schiffes aufragte. Ich holte tief Luft und sprang über Bord.

Ich hätte, wenn ich gewollt hätte, eintauchen können, ohne große Wellen zu schlagen, aber ich zog lieber die Knie ans Kinn, um kräftig zu spritzen, und sank dank meiner schweren Stiefel viel tiefer, wie wenn ich zum Schwimmen nackt gewesen wäre. Genau das hatte mir Sorgen bereitet; als der Bogenschütze des Hetmans seine Feuerkugel abgeschossen hatte, waren bis zur Explosion einige Momente verstrichen. Ich wußte, ich hatte nicht nur beide Männer klitschnaß gemacht, sondern auch sämtliche Kugeln auf dem ölgetränkten Tuch ordentlich naßgespritzt – aber ich konnte mir nicht sicher sein, daß sie hochgegangen wären, ehe ich wieder an die Oberfläche käme.

Das Wasser war kalt und wurde weiter unten immer kälter. Die Augen öffnend, sah ich ein herrliches Kobaltblau, durch das ich wirbelte, wobei es immer dunkler wurde. Mich befiel der blinde Drang, die Stiefel abzustreifen; aber das hätte mich rasch nach oben getrieben, so daß ich mich lieber dem wunderbaren Blau und der Erinnerung an die dauerhaften Leichen widmete, die ich auf den Müllhalden zu Saltus gesehen hatte – Leichen, die immerfort durch den blauen Strudel der Zeit fielen.

Langsam drehte ich mich mit kleinen Bewegungen unter Wasser herum, bis ich über mir den braunen Rumpf vom Schiff des Hetmans ausmachen konnte. Dieser braune Fleck und ich lagen uns zunächst scheinbar regungslos gegenüber, wobei ich unter ihm lag wie ein Toter unter einem Aasvogel, der, vom Wind auf leichten Schwingen getragen, unmittelbar unter den Sternen zu gleiten scheint.

Mit stechenden Lungen begann ich nun zu steigen.

Als wär's ein Signal, vernahm ich die erste Explosion, einen dumpfen, fernen Knall. Ich schwamm in Froschmanier empor, wobei ich eine zweite und dritte Explosion hörte, die jedesmal lauter dröhnte.

Nachdem ich mit dem Kopf die Wasseroberfläche durchstoßen hatte, bemerkte ich, daß das Heck vom Schiff des Hetmans aufgerissen war, so daß die Schilfgarben wie struppige Reisigbesen abstanden. Eine kleinere Detonation zu meiner Linken betäubte mich schier und peitschte mir einen Wasserguß ins Gesicht, der wie Hagel auf der Haut stach. Der Bogenschütze des Hetmans zappelte nicht weit von mir, aber der Hetman selbst (noch immer, wie ich entzückt feststellte, *Terminus Est* haltend), Pia und die anderen klammerten sich an die Reste des Bugs, die dank der Schwimmfähigkeit des Schilfs über Wasser trieben, obschon der untere Teil versunken war. Ich zerrte mit den Zähnen an den Schnüren um meine Handgelenke, bis zwei Eiländer mir auf ihr Boot halfen und einer davon mir die Fesseln durchschnitt.

XXXI
Die Leute vom See

Pia und ich verbrachten die Nacht auf einer der treibenden Inseln, wo ich, der ich Thecla so oft in Besitz genommen hatte, die ohne Ketten, aber gefangen war, nun Pia in Besitz nahm, die noch in Ketten, aber frei war. Sie lag nachher auf meiner Brust und weinte vor Freude – wohl nicht so sehr vor der Freude, die sie an mir gehabt hatte, als vor Freude über ihre Befreiung, obgleich ihre Eiländer, die bis auf das wenige, das sie von den Leuten vom Ufer erstanden oder plünderten, kein Metall und somit keinen Schmied zum Abnehmen der Schellen hatten.

Ich habe mir von Männern, die viele Frauen gekannt haben, sagen lassen, daß sie schließlich Ähnlichkeiten in der Liebe zwischen bestimmten Damen bemerken, und zum ersten Mal hat sich das nun in meiner eigenen Erfahrung bestätigt, denn Pia mit ihrem hungrigen Mund und dem geschmeidigen Körper hat mich an Dorcas erinnert. Allerdings war es in gewisser Hinsicht auch unzutreffend; Dorcas und Pia glichen sich in der Liebe wie zuweilen die Gesichter zweier Schwestern, aber ich hätte nie die eine mit der anderen verwechselt.

Als wir zur Insel gelangten, war ich zu erschöpft gewesen, um all das Wunderbare an ihr zu würdigen, und die Nacht war schon angebrochen. Selbst jetzt kann ich mich noch daran erinnern, das kleine Boot ans Ufer gezogen zu haben und in eine Hütte gegangen zu sein, worin einer unserer Retter ein winziges Feuer aus Treibholz entfacht und ich *Terminus Est* geölt habe, das die Eiländer dem gefangenen Hetman abgenommen und mir zurückgegeben haben. Aber als die Urth ihr Gesicht wieder der Sonne zukehrte und ich, die Hand am grazilen Stamm einer Weide gestützt, die ganze Insel unter meinen Füßen schaukeln spürte, wie wurde mir das wundersam zumute!

Unsere Gastgeber kochten uns zum Frühstück Fisch; bevor wir aufgegessen hatten, traf ein Boot mit zwei weiteren Eiländern ein, die mehr Fisch und ein Wurzelgemüse, das mir fremd war, mitbrachten. Es wurde in der Glut gebraten und heiß verzehrt. Der Geschmack der Knollen ließe sich nur als kastanienartig beschreiben. Drei weitere Boote kamen an, sodann eine Insel mit vier Bäumen und bauchigen, rechteckigen Segeln, die im Geäst eines jeden aufgezogen waren, so daß ich, als ich sie aus der Ferne sah, im ersten Moment an eine Flottille dachte. Ein älterer Mann war der Kapitän, sozusagen das einzige Oberhaupt, das die Eiländer kannten. Er hieß Llibio. Als Pia mich ihm vorstellte, umarmte er mich wie ein Vater seinen Sohn, was mir bisher noch nie widerfahren war.

Als wir uns trennten, entfernten sich alle übrigen, Pia eingeschlossen, so weit, daß wir eine vertrauliche Unterredung führen konnten, wenn wir nicht gerade schrien – einige Männer waren in die Hütte gegangen, die übrigen (es waren insgesamt an die zehn) zur anderen Seite der Insel.

»Ich habe gehört, du bist ein großer Krieger und Menschenmörder«, begann Llibio.

Ich erklärte ihm, ich sei fürwahr ein Menschenmörder, aber kein großer.

»Das stimmt. Jeder schlägt zurück – und tötet. Aber den Sieg erlangt man nicht, indem man andere tötet, sondern indem man gewisse Teile seiner selbst abtötet.«

Um ihm zu zeigen, daß ich verstünde, erwiderte ich: »Du mußt alles Schlechte deiner selbst abgetötet haben. Dein Volk liebt dich.«

»Darauf kann man sich auch nicht verlassen.« Er hielt inne und blickte aufs Wasser hinaus. »Wir sind arm und wenige, und hätten die Leute in all den Jahren aufeinander gehört ...« Er schüttelte den Kopf.

»Ich bin weit herumgekommen und habe beobachtet, daß Arme oft mehr Verstand und Tugend haben als die Reichen.«

Er lächelte darüber. »Zu gütig. Aber unsere Leute haben so viel Verstand und Tugend, daß sie umkommen mögen. Wir sind nie recht zahlreich gewesen, und viele sind im letzten Winter gestorben, als der See weit zugefroren ist.«

»Ich habe nicht bedacht, wie schlimm der Winter für euch sein muß ohne Wolle oder Pelze. Aber jetzt, wo du davon sprichst, leuchtet mir ein, daß er wahrlich hart gewesen sein muß.«

Der alte Mann schüttelte den Kopf. »Wir fetten uns ein, was viel hilft, und die Robben liefern uns feinere Mäntel, als die vom Ufer sie haben. Aber wenn das Eis kommt, sitzen unsere Inseln fest, und die vom Ufer brauchen keine Boote, um zu ihnen zu gelangen, und können so mit aller Gewalt über uns herfallen. In jedem Sommer kämpfen wir gegen sie, wenn sie kommen, um unsere Fische zu fangen. Aber im Winter bringen sie uns um, wenn sie auf der Suche nach Sklaven übers Eis kommen.«

Ich dachte nun an die Klaue, die der Hetman mir abgenommen und in die Burg geschickt hatte. »Die Leute vom Ufer gehorchen dem Burgherrn. Wenn ihr mit ihm Frieden schlösset, würde er ihre Angriffe vielleicht unterbinden.«

»Früher, als ich noch eine Knabe war, kosteten diese Kämpfe zwei oder drei Tote im Jahr. Dann kam der Burgbauer. Kennst du die Geschichte?«

Ich schüttelte den Kopf.

»Er kam aus dem Süden, woher, wie ich höre, auch du kommst. Er besaß vieles, was die Leute vom Ufer wollten – Tuch, Silber und gediegenes Werkzeug. Unter seiner Leitung erbauten sie die Burg. Das waren die Väter und Großväter der jetzigen Leute vom Ufer. Sie arbeiteten mit dem Werkzeug für ihn und durften es, wie versprochen, behalten, nachdem der Bau vollendet war, und erhielten noch allerlei anderes dazu. Der Vater meiner Mutter ging zu ihnen, als sie daran arbeiteten, und fragte, ob sie nicht sähen, daß sie damit einen Herrn über sich setzten, denn der Erbauer der Burg könnte beliebig mit ihnen verfahren und sich dann hinter die starken Mauern zurückziehen, die sie für ihn errichteten, wo niemand ihm etwas anhaben könnte. Sie verlachten den Vater meiner Mutter und wandten ein, sie seien viele, was stimmte, und der Erbauer der Burg nur ein einziger, was gleichfalls stimmte.«

Ich fragte, ob er den Erbauer je zu Gesicht bekommen hätte und wie er, falls ja, aussähe?

»Einmal. Er stand auf einem Fels und redete zu den Leuten vom Ufer, während ich in meinem Boot vorüberfuhr. Ich sage dir, er war ein kleiner Mann, ein Mann, der dir, wärst du dabeigewesen, kaum bis zur Schulter gereicht hätte. Kein Mann, der einem Furcht einflößt.« Llibio hielt abermals inne, und seine matten Augen schauten nicht die Wasser seines Sees, sondern längst verflossene Zeiten. »Dennoch brach Angst aus. Die Außenmauer war vollendet, und die Leute vom Ufer widmeten sich wieder ihrer Jagd, ihren Reusen und ihren Herden. Dann kam der Höchste von ihnen zu uns und sagte, wir hätten Tiere und Kinder gestohlen, und sie würden uns vernichten, gäben wir sie nicht zurück.«

Llibio blickte mir unverwandt ins Gesicht und ergriff meine Hand mit der seinen, die hart wie Holz war. Als ich ihn so sah, sah ich die verstrichenen Jahre gleichfalls. Sie waren wohl grimmig genug gewesen, obwohl die Zukunft, die sie ausgebrütet hatten – die Zukunft, in der ich, das Schwert überm Schoß, bei ihm saß und seiner Geschichte lauschte –, grimmiger schien, als er damals geahnt hätte. Dennoch hatten ihm diese Jahre auch viel Freude beschert; er war ein starker Jüngling gewesen, und obzwar er dieses nun nicht bedachte, erinnerten seine Augen daran.

»Wir entgegneten ihnen, wir fräßen keine Kinder und bräuchten keine Sklaven, die für uns fischten, wie wir auch keine Weiden für Vieh besäßen. Und sie konnten sich wohl denken, daß nicht wir es waren, denn sie erklärten uns nicht den Krieg. Aber wenn sich unsere Inseln dem Ufer näherten, hörten wir das Klagen ihrer Weiber durch die Nacht.

Zu jenen Zeiten wurde an jedem Tag nach Vollmond ein Markt abgehalten, wo diejenigen von uns, die wollten, an Land gehen und Salz und Messer erwerben konnten. Als der nächste Markt kam, sahen wir, daß die Leute vom Ufer wußten, wohin ihre Kinder und ihr Vieh verschwunden waren, und es einander zuraunten. Sodann fragten wir, warum sie nicht zur Burg zögen und sie im Sturm nähmen, denn sie seien viele. Aber statt dessen raubten sie unsere Kinder und Männer und Frauen jeden Alters und ketteten sie vor ihre Türen, auf daß die Ihren nicht geraubt würden – oder führten sie gar zu den Toren und banden sie dort fest.«

Ich erkundigte mich, wie lange das so gegangen sei.

»Jahrelang – seit meiner Jugend schon, wie ich bereits gesagt. Manchmal kämpften sie, meistens jedoch nicht. Zweimal kamen Krieger aus dem Süden, entsandt von den stolzen Leuten, die in den großen Häusern des Südufers wohnen. Solange diese hier waren, ruhten die Waffen, aber was in der Burg ausgehandelt wurde, das weiß ich nicht. Der Erbauer, von dem ich erzählte, wurde von keinem mehr gesehen nach der Vollendung seiner Burg.«

Er wartete darauf, daß ich etwas sagte. Ich hatte das Gefühl (das ich oft habe, wenn ich mit alten Menschen spreche), daß die Worte, die er äußerte, und die Worte, die ich hörte, sich ziemlich unterschieden, daß hinter seiner Sprache eine Reihe von Hinweisen, Andeutungen und stillschweigenden Folgerungen steckten, die für mich unsichtbar waren wie sein Atmen, als wäre die Zeit eine Art ergrauter Geist, der zwischen uns stünde und mit seinen flatternden Ärmeln auswischte, was ich zum Großteil gar nicht vernahm. Schließlich meinte ich: »Vielleicht ist er tot.«

»Ein böser Riese haust dort, aber keiner hat ihn je gesehen.«

Ich konnte mir ein Lächeln kaum verkneifen. »Trotzdem

hält, wie ich meine, seine Anwesenheit die Leute vom Ufer davon ab, die Burg anzugreifen.«

»Vor fünf Jahren fielen sie eines Nachts darüber her wie das Ungeziefer über einen Leichnam. Sie brannten die Burg nieder und erschlugen alle, die sie dort vorfanden.«

»Und nun führen sie den Krieg aus reiner Gewohnheit fort?«

Llibio schüttelte den Kopf. »Nach der diesjährigen Eisschmelze kehrten die Burgherren zurück. Sie kamen nicht mit leeren Händen und verteilten Reichtümer, so auch die wunderlichen Waffen, die du gegen die Leute vom Ufer gewendet hast. Es kamen auch noch andere, aber ob als Herren oder Diener, das wissen wir vom See nicht.«

»Vom Norden oder Süden?«

»Vom Himmel«, sagte er und deutete hinauf zu den Sternen, die, von der Pracht der Sonne gebleicht, am Firmament standen; indes glaubte ich, er habe nur gemeint, die Besucher seien in Fliegern gekommen, und fragte nicht weiter.

Den ganzen Tag lang trafen neue Seebewohner ein. Viele befuhren die gleichen Boote, womit das Schiff des Hetmans verfolgt worden war; andere segelten gar mit ihren Inseln heran, bis Llibios Eiland schier von einem schwimmenden Kontinent umgeben war. Ich wurde nicht direkt gebeten, sie gegen die Burg zu führen. Doch im Laufe des Tages wurde mir bald klar, daß sie's von mir erwarteten, und wurde auch ihnen klar, daß ich dazu bereit sei. In Büchern wird so etwas üblicherweise wohl durch feurige Reden bewerkstelligt; die Wirklichkeit sieht manchmal anders aus. Sie bewunderten meinen hohen Wuchs und mein Schwert, und Pia hatte ihnen kundgetan, ich sei ein Vertreter des Autarchen und entsandt, sie von ihrem Joch zu befreien. Llibio sagte: »Obschon wir's sind, die am meisten zu leiden haben, haben die Leute vom Ufer die Burg schon einmal in ihre Gewalt gebracht. Sie sind stärkere Krieger als wir, aber nicht alles, was sie niederbrannten, wurde wieder aufgebaut, und sie hatten keinen Führer aus dem Süden.« Ich erkundigte mich bei ihm und anderen über die Lage der Burg und erklärte ihnen, wir würden erst im Schutze der Nacht angreifen, wenn die Posten auf den Zinnen unseren Vorstoß nicht so leicht entdecken könnten. Obgleich ich nichts davon erwähnte, wollte ich auch deshalb auf die Dunkelheit warten, weil dann gezieltes Schießen unmöglich wäre; wenn der Burgherr dem Hetman die Feuerkugeln überlassen hatte, hatte er höchstwahrscheinlich viel mächtigere Waffen für sich behalten.

Als wir die Segel setzten, führte ich an die hundert Krieger an, obgleich sie zumeist nur mit Speeren, die Spitzen aus dem Schulterbein von Robben hatten, mit Pachos oder Messern bewaffnet waren. Mit stolzgeschwellter Brust könnte ich nun schreiben, ich hätte mich aus einem Gefühl der Verantwortung und Sorge um ihr Los bereitgefunden, diese kleine Armee ins Feld zu führen, aber das wäre nicht wahr. Ich ging diesen Gang auch nicht aus Furcht vor dem, was mir widerführe, falls ich mich weigerte, obgleich ich ahnte, daß es mir, hätte ich's nicht diplomatisch angestellt und auf Abwarten gedrängt oder den Eiländern den Vorteil einer Waffenruhe vor Augen geführt, schlimm ergangen wäre.

Die Wahrheit war, ich fühlte mich dazu genötigt, und zwar stärker als sie. Llibio trug um den Hals einen Fisch, der aus einem Zahn geformt war; als ich ihn fragte, was das sei, sagte er, das sei Oannes, und bedeckte ihm mit der Hand, auf daß meine Augen ihn nicht entweihten, wußte er doch, daß ich nicht an Oannes glaubte, der sicherlich der Fischgott dieser Leute war.

Ich glaubte nicht an ihn, dennoch war mir, als wüßte ich alles von Bedeutung über ihn. Ich wußte, er müsse in den finstersten Tiefen dieses Sees weilen, zeige sich aber, bei Sturm zwischen den Wellen reitend. Ich wußte, er war für sie der Hüter der Tiefe, der die Netze der Eiländer füllte, und daß kein Mörder sich furchtlos aufs Wasser wagen konnte, auf daß nicht Oannes mit Augen, groß wie Monde, längsseits auftauchte und das Boot kenterte.

Ich glaubte nicht an Oannes und fürchtete ihn nicht. Aber

ich glaubte zu wissen, woher er kam – ich weiß, es gibt eine alles durchdringende Macht im Universum, wovon alles andere nur ein Schatten ist. Ich wußte, daß mein Begriff von dieser Macht letztendlich genauso lächerlich (und ernst) wie Oannes war. Ich wußte, die Klaue gehörte ihr, und ich glaubte, nur durch die Klaue dieses Wissen zu haben, nur durch die Klaue von all den Altären und Heiligtümern dieser Welt. Ich hatte sie oft in meinen Händen gehalten, sie in den Vincula über den Kopf erhoben, den Ulanen des Autarchen damit berührt und das kranke Mädchen in der Hütte zu Thrax. Ich hatte Unendlichkeit besessen und ihre Macht gebraucht; ich war mir nicht mehr sicher, ob ich sie den Pelerinen brav zurückgeben könnte, falls ich sie je fände, aber ich wußte mit Gewißheit, daß ich sie keinesfalls brav an jemand anders abträte.

Zudem schien es mir, daß ich irgendwie zum Träger dieser Macht (wenn auch nur für kurze Zeit) erwählt sei. Sie war den Pelerinen verlorengegangen durch meinen Leichtsinn, womit ich Agia gestattete, unseren Kutscher zu einer Wettfahrt anzustacheln; also oblag es mir, sie zu bewahren, zu gebrauchen und vielleicht zurückzugeben, und oblag es mir insbesondere, sie unter allen Umständen aus den Händen, den monströsen Händen, zu erretten, in die sie durch meine Nachlässigkeit gefallen war.

Ich hatte, als ich diese Geschichte meines Lebens begann, nicht beabsichtigt, eines der Geheimnisse unserer Zunft zu enthüllen, die mir von den Meistern Palaemon und Gurloes unmittelbar vor meiner Erhebung in den Gesellenstand am Tag der heiligen Katharina anvertraut worden waren. Aber ich will nun eins davon verraten, denn was ich in jener Nacht am See Diuturna getan habe, bliebe ohne Wissen darum unverständlich. Und das Geheimnis lautet, daß nur wir Folterer gehorsam sind. In der ganzen hohen Ordnung des Staatskörpers, der lebendigen Pyramide, ungleich höher als jeder gegenständliche Turm, höher als der Glockenturm, höher als die Mauer von Nessus, höher als Berg Typhon, der Pyramide, die vom Phönixthron des Autarchen zum niedrigsten Schreiberling reicht, der sich für den unehrenhaftesten Kaufmann schindet – einem gemeineren Geschöpf als dem gemeinsten Bettler –, sind wir der einzig gediegene Baustein. Keiner ist wahrlich gehorsam, ist er nicht bereit, in seinem Gehorsam das Unvorstellbare zu tun; keiner tut das Unvorstellbare außer uns.

Wie könnte ich dem Increatus verweigern, was ich bereitwillig dem Autarchen gegeben, als ich Katharinens Haupt abgeschlagen?

XXXII
Zur Burg

Wir ließen die zurückbleibenden Inseln hinter uns, und obgleich zwischen uns die Boote fuhren und an jedem Baum die Segel gehißt waren, hatte ich das Gefühl, wir verharrten regungslos unter den ziehenden Wolken und unser Vorankommen sei nur die letzte Illusion eines sinkenden Landes.

Viele der treibenden Inseln, die ich bisher zu Gesicht bekommen hatte, blieben als Zuflucht für Frauen und Kinder zurück. Ein halbes Dutzend fuhr mit uns, und ich stand auf der höchsten, die Llibio gehörte, der größten von allen sechs. Neben dem alten Mann und mir war sie mit sieben Kriegern besetzt. Die anderen Inseln waren jeweils mit vier oder fünf Mann bestückt. Zusätzlich zu den Inseln verfügten wir über etwa dreißig Boote, jeweils mit einer zwei- bis dreiköpfigen Mannschaft versehen.

Ich gab mich nicht dem Wahn hin, unsere hundert Mann mit ihren Messern und Fischspeeren seien eine gewaltige Streitmacht; eine Handvoll von Abdiesus' Dimarchi hätte sie wie Spreu zerstreut. Aber sie sind meine Krieger gewesen, und ein eigenes Heer ins Feld zu führen ist ein Gefühl wie kein anderes.

Es zeigte sich kein Schimmer auf dem Wasser des Sees bis auf jene Stellen, wo sich grün das Licht spiegelte, das von den unzähligen Blättern der Wälder Lunas aus fünfzigtausend Meilen Entfernung herniederfiel. Das Seewasser erinnerte mich an Stahl, polierten, geölten Stahl. Der schwache

Wind schlug keine weißen Schaumkronen, obschon er in die Oberfläche lange Täler zwischen die eisernen Hügel grub.

Nach einer Weile bedeckte eine Wolke den Mond, so daß ich Bedenken bekam, ob die Leute vom See in der Dunkelheit nicht die Orientierung verlören. Es hätte allerdings helllichter Tag sein können, so sicher steuerten sie ihre Gefährte, und obgleich Boote und Inseln sich oft recht nahe kamen, konnte ich auf dem ganzen Weg nicht ein einziges Mal feststellen, daß ein Zusammenstoß gedroht hätte.

Eine Seefahrt wie diese bei Sternenschein in dunkler Nacht – inmitten meines eigenen Archipels, lautlos bis auf das Flüstern des Windes und Plätschern der Paddel, die regelmäßig wie das Ticken einer Uhr eintauchten, und ohne daß eine andere Bewegung als das sanfte Schaukeln der Wellen zu spüren gewesen wäre – hätte eine beruhigende, gar einschläfernde Wirkung haben müssen, denn ich war müde, obgleich ich mich vor dem Aufbruch ein wenig hingelegt hatte; aber die kühle Nachtluft und die Spannung, mit der ich dem Bevorstehenden entgegenharrte, hielten mich hellwach.

Weder Llibio noch einer der anderen hatte mir nähere Einzelheiten über das Innere der Burg, die wir stürmen wollten, schildern können. Es gab ein Hauptgebäude und eine Mauer. Ob das Hauptgebäude ein richtiger Bergfried – das heißt, wehrhafter Turm, der die Mauern überragte – wäre, das konnte mir niemand sagen. Auch wußte ich nicht, ob es noch Nebengebäude (zum Beispiel ein Vorwerk) gäbe oder die Mauer durch Türme oder Erker gesichert wäre, und wie viele Verteidiger sie aufzubieten hätte. Die Burg war innerhalb von zwei bis drei Jahren mit hiesigen Arbeitern erbaut worden; sie konnte also nicht so schrecklich wie etwa Burg Acies sein; aber für uns wäre sogar ein Ort mit nur einem Viertel ihrer Stärke uneinnehmbar.

Ich wurde immer deutlicher gewahr, wie wenig ich geeignet sei, einen solchen Feldzug anzuführen. Ich hatte noch nicht einmal eine Schlacht gesehen, geschweige denn eine geschlagen. Mein Wissen um militärische Dinge stammte aus meiner Kindheit und Jugend in der Zitadelle und von gelegentlichen Besichtigungsgängen durch die Wehranlagen zu Thrax, und was ich über Taktik wußte – oder zu wissen glaubte –, hatte ich gelegentlich in Büchern aufgelesen. Ich erinnerte mich daran, wie ich als Knabe in unserer Nekropolis gespielt und mit Holzschwertern Scheingefechte ausgetragen hatte, und beim Gedanken daran wurde mir schier übel. Nicht weil ich sehr um mein Leben bangte, sondern weil ich wußte, daß ein Fehler von mir den Tod der meisten dieser unschuldigen und einfältigen Männer, die zu mir als ihrem Führer aufschauten, zur Folge hätte.

Nun schien wieder der Mond, vor den sich die schwarze Silhouette eines Storchenzugs schob. Ich konnte am Horizont das Ufer als tiefschwarzes Band erkennen. Eine neue Wolkenbank schnitt das Licht ab, und ein Wassertropfen klatschte mir ins Gesicht. Das stimmte mich mit einemmal heiter, ohne daß ich gewußt hätte, warum – sicherlich war der Grund dafür, daß ich unbewußt an den Regen jener Nacht erinnert wurde, in der ich uns den Alzabo vom Leib gehalten hatte. Vielleicht dachte ich auch an das eisige Wasser, das sich aus der Mine der Menschenaffen ergoß.

Ungeachtet dieser zufälligen Gedankensprünge war der Regen für uns ein wahrer Segen. Wir hatten keine Bögen, und wenn er die Bogensehnen unserer Widersacher durchweichte, wär's um so besser. Bestimmt vereitelte der Regen auch den Einsatz der Feuerkugeln, wie der Schütze des Hetmans sie verschossen hatte. Obendrein würde er unserem heimlichen Überfall Deckung gewähren, und daß wir nur durch einen heimlichen Angriff Erfolg haben könnten, das stand für mich längst außer Frage.

Ich war tief in Gedanken über unser Vorgehen versunken, als die Wolken sich abermals teilten und ich bemerkte, daß wir entlang des Ufers segelten, das in steilen Klippen rechts von uns emporstieg. Vor uns ragte eine Halbinsel mit einem noch höheren Kliff in den See hinein. Ich ging zur Spitze des Eilands, um den Mann, der dort Stellung bezogen hatte, zu fragen, ob darauf die Burg stünde. Er schüttelte den Kopf und sagte: »Wir fahren herum.«

Das taten wir denn auch. Die Taue aller Segel wurden gelöst und an anderen Ästen festgezurrt. Seitenschwerter, mit Steinen beschwert, wurden auf einer Inselseite ins Wasser gesenkt, während drei Männer sich an der Pinne abmühten, um das Ruder umzulegen. Mir wurde plötzlich klar, daß Llibio klugerweise diesen landnahen Kurs angeordnet haben mußte, um der Aufmerksamkeit von Spähern zu entgehen, die den See vielleicht beobachteten. War das der Fall, liefen wir dennoch Gefahr, doch ausgemacht zu werden, sobald die Halbinsel nicht mehr zwischen uns und der Burg läge. Auch kam mir der Gedanke, daß der Erbauer der Burg, da er sich nicht auf dieses hohe Felskliff, das wir nun umrundeten und das wirklich fast unstürmbar schien, gesetzt hatte, wohl einen noch sichereren Standort gefunden hatte.

Dann glitten wir um die Landspitze und sichteten unser Ziel nicht mehr als vier Ketten voraus am Ufer – einen noch höher und jäher aufstrebenden Fels, auf dessen Gipfel eine Mauer und ein Turm trotzten, der die unvorstellbare Form eines Riesenpilzes hatte.

Ich traute meinen Augen nicht. Auf der mächtigen, sich verjüngenden Säule, gewiß ein Rundturm aus blankem Stein, lag obenauf ein linsenartiges Gebilde aus Metall von zehnfachem Durchmesser und mindestens so massiv wie der eigentliche Turm.

Überall auf unserer Insel und in den Booten und auf den übrigen Inseln raunten die Männer einander zu und deuteten. Offenbar war ihnen dieser unglaubliche Anblick genauso neu wie mir.

Das fahle Licht des Mondes, Kuß der jüngeren Schwester auf die Wange der sterbenden älteren, schien auf die Oberseite dieser gewaltigen Scheibe. Darunter funkelten in ihrem tiefen Schatten orangefarbene Lichter. Sie bewegten sich, glitten auf oder nieder, obwohl sich die Bewegung so langsam vollzog, daß ich sie erst nach längerem Hinsehen gewahrte. Schließlich stieg ein Licht nach oben, bis es offenbar unmittelbar unter der Scheibe angelangt war, wo es dann verschwand; ehe wir ans Ufer gelangten, erschienen zwei weitere an derselben Stelle.

Ein kleiner Strand lag im Schatten des Kliffs. Llibios Insel war jedoch auf Grund gestoßen, ehe wir ihn erreichten, so daß ich abermals ins Wasser springen mußte, *Terminus Est* diesmal über dem Kopf tragend. Glücklicherweise herrschte hier keine Brandung und war der Regen, der sich zwar drohend angekündigt hatte, noch nicht angebrochen. Ich half einigen der Männer vom See beim Landen ihrer Boote, während andere ihre Inseln an großen Steinen vertäuten.

Nach meiner Wanderung durchs Gebirge wäre mir der schmale, tückische Pfad nicht schwergefallen, hätte ich ihn nicht im Dunkeln erklimmen müssen. Nun wäre ich lieber den Abstieg über die vergrabene Stadt zu Casdoes Häuschen noch einmal angegangen, obwohl er fünfmal länger gewesen war.

Als wir die Spitze erreicht hatten, trennte uns noch ein ganzes Stück Weges von der Mauer, die ein Hain struppiger Kiefern verdeckte. Ich sammelte die Eiländer um mich und erkundigte mich – eine rhetorische Frage –, ob sie wüßten, woher das Luftschiff über der Burg gekommen sei. Nachdem sie mir versichert hatten, sie wüßten's nicht, erklärte ich, daß ich es wisse (was stimmte, denn Dorcas hatte mich einst vor ihnen gewarnt, obgleich ich noch nie ein solches Vehikel zu Gesicht bekommen hatte) und daß ich aufgrund seiner Anwesenheit besser die Lage erkunden sollte, ehe wir zum Angriff übergingen.

Keiner sagte etwas, aber ich spürte ihr Gefühl der Hilflosigkeit. Sie hatten geglaubt, einen Helden gefunden zu haben, der sie in den Kampf führen würde, und verlören ihn nun, bevor die Schlacht geschlagen wäre.

»Ich gehe rein, wenn ich kann«, eröffnete ich ihnen. »Ich komme zurück, wenn möglich, und lasse euch alle Tore offen, die ich aufwerfen kann.«

Llibio fragte: »Aber angenommen, du kannst nicht zurück. Wie sollen wir wissen, daß der Augenblick, unsere Messer zu ziehen, gekommen ist?«

»Ich gebe euch ein Signal«, sagte ich und zerbrach mir den Kopf darüber, was für ein Signal ich geben könnte, wenn ich in diesem schwarzen Turm läge. »Es wird irgendwo ein Feuer brennen in einer Nacht wie dieser. Ich zeige eine Fackel an einem Fenster und lasse sie fallen, wenn ich kann, so daß ihr den Feuerschweif seht. Wenn ich kein Signal geben und nicht zu euch zurück kann, müßt ihr annehmen, ich sei gefangengenommen worden – greift an, wenn das erste Tageslicht auf die Berge fällt.«

Kurze Zeit später stand ich am Tor der Burg und pochte mit dem schweren, eisernen Türklopfer in der Form eines Menschenschädels (soweit das in der Dunkelheit mit den Fingern zu erkennen war) gegen die gleichfalls eiserne Platte, die in die Eichenfüllung eingelassen war.

Es blieb alles still. Nachdem ich zwei Dutzend Atemzüge lang gewartet hatte, pochte ich abermals. Drinnen pflanzte sich das Echo fort als hohler Widerhall wie von einem klopfenden Herzen, aber Stimme hörte ich keine. Die gräßlichen Fratzen, die ich im Garten des Autarchen erspäht hatte, kamen mir in den Sinn, und in großer Angst wartete ich darauf, daß ein Schuß die Nacht zerrisse, obgleich ich wußte, wenn die Hierodulen – von denen letztendlich alle Energiewaffen stammten – mich erschießen wollten, würde ich das erst gar nicht hören. Die Luft war so still, daß ich glaubte, die ganze Atmosphäre wartete mit mir. Donner grollte im Osten.

Schließlich vernahm ich Schritte, flinke, leichte Schritte, die fast wie von einem Kind klangen. Eine irgendwie bekannte Stimme rief: »Wer da? Was gibt's?«

Und ich antwortete: »Meister Severian vom Orden der Wahrheitssucher und Büßer – ich komme als Arm des Autarchen, dessen Gerechtigkeit das Brot seiner Untertanen ist.«

»Ei, tatsächlich!« entfuhr es Dr. Talos, der das Tor aufwarf.

Ich war sprachlos.

»Sag, was will der Autarch von uns? Als ich dich das letzte Mal sah, warst du auf dem Weg in die Stadt der Krummen Messer. Bist du denn gut angekommen?«

»Der Autarch möchte wissen, warum deine Vasallen Hand an einen seiner Diener legten«, sagte ich. »Soll heißen, an meine Person. Das rückt die ganze Sache in etwas anderes Licht.«

»Fürwahr! Fürwahr! Auch von unserem Standpunkt, verstehst du. Ich wußte nicht, daß du der geheimnisvolle Besucher in Murene warst. Und ich wette, der arme alte Baldanders wußt's auch nicht. Komm herein, und wir sprechen darüber!«

Ich trat durch die Toröffnung, und der Doktor stieß das schwere Tor hinter mir zu und verschloß es mit einem Eisenriegel.

»Da gibt es nicht viel zu besprechen, aber wir könnten gleich mit einem kostbaren Juwel beginnen, das mir gewaltsam genommen und, so hab' ich mir sagen lassen, euch geschickt worden ist.«

Noch während ich sprach, wurde meine Aufmerksamkeit jedoch abgelenkt von den Worten, die ich äußerte, und angezogen vom gewaltigen Schiff der Hierodulen, das nun, da ich hinter der Mauer stand, direkt über mir schwebte. Als ich zu ihm hinaufblickte, befiel mich der gleiche Taumel, der mich zuweilen erfaßt hatte, wenn ich durch ein Vergrößerungsglas sah; die konvexe Unterseite dieses Schiffes wirkte höchst fremdartig – fremdartig nicht nur für die menschliche, sondern die ganze sichtbare Welt.

»O ja«, meinte Dr. Talos. »Baldanders hat dein Steinchen, wenn ich nicht irre. Beziehungsweise hat's gehabt und irgendwo weggesteckt. Ich bin sicher, er gibt's dir wieder.«

Vom Innern des Rundturms, der allem Anschein nach (obgleich er das nie ausgehalten hätte) das Schiff trug, drang schwach ein einzelner, grausiger Laut hervor, der an Wolfsgeheul erinnerte. So etwas hatte ich seit meinem Aufbruch von unserm Matachin-Turm nicht mehr gehört; aber ich wußte, worum es sich handelte, und sagte zu Dr. Talos: »Ihr habt Gefangene hier.«

Er nickte. »Ja. Leider bin ich heute noch gar nicht dazu gekommen, ihnen das Essen zu bringen.« Er deutete auf das Schiff über uns. »Ich hoffe, du hast nichts gegen eine Begegnung mit Cacogens, Severian? Wenn du Baldanders nach deinem Juwel fragen willst, bleibt dir, fürcht' ich, gar keine Wahl. Er redet drinnen mit ihnen.«

Ich versicherte, ich hätte nichts dagegen, obgleich ich innerlich schauderte.

Der Doktor lächelte und zeigte dabei über seinem roten Bart das spitze, strahlende Gebiß, an das ich mich so gut erinnerte. »Wie schön. du warst schon immer so schön unvoreingenommen. Wenn ich so sagen darf, hat dein Handwerk dich wohl gelehrt, jeden zu nehmen, wie er kommt.«

XXXIII
Ossipago, Barbatus und Famulimus

Wie in solchen Türmen üblich, gab es keinen ebenerdigen Eingang. Eine schmale, steile, geländerlose Treppe führte zu einer ebenso schmalen Tür, etwa zehn Ellen über dem Pflaster des Burghofs. Diese Tür stand schon offen, und ich war froh festzustellen, daß Dr. Talos sie hinter uns nicht schloß. Wir gingen durch eine kurze Diele, die offenbar lediglich die Laibung der dicken Turmmauer war, und gelangten in einen Raum, der (wie alle Räume, die ich in diesem Turm sah) die ganze verfügbare Fläche des Stockwerks in Anspruch zu nehmen schien. Gefüllt war er mit Maschinen, die mindestens so alt wie die Maschinen unseres Matachin-Turms daheim wirkten, deren Zweck mir aber völlig schleierhaft blieb. An einer Zimmerseite führte eine zweite schmale Treppe zum darüberliegenden Geschoß, und auf der anderen Seite bot ein dunkler Treppenschacht Zugang zu jenem Gewölbe, worin der heulende Gefangene saß, denn ich hörte die Stimme aus dem schwarzen Schlund dringen.

»Er ist wahnsinnig geworden«, sagte ich und neigte den Kopf in die Richtung des Geschreis.

Dr. Talos nickte. »Das sind die meisten. Zumindest die meisten von denen, die ich untersucht habe. Ich verabreiche ihnen Nieswurzabsud, aber ich kann nicht sagen, daß er viel hilft.«

»Wir haben solche Klienten im dritten Geschoß unserer Oubliette, weil wir durch die Legislative gezwungen sind, sie in Gewahrsam zu halten; sie wurden uns übergeben, weißt du, und kein Befugter befugt uns, sie freizulassen.«

Der Doktor geleitete mich zur Treppe nach oben. »Ich bedauere diese mißliche Lage für euch.«

»Mit der Zeit sterben sie«, fuhr ich beharrlich fort. »Entweder an den Nachwirkungen der Folter oder aus anderen Gründen. Sie einzusperren hat eigentlich keinen Zweck.«

»Wohl nicht. Paß auf diesen Apparat mit dem Haken auf, oder er wird dich am Mantel zu fassen kriegen!«

»Warum haltet ihr ihn dann noch fest? Ihr seid ja keine öffentliche Verwahranstalt wie wir.«

»Wegen der Teile wohl. Hauptsächlich deswegen braucht Baldanders diesen ganzen Plunder.« Als er schon einen Fuß auf die erste Stufe gesetzt hatte, wandte sich Dr. Talos nach mir um. »Vergiß mir nicht, bestes Betragen zu zeigen. Sie mögen's nicht, wenn man sie Cacogens nennt, weißt du. Nenn sie so, wie sie diesmal sagen, daß sie heißen! Und gebrauch mir keine Unflätigkeiten! Ja, sprich nichts Unangenehmes an! Der arme Baldanders hat sich solche Mühe gegeben, mit ihnen wieder ins reine zu kommen, nachdem er im Haus Absolut den Kopf verloren hat. Er ist am Ende, wenn du alles im letzten Moment verdirbst, bevor sie gehn.«

Ich versprach, so gewandt wie möglich aufzutreten.

Weil das Schiff über dem Turm verharrte, hatte ich vermutet, Baldanders und seine Besatzung hielten sich im obersten Zimmer auf. Das war ein Irrtum. Ich vernahm murmelnde Stimmen, als wir zum nächsten Stockwerk emporstiegen, und dann den Baß des Riesen, den ich auf unserer gemeinsamen Reise so oft gehört hatte und der klang, als stürzte in der Ferne ein baufälliges Gemäuer ein.

Auch diese Kammer barg Maschinen. Sie wirkten allerdings betriebsbereit, wenngleich so alt wie die unteren, zumal zwischen ihnen ein unerforschlicher Zusammenhang bestand wie bei den Maschinen in Typhons Kuppelbau. Baldanders befand sich mit seinen Gästen im hinteren Teil der Kammer, wo sein Kopf, dreimal so groß wie der eines gewöhnlichen Mannes, über das Gewirr aus Metall und Kristall ragte wie der Schädel eines Tyrannosaurus über die Wipfel eines Waldes. Während ich mich ihnen näherte, bemerkte ich, was von einer jungen Frau übriggeblieben war, die Pias Schwester hätte sein können und unter einer glänzenden Glasglocke lag. Ihr Bauch war mit einem scharfen Messer eröffnet und gewisse Innereien entnommen und säuberlich neben ihren Leib gelegt worden. Dieser schien allmählich in Fäulnis überzugehen, dennoch bewegten sich ihre Lippen. Sie schlug die Augen auf, als ich an ihr vorüberschritt, und schloß sie dann wieder.

»Besuch!« verkündete Dr. Talos. »Du wirst nie erraten, wer.«

Der Kopf des Riesen drehte sich bedächtig nach mir um, aber er begriff offenbar so wenig wie an jenem ersten Morgen in Nessus, als Dr. Talos ihn geweckt hatte, obgleich sein Blick auf mir ruhte.

»Baldanders kennst du«, wandte sich Dr. Talos wieder an mich, »aber unseren Gästen muß ich dich vorstellen.«

Drei Männer, die zumindest den Anschein von Männern erweckten, erhoben sich artig. Der eine wäre, falls es sich um einen wahren Menschen gehandelt hätte, kleinwüchsig und stämmig gewesen. Die beiden anderen waren einen guten Kopf größer als ich, hochgeschossen wie Beglückte. Die Maske, die alle drei trugen, verlieh ihnen die reifen, vornehmen Züge von Männern mittleren Alters mit würdigem, bedachtsamem Gepräge; freilich entging mir nicht, daß die Augen, die durch die Schlitze in den Masken der beiden Hochwüchsigen blickten, größer waren als Menschenaugen, und daß die kleinere Gestalt überhaupt keine Augen hatte, so daß sich dort nur Schwärze zeigte. Gewandet waren sie alle drei in weißen Roben.

»Euer Gnaden! Hier ist ein großer Freund von uns, Meister Severian von den Folterern. Meister Severian, darf ich die ehrenwerten Hierodulen Ossipago, Barbatus und Famulimus vorstellen. Es ist das Verdienst dieser hohen Herrschaften, Erleuchtung über die Menschheit zu bringen – hier vertreten von Baldanders und nun auch dir selbst.«

Derjenige, den Dr. Talos als Famulimus vorgestellt hatte, setzte zum Sprechen an. Seine Stimme klang durchaus menschlich, war aber so volltönend und melodisch, wie ich's bei noch keiner echten Menschenstimme gehört hatte, so daß mir war, als lauschte ich der Weise eines zum Leben erwachten Saiteninstruments. »Willkommen«, rief die singende Stimme. »Es ist uns die allerhöchste Freude, dich hier begrüßen zu dürfen, Severian. Du beugst höflich dein Haupt vor uns, wir aber beugen das Knie vor dir.« Was er und die anderen dann auch taten.

Nichts hätte mich mehr erstaunen können, so daß es mir gehörig die Sprache verschlug.

Der andere große Cacogentile, Barbatus, sprach, um die peinliche Pause manierlich zu überbrücken. Seine Stimme war tiefer als die des Famulimus und hatte, wie mir schien, etwas Soldatisches an sich. »Du bist uns willkommen – höchst willkommen, wie mein werter Freund sagte und wir alle zu zeigen hofften. Aber deine eigenen Freunde müssen draußenbleiben, solange wir hier sind. Das weißt du selbstverständlich. Ich sage es nur der Form halber.«

Der dritte Cacogentile sagte in einem Ton, der so tief war, daß man ihn mehr spürte als hörte: »Spielt keine Rolle«, und kehrte sich um, als befürchtete er, ich sähe die leeren Augen hinter den Schlitzen seiner Maske, und blickte heuchlerisch zum schmalen Fenster hinter sich hinaus.

»Vielleicht nicht«, meinte Barbatus. »Ossipago weiß das schließlich am besten.«

»Du hast also Freunde mitgebracht?« flüsterte Dr. Talos. Es war seine Eigenart, daß er selten zu einer Gruppe sprach wie die meisten Menschen, sondern sich entweder an einen einzelnen darin richtete, als wäre derjenige allein, oder aber wie zu einer tausendköpfigen Versammlung redete.

»Ein paar von den Eiländern haben mich begleitet und geführt«, erwiderte ich, um der Sache das beste Gesicht zu geben. »Du wirst sie kennen. Sie leben auf treibenden Schilfinseln im See.«

»Sie erheben sich gegen dich!« sagte Dr. Talos zum Riesen. »Ich habe dich gewarnt.« Er stürzte zum Fenster, aus dem das Wesen namens Ossipago zu sehen vorgab, drängte ihn mit der Schulter zur Seite und spähte in die Nacht hinaus. Sodann kniete er sich vor den Cacogentilen nieder, ergriff seine Hand und küßte sie. Diese Hand war unverkennbar ein Handschuh aus einem weichen Material, fleischfarben bemalt, worin etwas anderes als eine Hand steckte.

»Ihr werdet uns helfen, Hochwürden, nicht wahr? Ihr habt gewiß Phantasien an Bord. Umzieht unsere Mauern mit Phantomen, und wir sind für ein ganzes Jahrhundert sicher.«

In seinem bedächtigen Ton sagte Baldanders: »Severian wird der Sieger sein. Warum hätten sie sonst vor ihm gekniet? Obschon er vielleicht stirbt und wir nicht. Du kennst ihre Art, Doktor. Die Plünderung mag dazu beitragen, das Wissen zu verbreiten.«

Dr. Talos fuhr ihn wütend an. »Hat's das vorher getan? Ich bitte dich!«

»Wer kann das sagen, Doktor?«

»Du weißt, das hat es nicht. Sie sind die gleichen dummen, abergläubischen Rohlinge, die sie immer gewesen sind!« Er wirbelte herum. »Edle Hierodulen, antwortet mir! Ihr wißt's, wenn es sonst niemand weiß.«

Famulimus gestikulierte, und ich wurde die Wahrheit hinter seiner Maske nie deutlicher gewahr als in jenem Augenblick, denn kein menschlicher Arm hätte eine solche Bewegung ausführen können, die weder Zustimmung noch Ablehnung ausdrückte, weder verärgert oder besänftigend wirkte.

»Ich will nicht über all das sprechen, was ihr wißt«, sagte er. »Daß jene, die ihr fürchtet, gelernt haben, wie ihr zu bezwingen seid. Es mag stimmen, daß sie noch einfältig sind; doch vielleicht nehmen sie etwas mit heim, das sie erleuchtet.«

Er hatte den Doktor angesprochen, aber ich konnte mich nicht länger zurückhalten und fragte: »Darf ich erfahren, wovon Ihr sprecht, Sieur?«

»Ich spreche von euch, euch allen, Severian. Es kann nicht schaden, wenn ich's ausspreche.«

Barbatus wandte ein: »Solange du's nicht zu freizügig tust.«

»Es gibt ein Zeichen, das auf einer Welt verwendet wird, auf der hin und wieder unser Schiff endlich zur Ruhe kommt. Es ist eine Schlange mit einem Kopf an jedem Ende. Ein Kopf ist tot – der andere nagt an ihm.«

Ohne sich vom Fenster abzukehren, warf Ossipago ein: »'s ist, glaub' ich, diese Welt.«

»Gewiß könnte uns Camoena ihre Heimat offenbaren. Freilich spielt's keine Rolle, ob man's weiß. So läßt es sich um so besser verstehen. Der lebendige Kopf steht für Zerstörung. Der Kopf, der nicht lebt, für den Aufbau. Der erstere nährt sich vom letzeren; und nährend erhält er seine Nahrung. Ein Kind würde meinen, sollte ersterer sterben, könnte der tote, aufbauende Kopf triumphieren, indem er seinen Zwilling sich gleich machte. In Wahrheit würden beide bald vergehen.«

Barbatus sagte: »Wie so oft drückt sich mein Freund nicht ganz deutlich aus. Folgst du ihm?«

»Ich nicht!« verkündete Dr. Talos erbost. Wie angewidert kehrte er sich um und eilte die Treppe hinab.

»Das macht nichts«, erklärte mir Barbatus, »denn sein Herr tut's.«

Er hielt inne, als erwartete er einen Einwand von Baldanders, und fuhr dann, wieder an mich gerichtet, fort: »Unser Anliegen ist, eure Rasse weiterzubringen, nicht zu belehren, weißt du.«

»Die Leute vom Ufer weiterzubringen?« fragte ich.

Die ganze Zeit über murmelten die Wasser des Sees ihren Nachtkummer durch die Fenster. Ossipagos Stimme schien darin einzustimmen, als er sagte: »Euch alle ...«

»Also stimmt's! Was die Weisen vermutet haben. Wir werden geleitet. Ihr wacht über uns und habt uns in den Ären unserer Geschichte, für euch bloß Tage, aus der Barbarei gehoben.« In meiner Begeisterung zog ich das braune

Buch hervor, das trotz seiner Wachstuchhülle noch etwas feucht war von meinem Bad an diesem Tag. »Hier, ich will euch zeigen, was hier steht: ›Zwar nicht weise, ist der Mensch dennoch der Gegenstand von Weisheit. Erachtet ihn die Weisheit dafür als würdig, ist es dann weise von ihm, seine Torheit auf die leichte Schulter zu nehmen?‹ Etwas dergleichen.«

»Du irrst«, erwiderte mir Barbatus. »Ären sind für uns Äonen. Mein Freund und ich haben uns noch nicht so lange, wie dein Leben dauert, mit deiner Rasse befaßt.«

Baldanders sagte: »Ihresgleichen leben nur zwei Dutzend Jahre wie ein Hund.« Sein Ton hat mir mehr verraten, als hier geschrieben steht, denn jedes Wort ist gefallen, wie ein Stein in eine tiefe Zisterne fällt.

»Das kann nicht sein«, wandte ich ein.

»Ihr seid das Werk, für das wir leben«, erklärte Famulimus. »Dieser Mann, den ihr Baldanders nennt, lebt, um zu lernen. Wir sorgen dafür, daß er altes Wissen hortet – seinen Kopf mit Tatsachen anfüllt –, Fakten, hart wie Samen, um ihn mächtig zu machen. Schließlich wird er durch Hände sterben, die nicht sammeln, aber sein Tod wird euch allen ein wenig nutzen. Stell dir einen Baum vor, der einen Fels spaltet! Er speichert Wasser, die lebensspendende Sonnenwärme ... und alles, was das Leben ausmacht, zur eigenen Verwendung. Schließlich stirbt und verrottet er und düngt die Erde, die seine eigenen Wurzeln aus Stein geschaffen. Kaum wirft er seinen Schatten nicht mehr, sprießen neue Samen hervor; schließlich gedeiht, wo er gestanden hat, ein Wald.«

Dr. Talos erschien wieder im Treppenschacht, langsam und spöttisch in die Hände klatschend.

Ich fragte: »Ihr habt ihnen also diese Maschinen überlassen?« Beklommen war ich mir abermals der ausgeweideten Frau bewußt geworden, die irgendwo hinter mir unter ihrem Glasdeckel lallte – dergleichen hätte dem Folterer Severian einst nicht das geringste ausgemacht.

Barbatus verneinte. »Die hat er gefunden oder selbst entwickelt. Famulimus sagte, er wollte lernen, und daß wir dafür sorgten, daß er lernte, nicht daß wir ihn lehrten. Wir lehren nicht, nie und nimmer, sondern handeln nur mit solchem Gerät, das, kompliziert, wie es ist, dein Volk unmöglich nachbauen kann.«

Dr. Talos versetzte: »Diese Ungetüme, diese Scheusale tun nichts für uns. Du hast sie gesehen – du weißt, was sie sind. Als mein armer Patient im Theater des Hauses Absolut die Beherrschung verlor, brachten sie ihn mit ihren Pistolen schier um.«

Der Riese rutschte auf seinem gewaltigen Stuhl hin und her. »Du brauchst kein Mitleid zu heucheln, Doktor. Steht dir schlecht zu Gesicht. Possen treiben vor ihren Augen ...« Seine mächtigen Schultern hoben und senkten sich. »Hätt' ich mich nur nicht dazu hinreißen lassen. Sie haben sich bereit erklärt, es nun zu vergessen.«

Barbatus entgegnete: »Es wäre uns ein leichtes gewesen, deinen Schöpfer in jener Nacht zu töten, wie du weißt. Wir haben ihn nur ein bißchen verbrannt, um ihm Einhalt zu gebieten.«

Nun fiel mir wieder ein, was der Riese geäußert hatte, als wir uns im Wald hinter dem Garten des Autarchen trennten – daß er des Doktors Herr sei. Ohne lange zu überlegen, was ich täte, packte ich die Hand des Doktors. Die Haut fühlte sich so warm und lebendig wie meine eigene an, jedoch sonderbar trocken. Im nächsten Moment entwand er sie meinem Zugriff.

»Was bist du?« fuhr ich ihn an, und da er stumm blieb, wandte ich mich an die Wesen, die sich Famulimus und Barbatus nannten. »Ich habe einmal einen Mann gekannt, der nur zum Teil aus menschlichen Fleisch bestanden hat ...«

Anstatt zu antworten, richteten sie den Blick auf den Riesen, und obgleich ich wußte, daß ihre Gesichter nur Masken waren, spürte ich die Kraft ihres Begehrens.

»Ein Homunkulus«, knurrte Baldanders.

XXXIV
Masken

Der Regen kam, während er sprach, ein kalter Regen, der die rohen, grauen Steine der Burg mit Millionen eisigen Fäusten behämmerte. Ich setzte mich und klemmte *Terminus Est* zwischen die Knie, um das Schlottern abzustellen.

»Ich hatte mir schon gedacht«, sagte ich so gefaßt, wie ich konnte, »daß die Eiländer, die mir erzählten, ein schmächtiger Mann habe für die Arbeit an diesem Bau bezahlt, vom Doktor sprachen. Allerdings sagten sie auch, du, der Riese, wärst später gekommen.«

»Ich war der schmächtige Mann. Der Doktor kam nachher.«

Ein Cocogentiler zeigte seine triefende Fratze am Fenster und verschwand wieder. Vermutlich hatte er Ossipago eine Meldung überbracht, obwohl ich nichts gehört hatte. Ossipago sprach, ohne sich umzudrehen. »Wachstum hat seine Nachteile, ist aber für eure Rasse die einzige Möglichkeit zur Wiederherstellung der Jugend.«

Dr. Talos sprang auf die Füße. »Wir werden sie überwinden! Er ist bei mir in besten Händen.«

»Notgedrungen«, versetzte Baldanders. »Es war kein anderer da. Ich habe mir einen eigenen Arzt gemacht.«

Ich rang noch immer darum, meine Fassung wiederzuerlangen, während ich vom einen zum anderen blickte; in ihrem Aussehen oder Gebaren hatte sich nichts geändert. »Aber er schlägt dich«, sagte ich. »Ich hab's gesehn.«

»Ich habe einmal ein Gespräch zwischen dir und der kleineren Frau aufgeschnappt. Du hast einer anderen Frau, die du geliebt hast, den Garaus gemacht. Dennoch bist du ihr Sklave gewesen.«

Dr. Talos erklärte: »Ich muß ihn auf die Beine bringen, weißt du. Er braucht Bewegung, und das gehört zu meinen Aufgaben. Wie ich höre, hat der Autarch – dessen Wohlbefinden das Glück seiner Untertanen ist – ein Isochronon in seinem Schlafgemach, ein Geschenk eines anderen Autarchen von jenseits dieser Welt. Vielleicht der Herrscher dieser hohen Herren hier. Ich weiß es nicht. Jedenfalls fürchtet er, mit einem Dolch an der Kehle zu erwachen, so daß er niemand um sich duldet, wenn er schläft. Dieses Gerät mißt die Wachen der Nacht. Wenn der Morgen naht, weckt es ihn. Wie kann er, der Herrscher der Republik, nur dulden, von einer bloßen Maschine im Schlaf gestört zu werden? Baldanders hat mich zu seinem Arzt gemacht. Würdest du sagen, ich sei mit der Untugend falscher Bescheidenheit behaftet?«

Ich brachte sogar ein Lächeln zustande, als ich kopfschüttelnd verneinte.

»Dann muß ich dir gestehen, daß ich für meine Tugenden nichts kann. Baldanders machte mich klugerweise zu all dem, was er selbst nicht ist, um seine Mängel auszugleichen. Ich bin zum Beispiel nicht geldgierig. Das ist ein großer Vorzug für den Patienten bei seinem Leibarzt. Und ich bin meinen Freunden treu, weil er davon der erste ist.«

»Dennoch«, sagte ich, »hat's mich immer gewundert, daß er dich nicht einfach erschlägt.« Es war so kalt im Zimmer, daß ich meinen Mantel fester um mich raffte, obschon ich mir gewiß war, daß die täuschende Stille des Augenblicks nicht lange dauern könnte.

Der Riese meinte: »Es ist nicht schwer zu verstehen, warum ich mich zur Ruhe zwinge. Du hast erlebt, was passiert, wenn ich sie verliere. Sitzen die da und bestaunen mich, als wär' ich ein Tanzbär an der Kette ...«

Dr. Talos strich ihm über die Hände; etwas Weibliches hatte diese Geste an sich. »Es sind die Drüsen, Severian.

Das endokrine System und die Schilddrüse. Alles muß so sorgsam überwacht werden, oder er würde zu schnell wachsen. Und dann muß ich dafür sorgen, daß die Knochen unter der Belastung nicht brechen, und mich um tausend Dinge mehr kümmern.«

»Das Gehirn«, brummte der Riese. »Das Gehirn ist das Schlimmste von allem – und das Beste.«

Ich fragte: »Hat die Klaue dir geholfen? Wenn nicht, dann vielleicht in meiner Hand. Sie hat für mich in kürzester Zeit mehr vollbracht als für die Pelerinen in Jahren.«

Da Baldanders' Miene verriet, daß er nicht verstand, erklärte Dr. Talos: »Er meint das Juwel, das die Fischer geschickt haben. Es bewirkt angeblich Wunderheilungen.«

Hierbei kehrte sich Ossipago uns schließlich wieder zu. »Wie interessant. Hast du's hier? Dürfen wir's sehn?«

Der Doktor blickte beklommen von der ausdruckslosen Maske des Cacogentilen zu Baldanders und wieder zurück, während er sagte: »Bitte, Euer Gnaden, es ist nichts. Bloß ein Stück Korund.«

In der ganzen Zeit seit meinem Eintritt in diese Kammer des Turms hatte sich keiner der Cacogens um mehr als eine Elle von der Stelle gerührt; nun schritt Ossipago mit watschelndem Gang vor meinen Stuhl. Ich muß vor ihm zurückgefahren sein, denn er versicherte: »Du brauchst keine Angst vor mir zu haben, obschon wir deinesgleichen gar viel antun. Mich interessiert diese Klaue, die der Homunkulus lediglich als Mineralprobe bezeichnet.«

Als ich dies aus seinem Mund vernahm, befürchtete ich, er und seine Gefährten ließen sich von Baldanders die Klaue aushändigen und nähmen sie mit heim über die Kluft, aber ich überlegte, dazu müßten sie ihn erst zwingen, sie herbeizuholen, wobei sich mir die Möglichkeit böte, wieder in ihren Besitz zu kommen, was mir anderweitig vielleicht nicht gelänge. Also erzählte ich Ossipago alles, was die Klaue in meinem Gewahrsam vollbracht hatte – vom Ulanen auf der Straße, von den Menschenaffen und allen anderen Zeichen ihrer Macht, wie an anderer Stelle bereits aufgeführt. Während ich sprach, verhärtete sich Baldanders' Miene, und die des Doktors wurde, wie ich glaubte, immer beklommener.

Als ich geschlossen hatte, sagte Ossipago: »Und nun müssen wir das Wunder selbst sehen. Hol's bitte her!« Baldanders stand auf und tappte durch das weite Zimmer, wobei all seine Maschinen um ihn zu bloßem Spielzeug zu schrumpfen schienen; schließlich öffnete er die Schublade eines Tischchens mit weißer Platte und entnahm die Klaue. Sie war in seinen Händen stumpfer, als ich sie je gesehen hatte; es hätte eine blaue Glasscherbe sein können.

Der Cacogentile ließ sie sich reichen und hielt sie in seinem bemalten Handschuh nach oben, obgleich er zum Betrachten nicht das Gesicht nach oben kehrte, wie es ein Mensch getan hätte. Dort traf sie das Licht der gelben Lampen, die von der Decke hingen, und funkelte in diesem Licht azurblau. »Sehr hübsch«, meinte er. »Und höchst interessant, obgleich es die zugeschriebenen Kunststücke nicht vollbracht haben kann.«

»Offensichtlich«, pflichtete Famulimus mit singender Stimme bei und vollführte abermals eine jener Gesten, die mich so stark an die Statuen im Garten des Autarchen erinnerten.

»Es gehört mir«, erklärte ich ihnen. »Die Dörfler haben es mir gewaltsam genommen. Kann ich's wiederhaben?«

»Wenn's dein ist«, sagte Barbatus, »woher hast du's dann?«

Ich begann mit der langwierigen Schilderung meiner Begegnung mit Agia und der Zerstörung des Pelerinen-Altars, aber er unterbrach mich bald.

»Lauter Mutmaßungen. Du hast dieses Juwel weder auf dem Altar gesehen noch die Hand der Frau bemerkt, als sie's dir gegeben hat, falls dem überhaupt so gewesen ist. *Woher hast du's?*«

»Ich fand's in meiner Gürteltasche.« Ich konnte wohl nicht viel mehr dazu sagen.

Barbatus wandte sich fast enttäuscht ab. »Und du ...« Er richtete den Blick auf Baldanders. »Ossipago hat nun das Juwel, und er hat's von dir bekommen. Woher hast du's?«

Baldanders brummte: »Ihr habt es selbst gesehen. Aus der Schublade dieses Tisches.«

Der Cacogentile nickte, während er mit den Händen die Maske verrückte. »Du siehst also, Severian, sein Anspruch darauf ist nicht schlechter als der deine.«

»Aber das Juwel gehört mir und nicht ihm.«

»Es obliegt uns nicht, darüber zu befinden; das müßt ihr unter euch ausmachen, wenn wir weg sind. Aber aus reiner Neugier, die sogar so wunderliche Wesen, für die ihr uns haltet, plagt – Baldanders, wirst du's behalten?«

Der Riese schüttelte den Kopf. »Ich will kein solches Denkmal des Aberglaubens in meinem Laboratorium.«

»Dann sollte es nicht schwer sein, einig zu werden«, erklärte Barbatus. »Severian, möchtest du zusehen, wie unser Fahrzeug abhebt? Baldanders kommt immer mit zum Abschiednehmen, und obschon er nicht von der Sorte ist, die über künstliche oder natürliche Ansichten ins Schwärmen geraten, sollte ich meinen, daß sich das Zuschauen lohnt.« Er wandte sich, seine weiße Robe ordnend, um.

»Hochwohllöbliche Hierodulen«, sagte ich. »Das möchte ich sehr gern, aber ich will Euch etwas fragen, ehe Ihr geht. Bei meinem Eintreffen sagtet Ihr, es sei Euch die allerhöchste Freude, mich begrüßen zu dürfen, und knietet vor mir nieder. Ist das Euer Ernst gewesen? Habt Ihr mich verwechselt?«

Baldanders und Dr. Talos waren aufgestanden, als der Cacogentile den Aufbruch ankündigte. Nun waren, obgleich Famulimus blieb, um meine Frage zu hören, die übrigen bereits im Gehen begriffen; Barbatus bestieg die Treppe, dicht gefolgt von Ossipago, der noch die Klaue trug.

Auch ich kehrte meine Schritte zur Treppe, um nicht von ihr getrennt zu sein, und Famulimus ging mit mir. »Obgleich du unsere Prüfung nun nicht bestanden hast, gilt, was ich dir gesagt habe.« Seine Stimme war wie die Weise eines Vogels, die von einem unerreichbaren Wald die Kluft überbrückt. »Wie oft haben wir uns beraten. Wie oft haben wir einander unseren Willen erfüllt. Du kennst die Wasserfrauen, nehme ich an. Sollen Ossipago, der wackere Barbatus, ich so viel weniger weise sein als sie?«

Ich tat einen tiefen Atemzug. »Ich weiß nicht, was Ihr meint. Aber irgendwie habe ich das Gefühl, daß Ihr und die Euren, wenn auch gräßlich, doch gut seid. Was die Undinen nicht sind, sind sie auch so lieblich und riesig, daß ich sie kaum ansehen kann.«

»Ist die ganze Welt ein Widerstreit zwischen Gut und Bös'? Hast du nie überlegt, daß es mehr sein könnte?«

Das hatte ich nicht, so daß ich nur große Augen machen konnte.

»Und hast du die Güte, mein Aussehen zu ertragen? Nichts für ungut, aber darf ich die Maske abnehmen? Daß es eine ist, das wissen wir beide, und es ist heiß darunter. Baldanders ist vorne und wird's nicht sehen.«

»Wenn Ihr wollt, Hochwürden«, erwiderte ich. »Aber wollt Ihr mir nicht sagen ...«

Mit einer flinken Handbewegung, als wäre er froh darum, entledigte sich Famulimus der Larve. Das enthüllte Gesicht war gar kein Gesicht, sondern bestand nur aus Augen in einer verwesenden Scheibe. Dann bewegte sich die Hand abermals, und auch diese Fäulnis fiel ab. Darunter kam die wunderliche, stille Schönheit zum Vorschein, die ich in den wandelnden Statuen vom Garten des Hauses Absolut gesehen hatte, die sich aber davon unterschied, wie sich das Gesicht einer lebendigen Frau von ihrer Marmorbüste unterscheidet.

»Hast du dir nie überlegt, Severian«, sagte sie, »daß, wer eine Maske trägt, eine zweite tragen mag? Ich aber, die ich zwei trug, trage keine drei. Nun steht keine Unwahrheit mehr zwischen uns, das schwöre ich. Berühre mit den Fingern mein Gesicht.«

Ich zauderte ängstlich, aber sie ergriff meine Hand und führte sie an ihre Wange. Sie fühlte sich kühl, aber sehr lebendig an – ganz im Gegensatz zur trockenen Hitze der Haut des Doktors.

»All die scheußlichen Masken, in denen du uns siehst, sind weiter nichts als deine Mitbewohner der Urth. Ein Insekt, eine Flunder, ein sterbender Aussätziger. Alles deine Geschwister, auch wenn du vielleicht davor zurückschauderst.«

Wir hatten schon fast die Turmspitze erreicht, zuweilen über verkohlte Stufen steigend – dem Werk der Feuersbrunst, die Baldanders und seinen Leibarzt vertrieben hatte. Als ich meine Hand zurückzog, setzte Famulimus wieder ihre Maske auf. »Weshalb tut ihr das?« fragte ich.

»Damit dein Volk uns fürchtet und haßt. Wie lange, Severian, würde das gemeine Volk, täten wir das nicht, sich mit einer anderen Regentschaft als der unsrigen abfinden? Wir wollen eurer Rasse nicht die Selbstverwaltung rauben; behält nicht, indem wir uns vor deiner Rasse verbergen, so der Autarch seinen Phönixthron?«

Mir war zumute, wie mir zuweilen im Gebirge beim Erwachen aus einem Traum zumute gewesen war, wenn ich mich aufsetzte, mich umblickte und den grünen Mond, von einer Föhre ans Firmament geheftet, und die ernsten Gesichter der Berge unter ihren gezackten Diademen anstelle der erträumten Wände von Meister Palaemons Studierstube oder unseres Schlafsaals oder der Zellenflucht, wo ich am Pult vor Theclas Tür gewacht hatte, sah. »Warum habt Ihr's dann mir gezeigt?« brachte ich über meine Lippen.

Und sie antwortete: »Obschon du uns siehst, werden wir dich nicht mehr sehen. Unsere Freundschaft beginnt und endet hier – leider. Nenn es ein Willkommensgeschenk von scheidenden Freunden.«

Sodann warf vor uns der Doktor die Tür auf. Das Trommeln des Regens schwoll zu einem Tosen an, und ich spürte, wie durch die kalte, tote Luft des Turms die eisige, aber lebendige Luft von draußen fuhr. Baldanders mußte sich bücken und die Schultern seitwärts drehen, um durch die Tür zu kommen, wobei mir klar wurde, daß er dazu dereinst gar nicht mehr in der Lage wäre, ganz gleich, welche Pflege Dr. Talos ihm auch angedeihen ließe – die Tür müßte verbreitert werden und die Treppen obendrein, denn ein Sturz würde sicherlich sein Ende bedeuten. Nun verstand ich, was mich bislang verwundert hatte: den Grund für die großen Zimmer und hohen Decken in diesem seinem Turm. Und ich fragte mich, wie die Gewölbe im Fels wohl beschaffen wären, wo er seine hungernden Gefangenen hielt.

XXXV
Das Signal

Das Schiff ruhte nicht, wie es von unten den Eindruck erweckt hatte, auf dem Mauerwerk des Turms, sondern schwebte eine halbe Kette oder höher über uns – zu hoch, um vor dem strömenden Regen Schutz zu bieten, der seinen runden Rumpf schwarz wie Perlmutt glänzen ließ. Während ich zu ihm aufblickte, stellte ich unwillkürlich Mutmaßungen darüber an, was für Segel ein solches Gefährt aufzöge, um die Winde einzufangen, die zwischen den Welten bliesen. Gerade als ich mich fragte, ob denn keiner von der Mannschaft je heruntersähe und uns bemerkte, uns Wassermänner, uns wunderliche, ungeschlachte Wesen, die seit einer Weile auf der Wehrplatte unter ihrem Kiel hin und her schritten, kam tatsächlich einer davon herunter, in orangefarbenen Lichtschein getaucht und kopfüber wie ein Eichhörnchen mit Händen und Füßen über den Rumpf kletternd, obwohl dieser so naß wie ein Flußstein und glatt wie die Klinge von *Terminus Est* war. Er trug eine Maske, wie ich sie schon mehrmals beschrieben, aber ich wußte nun, daß es eine solche war. Nachdem er Ossipago, Barbatus und Famulimus unter sich gesehen hatte, stieg er nicht weiter herab, und schon wurde im nächsten Augenblick eine Leine, gleichfalls orangefarben schimmernd, so daß sie wie ein Lichtstrahl wirkte, von weiter oben heruntergeworfen.

»Nun müssen wir aufbrechen«, erklärte Ossipago dem Riesen und reichte ihm die Klaue. »Denk gut nach über alles, was wir dir nicht sagten, und merk dir, was dir nicht gezeigt worden ist.«

»Ja«, antwortete Baldanders im grimmigsten Ton, der mir je zu Ohren kam.

Sodann ergriff Ossipago die Leine und glitt an ihr empor, bis sie sich um den runden Rumpf krümmte und er außer Sicht geriet. Aber es hatte irgendwie den Anschein, als wäre er nicht empor, sondern nach unten geglitten, wie wenn dieses Schiff eine eigene Welt wäre, die alles ihr Gehörende in blindem Hunger anzöge gleich unserer Urth; vielleicht lag es aber auch nur daran, daß er leichter als unsere Luft geworden war wie ein Seemann, der von seinem Schiff ins Meer hechtet und an die Oberfläche steigt, wie auch ich nach meinem Sprung vom Boot des Hetmans wieder nach oben gestiegen war.

Wie dem auch sei, Barbatus und Famulimus folgten ihm nach. Famulimus hatte noch gewinkt, bevor die Rundung der Hülle den Blick auf sie verwehrte; gewiß waren Baldanders und der Doktor überzeugt, sie hätte damit ihnen Lebewohl gesagt; aber ich wußte, daß ihr Gruß mir allein gegolten hatte. Ein Regenguß klatschte mir ins Gesicht und machte mich trotz Kapuze blind.

Zunächst langsam, dann immer schneller, hob das Schiff ab und entschwand nicht nach oben oder gen Norden, Süden, Osten oder Westen, sondern in eine Richtung, in die ich nicht mehr deuten konnte, nachdem wir es aus den Augen verloren hatten.

Baldanders wandte sich mir zu. »Du hast sie gehört.«

Ich verstand ihn nicht ganz und entgegnete: »Ich hab' mit ihnen gesprochen, ja. Dr. Talos hat mich zu ihnen gebeten, als er mir das Burgtor geöffnet hat.«

»Sie haben mir nichts gesagt. Sie haben mir nichts gezeigt.«

»Ihr Schiff zu sehen«, sagte ich, »mit ihnen zu sprechen – das ist doch etwas.«

»Sie treiben mich voran. Immer voran. Sie treiben mich wie einen Ochsen zum Schlachter.«

Er trat an die Zinnen und blickte über den großen See, dessen regengepeitschte Wellen ihn wie eine riesige Milchlache erscheinen ließen. Die Mauerkronen waren um einige Spannen höher als mein Kopf, aber er stützte die Hände darauf wie auf ein Geländer, wobei ich den blauen Schein der Klaue in seiner geballten Faust sah. Dr. Talos zupfte an meinem Mantel und meinte, es wäre besser, bei einem solchen Unwetter hineinzugehen, aber ich wollte nicht von der Stelle weichen.

»Es begann lange bevor du geboren wurdest. Zuerst halfen sie mir, wenngleich nur dadurch, daß sie mir Gedanken übermittelten, Fragen aufwarfen. Nun geben sie nur noch Anspielungen von sich. Nun lassen sie nur so viel durchklingen, daß ich weiß, gewisse Dinge wären machbar. Heut' nacht gab's nicht mal das.«

Weil ich in ihn dringen wollte, die Eiländer nicht mehr für seine Experimente zu nehmen, aber nicht wußte, wie ich vorgehen sollte, erwähnte ich, daß ich seine Feuerkugeln gesehen hätte, die ganz sicher eine wunderbare, eine sehr große Errungenschaft seien.

»Natrium«, erwiderte er und kehrte sich mir zu, den gewaltigen Schädel vor mir auftürmend. »Du hast keine Ahnung. Natrium ist lediglich ein Metall, ein Element, welches die See in Hülle und Fülle hervorbringt. Meinst du, ich hätt's den Fischern gegeben, wenn's mehr als ein Spielzeug wäre? Nein, ich selbst bin mein Meisterwerk. Und mein einziges Meisterwerk!«

Dr. Talos flüsterte: »Schau dich um – siehst du's nicht? Es ist, wie er sagt!«

»Was meinst du?« flüsterte ich zurück.

»Die Burg? Das Monstrum? Den Gelehrten? Es ist mir gerade durch den Kopf gegangen. Sicherlich weißt du, so wie die großen Ereignisse der Vergangenheit ihre Schatten durch die Zeitalter werfen, so fallen auch jetzt, da die Sonne der Finsternis zustrebt, unsere Schatten in die Vergangenheit, um die Träume der Menschheit zu bedrücken.«

»Du bist verrückt«, sagte ich. »Oder machst Scherze.«

»Verrückt?« brummte Baldanders. »*Du* bist verrückt! Du mit deinem Wundertäterwahn. Wie werden sie über uns lachen. Sie halten uns allesamt für Barbaren ... Mich, der ich drei Leben lang geschuftet hab'.«

Er streckte den Arm aus und öffnete die Hand. Die Klaue erstrahlte nun für ihn. Ich griff nach ihr, aber er warf sie flugs hinaus und hinab. Wie blitzte sie in der regennassen Finsternis! Es war, als wäre der helle Skuld vom Nachthimmel gefallen.

Daraufhin vernahm ich den gellenden Schrei der Eiländer, die vor der Mauer warteten. Ich hatte ihnen kein Signal gegeben; doch das Signal war vom einzigen Akt gegeben worden, der mich, abgesehen von Tätlichkeiten gegen meine Person vielleicht, dazu bewogen hätte, es auszulösen. *Terminus Est* fuhr aus der Scheide, noch während der Wind ihren Schlachtruf herantrug. Ich holte mit der Klinge aus, aber ehe ich dem Riesen auf den Leib rücken konnte, war Dr. Talos zwischen uns gesprungen. Ich hielt die Waffe, womit er meinen Schlag parierte, nur für seinen Gehstock; hätte mir der Verlust der Klaue nicht das Herz gebrochen, hätte ich beim Zuhauen darüber gelacht. Aber meine Klinge klirrte gegen Stahl, und obschon sie die seine heftig zurückprallen ließ, konnte er meinen Hieb abfangen. Baldanders war losgestürmt, ehe ich es mich versah, und schleuderte mich gegen den Zinnenkranz.

Ich vermochte nicht, dem Stoß des Doktors auszuweichen, aber er ließ sich wohl durch meinen rußschwarzen Mantel in die Irre führen, denn seine Spitze fuhr, obgleich sie mich an den Rippen streifte, in den Stein. Mit meinem Schwertheft dreinschlagend, streckte ich ihn nieder.

Baldanders war nirgendwo zu sehen. Rasch wurde mir klar, daß sein grimmiger Sturm eher der Tür hinter mir gegolten und er mich ganz beiläufig umgerammt hatte, wie jemand, der auf andere Dinge bedacht ist, eine Kerze auslöscht, ehe er das Zimmer verläßt.

Der Doktor lag, alle viere von sich gestreckt, auf dem Pflaster des Turmdachs, dessen Steine im Sonnenschein wohl nur grau wären, nun aber schwarz im Regen glänzten. Sein roter Haarschopf und Bart waren noch erkennbar, was mir verriet, daß er auf dem Bauch lag, den Kopf zur Seite gedreht. Mein Schlag war mir gar nicht so fest vorgekommen, aber es mag sein, daß ich stärker bin, als ich weiß, wie andere gelegentlich bemerkt haben. Freilich ahnte ich, daß Dr. Talos, wandelte er auch noch so gespreizt einher, schwächer war, als ein jeder von uns außer Baldanders vermutet hätte. Es wäre mir nun ein leichtes gewesen, *Terminus Est* zu schwingen und ihm mit der Klinge den Schädel zu spalten.

Statt dessen hob ich seine Waffe auf, den dünnen Silberstahl, der seiner Hand entglitten war. Es handelte sich um einen einschneidigen Degen, etwa so breit wie mein Zeigefinger und scharf wie ein Skalpell – was sich für einen Chirurgen nur geziemte. Wie sich herausstellte, war sein Heft nur der Griff seines Gehstocks, den ich so oft zu Gesicht bekommen hatte und in dem also ein richtiges Schwert gesteckt hatte; ich lächelte dort im Regen beim Gedanken daran, wie der Doktor dieses sein Schwert so viele Meilen bei sich getragen hatte, ohne daß ich's gemerkt hatte, der ich mich mit dem meinen auf dem Buckel so hatte abmühen müssen. Die Spitze war auf dem Stein zersplittert, als er damit nach mir gestoßen hatte; ich schleuderte die zerbrochene Klinge über die Brüstung wie Baldanders die Klaue und stieg in den Turm, um ihn zu töten.

Als wir die Treppen erklommen hatten, war ich so in das Gespräch mit Famulimus vertieft gewesen, daß ich den Räumen, die wir durchmaßen, kaum Beachtung geschenkt hatte. Die oberste Kammer hatte ich nur noch als offenbar gänzlich scharlachrot drapiertes Gemach in Erinnerung. Nun bemerkte ich rote Kugeln, Lampen, die ohne Flamme brannten wie jene silbernen Blumengebilde, die von der Decke des großen Zimmers hingen, worin ich den drei Wesen, die ich nicht mehr Cacogens nennen konnte, begegnet war. Diese Kugeln standen auf elfenbeinernen Sockeln, fein und zart wie ein Vogelskelett, und ragten von einem Fußboden auf, der gar kein Fußboden war, sondern ein Meer von Tuchen, allesamt in Rot, aber von unterschiedlicher Tönung und Webart. Darüber war ein Baldachin ausgespannt, den Atlanten trugen. Gleichfalls scharlachrot, war er besetzt mit abertausend Silberplättchen von solchem Hochglanz, daß sie fast so vollendete Spiegel wie der Harnisch von den Prätorianern des Autarchen waren.

Erst als ich fast zum Fuß der Treppe gelangt war, erkannte ich, was ich hier sah, war nur das Schlafgemach des Riesen, dessen Bettstatt von der fünffachen Größe einer gewöhnlichen in die Dielen eingelassen war, so daß ihre kirsch- und karminroten Decken wie Teppiche auf dem scharlachrot ausgeschlagenen Boden ausgebreitet lagen. In diesem Augenblick entdeckte ich ein Gesicht inmitten des zerwühlten Bettzeugs. Ich hob das Schwert, und das Gesicht verschwand, aber ich stieg von der Treppe und zog eine der Daunendecken weg. Der Lustknabe darunter (falls er ein Lustknabe war) stand auf und trat mir mit der Kühnheit entgegen, wie sie Kindern zuweilen zu eigen ist. Und er war wahrlich noch ein Kind, obschon fast so hochwüchsig wie ich, ein nackter Knabe, so feist und drall, daß sein Schwellbauch die winzigen Geschlechtsteile verbarg. Seine Arme waren wie rosa Kissen, von goldenen Kordeln umschlungen, und an seinen Ohren baumelten goldene Ringe mit feinen Glöckchen daran. Golden war auch sein Lockenschopf; unter diesem hervor betrachtete er mich aus großen blauen Kinderaugen.

So groß er auch gewesen ist, ich habe nie glauben können, daß Baldanders der Knabenliebe frönte, wie man es sich unter diesem Begriff vorstellt, obschon durchaus denkbar wäre, daß er dies im Sinne hätte, wäre der Knabe erst noch größer. Außer Frage stand sicherlich, daß er, so wie er auch das eigene Wachstum eindämmte und nur insoweit zuließ, als es erforderlich war, um seinen Koloß von Körper vor dem wüsten Zahn der Zeit zu bewahren, das Wachstum dieses armen Knaben beschleunigt hatte, soweit ihm sein anthroposophisches Wissen das ermöglichte. Ich bringe das hier zur Sprache, weil er gewiß erst Hand an ihn gelegt hat, nachdem er und Dr. Talos sich längst von Dorcas und mir getrennt hatten.

(Ich ließ diesen Knaben, wo ich ihn gefunden hatte. Bis heute habe ich keine Ahnung, was aus ihm geworden ist. Höchstwahrscheinlich kam er um; aber es wäre auch denkbar, daß die Leute vom See ihn bei sich aufnahmen oder der ein wenig später erscheinende Hetman und seine Dörfler.)

Was ich im Stockwerk darunter sah, ließ mich den Knaben ganz schnell vergessen. Dieses Zimmer war mit Nebel ausgekleidet (der beim vorherigen Durchgehen bestimmt nicht vorhanden gewesen war) wie das andere mit rotem Tuch; die Schwaden waren voller Leben und wallten und brodelten, wie meiner Vorstellung nach dem Mund des Pancreators der Logos gewunden entströmen würde. Vor meinen Augen erhob sich eine Nebelgestalt, weiß wie ein Grabwurm und einen gezackten Speer schwingend. Ehe ich sie als bloßes Phantom erkannte, war die Klinge meines Schwertes durch ihr Handgelenk gedrungen, als wäre sie durch eine Rauchsäule gefahren. Sogleich begann die Gestalt zu schrumpfen, während der Nebel offenbar in sich zusammenfiel, bis sie mir kaum mehr zur Hüfte reichte.

Ich ging ein paar Stufen weiter, bis ich im kalten, wallenden weißen Brodem stand. Dann kam über seine Oberfläche eine garstige Kreatur angehüpft, gleichfalls aus Nebel bestehend. Bei Zwergwüchsigen habe ich oft gesehen, daß Kopf und Rumpf normale Größe aufwiesen, während die Gliedmaßen, seien sie auch noch so muskulös, kindlich geblieben sind. Diese Kreatur war das Gegenteil eines Zwerges; Arme und Beine, länger als die meinen, entsprangen einem kurzen, verkrüppelten Leib.

Dieser Antizwerg schwang eine Streitaxt, die er, den Mund zum stummen Schrei öffnend, dem Nebelmann in den Nacken trieb, ohne sich auch nur im geringsten vor dessen Speer in acht zu nehmen, der ihm dabei selbst in die Brust fuhr.

Ich vernahm Gelächter, und obwohl ich ihn selten in heiterer Laune erlebt hatte, wußte ich, wessen Lachen es war.

»Baldanders!« rief ich.

Sein Kopf ragte aus dem Nebel auf wie die Berggipfel beim Morgengrauen.

XXXVI
Der Kampf im Burghof

Hier ist ein echter Feind«, sagte ich. »Mit einer echten Waffe.« Ich stieg hinab in den Nebel, wobei ich die Klinge meines Schwertes vor mich hielt und mich so vorantastete.

»Du siehst in meiner Wolkenkammer auch echte Feinde«, brummte Baldanders mit recht ruhiger Stimme. »Nur daß sie draußen sind, im Burghof. Der erste war einer deiner Freunde, der zweite einer meiner Widersacher.«

Während er sprach, verflüchtigte sich der Nebel, und ich sah ihn in der Mitte des Zimmers auf einem gediegenen Stuhl sitzen. Als ich mich ihm zukehrte, stand er auf, packte diesen an der Rückenlehne und schleuderte ihn so spielerisch, als wäre es ein Korbsessel, nach mir. Er verfehlte mich um nicht mehr als eine Spanne.

»Nun willst du mich umbringen«, sagte er. »Und das alles wegen dieses dummen Zaubersteins. Ich hätte dich damals töten sollen, als du in meinem Bett schliefst.«

Dasselbe hätte ich ihm auch erwidern können, aber ich wollte mich nicht mit einem solchen Wortgefecht abgeben. Es lag auf der Hand, daß er nun den Hilflosen spielte, um mich zu einem leichtsinnigen Angriff zu verlocken. Obschon er bewaffnet schien, war er doch doppelt so groß wie ich und mindestens viermal so stark, wie ich mir vorstellen konnte. Zugleich wurde ich, als ich mich ihm nahte, gewahr, daß wir hier die Darbietung der Marionetten nachspielten, die ich in jener Nacht, an die er mich erinnert hatte, in einem Traum sah; und in diesem Traum war der hölzerne

Riese mit einer Keule bewaffnet gewesen. Er wich Schritt für Schritt vor mir zurück; dennoch schien er stets angriffsbereit.

Als wir so drei Viertel des Raumes vom Stuhl aus durchmessen hatten, wirbelte er mit einemmal herum und rannte. Das war so verblüffend, wie wenn man plötzlich einen Baum rennen sähe.

Er war sehr schnell. Trotz seiner Plumpheit legte er mit einem Satz zwei Schritte zurück, so daß er lange vor mir die Wand erreichte, wo sich ein solches schmales Fenster befand, durch das Ossipago hinausgesehen hatte.

Im ersten Augenblick konnte ich mir nicht vorstellen, was er im Schilde führte. Das Fenster war für ihn viel zu eng zum Hinaussteigen. Er griff mit beiden Händen in die Laibung, und schon hörte ich Stein auf Stein knirschen.

Gerade noch rechtzeitig durchschaute ich sein Vorhaben und konnte mit ein paar Schritten zurück Abstand gewinnen. Im nächsten Augenblick hielt er einen Steinblock, den er aus der Mauer gerissen hatte. Er wuchtete ihn über den Kopf und warf.

Während ich zur Seite sprang, riß er einen zweiten und schließlich einen dritten heraus. Beim dritten mußte ich in meiner Not mitsamt *Terminus Est* zu Boden hechten, um dem vierten zu entgehen, denn die Steine flogen in immer rascherer Folge, da durch die gebrochenen Lücken das ganze Mauergefüge locker wurde. Aus reinem Zufall stieß ich bei diesem Hechtsprung auf ein Kästchen, wie es eine bescheidene Hausfrau zur Verwahrung ihrer Ringe verwenden würde, das auf dem Boden lag.

Es war mit kleinen Knöpfen verziert, und irgend etwas an ihrer Form erinnerte mich an jene, die Meister Gurloes bei Theclas Folterung eingestellt hatte. Ehe Baldanders einen weiteren Stein herauslösen könnte, ergriff ich das Kästchen und drehte an einem seiner Knöpfe. Unverzüglich quoll der verschwundene Nebel wieder aus dem Fußboden und hatte mich bald bis zum Kopf bedeckt, so daß ich blind in seinen weißen Schwaden stand.

»Hast's also gefunden«, sagte Baldanders mit seiner tiefen, bedächtigen Stimme. »Ich hätt's abschalten sollen. Nun kann ich dich nicht mehr sehen, aber auch du kannst mich nicht sehen.«

Ich blieb still, wußte ich doch, daß er mit einem neuen Mauerstein wurfbereit auf einen Laut von mir wartete. Nach etwa zwei Dutzend Atemzügen schlich ich auf Zehenspitzen voran. Ich war mir sicher, daß er sich trotz aller Verschlagenheit nicht von der Stelle rühren könnte, ohne Geräusche zu verursachen. Als ich vier Schritte vorgegangen war, donnerte der Stein hinter mir zu Boden, und schon hörte ich, wie ein neuer aus der Mauer gerissen wurde.

Das war ein Stein zuviel; ein ohrenbetäubendes Getöse schlug mir entgegen, und ich wußte, daß dieses ganze Mauerstück über dem Fenster eingestürzt sein mußte. Ich gab mich kurz der Hoffnung hin, die Steine hätten ihn erschlagen; aber rasch verzog sich der Nebel aus dem Mauerspalt und entströmte in die Regennacht – und wie ich nun sah, stand er noch neben dem gähnenden Loch.

Er hatte den Stein, den er herausgewuchtet hatte, wohl fallengelassen, als die Mauer einbrach, denn seine Hände waren leer. Mit einem Satz stürmte ich auf ihn, um ihn niederzustrecken, ehe er mich bemerkt hätte. Abermals war er schneller. Indem er sich an dem noch stehenden Mauerstück festklammerte, schwang er sich hinaus, und als ich die Öffnung erreicht hatte, war er schon ein ganzes Stück weit unten. Was er tat, schien mir undurchführbar; aber als ich mir dieses Stück der Mauer im Schein der Zimmerlampen genauer besah, stellte ich fest, daß die Steine roh behauen und ohne Mörtel gesetzt waren, so daß sich für Hände und Füße genügend Halt bot, und daß die Mauer des Rundturms sich nach oben hin verjüngte.

Ich war versucht, *Terminus Est* in die Scheide zu stecken und ihm nachzuklettern, aber in diesem Fall hätte ich mich ihm hilflos ausgeliefert, denn er hätte den Boden lange vor mir erreicht. Ich schleuderte das Kästchen nach ihm und verlor ihn im Regen bald aus der Sicht. Da mir keine andere

Wahl blieb, tappte ich zurück zur Treppe und stieg in jenes Geschoß ab, in das ich beim Betreten des Turms zuerst gelangt war.

Es war damals still, unbewohnt und leer bis auf die alten Geräte gewesen. Nun war's das reinste Pandämonium. Über und unter und zwischen den Maschinen schwärmten dutzendweise Ungetüme ähnlich jenen gespenstischen Erscheinungen, deren Phantome ich in jenem Raum gesehen hatte, den Baldanders seine Wolkenkammer nannte. Wie Typhon trugen einige zwei Häupter; andere hatten vier Arme; viele waren mit mißgestalteten Gliedmaßen geschlagen – Beinen von doppelter Körperlänge, hüftdicken Armen. Alle führten Waffen und waren, soweit ich das beurteilen konnte, irre, denn sie schlugen, mir nichts, dir nichts, auf ihresgleichen ebenso wie auf die Eiländer ein, die in wildem Kampf mit ihnen lagen. Nun fiel mir wieder ein, was Baldanders mir gesagt hatte: daß der Burghof mit meinen Freunden und seinen Widersachern gefüllt sei. Er hatte sicherlich recht; wäre er diesen Kreaturen vor die Augen gekommen, hätten sie ihn angefallen, wie sie sich gegenseitig anfielen.

Ich hatte drei niedergesäbelt, bevor ich zur Tür gelangte, und konnte dabei die Eiländer, die den Turm gestürmt hatten, um mich sammeln, indem ich ihnen erklärte, der Feind, den wir suchten, sei draußen. Als ich sah, wie sehr sie die tollen Mißgeburten fürchteten, die nach wie vor aus dem dunklen Treppenschacht strömten (und die sie nicht als das erkannten, was sie zweifellos waren – die verunstalteten Reste ihrer Brüder und Kinder), war ich erstaunt, daß sie es überhaupt gewagt hatten, in die Burg einzufallen. Es war indes wunderbar zu erleben, wie meine Anwesenheit sie stählte; sie überließen mir die Führung, und in ihren Augen konnte ich lesen, daß sie mir folgen würden, wohin auch immer ich sie führte. Nun verstand ich wohl zum ersten Mal, welche Befriedigung Meister Gurloes aus seinem Amte zog, hatte ich bisher doch geglaubt, er finde einzig Gefallen am Zelebrieren seiner Fähigkeit, anderen seinen Willen aufzuzwingen. Ich verstand ebenfalls, weshalb so viele Jünglinge bei Hofe, meine Freunde in meinem Leben als Thecla, ihre Verlobte verließen, um eine Offiziersstelle in einem dubiosen Regiment anzutreten.

Der Regen hatte nachgelassen, obwohl er noch in silbernen Strömen fiel. Tote Männer und ungleich mehr der Kreaturen des Riesen lagen auf der Treppe – ich war gezwungen, mehrere mit dem Fuß über den Rand zu stoßen, um nicht zu straucheln, wenn ich über sie ginge. Unten im Hof wütete noch der Kampf, aber keine der Kreaturen kam herauf, um uns anzugreifen, und die Männer vom See hielten die Treppe gegen diejenigen, die wir im Turm zurückgelassen hatten. Von Baldanders fehlte jede Spur.

Das Kämpfen, so habe ich festgestellt – obgleich es aufregend ist in dem Sinn, daß es einen über sich selbst erhebt –, läßt sich nur schwer beschreiben. Und woran man sich am besten erinnert, ist's erst vorüber (denn der Verstand wird im Kampfgetümmel so beansprucht, daß er nicht viel verzeichnen kann), sind nicht die Stöße und Paraden, sondern die Pausen zwischen den Gefechten. Im Hof von Baldanders' Burg verteilte ich grimmige Schläge an vier der Ungetüme, die er geschaffen hatte, aber ich könnte nicht sagen, wann ich gut und wann schlecht kämpfte.

Dunkelheit und Regen begünstigen den wilden Kampfstil, den ich wegen der Beschaffenheit von *Terminus Est* notgedrungen annehmen mußte. Nicht nur formales Fechten, sondern jeder Schwert- oder Speergebrauch, der damit Ähnlichkeit haben soll, erfordert gutes Licht, denn jeder Gegner muß die Waffe des anderen sehen können. Hier war fast gar kein Licht. Obendrein hatten Baldanders' Kreaturen selbstmörderischen Mut, womit sie sich ins eigene Fleisch schnitten. Sie versuchten, meinen Hieben durch Springen oder Ducken auszuweichen, so daß mindestens der rasch folgende Rückhandschlag sie erwischte. Bei jedem dieser Scharmützel waren auch die Krieger der Inseln beteiligt und konnten in einem Fall den Gegner für mich niederstrecken.

In den anderen Fällen lenkten sie ihn ab oder hatten ihn verwundet, ehe ich ihn angriff. Keines dieser Gefechte war befriedigend im Sinne einer ordentlich vollstreckten Hinrichtung.

Nach dem vierten Geplänkel waren keine mehr übrig, obschon ihre Toten und Sterbenden überall lagen. Ich sammelte die Eiländer um mich. Wir waren alle in jener Euphorie, die mit jedem Sieg einhergeht, und sie waren bereit, jeden Riesen anzugreifen, und wäre er noch so groß; aber selbst jene, die sich im Hof aufhielten, als der Steinschlag niederprasselte, schworen, keinen solchen gesehen zu haben. Als ich mir schon dachte, sie seien blind, und sie gewiß zu überlegen begannen, ob ich verrückt wäre, brachte uns der Mond die Rettung.

Wie seltsam es ist. Jeder blickt, auf Erleuchtung hoffend, zum Himmel auf, ob er nun den Einfluß der Gestirne auf den Lauf der Dinge erkunden will oder ihn, wie Baldanders, jenen zu entreißen sucht, welche die Ungebildeten Cacogens nennen, oder, wie im Falle von Bauern, Fischern und dergleichen, lediglich nach Wetterzeichen Ausschau hält; keiner indes blickt um unmittelbare Hilfe zu ihm auf, obgleich wir sie oft erhalten, wie's mir in jener Nacht widerfuhr.

Es war nicht mehr als eine Lücke in den Wolken. Der Regen, der schon unstet wurde, hatte nicht ganz aufgehört; aber einen Moment lang schien das Licht des abnehmenden Mondes (hoch oben und, obgleich nur mehr halb voll, sehr hell) in den Burghof des Riesen wie eine der größten Lampen im Odeum des Traumhauses vom Haus Absolut auf die Bühne. In seinem Licht glänzte das glatte, nasse Steinpflaster wie kleine, stille Lachen dunklen Wassers; und darin spiegelte sich ein so ungeheures Bild – daß ich mich noch heute frage, wie ich zu mehr imstande war, als nur darauf zu starren, bis ich verginge, was nicht lange gedauert hätte.

Denn Baldanders fiel auf uns; aber er fiel langsam.

XXXVII
Terminus Est

Es sind im braunen Buch Bilder von Engeln enthalten, die in der gleichen Pose zur Urth niederfahren, das Haupt zurückgeworfen, den Leib geneigt, so daß Gesicht und Brust auf gleicher Höhe liegen. Ich kann mir vorstellen, wie wunderbar und schrecklich es mich anmutete, sähe ich das hehre Wesen aus dem Buch im zweiten Haus in gleicher Weise niederfahren; dennoch könnte das, wie ich glaube, nicht furchtbarer sein. Wenn ich mich nun an Baldanders erinnere, ist's das, woran ich zuerst denke. Seine Miene war starr, und er trug hoch erhoben eine Keule mit einer schimmernden Kugel.

Wir stoben auseinander wie Sperlinge, auf die im ersten Licht der Dämmerung eine Eule niederstößt. Ich spürte den Luftzug seines Schlages am Rücken, und als ich mich umwandte, sah ich gerade noch, daß er sich, frei schwebend, mit der leeren Hand abstieß und somit aufrichtete, wie Straßengaukler das zuweilen vorführen; er trug einen Gürtel, den ich nun zum ersten Mal bemerkte, ein schweres Ding aus verketteten Metallprismen. Ich fand jedoch nie heraus, wie er es bewerkstelligt hatte, wieder in seinen Turm zu gelangen und Keule und Gürtel zu holen, während ich vermutete, er stiege an der Mauer ab; vielleicht gab es irgendwo ein größeres Fenster, das mir entgangen war, oder gar eine Tür zu einem der Bauten, welche die Dörfler einst in Schutt und Asche gelegt hatten. Es wäre sogar denkbar, daß er einfach durch eines der Fenster in eine Turmkammer gegriffen hatte. Aber ach, wie still schwebte er hernieder, wie anmutig fing er, der so groß wie die Hütten vieler armer Leute war, sich auf der einen Hand ab und drehte sich aufrecht. Am besten beschreiben läßt Stille sich durch Schweigen – aber ach, diese Grazie!

Ich wirbelte mit wehendem Mantel herum und holte mit dem Schwert wie so oft zum Schlage aus; und ich wurde nun gewahr, worüber ich mir noch nie den Kopf zerbrochen hatte – warum es mir beschieden war, den halben Kontinent zu durchwandern, Gefahren von Feuer und von den Tiefen der Urth zu trotzen, aus dem Wasser und nun aus der Luft, gewappnet mit dieser Waffe, so groß, so schwer, daß es, würde sie gegen gewöhnliche Menschen geschwungen, gleichsam wäre, als mähte man mit einer Axt Lilien nieder. Baldanders sah mich und erhob seinen Streitkolben, dessen Kopf hellgelb schimmerte; es war wohl eine Art Gruß.

Fünf oder sechs Eiländer umzingelten ihn mit ihren Speeren und gezähnten Knütteln, aber sie reichten nicht an ihn heran. Es war, als wäre er das Zentrum eines hermetischen Kreises. Als wir aneinandergerieten, wir beide, erkannte ich den Grund: Angst, die ich weder verstehen noch überwinden konnte, befiel mich. Es war nicht so, daß ich ihn oder den Tod fürchtete, sondern ich *fürchtete* mich einfach. Ich spürte, daß sich die Haare meines Hauptes sträubten, wie von Geisterhand bewegt, wovon ich oft gehört hatte, das ich aber stets als Übertreibung, als sprachliche Wendung, zur Lüge geworden, abgetan hatte. Meine Knie waren weich und schlotterten – so heftig, daß ich froh um die Dunkelheit war, denn man konnte es nicht sehen. Wir aber reichten aneinander heran.

Ich wußte sehr wohl um die Größe dieser Keule und die Größe des Arms hinter ihr; einen Schlag von ihr würde ich nicht überstehen. Ich konnte mich nur ducken und zurückweichen. Ebensowenig würde Baldanders einen Schlag von *Terminus Est* überstehen, denn war er auch so stark, daß er einen Harnisch von der Dicke des Panzers für ein Schlachtroß hätte tragen können, so war er doch ohne Rüstung, und eine so schwere Klinge mit einer so feinen Schneide, die einen gewöhnlichen Menschen mit Leichtigkeit bis zur Hüfte gespalten hätte, könnte ihm mit einem einzigen Schlag die Todeswunde beibringen.

Das wußte er, und so fochten wir wie zwei Spieler auf einer Bühne, wild dreinschlagend, aber ohne richtig aneinanderzugeraten. Die ganze Zeit über rüttelte mich diese entsetzliche Angst, so daß ich glaubte, mein Herz bliebe stehen, rennte ich nicht davon. Meine Ohren klangen, und als ich den Keulenkopf betrachtete, der ob des blassen Scheins, der ihn umgab, förmlich ins Auge stach, wurde ich gewahr, daß von dort der Klang ausging. Die Waffe selbst summte jenen hohen, unveränderlichen Ton, ein Klirren wie von einem Weinglas, mit einem Messer angeschlagen und in kristallisierter Zeit verwahrt.

Gewiß lenkte mich diese Entdeckung ab, wenn auch nur für einen Augenblick. Statt seitwärts fuhr die Keule senkrecht nieder wie ein Schlegel, der einen Zeltpflock in den Boden treibt. Im letzten Moment konnte ich ausweichen, und der summende, schimmernde Kopf donnerte in den Stein zu meinen Füßen, der wie ein zerschellender Tonkrug in tausend Scherben zersprang. Einer der Splitter riß mir die Schläfe auf, und ich spürte, daß mir Blut über die Wange rann.

Als Baldanders dies sah, strahlten seine stumpfen Augen siegesgewiß. Von nun an schlug er mit jedem Hieb auf Stein, und jeder Hieb zerschmetterte den Stein. Ich mußte zurück und immer weiter zurück, bis ich die Ringmauer im Rücken spürte. Während ich an ihr entlang zurückwich, gebrauchte der Riese seine Waffe vorteilhafter denn je, indem er sie waagrecht schwang und Mal für Mal gegen die Mauer hämmern ließ. Oft gingen die Steinsplitter, scharf wie Flint, daneben; oft trafen sie aber auch, und bald strömte mir das Blut in die Augen und wurden Brust und Arme scharlachrot.

Als ich vielleicht zum hundertsten Mal vor der Keule davonhüpfte, stieß etwas gegen meinen Knöchel, so daß ich fast gestürzt wäre. Es war die unterste Stufe der Treppe, die auf die Mauer führte. Ich eilte empor und gewann einen gewissen Vorteil durch die Höhe, der aber nicht ausreichte, den Rückzug aufzuhalten. Ein schmaler Fußweg verlief auf der Mauer. Schritt für Schritt mußte ich auf ihm weichen. Nun hätte ich mich tatsächlich gern umgedreht und wäre gerannt, aber ich besann mich darauf, wie flink der Riese sich bewegt hatte, als ich ihn in seiner Wolkenkammer überraschte, und konnte mir denken, daß er mit einem Satz über mir wäre, genauso wie ich als Knabe die Ratten in unserer Oubliette mit ein paar Sätzen gefangen hatte, um ihnen mit einem Stock das Rückgrat zu brechen.

Aber nicht jeder Umstand begünstigte Baldanders. Etwas Weißes blitzte zwischen uns auf, und ein Speer mit seiner Spitze aus Bein bohrte sich in den mächtigen Arm wie beim Stierkampf die Lanze in den feisten Tiernacken. Die Männer vom See waren nun so weit von der summenden Keule entfernt, daß die lähmende Angst, die sie erweckte, an Kraft einbüßte und sie ihre Waffen schleuderten. Baldanders zauderte kurz und trat nach hinten, um den Speer herauszuziehen. Ein zweiter kam angeflogen und streifte ihn im Gesicht.

Nun schöpfte ich Hoffnung, sprang vorwärts – und glitt dabei auf einem gebrochenen, regennassen Stein aus. Beinahe wäre ich von der Mauer gepurzelt, bekam aber im letzten Moment die Brüstung zu fassen – und sah gerade noch rechtzeitig den schimmernden Keulenkopf des Riesen niederfahren. Unwillkürlich riß ich *Terminus Est* hoch, um den Schlag abzuwehren.

Ein Kreischen gellte durch die Nacht wie aus dem Munde der Geister aller durch es gefallenen Männer und Frauen, hier auf der Mauer versammelt – dann eine ohrenbetäubende Explosion.

Ich war wie betäubt. Aber Baldanders erging es nicht anders, und da der Bann der Keule gebrochen war, schwärmten auf dem Mauergang schon von beiden Seiten die Eiländer heran. Vielleicht war der Stahl seiner Klinge, der seine eigene natürliche Frequenz und einen wunderbar lieblichen Klang hatte, wie ich oft feststellen konnte, wenn ich ihn mit dem Finger antippte, einfach zuviel für den Mechanismus gewesen, der die Keule des Riesen mit jenen seltsamen Kräften ausgestattet hatte. Vielleicht hatte es nur an seiner Schneide, scharf wie das Messer eines Wundarztes und hart wie Obsidian, die in den Keulenkopf gefahren war, gelegen. Was auch immer sich abgespielt hatte, die Keule war verschwunden, und ich hielt in den Händen nur noch das Heft meines Schwertes, aus dem ein ellenkurzes Stück zersplitterten Metalls ragte. Das Quecksilber, das dort im Dunkeln so unermüdlich sein Werk getan hatte, rann nun in silbernen Tränen hervor.

Ehe ich aufstehen konnte, waren die Männer vom See über mich gesprungen. Ein Speer drang in die Brust des Riesen, und ein geschleuderter Knüttel traf ihn im Gesicht. Durch eine schwungvolle Armbewegung des Riesen stürzten zwei Krieger vom See schreiend von der Mauer. Sofort warfen sich andere auf ihn, aber er schüttelte sie ab. Ich raffte mich hoch, noch immer im unklaren, was eigentlich geschehen war.

Baldanders stand auf der Brüstung; nach kurzem Zaudern sprang er. Gewiß hatte er in dem Gürtel, den er trug, eine große Hilfe, aber seine Beinmuskeln mußten enorme Kraft geleistet haben. Langsam, schwerfällig segelte er in hohem Bogen hinaus und hinaus, hinab und hinab. Drei Männer, die zu spät von ihm gelassen hatten, fielen in das Kliff und in den Tod.

Schließlich fiel auch er, gewaltig, als wäre er eigentlich irgendein Luftschiff, nun außer Kontrolle geraten. Weiß wie Milch, teilten sich die Wellen und schlugen über ihm zusammen. Etwas, das sich wie eine Schlange wand und im Licht glänzte, stieg aus dem Wasser zum Himmel auf, bis es schließlich in den düsteren Wolken verschwand; gewiß war das der Gürtel. Aber obgleich die Eiländer mit vorgehaltenen Speeren wachten, tauchte sein Kopf nicht wieder über dem Wasser auf.

XXXVIII
Die Klaue

In jener Nacht plünderten die Männer vom See die Burg; ich beteiligte mich weder daran, noch schlief ich in ihren Mauern. Inmitten des Kiefernhains, wo wir zusammen beratschlagt hatten, fand ich eine geschützte Stelle mit einem noch trocknen Nadelteppich unter dem Geäst. Nachdem meine Wunden ausgewaschen und verbunden waren, streckte ich mich dort aus. Das Heft des Schwertes, das mir und vor mir Meister Palaemon gehört hatte, lag neben mir, so daß mir zumute war, als schliefe ich mit etwas Totem; aber es schickte mir keine Träume.

Als ich auf meinem nach Kiefern duftenden Lager erwachte, hatte die Urth ihr Gesicht schon fast ganz der Sonne zugekehrt. Mir tat alles weh, und die Wunden von den fliegenden Steinsplittern brannten heftig, aber es war der wärmste Tag, den ich seit meinem Aufbruch von Thrax in die Berge erlebt hatte. Ich trat aus dem Hain und sah den See Diuturna, der in der Sonne glänzte, und frisches Gras, das zwischen den Steinen wuchs.

Ich setzte mich auf einen Felsvorsprung, so daß die Mauer von Baldanders' Burg hinter mir aufragte und der blaue See unter mir ausgebreitet lag, und löste zum letzten Mal die Angel der gebrochenen Klinge, die mein *Terminus Est* gewesen war, vom hübschen Heft aus Silber und Onyx. Es ist die Klinge, die ein Schwert ausmacht, und *Terminus Est* ist nicht mehr; aber ich trug das Heft bis zum Ende meiner Reise bei mir, verbrannte allerdings die Scheide aus Menschenhaut.

Das Heft wird eines Tages eine andere Klinge halten, selbst wenn sie nicht so vollendet und nicht mein sein wird.

Was von meiner Klinge übriggeblieben war, küßte ich und warf's ins Wasser.

Dann begann ich meine Suche in den Felsen. Ich hatte nur eine ungefähre Vorstellung, in welche Richtung Baldanders die Klaue geschleudert hatte, wußte aber, daß er sie zum See hin geworfen hatte, und obgleich ich das Juwel über die Mauer hatte fliegen sehen, dachte ich mir, daß nicht einmal ein Arm wie der seine vermöchte, ein so kleines Ding weit übers Ufer hinaus zu tragen.

Ich mußte jedoch bald feststellen, daß die Klaue für immer verloren sein mußte, falls sie im See gelandet wäre, denn das Wasser war überall viele Ellen tief. Freilich war es denkbar, daß sie den See gar nicht erreicht hatte, sondern in einem Felsspalt ruhte, wo ihr Schein unsichtbar blieb.

Und so suchte ich weiter, wobei ich die Eiländer nicht um Hilfe zu bitten wagte und mich nicht einmal getraute, die Suche zu unterbrechen, um zu essen oder auszuruhen, aus Angst, jemand anders könnte sie fortführen. Die Nacht kam, und mit ihr der Ruf des Seetauchers im schwindenden Licht, und die Männer vom See erboten sich, mich zu einer ihrer Inseln zu bringen, aber ich lehnte ab. Sie befürchteten, daß die vom Ufer auftauchen könnten oder bereits zum Gegenschlag rüsteten, um Baldanders zu rächen (aber ich behielt lieber für mich, daß ich ihn gar nicht für tot hielte, sondern glaubte, er lebte unter den Wassern des Sees weiter), und auf mein Drängen hin ließen sie mich schließlich allein, obgleich sie noch in den scharfkantigen Felsen des vorspringenden Kliffs umherkletterten.

Alsbald war ich zu erschöpft, um meine Jagd im Finstern fortzusetzen, und ließ mich auf einer sanft abfallenden Felsplatte nieder, um den Morgen abzuwarten. Hin und wieder war mir, als sähe ich einen azurblauen Schein von einer Felsspitze in der Nähe meines Lagers oder aus den Wassern darunter; aber jedesmal, wenn ich die Hand danach ausstreckte oder aufstehen und zum Rand dieser Klippe gehen wollte, um einen Blick darauf zu werfen, schreckte ich aus dem Schlaf, denn ich hatte nur geträumt.

Hundertmal fragte ich mich, ob nicht ein anderer das Juwel gefunden hatte, während ich unter den Kiefern schlief, wofür ich mich nun verfluchte. Hundertmal führte ich mir vor Augen, daß es besser wäre, wenn das Juwel überhaupt gefunden würde, als für immer verloren zu sein.

Genau wie in der Sonne verdorbenes Fleisch Fliegen anlockt, so lockt der Hof falsche Weisen, Philosophen und Akosmisten an, die dort weilen, solange sie sich aus ihren Börsen und von ihrem Scharfsinn ernähren können, in der Hoffnung, (zunächst) vom Autarchen ein Amt zu erhalten und (später) als Hauslehrer von einer hohen Familie übernommen zu werden. Auf die etwa sechzehnjährige Thecla übten solche Vorträge über Theogonie, Theodizee und dergleichen einen besonderen Reiz aus, wie es wohl bei jungen Damen oft der Fall ist. Ich erinnere mich inbesondere an eine Rednerin, die den alten Trugschluß dreier existierender Adonai, den der Stadt (oder des Volkes), den der Dichter und den der Philosophen, als Grundwahrheit auslegte. Ihre Überlegung war, daß seit Beginn des menschlichen Bewußtseins (falls es einen solchen Anfang überhaupt gäbe) in allen drei Kategorien unzählige Menschen versucht hätten, das göttliche Geheimnis zu durchschauen. Falls es einen Gott nicht gäbe, hätten sie das längst entdecken müssen; falls ja, wäre es ausgeschlossen, daß die Wahrheit selbst sie fehlleite. Dennoch unterscheiden sich die Überzeugungen des Volkes, die Einsichten der Poeten und die Theorien der Metaphysiker so sehr, daß nur wenige verstehen können, was die anderen sagen, und jemand, der ihre Gedankengänge nicht kennt, gar keinen Zusammenhang zwischen ihnen sieht.

Wäre es nicht denkbar, fragte sie (und selbst jetzt bezweifle ich, ob ich eine Antwort geben könnte), daß sie nicht, wie immer angenommen, drei Wege zum selben Ziel begingen, sondern eigentlich auf ganz verschiedene zuhielten? Denn wenn wir uns im alltäglichen Leben Wege ansehen, die von der gleichen Kreuzung abzweigen, vermuten wir schließlich auch nicht, daß sie alle zum selben Ziel führen.

Ich empfand (und empfinde) diesen Gedankengang als zugleich vernünftig und abstoßend, und er verkörpert für mich das ganze monomanische Gewirk der Argumentation, so fest verwebt, daß nicht der geringste Einwand oder Lichtfunke seinem Netz entwischen kann, worin sich der menschliche Geist immer dann verstrickt, wenn das Thema die Berufung auf Tatsachen ausschließt.

Als tatsächliche Gegebenheit war die Klaue somit eine unvergleichbare Größe. Keine Geldberge, keine Anhäufung von Archipelagi oder Weltreichen könnte ihrem Wert gleichkommen, wie auch die unendliche Multiplikation der horizontalen Entfernung der vertikalen Entfernung nicht gleichkäme. Wenn sie, wie ich glaubte, aus einem anderen Universum stammte, dann wäre ihr Licht, das ich so oft schwach leuchten und so selten hell strahlen sah, in gewisser Hinsicht das einzige Licht, das wir hätten. Falls es erlosch, müßten wir im Dunkeln tappen.

Ich glaubte, sie stets geachtet zu haben, solange ich sie trug, aber als ich dort auf dem sanft abfallenden Fels saß und über den nachtfinsteren See Diuturna ausschaute, erkannte ich, wie töricht es war, sie überhaupt am Leibe getragen zu haben – durch all die schweren Bedrängnisse und tolldreisten Abenteuer, bis ich sie schließlich verlor. Kurz vor Sonnenaufgang gelobte ich, mir das Leben zu nehmen, sollte ich sie bis zur Abenddämmerung nicht wiedergefunden haben.

Ob ich diesen Eid zu halten vermocht hätte, das kann ich nicht sagen. Ich habe das Leben geliebt, seitdem ich denken kann. (Es war, glaube ich, diese Lebensfreude, die mir eine geschickte Hand in meiner Kunst verlieh, denn zu sehen, wie die Flamme, die ich so zärtlich liebte, anders als vollkommen ausgelöscht würde, das war mir unerträglich.) Sicherlich liebte ich das eigene Leben, nun mit dem von Thecla vermengt, so sehr wie fremdes. Wenn ich diesen Eid gebrochen hätte, wär's nicht der erste gewesen.

Freilich erübrigte sich das. Am frühen Vormittag dieses Tages, eines so herrlichen Tages, wie ich ihn selten erlebt hatte, als die Sonne eine warme Liebkosung und das Murmeln des Wassers unter mir eine sanfte Melodie waren, fand ich das Juwel – oder was davon übriggeblieben war.

Es war auf dem Fels zerschellt; da lagen Stücke, groß genug, um einen Tetrarchenring standesgemäß zu schmükken, und Stäubchen, so klein wie die hellen Punkte, die in Goldglimmer eingeschlossen sind, mehr aber nicht. Weinend sammelte ich die Splitter nach und nach auf, und als ich erkannte, sie seien so tot wie die Juwelen, nach denen Bergleute tagtäglich schürfen, die geraubten Geschmeide der längst Verblichenen, trug ich sie zum See und warf sie hinein.

Dreimal ging ich diesen Gang zum Seeufer mit einem Häufchen bläulicher Scherben in der hohlen Hand, und jedesmal kehrte ich zur Stelle zurück, wo ich das zerschellte Juwel gefunden hatte, um noch mehr zu suchen; und nach dem dritten stach mir, tief zwischen zwei Felsen eingeklemmt, so daß ich schließlich zum Kiefernhain gehen und mir Zweige brechen mußte, um es freizustochern und heraufzufischen, etwas ins Auge, das weder azurblau noch ein Edelstein war, aber sternengleich ein grelles, weißes Licht verströmte.

Mehr aus Neugier denn aus Ehrfurcht zog ich es heraus. Es hatte so wenig Ähnlichkeit mit dem Schatz, den ich suchte – oder zumindest mit den Bruchstücken, die ich auflas –, daß ich mir kaum hatte vorstellen können, es habe etwas damit gemein, ehe ich es in der Hand hielt. Ich kann nicht sagen, wie es möglich ist, daß ein schwarzer Gegenstand Licht spendet, aber dem ist so gewesen. Es wirkte wie aus Gagat geschliffen, so dunkel und glänzend war es; dennoch leuchtete es, das krallenförmige Gebilde, die Klaue, lang wie das letzte Glied meines kleinen Fingers, grimmig gebogen, nadelspitz, das Kernstück im dunklen Herzen des

Juwels, das wohl lediglich ein Gefäß dafür, eine Lipsanothek, eine Pyxis gewesen war.

Lange Zeit kniete ich dort mit dem Rücken zur Burg, blickte von diesem wunderlichen, leuchtenden Schatz zu den Wellen und wieder zurück und versuchte, seine Bedeutung zu ermessen. Als ich sie so ohne den Schrein aus Saphir betrachtete, spürte ich eine starke Wirkung, die ich überhaupt nicht bemerkt hatte in all den Tagen, bevor sie mir im Haus des Hetmans abgenommen wurde. Immer wenn ich die Klaue ansah, löschte sie offenbar das Denken aus. Nicht wie Wein oder bestimmte Drogen dies bewirken, indem sie den Verstand dazu unfähig machen, sondern indem sie das Denken durch einen höheren Zustand ersetzte, für den ich keinen Namen weiß. Immer wieder drang ich in diesen Zustand vor, immer höher steigend, bis ich befürchtete, ich könnte nie mehr zu jenem Bewußtsein zurückfinden, das ich Normalität nenne; und immer wieder riß ich mich davon los. Bei jedem Herauskommen war mir, als hätte ich unaussprechliche Einsichten in grenzenlose Realitäten gewonnen.

Nach einer langen Reihe solcher kühnen Vorstöße und furchtsamen Rückzüge verstand ich allmählich, daß ich nie wirkliches Wissen über dieses kleine Ding, das ich hielt, erlangen würde, und mit diesem Gedanken (denn es war ein Gedanke) kam ein dritter Zustand, ein Zustand freudigen Gehorsams – gegenüber was, wußte ich nicht –, eines Gehorsams ohne Überlegung, denn es gab nichts mehr zu überlegen, und ohne den kleinsten Anflug von Auflehnung. Dieser Zustand hielt den ganzen Tag und fast den ganzen nächsten Tag an, als ich schon tief in den Bergen war.

Hier halte ich inne, nachdem ich dich, Leser, von Festung zu Festung geführt habe – von der wehrhaften Stadt Thrax, die den oberen Acis beherrscht, zur Burg des Riesen, die das Nordufer des entlegenen Sees Diuturna beherrscht. Thrax war für mich das Tor in die wilde Bergwelt. Auch dieser einsame Turm sollte sich für mich als Tor erweisen – als

Schwelle zum Krieg, von dem hier nur ein einzelnes versprengtes Scharmützel stattgefunden hatte. Von nun an hat mich dieser Krieg fast ohne Unterlaß in Beschlag genommen.

Hier halte ich inne. Wenn du dich nicht an meiner Seite in das Kampfgetümmel stürzen willst, Leser, kann ich's dir nicht verübeln. Es ist keine leichte Schlacht.

Anmerkung zur Provinzverwaltung

Severians kurze Schilderung seiner Laufbahn in Thrax ist der beste (wenn auch nicht einzige) Nachweis über die Landesverwaltung im Zeitalter der Republik, wie sie sich jenseits der glänzenden Korridore des Hauses Absolut und der überfüllten Straßen von Nessus abspielt. Eindeutig trifft unsere Einteilung in Legislative, Exekutive und Judikative nicht zu – Verwalter wie Abdiesus würden sicherlich lachen über unsere Vorstellung, die Gesetzgebung sollte auf eine Gruppe, die Vollziehung auf eine zweite und die Rechtsprechung auf eine dritte beschränkt sein. Sie hielten diese Gewaltenteilung für inpraktikabel – was sie erwiesenermaßen auch ist.

Zur Zeit der Manuskripte werden Archone und Tetrarchen vom Autarchen ernannt, der als Vertreter des Volkes alle Gewalt in Händen hält. (Siehe jedoch Famulimus' diesbezügliche Äußerung gegenüber Severian.) Diesen Amtsträgern obliegt die Durchführung der Verordnungen des Autarchen und die Rechtsprechung im Einklang mit den überlieferten Gepflogenheiten der Bevölkerung, der sie vorstehen. Sie sind zudem befugt, örtliche Gesetze zu erlassen – die nur im Hoheitsgebiet des Gesetzgebers und während seiner Amtszeit Gültigkeit haben – und sie unter Androhung der Todesstrafe zu vollziehen. In Thrax ebenso wie im Haus Absolut und der Zitadelle scheint die zeitlich begrenzte Haftverwahrung – unsere gebräuchlichste Strafe – unbekannt. Die Insassen der Vincula erwartet Folter oder Hinrichtung, oder sie bürgen als Geiseln für das Wohlverhalten ihrer Freunde und Verwandten.

Wie das Manuskript deutlich zeigt, ist die Überwachung und Leitung der Vincula (›Haus der Ketten‹) nur eine der

Aufgaben des Liktors (›des Bindenden‹). Dieser Amtsträger ist der höchste Untergebene des Archons in der Strafgerichtsbarkeit. Bei bestimmten feierlichen Anlässen trägt er seinem Herrn als wirksames Zeichen der Gewalt des Archons ein blankes Schwert voraus. Bei Gerichtssitzungen muß er (wie Severian klagt) links von der Richterbank des Archons stehen. Hinrichtungen und andere schwere Strafurteile werden eigenhändig von ihm vollstreckt, und er ist verantwortlich für die schlüsseltragenden Vincula-Wärter.

Diese Wärter haben nicht nur die Bewachung der Vincula zur Aufgabe; sie dienen auch als Kriminalpolizei, wobei es ihnen sehr zustatten kommt, daß sie Informationen gewaltsam aus ihren Gefangenen herausholen können. Die Schlüssel, die sie tragen, sind offenbar so groß, daß sie sich als Streitkolben verwenden lassen, und sind somit sowohl Waffe als auch Werkzeug und Zeichen ihres Amtes.

Die Dimarchi (›auf zwei Arten Kämpfende‹) sind sowohl die uniformierte Polizei als auch die Soldaten des Archons. Ihr Titel scheint sich jedoch nicht auf diese Doppelfunktion zu beziehen, sondern auf ihre Ausrüstung und Ausbildung, die ermöglichen, daß sie von Fall zu Fall entweder als Kavallerie oder Infanterie einsetzbar sind. Sie rekrutieren sich anscheinend aus Berufssoldaten, Veteranen der Feldzüge im Norden und nicht ortsansässigen Söldnern.

Thrax selbst ist eindeutig ein Festungswerk. Nun könnte eine solche Garnisonsstadt den Asciern wohl kaum länger als einen Tag standhalten – ihr eigentlicher Zweck ist offenbar also das Niederringen von Räuberunwesen und Aufständen von seiten der hiesigen Beglückten und Waffenträger. (Cyriacas Gemahl, der im Haus Absolut ein recht unscheinbarer Mann wäre, ist in der Nachbarschaft von Thrax sicherlich eine bedeutsame und gar nicht ungefährliche Persönlichkeit.) Obgleich den Beglückten und Waffenträgern stehende Heere wohl untersagt sind, deutet alles darauf hin, daß viele ihrer Gefolgsleute, wenn auch unter der Bezeichnung Jäger, Aufseher, Kämmerer und dergleichen laufend, im Grunde genommen streitbare Krieger sind. Sie sind vermutlich unentbehrlich, um die Villen vor Plünderern zu schützen und Pachtzinsen einzutreiben, aber im Falle eines Aufstands könnten sie einem Abdiesus durchaus gefährlich werden. Die befestigte Stadt am Oberlauf des Flusses gäbe ihm bei einem solchen Zwist einen schier unwiderstehlichen Vorteil.

Der Weg, den Severian für seine Flucht gewählt hat, beweist, wie dicht die Ausgänge der Stadt sind. Die eigene Festung des Archons, Burg Acies (›das Feldlager an der Spitze‹), bewacht das nördliche Talende. Sie ist offenbar völlig getrennt von seinem Palast in der eigentlichen Stadt. Das Südende ist durch den Capulus (›das Schwertheft‹) verschlossen, einer offenbar stark befestigten Mauer, einer verkleinerten Nachahmung der Stadtmauer von Nessus. Sogar die Felshöhen sind gesichert durch Bollwerke, die mit Mauern verbunden sind. Mit ihrem unerschöpflichen Wasservorrat kann die Stadt wohl jeder langen Belagerung standhalten, solange keine schweren Geschütze zum Einsatz kommen.

G. W.

HEYNE SCIENCE FICTION MAGAZIN

9

Herausgeber
WOLFGANG JESCHKE

bringt unter anderem:

Winston S. Churchill:
Wenn Lee die Schlacht von Gettysburg
nicht gewonnen hätte

Anthony Burgess:
1984 von George Orwell
Wiedersehen mit 1948

Joseph Kiermeier-Debre:
E. T. – die perfekte Blasphemie?

Susanne Päch:
Filmtrick 2000 – Star Wars,
Tron – und dann?

Herbert W. Franke:
»Babel 333...«
Ein experimentelles Stück der Groupe 33

Helga Abret und Lucian Boia:
Die häßlichen Nachbarn.
Französische Marsabenteuerromane
vor dem Ersten Weltkrieg

Peter Gaschler:
Neue SF-Filme 1983